Édité par Milo Galez, 49100 Angers.

Images couverture : @Upkliak – Freepik, @Starline – Freepik, @Pikisuperstar - Freepik

ISBN : 978-2-494191-00-6

Dépôt légal : septembre 2022

5 JOURS DE CRÉPUSCULE

Milo Galez

Couverture : © Milo Galez – 2022

Édité par Milo Galez, 49100 Angers.

Images couverture : @Upkliak – Freepik, @Starline – Freepik, @Pikisuperstar - Freepik

ISBN : 978-2-494191-00-6

Dépôt légal : septembre 2022

À la meilleure personne que je connaisse

« La vie est une plaisanterie. Il y a juste à espérer qu'elle soit drôle. Et non pas mauvaise. »[1]
James Crumley, Le Canard Siffleur Mexicain

[1] *Traduction de Nicolas Richard, Editions Gallimard, 1994.*

Prologue

Dimanche 12 septembre

Je me tassai dans mon fauteuil fétiche. L'évier de ma cuisine gouttait, un « ploc » après l'autre. Je venais de laver la vaisselle et croyez-le ou non, mais j'aimais ça, laver la vaisselle. Enfin… aimer, c'était vite dit. Plutôt, je n'aimais pas ne pas la faire. La vaisselle sale, c'était un peu le cancer de tous les hommes comme moi : quarante-quatre ans, divorcé quatre fois et vivant dans un appartement bien trop cher pour son salaire de détective privé. Un cancer qui pouvait se métastaser si l'on n'y prenait pas garde. On préparait le repas, on collait assiettes et casseroles dans l'évier en se disant « je le ferai demain » et le lendemain, rebelote. Et on se retrouvait vite sous un monceau de vaisselle dégueulasse avec parfois de la moisissure collée sur les ustensiles. Inadmissible, même pour moi.

Je n'étais pas féru de propreté non plus, qu'on s'entende bien. Mais je connaissais trop ma propension à tout repousser au lendemain pour ne pas y faire attention. Enfin bref… la vaisselle, c'était mon truc. Peut-être le seul. Surtout après avoir avalé un véritable festin de prince.

Au menu ce soir-là, Homard Thermidor suivi d'une omelette norvégienne, le tout préparé par mes soins. Je n'étais pas un cordon-bleu mais j'appréciais la bonne chère. Ça motive à faire des efforts. J'avais aussi déniché sur internet quelques idées de recettes pour ma semaine. Je les avais rédigées sur un petit morceau de papier que j'avais ensuite aimanté sur la porte de mon frigo. Pratique, pas besoin de réfléchir à ce que je ferai à manger, le boulot était déjà fait. Du temps gagné.

Peut-être que je le cuisinerai ou peut-être pas. Cela n'avait aucune importance.

Je regardai ma montre. 21h pile. Parfait.

Je pris mon revolver Smith et Wesson 686, calibre .357 magnum à 6 coups posé sur l'accoudoir de mon fauteuil. J'ouvris le barillet, y insérai une unique balle. Je le fis rouler avec ma paume. Il cliqueta comme la roue de la fortune. Je comptai jusqu'à cinq et, d'un mouvement sec du poignet, le refermai. Je poussai sur le chien.

Le goût métallique, presque sanguin, du canon dans ma bouche me donna la chair de poule. Sans y réfléchir plus d'une seconde, j'appuyai sur la détente.

Le percuteur claqua dans une chambre vide.

Je reposai l'arme sur l'accoudoir.

21h01 : j'allai me coucher.

LUNDI 13 SEPTEMBRE

Chapitre 1

Y a-t-il, dans ce monde ou dans un autre, objet plus cruel qu'un réveil ?

Vous dormez, peinard, détendu comme seul un mort peut l'être et là, Paf ! Un bout de plastique vient vous remettre dans le droit chemin et vous rappeler que satisfaire vos besoins biologiques, c'est bien mais être quelqu'un de productif et d'utile à la société, c'est mieux !

Je devais être masochiste car j'utilisais ce que je considérais être le pire des réveils. Cette sonnerie de smartphone qui imitait le bruissement de l'eau sur des rochers, accompagné à intervalles réguliers, par le tintement d'une clochette. Doux mais quand même agaçant, surtout quand vous vouliez rester sous la couette, comme moi ce matin-là.

Je maugréai tout seul dans mon lit sur cette saloperie de réveil quand une évidence me percuta de plein fouet.

Je n'avais pas mis de réveil !

Mes paupières collées entre elles s'ouvrirent et j'attrapai mon smartphone sur ma table de nuit. Passé l'aveuglement dû à la luminosité trop élevée de l'écran, je compris que c'était en fait ma sonnerie d'appel. Deux choses m'interpellèrent : l'heure et le correspondant.

Pourquoi Lucille Edmonton-Coopers m'appelait-elle à six heures dix-sept du matin ?

Je décrochai. Après tout, c'était grâce aux contrats que Lulu, comme je l'appelais, me passait que j'avais réussi à vivre à peu près décemment jusqu'ici. Elle méritait au moins que je me donne la peine de lui raccrocher au nez.

— Ce n'est pas une heure pour appeler les gens, grognai-je.

Lulu prit sa voix la plus candide. Elle semblait fraîche comme une rose.

— Quoi ? Je te dérange peut-être ?

— Oui.

— J'ai un boulot pour toi. Un dossier simple et rapide et je…

— Pas intéressé, la coupai-je avant de mettre fin à la communication.

Je jetai mon téléphone de l'autre côté de la chambre. Problème, Lulu était tenace, elle ne lâchait jamais le morceau et, alors que j'enfouissais ma tête dans mon oreiller, mon téléphone sonna à nouveau. Comme un con, je n'avais pas mis l'appareil en mode silencieux avant de le balancer… Je tins deux minutes au son du ruisseau. Impossible de me rendormir. La sonnerie stoppait et quelques secondes après, reprenait. Lulu et son incapacité à supporter le refus…

Résigné, je me levai pour aller décrocher une nouvelle fois cette saloperie de téléphone, en espérant pouvoir finir ma nuit une fois la conversation terminée.

— Ton affaire simple et rapide ne peut pas attendre une heure convenable ? demandai-je avec toute la hargne dont j'étais capable à cette heure si matinale.

— Je pars à Tacoma pour un congrès d'avocats pénalistes qui dure toute la semaine. Je décolle à dix heures. Tu le saurais si tu écoutais ce que je te dis. Je veux régler cette affaire avant mon départ.

— Appeler à neuf heures quarante-cinq, ça aurait été bien aussi.

— Arrête de faire ta tête de lard. Je suis à mon bureau, là. Si tu te pointes dans une demi-heure, je te paie le petit-déjeuner.

— Il a intérêt à être copieux.

Je pris une douche rapide. L'eau chaude chassa le sommeil qui n'avait pas quitté mon visage.

J'enfilai mes vêtements, mes jeans noirs, chemise blanche à carreaux et veste marron. Je n'en avais pas d'autres. Je les avais achetés en plusieurs exemplaires identiques l'année dernière et ne portais plus que ça depuis. J'avais bien essayé de diversifier ma garde-robe mais je constatais toujours le même effet. D'abord, le pantalon ou la chemise m'allait comme un gant, puis au bout de quelques semaines, j'enlaidissais le vêtement. Comme si ce bout de tissus méritait mieux que ma pauvre carcasse. Alors je les balançais et je revenais à ma tenue traditionnelle. Sauf surprise inimaginable, je serai enterré vêtu de la sorte.

Après avoir passé ma veste, je me regardai dans le miroir. J'époussetai le tissu en jetant quelques coups d'œil par-dessus l'épaule de mon reflet. Rien. Peut-être pas une si mauvaise journée que ça…

En sortant de mon appartement, je remarquai que Lynn, ma voisine, avait laissé un sac-poubelle sur le pas de sa porte. Je le pris pour le déposer dans le local poubelle de mon immeuble.

Cette « tradition » entre nous était apparue quelques années plus tôt, après que Lynn m'eut engagé pour résoudre une affaire de la plus haute importance que j'appelai « L'étrange cas du voleur de petites culottes ». Dès que Lynn faisait sa lessive dans la laverie à cent mètres de notre immeuble, l'un de ses sous-vêtements disparaissait. Cela avait commencé par une culotte noire en dentelle suivie du rapt d'un soutien-gorge rose deux semaines plus tard. Puis, pendant près de deux mois, avant qu'elle ne fît appel à mes services, d'autres méfaits furent commis sur sa pile de linge allant du plus inexplicable (le vol d'un bonnet en laine) au plus sinistre (une culotte rouge maculée d'une substance blanche dont l'origine n'était pas compliquée à deviner et sur laquelle était collé un post-it qui disait « *Je t'aime* »). Tout un programme.

Lynn, petite brune à lunettes pétillante, célibataire de surcroît, pensait avoir attiré l'attention d'un détraqué affamé de sous-vêtements laissés sans surveillance. Elle m'avait demandé de le débusquer. Mais j'étais loin d'être le meilleur détective privé de la création. Je fus incapable de mettre la main sur son harceleur. Planques, pièges et subterfuges, en vain. Il devait être plus malin que moi, comme un bon paquet de gens dans cette ville. Lynn dut se résigner à changer de laverie. Malgré cet échec, Lynn et moi avions sympathisé. Depuis cet épisode, j'entretenais à son endroit de menues attentions comme descendre ses poubelles sans qu'elle ne demande quoi que ce soit. Ça lui faisait plaisir. Et à moi aussi.

En traversant le parking pour rejoindre ma vieille Ford Mustang noire toute cabossée, je saluai l'agent d'entretien, seul autre être humain vivant à cette heure. Il repêchait à l'aide d'une épuisette les déchets laissés dans la piscine de l'arrière-cour par des locataires peu soucieux de la propreté des parties communes. Putain…cette piscine était mon paradis…pas touche bordel !

Je pris la direction des docks, là où se trouvait le bureau de Lulu. À cette heure matinale, le trafic était fluide et je profitai des feux rouges pour ranger le merdier qui occupait une bonne partie de l'habitacle, tout en tirant sur ma cigarette électronique comme si c'était là ma seule source d'oxygène. Enfin… « *Ranger le merdier* », c'était vite dit, puisque j'entassais tout dans la boîte à gants et les vide-poches côté passager.

Je tombai sur une boîte de cartes de visite. Je les avais fait imprimer deux mois plus tôt et je ne les avais jamais utilisées depuis. Sobres, de couleur ocre, y figurait l'inscription en lettres dorées « Scott Sirius, Détective privé, 8 Jackson Lane » suivie de mon numéro de téléphone. Désormais inutile. Je fourrai une poignée de cartes dans la poche de ma veste — au cas où — et balançai la boîte avec le reste des cartes qu'elle contenait par la fenêtre alors que le feu passait au vert.

Je mis moins d'un petit quart d'heure pour atteindre le bureau de Lulu. Il était situé dans un cube de briques rouges à deux étages, posé dans une rue parallèle aux quais et entouré de friches industrielles. L'immeuble faisait un peu peine à voir. Car si son nom sonnait très « *Nouvelle-Angleterre* » et qu'elle avait l'allure d'une diplômée d'une université de l'Ivy League, Lucille Edmonton-Coopers était loin d'être ce qu'on appelle un ténor du barreau.

Nous travaillions ensemble depuis près de huit ans, et, aussi loin que ma mémoire remontait, je ne l'avais jamais vue gagner un procès. Elle y mettait pourtant du cœur et de l'intelligence — oh ça oui ! — et se battait bec et ongles pour ses clients. Du moins, c'était ce qu'elle aimait prétendre. Elle disait que ça ne prenait pas, tout simplement. Mais moi, je savais ce qui coinçait. Lulu souffrait d'une sorte de blocage. Elle partait sur sa lancée, tête baissée, mais s'arrêtait net à la première remarque acerbe ou véhémente du procureur ou de la partie adverse, chose pourtant courante dans son métier. C'était Lulu. Et je l'aimais comme ça.

Si vous étiez défendu par Lucille Edmonton-Coopers pendant votre procès, vous aviez de grandes chances d'écoper de la peine maximale. Si elle négociait un accord en votre nom avec le procureur, vous pouviez être sûr que ce serait en votre défaveur.

Tout ça lui avait valu la réputation de « pire avocate de la ville ». Pour moi, c'était la meilleure.

Car, malgré ses échecs successifs, elle continuait et attaquait un nouveau dossier avec la même énergie que le précédent. Et à sa décharge, la quasi-totalité des dossiers qu'elle traitait étaient des cas commis d'office loin d'être simples. Elle faisait appel à moi en tant qu'enquêteur privé et me demandait de dénicher des informations qui pouvaient remettre en cause le dossier de l'accusation pour faire pencher la balance du jury côté acquittement. J'avais ma part de responsabilité dans l'infortune de Lulu. Mais elle continuait de faire appel à moi. Ça devait lui aller comme ça.

Le bâtiment dont elle occupait un étage était à l'image de sa carrière : quelque chose qui aurait pu être mais qui n'était pas. Un peu comme la mienne. Peut-être la raison qui expliquait que nous nous entendions si bien. La plupart du temps.

Lulu partageait l'immeuble avec un dentiste, au rez-de-chaussée, et un psychiatre au deuxième étage qui, de l'avis de Lulu, n'étaient pas beaucoup plus efficaces qu'elle. Et elle savait de quoi elle parlait : elle était sortie avec les deux. En même temps. De quoi tendre quelque peu les relations de voisinage. Surtout après les avoir plaqués tous les deux par SMS à dix minutes d'intervalle pour se mettre en couple le soir même avec Maya, son assistante juridique. Lulu tout craché. Elle faisait ce qu'elle voulait, quand elle le voulait, comme elle le voulait et peu importaient les conséquences. Sur les autres ou sur sa propre carrière.

Conséquences qui furent fâcheuses pour Sebastian le dentiste — ou Febaftian comme je l'appelais désormais — qui eut du mal à digérer sa déception amoureuse et dut recevoir une piqûre de rappel sous la forme d'un cric dans la face, administré par mes soins, sur ordonnance de Lulu, avec pour effet secondaire la perte de ses deux incisives supérieures. Je n'étais pas quelqu'un de violent. Pour Febaftian, pur accident.

⁂

Je m'étais montré un peu trop zélé et comme je cherchais à satisfaire Lulu et à montrer mes gros bras, je pris l'initiative de démolir la berline allemande du dentiste avec un cric qui traînait dans le coffre de ma voiture.

Ma motivation s'envola dès que je fus devant le véhicule, mon cric pendant dans ma main. Je ne savais pas vraiment comment faire. Par où commencer ? Par les vitres ? C'était le plus facile mais aussi le plus bruyant et bien qu'il fût tard, je ne voulais pas prendre le risque d'attirer des spectateurs curieux. Je me mis donc à taper sur le capot avec si peu de vigueur que la carrosserie ne se déforma même pas. Je réitérai mon geste deux ou trois fois comme un joueur de tambour accompagné du choc sourd de l'acier qui résonnait sur le parking mais rien à faire, le capot était plus solide que ma volonté.

Comme je n'avais pas que ça à faire, je me résignai à attaquer les vitres du véhicule quand Sebastian passa la tête par la porte de son cabinet pour voir ce qui faisait tout ce raffut. Alors que je m'apprêtais à fracasser son pare-brise, il déboula comme un dératé sur le parking, et s'interposa si vite entre sa voiture et mon bras que je n'eus pas le temps de freiner mon geste. Il se mangea le cric dans la tronche, pile sur sa lèvre supérieure. Il s'effondra au sol, la bouche en sang. Je me précipitai vers lui, plein de sollicitude sincère.

— Oh merde. Ça va ? Je suis désolé, je ne voulais pas vous faire mal.

Ce fut à ce moment qu'il cracha deux incisives dans la main. Il leva ses yeux larmoyant sur moi.

— Fous êtes un monftre, fous m'afez pété les dents. Pourquoi fous afez fait fa ? Fa va pas ou quoi ?

— Je voulais juste démolir votre voiture moi, pas vous défigurer.

— Gros falaud. Fous allez me le payer.

Il attrapa une poignée de gravillons qu'il me jeta au visage. Je ne bronchai pas. Après tout, c'était de bonne guerre.

— Calmez-vous, dis-je au bout d'un moment. Elle n'a rien votre voiture, même pas une rayure.

— Et mes dents, connard ?

Il marquait un point. Il se mit à gueuler comme un goret qu'on égorge, toujours allongé sur le parking.

— Au fecours ! On m'agreffe ! Au fecours !

— Eh oh, ça va bien maintenant ! Ce n'est pas moi qui vous ai demandé de venir coller votre tronche sous mon cric non plus !

— Au fecours !

Personne ne répondit à sa complainte. La soirée était bien avancée, aucun passant ne déambulait dans la rue. J'essayai péniblement de justifier mon geste.

— C'était un accident ! Je n'ai pas fait exprès.

Il se redressa sur un coude, encore sonné par le coup qu'il avait pris. Il s'appuya sur sa voiture et trifouilla dans sa poche de pantalon. Il en sortit un téléphone portable.

— V'appelle les flics.

Oulah, surtout pas !

Les flics ne m'aimaient pas beaucoup et déjà à l'époque certains d'entre eux attendaient avec avidité un faux pas de ma part. Faux pas que je faisais régulièrement — pour être honnête — mais bien souvent, contre ma volonté. Comme ce soir-là. Je levai les deux paumes, pour le rassurer et lui montrer que je ne lui voulais aucun mal.

— Inutile. On peut s'arranger non ? Ce n'était que de la maladresse de ma part et j'en suis sincèrement désolé.

— Rien à foutre.

Il composa le numéro et porta l'appareil à son oreille. Je sentis soudain une vague de haine bouillonner en moi, s'emparer de mon cœur et remonter jusque dans ma gorge.

Celui que j'appelais mon Coyote venait de se réveiller. Il était mon compagnon perpétuel, celui qui se faisait entendre dès que la colère faisait frémir mes entrailles. Il ne me lâchait pas, toujours là, patient, à attendre son moment.

Qu'est-ce qu'il ne comprenait pas cet abruti ? C'était un accident. J'en étais désolé. J'étais prêt à le dédommager, à lui payer un dentier même s'il le fallait. Pas besoin de mêler les flics à ça.

Mon Coyote prit le dessus.

Je serrai les poings. Après m'être assuré que personne ne viendrait nous déranger, je lui décochai un uppercut droit dans le ventre. Ses poumons se vidèrent, il tomba à genoux sur le parking, essayant de reprendre son souffle. Je m'accroupis à côté lui et coupai la communication de son téléphone dont on entendait la tonalité.

J'agrippai le col de sa chemise.

— Qu'est-ce que tu ne comprends pas dans « Je suis désolé » ? Je le suis réellement. Je ne comptais pas te blesser, même pas te faire peur. Je suis là pour te délivrer un message. L'avocate du premier étage, tu la connais ?

Il hocha la tête, désormais docile comme un chiot.

— Oui, fe fors afec.

— Faux, tu sortais avec. Au passé. Plus maintenant. Tu lui fous la paix, sinon je reviens et je te garantis que tu perdras plus que deux dents. C'est clair ?

Il remua à nouveau la tête.

— Et si tu t'avises d'appeler les flics après mon départ, je serai obligé de leur parler des opiacés que tu refourgues sous le manteau aux toxicos qui te servent de patients. C'est toujours clair ?

Encore une fois, il hocha le bulbe qui lui servait de tête. Je le relâchai et, avant de quitter le parking, j'empoignai le cric que j'avais laissé par terre, et de toutes mes forces, fracassai le pare-brise de sa voiture. Une pluie de débris de verre s'abattit sur le dentiste, toujours à genoux.

— Je t'avais dit de ne pas appeler les flics, dis-je en regagnant ma voiture.

Quand j'essayai de tourner la clef de contact, mes doigts ne répondirent pas. Je venais de me casser deux phalanges sur les abdominaux d'acier du dentiste. Le karma…

⁂

Ce fut ma seule et unique rencontre avec Febaftian, le dentiste édenté. J'y repensais encore dès que je mettais un pied dans le bureau de Lulu. Je n'étais vraiment pas fier de moi. J'aurais pu me contenter d'aller lui parler, de prendre une grosse voix et de lui faire comprendre que sa relation avec elle était bel et bien terminée.

Au lieu de ça, je m'y étais pris comme un manche — comme trop souvent —, le pauvre gars avait perdu deux dents et moi, un peu de mon amour-propre. Je n'étais pas quelqu'un de très violent — oh, je savais l'être quand il le fallait — mais à chaque fois, j'en ressentais un dégoût pour ma propre personne. Comme si chaque coup de poing asséné, chaque mâchoire fracturée marquaient mon âme à l'encre indélébile et m'éloignaient un peu plus de la personne que je pensais être.

Je gravis l'escalier de service jusqu'aux locaux qu'occupait Lulu. J'entrai comme si j'étais chez moi, traversai la salle d'attente avec ses fauteuils en cuir, sa moquette bordeaux et sa tapisserie imitation brique rouge, rappel de l'aspect extérieur du bâtiment, passai à côté du bureau fermé de Maya, l'assistante juridique/amante et ouvris la porte de celui de Lulu. Pas du tout surprise de ma présence, elle me salua d'un hochement de tête tout en continuant de farfouiller dans un tiroir de son bureau. Je pris place dans l'un des fauteuils en osier qu'elle réservait à ses clients, en face d'elle.

— Alors comme ça Madame prend quelques jours de vacances ?

Elle leva le nez de son tiroir pour me fusiller du regard.

— Ce ne sont pas des vacances, je t'ai dit que je partais pour un congrès d'avocats pénalistes de la côte ouest à Tacoma. J'aimerais bien être en vacances.

— Vu ta tenue, ça doit sûrement être un congrès de pouilleux.

D'ordinaire habillée d'un tailleur sombre, sa tignasse blonde coiffée en chignon et les yeux soulignés d'un trait de khôl, Lulu semblait négligée ce jour-là, avec son air fatigué, ses cheveux en bataille, son débardeur noir et son pantalon de jogging rouge élimé. Même vêtue de la sorte, elle restait la plus belle femme au monde à mes yeux avec ses courbes avantageuses et son rictus moqueur vissé aux lèvres. Une chose était sûre : malgré sa désinhibition notoire et son air qui disait « je vais te coller mon poing dans la gueule », elle me manquerait beaucoup.

— Je t'emmerde. Ça ne t'empêchera pas de te palucher en pensant à moi.

Elle sortit un bloc-notes du tiroir, le jeta sur son bureau et commença à y griffonner quelque chose.

— Et pour tout te dire, même si ce ne sont pas des vacances, je compte bien y prendre du bon temps. Ça me videra la tête après les semaines de merde que je viens de passer. Je me taperai peut-être un petit cul ou deux.

— C'est Maya qui sera contente…

— Si elle savait, elle m'y encouragerait…elle ne veut que mon bonheur.

— Je n'en doute pas, dis-je, peu convaincu par sa réflexion.

Elle sépara la feuille sur laquelle elle était en train d'écrire du reste du bloc-notes et la posa sur un coin de son bureau, au-dessus de la pile formée par ses jumelles.

Elle se leva pour s'affairer autour d'une armoire à archive.

— Je suis à toi dans une petite minute, dit-elle. Je prépare des notes pour que Maya ne soit pas trop perdue pendant mon absence car, crois-le ou non, mais un cabinet d'avocat, ça ne tourne pas tout seul.

Lulu prit un dossier et revint à son bureau pour recommencer à écrire sur le bloc-notes. Je restai la regarder et profitai de la vue offerte par la baie vitrée derrière elle, qui donnait sur le port de commerce. Plusieurs gros-porteurs étaient en train de quitter la baie pour partir voguer très loin d'ici. Parfois, je les enviais.

Lulu leva le nez de ses notes.

— Tu connais Bobby Bobolyte ? L'attardé que je défends de temps en temps, le mec qui picole en conduisant ?

— Je crois que tu m'en as déjà parlé. C'est l'alcoolo qui proposait des « mammographies manuelles » à des étudiantes à l'arrière d'une ambulance volée ?

— Celui-là même. Cet abruti a voulu détourner un train de marchandises. Un train de marchandises ! Trop con pour comprendre qu'un train, ça ne va que sur des rails, il a fait dérailler l'engin et a paralysé le transport ferroviaire de la ville pendant toute la journée.

J'avais lu cette histoire dans le journal ; je m'étais bien marré.

— Eh bien, j'ai passé toute la semaine dernière à essayer de convaincre le FBI que Bobolyte n'était pas un terroriste venu détruire notre beau pays mais juste un demeuré de plus avec la cervelle grillée.

— Et ?

— Bobolyte est au trou… Tu connais mon efficacité… Franchement, certaines fois, j'ai l'impression de perdre mon temps avec ce travail.

Elle secoua la tête, l'air désespéré. Elle termina sa note, qui rejoignit la pile. J'essayai de lui remonter le moral.

— Ma pauvre Lulu, fis-je, compatissant avec ce sentiment d'inutilité que je connaissais moi-même bien trop souvent.

— Ne m'appelle pas Lulu. En parlant de perte de temps…

Elle se pencha et tira de son bureau un épais dossier beige qu'elle fit glisser vers moi.

— C'est quoi ça ? demandai-je

— La raison de ta présence ici.

Je feuilletai le dossier. Il s'agissait d'un dossier d'instruction, avec photographies, rapports dactylographiés et dépositions. L'idée de le lire me fatiguait déjà.

— Tu as entendu parler de l'affaire du Boucher de Thanksgiving ?

Je secouai la tête. Elle soupira devant mon ignorance.

— Une affaire vieille de deux ans, un clodo camé qui a haché menu un pasteur et sa femme le soir de Thanksgiving. Il a été arrêté deux jours plus tard par la police en possession de l'arme du crime encore tachée de sang. Tu liras le dossier, tout est écrit dedans. Je n'ai rien pu faire au procès, trop de preuves contre lui. Je lui ai quand même évité la chaise électrique et depuis, il occupe une cellule à Corcoran. Depuis son procès, sa sœur m'appelle régulièrement pour me faire part de pistes farfelues qui, soi-disant, prouveraient l'innocence de son frère. Et elle est revenue à la charge vendredi dernier avec une autre de ces pistes à la con. C'est pour ça que j'ai besoin de toi. Je veux que tu la vérifies.

— Écoute Lulu, je ne sais pas…

Lulu se redressa sur son fauteuil, surprise.

— Comment ça « je ne sais pas » ? La dernière fois que j'ai vérifié tu étais un détective privé fauché comme les blés qui ne refusait aucun boulot.

À mon tour de m'agiter dans mon fauteuil.

Je lui bricolai une excuse à la va-vite. Inutile de l'embarrasser avec ma volonté de disparaître dans le néant une bonne fois pour toutes.

— J'ai fermé mon agence, je n'exerce plus. Je… je vais partir… dans… le Vermont, prendre un peu de temps pour moi. Je pars cette semaine, je ne sais pas encore quand, le temps de régler quelques détails avec la banque et mon propriétaire, ce genre de truc. Dès que c'est fait, je pars. Ça peut-être ce soir comme jeudi prochain.

Lulu haussa les sourcils.

— Quand est-ce que tu as pris cette décision ? Maya t'a vu vendredi dernier, tu ne lui en as pas parlé.

Je restai penaud.

— J'ai décidé ça hier matin...

— Tu as encore pris une décision sur un coup de tête !

— Non, pas cette fois.

Elle me lança un profond regard dont elle seule avait le secret. Je la connaissais assez bien pour savoir qu'elle jaugeait mon degré de sérieux.

Au bout d'un court laps de temps, elle baissa le regard.

— Et merde, tu es sérieux.

— C'est ce que je viens de te dire.

— Et comment je vais faire sans toi, moi ?

Je haussai les épaules.

— Je pense que tu t'en sortiras mieux sans moi. As-tu déjà envisagé que ton infortune en tant qu'avocate puisse être ma faute ? Que je ne faisais pas mon travail suffisamment bien pour te fournir les infos dont tu avais besoin pour gagner tes procès ?

— Pas une seule seconde ! répondit-elle du tac au tac en écarquillant les yeux. On est aussi nul l'un que l'autre !

Elle soupira à nouveau et sembla se ratatiner sur son fauteuil. Elle me lança un regard de chien battu, presque aussi hypnotique que le précédent. Mais cela ne changea pas mon projet d'une seule virgule.

— Je n'ai plus envie de partir à Tacoma maintenant...

— Mais si, tu vas t'y amuser. Tu te taperas un petit cul à la mémoire de notre collaboration. Et on se reverra dans le Vermont, je t'inviterai. On ira pêcher tous les deux, mentis-je.

— Tu sais où tu peux te la coller ta canne à pêche ?

Je ris de bon cœur avant de repousser le dossier vers elle.

— Reprends ça. Je ne vais pas en avoir besoin.

Lulu ne réagit pas, elle semblait absorbée par une pensée très intéressante.

— Quand est-ce que tu pars ? Au plus tôt, je veux dire ? Ce matin, demain matin ? me demanda-t-elle d'une voix lunaire, en me regardant de travers.

— Ce soir, je dirai.

— Alors c'est amplement suffisant ! annonça-t-elle en repoussant le dossier vers moi. Scott Sirius, si je te dis de bosser sur cette affaire, tu vas bosser sur cette affaire. Départ ou pas.

— Mais je n'aurais pas le temps, je viens de te le dire !

— Et moi je t'ai dit que la sœur du boucher ne me donnait que des pistes de merde. Pour un mec comme toi, en trois heures grand max, c'est plié. Tu as bien trois heures devant toi, non ?

Elle me semblait un peu trop catégorique mais pour ne pas la contrarier, je hochai la tête.

— Très bien ! Voilà le topo, ce n'est pas grand-chose : la sœur du boucher, Sarah, cherche à prouver par tous les moyens l'innocence de son frangin. D'habitude, je me contente de l'envoyer bouler, gentiment mais fermement. Pas besoin d'être détective privé pour savoir que ce n'est pas la mafia qui a tué le pasteur et sa femme ou que ce n'est pas non plus le voisin mécontent de la taille de leur haie qui les a dégommés à coups de hache. Même si ça arrive plus souvent que tu ne le crois

— Et qu'est-ce qui a changé cette fois ?

— Ça tient en cinq mots : gestion de la relation client, Scott. Elle a des idées de merde mais elle paie. Si je ne fais pas semblant de l'écouter, viendra un jour où elle ira voir quelqu'un d'autre. Et tu sais très bien que ce que je déteste plus que de perdre mon temps avec des tocards comme Bobolyte, c'est de perdre du chiffre d'affaires. Tout ce que je te demande de faire, c'est d'aller la voir, hocher tranquillement la tête, vérifier deux trois trucs, prendre le chèque de deux mille dollars et le remettre à Maya qui te filera cinquante pour cent. Tu vois, c'est pas sorcier. Un gros débile serait capable de le faire.

Un gros débile peut-être, moi, en revanche, pas sûr. D'expérience, je savais que rien n'était aussi simple que ce que Lulu semblait croire.

— Bon, c'est quoi cette piste ?

— Tu verras les détails avec elle mais en gros, son frère aurait reçu la visite d'une voyante ou d'une médium, une connerie comme ça, en prison qui lui aurait assuré savoir qu'il était innocent. Et dans un élan de gentillesse commerciale, je lui ai promis qu'on vérifierait ça.

Mon scepticisme devait transpirer par tous les pores de ma peau car elle ajouta :

— Je t'avais prévenu que ce serait de la merde.

— Tu me demandes de vérifier une vision qu'aurait eue une médium ?

— Je te demande en tout cas de faire semblant en étant poli et courtois. Rappelle-toi, il s'agit plus de flatter le client que de véritablement enquêter.

Je la fixai. « Flatter le client » : pas vraiment ma tasse de thé.

— Tu me donnes envie de me casser dans le Vermont tout de suite, dis-je.

Et c'était vrai…

— Si tu attends trois heures, quatre max, tu partiras dans le Vermont avec mille dollars en poche,

— Tout à l'heure, c'était trois heures max.

— Oui mais j'ai peut-être vu un peu juste.

— J'en étais sûr.

Je feuilletai une nouvelle fois le dossier. J'aperçus deux photos qui me soulevèrent le cœur. Une question me trottait dans la tête :

— Le frangin clodo, le boucher. Y a-t-il une chance qu'il soit innocent ?

— Aucune ! Il est aussi innocent que moi, bonne avocate !

Je me levai de mon fauteuil, le dossier sous le bras.

— Ce sera tout, Madame Edmonton Coopers ? demandai-je, prêt à partir.

— Vous pouvez disposer mon capitaine.

Alors que je m'apprêtais à franchir la porte de son bureau, elle m'interpella.

— Scott !

Je me retournai. Elle fit le tour de son bureau et me prit dans ses bras. Comme elle était un poil plus grande que moi, j'eus la tête dans sa poitrine. Cela ne sembla pas la déranger. Un avant-goût du paradis.

— Merci pour tout, Scott, me murmura-t-elle à l'oreille.

— Ce n'est pas comme si tu me laissais le choix.

Après quelques secondes, elle ajouta, toujours prompte à se foutre de moi :

— Si tu bandes, je serai flattée.

— Je bande non-stop depuis le jour où je t'ai rencontrée.

Nous nous séparâmes et je restai planté là, à la regarder. Je crus discerner une larme au coin de son œil droit. Impossible. Lulu pleurait souvent mais était bien trop minérale pour le faire en me tenant dans ses bras.

— Quoi ? Qu'est-ce qu'il y a ? Tu veux que je te suce ?

Je fus à deux doigts de tout lui expliquer.

De lui dire ce qui m'animait depuis hier. Ce qui me poussait à me coller le canon de mon revolver dans la bouche en priant l'univers de m'accorder la douce libération de la mort. Je voulais lui expliquer que je souhaitais échapper à ce flot de sentiments contradictoires qui me ballottait d'une humeur à l'autre avec toujours à l'horizon, mon reflet dans le miroir que je ne supportais plus de voir depuis samedi soir. Je voulais lui dire tout et son contraire, qu'elle m'en dissuade ou qu'elle m'encourage, qu'elle m'engueule ou qu'elle me flatte.

Mais je ne dis rien.

— Pas particulièrement.

— Alors dégage de mon bureau, tu as du boulot et moi, des petits culs à chopper.

Je sortis de son bureau. Ce fut ainsi que je fis mes adieux à Lucille Edmonton Coopers, personne trop fière pour reconnaître notre amitié.

Au moment de démarrer ma voiture, je me souvins de sa promesse faite au téléphone, plus tôt ce matin-là. Inutile que je remonte la voir pour la lui rappeler, je connaissais déjà sa réponse. « *Je t'ai dit que je te paierai le petit-déjeuner, pas que je le ferai aujourd'hui* ».

Lulu toute crachée.

Chapitre 2

Avant d'aller chez Sarah, la sœur du boucher, et comme il était encore tôt, je m'arrêtai dans un café que je fréquentais souvent, à deux pas de mon ancien bureau. À cette heure du matin, l'établissement était presque vide. Seule une poignée de clients attablés buvait café et jus de fruits, les yeux baissés sur leur smartphone. Je commandai au comptoir un café et un donut au chocolat. La serveuse, Mindy, qui s'occupait du service 7h-midi, me fit un clin d'œil.

— Vous avez passé un bon week-end, Scott ?

J'eus un frisson furtif.

— Pas vraiment.

Je portai ma commande ainsi que le dossier que Lulu m'avait confié à une table du fond, à côté de la baie vitrée donnant sur la rue. J'aimais regarder les passants qui traversaient mon champ de vision ; j'aimais me mettre à leur place. Qui étaient-ils ? Où allaient-ils ? Quels soucis encombraient ces esprits ? Quels espoirs habitaient ces cœurs ? J'aimais voir ces mères de famille qui accompagnaient leurs enfants à l'école. J'aimais voir ces hommes en costume cravate, mallette à la main, qui rejoignaient leurs bureaux. J'aimais voir ces couples, jeunes ou plus anciens, qui se baladaient parfois main dans la main. Cette rêverie s'interrompait en général au bout de quelques minutes quand une évidence me heurtait sans ménagement : ces personnes avaient toutes une vie plus belle que la mienne.

Je sirotai mon café, mordis dans mon donut et commençai à examiner les documents de Lulu, d'abord par curiosité puis par réel intérêt professionnel. Je passai une heure à compulser le dossier.

Ce que j'y lus me fit froid dans le dos.

Les victimes, Howard et Mary Cane, 48 ans tous deux, lui, pasteur pentecôtiste, elle, femme au foyer, furent retrouvés morts à leur domicile le matin du vendredi 29 novembre 2019, après qu'un voisin, venu prendre de leurs nouvelles, trouva porte close malgré les voitures garées dans l'allée. Il fit le tour de la maison et vit, par une fenêtre donnant sur le jardin, un corps allongé dans le salon. Il prévint la police qui découvrit les deux cadavres. Mutilés. Howard dans le salon et Mary dans la cuisine. Une dinde, sûrement le repas de Thanksgiving qu'ils ne dégustèrent jamais, était encore dans le four quand la police arriva. Les inspecteurs notèrent des traces de luttes dans la maison, des chaises renversées, de la vaisselle cassée et d'autres témoins involontaires de la scène qui s'était jouée ce soir-là. Mary serrait dans sa main droite un long couteau de cuisine. Elle avait cherché à se défendre mais à voir la photographie de son cadavre, je sus qu'elle n'y était pas parvenue. Les deux corps présentaient des blessures assez similaires : de longues entailles dans les chairs, principalement sur les bras, torses et le dos faites avec force et violence au point que l'examen préliminaire des corps indiquait que le bras gauche d'Howard était presque amputé et retenu au tronc par seulement quelques lambeaux de chair.

Le rapport médico-légal détaillait les mutilations subies par les deux victimes.

Howard présentait une profonde entaille de trente centimètres dans le dos faite par un objet lourd et coupant, son agresseur l'ayant attaqué par-derrière. Le coup porté lui fut fatal, il lui sectionna des vertèbres, lui cassa des côtes et perfora son poumon gauche. Le médecin légiste précisa dans son rapport la possibilité de plusieurs coups portés au même endroit. Le meurtrier s'acharna ensuite. Il lui asséna plusieurs autres coups, sur la tête, la jambe droite et le bras gauche, expliquant l'amputation notée plus tôt par les inspecteurs.

Mary, elle, présentait une plaie profonde au cou ainsi qu'au ventre. Le médecin légiste émit l'hypothèse que le tueur avait cherché à décapiter et éventrer la pauvre Mary, mais qu'il dut renoncer à son projet, son arme n'étant pas assez bien aiguisée. Arme qui, selon le médecin légiste, devait être une hache ou une feuille de boucher maniée par une personne droitière, très certainement un homme au regard de la force déployée.

Détail le plus troublant : des traces de morsures furent retrouvées sur les deux cadavres et plusieurs morceaux de chairs semblaient avoir été arrachés par des dents humaines. Aucune empreinte digitale exploitable ne fut trouvée sur les lieux du crime.

L'enquête de personnalité apprit aux inspecteurs qu'Howard était le pasteur d'une petite congrégation pentecôtiste de l'ouest de la ville et qu'il dirigeait un foyer d'accueil pour sans-abris, *Le Renouveau,* situé non loin de son église. Il arriva à leur attention qu'Howard Cane avait eu une altercation avec un sans-abri le jour de Thanksgiving, à l'occasion de la distribution du repas de fête, le midi précédant le meurtre du couple. Le sans-abri en question, Theodore Monroe, 28 ans, très agité et sous l'emprise de stupéfiants, proféra des insultes à l'encontre du pasteur tout en essayant de lui asséner des coups au visage. Ce qui aurait pu être une simple empoignade pesa très lourd dans la suite de l'enquête.

Monroe fut retrouvé deux jours plus tard, dormant sous un carton dans une ruelle crasseuse. À côté de lui, une hache ensanglantée. Les expertises ADN ne mirent pas longtemps à parler. Les traces de sang présentes sur la hache appartenaient à Howard et Mary Cane.

Lors de son interrogatoire, Theodore Monroe, en état de manque et souffrant de schizophrénie, reconnu l'altercation mais déclara ne pas se souvenir de sa soirée du 28 novembre. Jamais il n'avoua. À son procès, Monroe plaida non coupable et ma Lulu tenta de jouer la carte de l'irresponsabilité pénale. Elle chercha aussi à instiller le doute raisonnable dans l'esprit des jurés. Après tout, l'ADN partiel prélevé sur les traces de morsure ne correspondait pas à celui de Monroe. Mais rien n'y fit, le procès était perdu d'avance. Monroe fut condamné à cent vingt ans de prison au pénitencier d'état de Corcoran.

Au cours de ma lecture, je compris assez vite pourquoi Lulu était si certaine de la culpabilité de son client. Les flics étaient peut-être cons comme des chaises mais ils savaient faire une addition. Comment douter de la culpabilité de cet homme, marginal et déséquilibré, retrouvé en possession de l'arme du crime maculée de l'ADN des victimes ? Et pourtant, d'après Lulu, sa sœur s'accrochait à l'idée de son innocence. Peut-être avait-elle du mal à admettre l'horreur dont son frère était capable.

Je terminai mon café, laissai mon donut et pris la direction de la proche banlieue, vers le domicile de la sœur en question.

Sarah Basil, née Monroe, vivait dans la banlieue cossue de la ville, dortoir réservé à la classe moyenne supérieure, celle trop pauvre pour vivre en bord de mer mais trop riche pour se contenter d'un trois-pièces en centre-ville. Le quartier était constitué de grandes maisons à l'allure confortable, toutes plus ou moins semblables, colorées dans des tons pastel verts ou roses, avec jardins et allées menant aux garages et véhicules familiaux qui y étaient garés.

Je m'arrêtai devant l'une de ces maisons, au numéro douze. Des jouets pour enfants, tricycles et poupées étaient éparpillés sur la pelouse devant la maison, et en remontant l'allée menant à la porte, je faillis me prendre les pieds dans une corde à sauter.

Je sonnai.

La porte s'ouvrit sur une jeune femme noire, trente ans environ, habillée d'un jean et d'un chemisier rouge. Elle eut l'air agacée d'être dérangée d'aussi bonne heure – il n'était même pas 8h30 – mais se radoucit quand je lui montrai ma licence de détective privé.

— Scott Sirius, détective privé. Je viens vous voir à la demande de Madame Edmonton Coopers au sujet de votre frère.

Elle me fit entrer puis me conduisit vers un vaste salon quelque peu en désordre. Là encore, des jouets traînaient un peu partout, des dessins maladroits étaient laissés inachevés sur une table, et un grand koala en peluche était assis sur l'un des trois canapés de la pièce. Une immense baie vitrée donnait sur un jardin à la pelouse couleur émeraude et laissait entrer dans la pièce les premiers rayons de soleil de la journée. Cette maison respirait la vie familiale saine et équilibrée, les parents aimants, les enfants espiègles. Un grand piano à queue occupait un coin de la pièce, près d'une bibliothèque massive dans laquelle des ouvrages en tout genre se partageaient l'espace avec des bibelots décoratifs en ivoire et cristal. Sarah Basil était beaucoup moins démunie que son frère. Je notai l'absence de télévision. Quel était l'intérêt d'avoir trois canapés si on ne pouvait même pas s'y vautrer pour regarder un bon film ?

Je m'installai à côté du koala et sortis mon carnet et mon stylo de la poche revolver de ma veste. Simple illusion professionnelle, je ne comptais prendre aucune note. Elle me proposa un café que je déclinai puis s'installa en face de moi.

— Excusez le désordre. Je viens de déposer les enfants à la crèche, je n'ai pas eu le temps de ranger. Un et trois ans. De vraies tornades.

— Ne vous inquiétez pas, je sais ce que c'est.

Mensonge éhonté destiné à flatter le client. Je détestais mais j'excellais là-dedans. Ça faisait un bail que mon salon n'avait pas ressemblé à celui de Sarah Basil. Beaucoup trop longtemps…

Comme parler gamin ne m'intéressait pas plus que ça, j'enchaînai sur le motif de ma visite :

— Madame Edmonton Coopers m'a demandé de vérifier quelques informations que vous auriez à propos de votre frère. J'ai cru comprendre que ça avait quelque chose à voir avec une voyante…

Elle dut sentir mon scepticisme car elle parut gênée.

— Hum… oui, confirma-t-elle d'une petite voix feutrée, presque un chuchotement. Plutôt une médium en fait. Depuis un an environ, cette personne rend visite à mon frère en prison, tous les jeudis matin. Ne me demandez pas pourquoi. J'imagine que ça l'aide à faire passer le temps. En prison, toutes les occasions doivent être bonnes à prendre. Toujours est-il que la semaine dernière, quand il m'a appelée, il avait l'air très perturbé. Plus que d'habitude, je veux dire. Il m'a expliqué que cette médium lui avait affirmé connaître la vraie identité du meurtrier du couple Cane et qu'elle savait qu'il était innocent. Je n'y crois pas vraiment, mais peut-être qu'elle a eu des visions sur le meurtre des Cane, ce genre de chose... J'ai lu quelque part que des médiums aident parfois la police pour certaines affaires. Ça vaut peut-être le coup de vérifier, non ?

Je ne lui répondis pas, je ne la savais pas désespérée à ce point-là. Je fis semblant de prendre note sur mon carnet en accompagnant mon geste de petits acquiescements gutturaux.

— J'ai lu le dossier de votre frère. C'est un toxicomane et un schizophrène. Vous êtes sûre que ce n'était pas un délire de sa part ? Ou qu'il n'a pas déformé les propos de ce médium ?

— Sûre, non. Mais il reçoit un traitement contre sa schizophrénie en prison. Et je connais mon frère. Je sais quand il me dit la vérité et quand il hallucine. Et là, il me disait la vérité, j'en suis certaine.

Un peu léger comme conviction quand même.

— Cette médium, vous l'avez déjà rencontrée ?

Elle secoua la tête.

— Non, jamais. Je sais juste qu'elle s'appelle Bara et que mon frère l'apprécie beaucoup.

Malgré moi, je notai le nom du médium. Réflexe hérité de ma motivation perdue.

— J'ai une dernière question : pourquoi êtes-vous si convaincue de l'innocence de votre frère ? Je vais être très honnête avec vous, de ce que je connais du dossier, sa culpabilité ne fait aucun doute.

— Euh… Eh bien… Je…

Elle s'interrompit quand des pas résonnèrent dans l'escalier. Un homme noir entra dans le salon habillé d'un costume sombre dont il était encore un train de nouer la cravate. Il s'adressa à sa femme sans même prendre la peine de me jeter un regard :

— Qui c'est ? demanda-t-il en me désignant du menton.

Sarah se ratatina sur son siège. Elle me fit penser à une bouteille plastique qu'on écrasait entre deux paumes. Je détestai ce type à la seconde où je le vis. Rien que sa cravate déjà…

— C'est Scott Sirius, chéri. Il est détective et travaille avec l'avocate de Théodore pour…

Il pointa vers moi un regard glacial, à givrer les verres de ses lunettes à monture d'écailles.

— Arrêtez de coller des idées dans le crâne de ma femme, vous et cette connasse d'avocate. Théodore est une raclure et une ordure d'assassin. Point barre. Je ne sais pas pourquoi ma femme s'entête à croire en son innocence, je lui avais bien dit que ça finirait comme ça mais elle se berce d'illusion. Vous voulez vraiment savoir qui était Théodore ? Théodore était un parasite qui profitait des autres, incapable de se prendre en main, toujours à quémander de l'argent ou un toit au-dessus de sa tête. Il a fini en taule et c'est bien fait pour sa gueule. J'espère qu'il y crèvera.

Sarah ne tenta même pas de broncher ni de défendre son frère. Elle fixait ses pieds, l'air un peu honteux, comme une enfant qui venait de se faire réprimander. Moi, en revanche, me faire engueuler était loin d'être ma passion et je sentis mon Coyote commencer à me réchauffer les entrailles.

— On a fait notre maximum pour l'aider. On l'a nourri, logé, blanchi, j'ai essayé de lui trouver un travail et vous savez ce qu'il a fait ? Il m'a volé cinquante dollars pour s'acheter de l'héroïne. Un voisin l'a trouvé complètement raide sur la pelouse. Vous imaginez la réputation que ça nous a faite dans le quartier ? Il est hors de question que ma femme ne file ne serait-ce qu'un centime de plus à un autre parasite comme vous pour aider cette saloperie.

Je jetai un coup d'œil aux merdes posées sur la bibliothèque. Chacune d'entre elles devait valoir minimum cinq fois la somme dérobée par Théodore.

— J'imagine que vous devez être à cinquante dollars près, ironisai-je. Les temps sont durs.

— Ça veut dire quoi ça ?

Je rangeai carnet et stylo dans ma poche revolver avant de me lever. Mon Coyote bouillonnait dans ma poitrine et me murmurait d'éclater la gueule de ce con sous le couvercle de son piano à queue de merde. Il fallait que je sorte de là. Pour le bien de tous.

— Ça veut dire que je me casse. Pas de thune, pas d'enquête.

Je rejoignis ma voiture et remontai la rue sur une cinquantaine de mètres avant de couper le contact. Je pris une profonde inspiration, histoire de me calmer les nerfs.

Quel abruti !

Au bout de deux minutes, un mouvement dans mon rétroviseur attira mon attention : une voiture quittait l'allée des Basil. Elle prit la direction du centre-ville, à l'opposé de ma position. Je reconnus le mari de Sarah derrière le volant, qui partait bosser avec son costard de merde et sa tronche de con. À défaut de pouvoir lui éclater le crâne, j'y vis l'occasion de lui faire cracher quelques milliers de dollars.

Je fis marche arrière, jusqu'à la maison que je venais de quitter.

Dès que je sonnai, Sarah m'ouvrit un mouchoir à la main. Des traces de maquillage étaient encore visibles sur ses joues.

— Votre mari est un gros con, fis-je tout de go.

— Christopher est un peu bourru, admit-elle.

Je soupirai. Cette femme me fit de la peine. Elle se berçait d'illusions et son mari n'était pas assez futé pour les lui faire oublier.

Mais je fis quand même monter les enchères.

— Quoi qu'en dise votre mari, si vous voulez que je creuse l'histoire de la voyante, ça fera six mille dollars par jour pour deux jours d'enquête minimum.

— Douze mille dollars… C'est un peu cher, je ne sais pas…

Je sortis ma plus belle expression de vendeur de tapis fouteur de merde :

— Pour vous, je peux descendre à trois milles par jour. Pas en dessous. Payables d'avance.

— Ça reste quand même assez cher.

Je lui fis mon plus beau sourire, prêt à lui sortir l'un des pires mensonges dont j'étais capable.

— Vous pensez avoir qui en face de vous ? Vous pouvez faire appel à un détective qui vous prendra dix dollars de l'heure mais je vous préviens, ce ne sera pas la même qualité de service.

Elle soupira. Je poussai un peu plus.

— La liberté de votre frère, elle vaut combien selon vous ?

Elle réfléchit quelques secondes. Puis accepta. Elle s'absenta pour revenir une minute plus tard avec un chèque de six mille dollars que j'empochai.

— L'argent vient du compte épargne qu'on a ouvert pour les enfants. C'est le seul compte que Christopher me laisse gérer. Ne lui dites surtout pas que je vous ai signé un chèque. S'il vous plaît.

Comme si je comptais le prévenir... Je venais d'extorquer six mille balles à sa femme. Je ne m'en vanterai pas, je n'étais pas débile à ce point.

— Je vous tiens au courant, dis-je en lui tendant l'une des cartes professionnelles qu'il me restait.

Je repartis vers ma voiture mais opérai un demi-tour. Quelque chose me taraudait toujours.

— Il y a quelque chose que je ne comprends pas. Vous avez de l'argent, une grande maison et plutôt que d'aider votre frère, prendre soin de lui, lui trouver un institut pour le soigner, vous avez laissé votre mari le foutre à la rue parce qu'il lui avait volé cinquante balles et qu'il faisait peur aux voisins. Alors pourquoi vous cherchez à l'aider maintenant ? Vous regrettez de ne pas avoir été là plus tôt pour lui ?

Elle vrilla sous mes mots qui furent plus violents que ce que j'avais anticipé. Je craignis de voir des larmes couler à nouveau sur ses joues.

— Non, ce n'est pas ça.

— Qu'est-ce que c'est, alors ?

— Vous ne pouvez pas comprendre. Ça peut paraître violent, mais c'est vrai : je ne regrette pas de ne pas avoir été là pour lui. Théodore a toujours été un garçon très difficile. Il demandait une attention constante que je ne pouvais pas lui donner. Je n'avais pas la force de le soutenir pendant ses crises de paranoïa ou ces moments pendant lesquels il se mettait à hurler à la mort. Vous ne savez pas ce que c'est de vivre avec une personne comme ça, vous pouvez vite vous sentir démuni. Et il y a les enfants… Je ne voulais pas qu'ils côtoient une personne aussi instable. Si Christopher ne l'avait pas mis à la porte, je l'aurais fait moi-même. Mais est-ce pour ça que je crois en sa culpabilité ? Non.

Je fis un pas vers elle.

— Il est malade, Sarah. Vous l'avez dit vous-même, il est imprévisible. Qui peut savoir ce qu'il s'est passé dans sa tête…

— Moi. Parce que c'est mon frère et que je le connais. Sa maladie est une chose, ce qu'il est au plus profond de lui-même en est une autre. Il n'aurait jamais été capable de faire une telle chose, je le sais.

Tous ceux qui m'engageaient essayaient, à un moment ou à un autre, de me convaincre du bien-fondé de leur démarche. Quitte à me pondre les pires des bobards. « *Papa est innocent, sortez-le de prison* ». « *Mon fils n'a pas volé cette voiture, il ne ferait jamais ça* ». Comme si j'en avais eu quelque chose à foutre… Tout ce qui m'importait était l'argent qui finissait dans ma poche. Rien d'autre.

— Je suis convaincue qu'il doit bien y avoir des preuves de son innocence quelque part. Le vrai meurtrier est là, quelque part ! Cette médium sait peut-être quelque chose. Essayez de savoir quoi. S'il vous plaît.

Inutile de me supplier. Le chèque dans ma poche s'en était déjà chargé.

Je regagnai ma voiture. Avant de m'installer derrière le volant, je hélai Sarah, restée à la porte.

— Sarah ?

— Oui ?

— Votre mari vous trompe.

On eût dit que quelqu'un venait de lui planter un couteau dans le dos.

— Pourquoi dites-vous ça ?

Je me tapotai l'aile du nez.

— Mon flair de détective.

Flair que je n'avais pas.

Je démarrai, laissant Sarah sur le pas de sa porte.

Chapitre 3

Je m'empressai d'aller déposer le chèque à la banque. Quand je retirai la somme en liquide, la guichetière me lança des coups d'œil. Un peu nerveuse, celle-là. Peut-être avait-elle l'impression d'avoir en face d'elle un mafieux venu retirer le fruit de son dernier racket. Si elle pensait ça, alors elle n'avait pas tout à fait tort.

En sortant de la banque, mon téléphone vibra dans ma poche. Numéro inconnu. Je ne décrochai pas. Je préférai prendre la direction du front de mer, encore peuplé de touristes profitant des derniers rayons de soleil d'un été qui s'achèverait bientôt. Nous étions mi-septembre — le treize pour être plus précis — et malgré le temps, pour le moment radieux, des nuages gris se regroupaient à certains endroits du ciel pour comploter en vue de voler à la ville sa chaude lumière.

Une rapide recherche internet sur mon smartphone m'apprit que la dénommée Bara, arts occultes et divination, tenait boutique sur la promenade longeant la plage entre un vendeur de chapeau et un marchand de glace. Drôle d'implantation.

Je n'eus aucun mal à trouver la boutique en question.

Un néon violet au nom de la voyante, médium ou peu importe, clignotait sur la devanture, laquelle n'était qu'un patchwork de signes ésotériques divers, allant de l'œil d'Horus au yin-yang. J'y vis même un hexagone au sein duquel plusieurs droites se croisaient pour former des figures géométriques successives avant de se rejoindre en un point unique, au centre de la figure. J'appris plus tard qu'on appelait ça un « cube de Metatron ». Allez comprendre l'utilité… J'entrai.

Dans un autre monde.

La boutique à l'ambiance feutrée était surchargée : des tentures de toutes couleurs aux motifs vaguement indiens étaient suspendues aux murs et des lampes à pétroles rouges et violettes posées ici et là épaississaient une atmosphère déjà rendue presque irrespirable par une forte odeur de patchouli. Quelques rayonnages dans un coin de la boutique proposaient à la vente boules de cristal, ouija, ouvrages ésotériques et divers grigris dont j'avais du mal à comprendre l'utilité. Des scènes du Kâma Sutra étaient peintes au plafond. J'en reconnus quelques-unes ; l'une d'entre elles m'avait valu un sacré tour de reins quelques années plus tôt. Au centre de la pièce, une femme rousse, la cinquantaine, au visage avenant et aux formes généreuses, était assise à une table ronde. Ses yeux, d'un bleu glacial, semblaient me passer au scanner. Un foulard rose assorti à sa robe et replié comme un bandeau maintenait sa chevelure en arrière. Plusieurs cartes — sûrement du Tarot — étaient posées retournées sur la table à côté de leurs collègues toujours regroupées en paquet attendant d'être manipulées.

Je m'avançai.

— Vous êtes Bara ? demandai-je.

— Très perspicace, répondit-elle avec un sourire. Qu'est-ce que je peux faire pour vous ?

Je lui montrai ma licence.

— Scott Sirius, détective privé. Je viens vous voir au sujet de Théodore Monroe.

Elle n'eut pas l'air plus surprise que ça. D'un geste de la main, elle m'invita à prendre place face à elle. Je remarquai les cartes retournées : pas du tarot, non, juste des cartes normales. Bara était en train de jouer au solitaire.

Je sortis mon stylo et mon carnet, toujours pour la forme.

— Qu'est-ce que vous souhaitez savoir, Monsieur le détective privé ?

— La sœur de Théodore Monroe m'a demandé de vérifier certaines choses que vous lui auriez dites, la semaine dernière. D'après elle, vous auriez affirmé à Théodore Monroe connaître la réelle identité du tueur du couple Cane.

La médium m'adressa un sourire doux, presque maternel.

— Je vois à quoi vous faites référence mais ce n'est pas ce qui s'est passé. J'ai rendu visite à Théodore jeudi dernier. J'imagine que vous connaissez ses problèmes, c'est un garçon très perturbé. Et ce jour-là, il était particulièrement agité, soit il a arrêté son traitement soit il a recommencé à consommer de la drogue. En prison, ça ne doit pas être si compliqué de s'en procurer. On a commencé à discuter de tout et de rien, comme on le fait à chaque fois. Mais là, je voyais qu'il n'était pas très réceptif, comme renfermé sur lui-même. Il ne répondait pas, ou que par onomatopée. Au bout d'un moment, il s'est mis à hurler et à taper sur la table du parloir en criant qu'il était innocent, qu'il n'avait rien fait, qu'il avait été piégé par le gouvernement, ce genre de chose. Puis il s'est recroquevillé dans un coin. Il pleurait en se balançant sur lui-même. Avant que les gardiens n'arrivent, pour le rassurer et le calmer, je lui ai dit que je savais qu'il était innocent car à mes yeux, tout le monde l'est. C'est tout ce que je lui ai dit. Je ne lui ai pas parlé du couple Cane. Ni d'un éventuel autre meurtrier. Je ne me le serais jamais permis.

— C'est tout ?

— C'est tout, Monsieur le détective privé.

— Donc, pas de prémonitions sortant d'une boule de cristal ni de fantômes qui seraient venus vous voir en pleine nuit pour vous avertir de l'innocence de Théodore Monroe ?

Elle éclata de rire.

— Non, Monsieur Sirius, rien de tout ça. Je communique effectivement avec les esprits de l'au-delà, mais ceux-ci n'ont rien à voir là-dedans.

Mais bien sûr…

— Pourquoi rendez-vous visite à Monroe en prison ? Vous le connaissiez avant le meurtre des Cane ?

— Pas du tout. J'ai lu son histoire dans les journaux. Elle m'a touchée. C'est un garçon qui n'a jamais eu de chances dans la vie. Vous saviez que ses parents les avaient abandonnés, lui et sa sœur, sur une aire d'autoroute, comme des chiens ? Il avait à peine 10 ans, le pauvre. Alors oui, son crime est horrible mais ne sommes-nous pas la somme des évènements qui nous ont marqués ? Qui suis-je pour le juger ? Je lui rends visite en prison pour lui montrer qu'il y a un peu de bonté dans ce monde. Discuter, prendre des nouvelles, partager un peu de chaleur humaine. Même les monstres en ont besoin.

Je ne sus quoi répondre à ça. Je sentis mon téléphone vibrer à nouveau dans ma poche. Encore ce numéro que je ne connaissais pas.

— Je rends régulièrement visite à plusieurs détenus de Corcoran, certains pires que Monroe, ajouta-t-elle. Je vois un peu ça comme ma raison d'être sur terre. Déformation professionnelle j'imagine. On ne peut pas communiquer avec les morts si on ne prend pas soin des vivants.

— Je comprends, mentis-je. Si ce n'est pas trop indiscret, puis-je vous demander votre vrai nom ? J'imagine que Bara n'est qu'un pseudonyme.

— En effet, confirma-t-elle avec un sourire. On reconnaît bien le détective privé. Mon nom est Barbara Jane. Je l'ai raccourci en « Bara », c'est plus commercial.

Je rangeai mon carnet. J'avais tout ce qu'il me fallait mais je devais encore vérifier quelque chose. Elle me retint au moment où je m'apprêtais à passer la porte :

— Vous voulez que je vous tire les cartes ? Pour que vous ne soyez pas venu pour rien.

Je déclinai. Mon avenir, je le connaissais déjà. Je sortis et laissai Bara à sa partie de solitaire.

J'ignorais ce qui me poussa à douter de Bara. Peut-être était-ce une expression fugace sur son visage, mais je n'étais pas si bon détective que ça. Peut-être était-ce son discours sur la bonté humaine auquel je ne croyais pas du tout. Tout ce que je ressentais, c'était cette sensation étrange et inexplicable que quelque chose clochait.

Derrière mon volant, toujours à l'arrêt sur le parking, je pris la décision d'appeler Hector Suarez.

Hector Suarez, ou Hector le Doryphore comme je l'appelais, était passé, trois ans auparavant, de flic pourri à gardien de prison pourri après qu'une sordide affaire de mœurs mit un terme à sa carrière dans les forces de l'ordre.

Gardien de prison. Au pénitencier d'état de Corcoran.

Hector était une immonde crevure. Un gars capable d'attacher une pute derrière sa voiture, la traîner sur une centaine de mètres puis la laisser pour morte sur le bas-côté, pire qu'un chien. Juste parce qu'elle lui devait vingt balles. Primate demeuré, prompt à abuser de la moindre once de pouvoir qu'il détenait, il laissait derrière lui une tripotée de délits, de voies de fait et d'agressions en tout genre. Son impunité était un mystère pour moi. J'en savais tellement long à son sujet que j'en fis ma petite soumise d'un claquement de doigts. Depuis, il me lâchait deux cents dollars par semaine en échange de mon silence. Et ne ratait aucun versement.

Il décrocha après la troisième sonnerie.

— Hector le Doryphore ! Comment ça va ? fis-je, beaucoup trop enjoué pour être honnête.

Son souffle satura la communication.

— Putain, Sirius, qu'est-ce que tu me veux encore ?

— Je veux que tu fasses quelque chose pour moi.

— Quoi encore ? Je ne te file pas assez de thunes comme ça ?

— Tu vas aller jeter un coup d'œil au registre des visiteurs des douze derniers mois et tu vas me sortir la liste des prisonniers qu'une certaine Barbara Jane a rencontrés.

— Pourquoi ?

— Qu'est-ce que ça peut te foutre ? Tu le fais et tu fermes ta gueule. T'as pas le choix sinon tu passes de l'autre côté des barreaux.

Nouvelle saturation.

— Tu vas me faire chanter comme ça jusqu'à quand au juste ?

— Jusqu'à ce que la fillette que tu as violée dans un champ de maïs retrouve l'usage de ses jambes.

Silence à l'autre bout de la ligne.

— Je veux ma réponse dans dix minutes, pas dans deux semaines.

— Hey attend, j'ai du boulot ici moi, je peux pas faire....

— C'est pas mon problème, tu te démerdes, dis-je avant de couper la communication.

Mon Coyote me conseilla, encore une fois, de faire couler cet enculé une bonne fois pour toutes. De transmettre à la police et aux médias tout ce que j'avais sur lui, pour voir sa tronche de rat au JT, pour me réjouir en l'imaginant se faire suriner sous les douches. Je tirai sur ma cigarette électronique pour faire taire ce passager clandestin.

Huit minutes plus tard, je reçus un texto du Doryphore : *Ta connasse n'a vu qu'un seul prisonnier : Théodore Monroe. Fils de pute.*

Bara… Petite menteuse…

Chapitre 4

Bara m'avait pris pour un con. Pourquoi ? Je n'en avais pas la moindre idée. Je décidai de creuser un peu plus loin, plus par réflexe atavique hérité d'une profession que j'exerçais depuis une dizaine d'années que par réel intérêt pour la question. Après tout, peut-être s'était-elle juste joué reine de l'altruisme. Ou peut-être était-elle amoureuse de Monroe et qu'elle n'avait pas voulu me le dire ? Cela aurait bien pu être son genre. Même Charles Manson recevait régulièrement des mots doux de groupies tombées en pâmoison devant ses yeux de cinglés… Ou peut-être connaissait-elle Monroe d'avant les meurtres ? Ou peut-être cachait-elle réellement quelque chose ? Car si Monroe était innocent, comme sa sœur semblait le croire, alors Bara avait vu juste. Coïncidence ? Allez savoir.

Je retournai chez moi.

Pendant le trajet, mon téléphone sonna deux fois ; encore ce numéro inconnu qui ne me laissait pas de messages. Je ne répondis toujours pas. Je me garai sur ma place de parking habituelle et montai chez moi. Des enfants s'égosillaient dans la piscine de ma résidence en se lançant un ballon à l'effigie de Spider-Man. Leurs parents surveillaient leur progéniture d'un œil distrait depuis leurs transats, plus intéressés par les ragots qu'ils s'échangeaient que par ce qu'il se passait dans l'eau. Sur ma porte, Lynn avait laissé son traditionnel Post-it de remerciement, comme à chaque fois que je m'occupais de ses poubelles. Un petit post-it jaune sur lequel le mot « Merci » était griffonné à l'encre violette et entouré de dessins de fleurs que j'imaginais être des pâquerettes. L'une d'entre elles me semblait avoir vaguement l'aspect d'un cœur.

Paréidolie typique du mec désespéré.

Je retrouvai mon habitat naturel et me fis un café, beaucoup trop chaud et beaucoup trop fort pour être qualifié de bon. Je me vautrai dans mon fauteuil, mon ordinateur portable sur les genoux.

J'explorai la base de données des immatriculations et les registres d'état-civil dont des pots-de-vin, versés à des fonctionnaires peu scrupuleux quelques années plus tôt, m'avaient ouvert l'accès. Ma recherche me prit plus d'une heure. Une heure presque inutile qui ne m'apprit rien de bien intéressant.

Barbara Jane née Berry, le 6 juillet 1973, vivait à Venice, en plein milieu d'un quartier huppé préempté depuis quelques années par les nouvelles fortunes de l'informatique. Diplômée du lycée Bennet Riley en 1991, elle avait suivi un cursus en histoire de l'art à l'Université de Boston pendant trois ans avant de se marier à un certain Filip Jane, fils de bonne famille qui deviendra au début des années 2000 un véritable petit prince du boursicotage, engraissant un patrimoine familial déjà bien conséquent. Veuve depuis 2008, elle avait hérité de la maison, de la fortune et du nom, après que son capitaliste de mari, trop bourré pour se rendre compte qu'il roulait à contresens sur l'autoroute, avait fini aplati comme un pancake par un poids lourd. Elle ne s'était jamais remariée et n'avait aucun enfant. Sûrement pour tuer l'ennui que lui procurait sa situation de veuve pleine aux as, elle avait ouvert sa boutique de voyance en 2012 dans un local dont feu son mari s'était porté acquéreur quelques années plus tôt. D'après le registre des sociétés, elle avait déclaré l'année dernière un chiffre d'affaires mirobolant de six mille dollars. De bonnes grosses couilles en or... Moi-même, je gagnais cinq fois plus. Mais à l'inverse de Bara, je ne les déclarais pas.

Je fermai mon ordinateur.

Mon regard vadrouilla dans la pièce. Rien n'éveillait mes soupçons quant à un possible lien entre Bara et Théodore Monroe antérieur aux meurtres des Cane.

Alors, pourquoi me mentir ?

Je décidai par acquit de conscience — au cas où — d'aller traîner mes basques au centre d'aide pour sans-abris, *Le Renouveau*. Théodore Monroe était un habitué des lieux avant de transformer le couple Cane en steak haché et peut-être quelqu'un savait-il quelque chose là-bas. Au moment de me lever de mon fauteuil, mon regard glissa sur mon revolver qui m'attendait là, posé sur ma table basse. Mon complice m'appelait.

— À tout à l'heure.

Alors que je regagnai ma voiture, mon téléphone vibra à nouveau. Toujours ce numéro que je ne connaissais pas. Je l'ignorai une fois de plus. Simple réflexe d'autruche, j'avais bien une petite idée de ce qui se cachait à l'autre bout du fil. Il était hors de question pour moi d'y faire face. Je n'en avais pas la force. Mais, quelques secondes plus tard, je reçus un texto du même numéro.

« répon mec ! ta cacé ma biciclète ».

Un peu surpris. Un peu soulagé aussi. À ma connaissance, je n'avais cassé aucune bicyclette.

Je rappelai.

La personne décrocha à la première tonalité.

— Hey mec, c'est pas trop tôt, ça fait trois heures que je t'appelle. T'es où ?

À sa prononciation traînante et peu énergique, je devinai que mon interlocuteur planait très haut dans la stratosphère.

— Je crois que vous vous êtes trompé de numéro, dis-je.

— Non mec, je me suis pas trompé. T'es Scott Sirius, t'es détective privé et t'as flingué ma bicyclette. C'est pas cool et je demande réparation, mec.

Mais de quoi pouvait bien parler cet abruti ?

— Je ne vous connais pas et je n'ai rien fait à votre « bicyclette », donc maintenant vous allez oublier ce numéro et me foutre la paix. C'est clair ?

— Je sens tes mauvaises vibrations à travers le téléphone, mec. Relax, man ! Je veux juste que tu payes pour la bicyclette que tu as défoncée, mec. C'est tout.

Mon Coyote se réveilla et commença à s'agiter.

— Mais je vous paierai que dalle, je ne sais même pas de quoi vous me parlez.

— Faut qu'on se voie mec, en face-à-face, ce sera plus facile. Y'a trop de mauvaises ondes là.

— Ok, d'accord.

Mon Coyote lui donna rendez-vous dans un parking à proximité du bureau de Lulu que je savais peu fréquenté.

Cette tête de nœud allait bouffer mon cric.

Quand j'arrivai sur place, je n'eus aucun mal à reconnaître mon interlocuteur.

Un homme, vingt-cinq ans à peu près, aux cheveux bruns longs jusqu'aux épaules et habillé d'un t-shirt blanc et d'un sarouel multicolore. Ses orteils dépassaient de sandales en cuir trop grandes pour lui. Chose assez inhabituelle pour être soulignée, il portait un oud en bandoulière. À côté de lui, posé à même le bitume, se trouvait un vélo au cadre taché de rouille rendu inutilisable par une roue avant tordue.

Je me garai avant de sortir chercher mon cric rangé dans le coffre de ma voiture. En le refermant, je vis l'homme me faire de grands signes de la main, un sourire benêt imprimé sur le visage.

— Eh oh, je suis là, me cria-t-il, enjoué, alors que nous n'étions séparés que par une dizaine de mètres.

Visiblement, lui aussi m'avait reconnu. Mon Coyote éclata comme une bulle de savon.

Je laissai mon cric dans mon coffre et m'avançai. À ses yeux rougis et son air hagard, j'évaluai son rythme cardiaque à douze battements par minute. Grand max.

— Qu'est-ce que vous me voulez ? demandai-je, encore un peu agacé.

Il désigna son vélo d'un geste de la main.

— Regarde ce que t'as fait à ma bicyclette, mec ! C'est trop anti-cool !

— Je n'ai rien fait à votre vélo, moi. On ne se connaît même pas.

— Tu m'as jeté une boîte à la tronche ce matin quand je faisais de la bicyclette, mec. Je me suis cassé la gueule et maintenant regarde le résultat, expliqua-t-il en me montrant à nouveau la roue voilée de son vélo.

— Une boîte ? Quelle boîte ?

L'homme sortit une petite boîte en carton blanc d'un sac posé à ses pieds. Je n'eus aucun mal à la reconnaître : je m'en étais débarrassé quelques heures plus tôt par la vitre de ma voiture. Elle contenait encore quelques-unes de mes cartes de visite.

— C'est grave pas écolo ça, de jeter ses détritus sur la voie publique comme ça, mec. En plus c'est dangereux, regarde ma…

Je levai la main pour l'interrompre.

— Oui, oui, votre bicyclette. J'ai compris. Qu'est-ce que vous voulez ?

— Crois pas que je fais la manche et tout mais cette bicyclette est à ma mémé. Elle m'en voudrait trop. Ma mémé, hein, pas ma bicyclette, hé, hé… Qui casse paye, mec.

— Vous voulez que je vous achète un nouveau vélo ?

Il secoua la tête aussi vite qu'une tortue qui aurait avalé un kilo de cannabis.

— Mais non mec, t'as rien pigé : je veux juste que tu payes les réparations de ma bicyclette. Tu me dois bien ça.

Je ne discutai pas. Dans le fond, cet énergumène n'avait pas tout à fait tort. Et je n'avais pas que ça à faire non plus.

— Bon, vous voulez combien ?

— J'sais pas. C'est une bonne bicyclette, tu vois, et elle a une valeur sentimentale. Ma mémé serait dégoûtée de la voir dans cet état-là.

Il réfléchit quelques instants.

— J'sais pas mec, je dirais vingt dollars.

— Vingt dollars ? C'est tout ?

— Bah quoi ? Si tu veux pas payer, dis-le tout de suite. Pas de besoin de faire semblant de négocier.

J'ouvris mon portefeuille. Je n'avais qu'un billet de cinq sous la main

— Attendez une petite minute.

J'allai chercher dans ma boîte à gants l'enveloppe de la banque qui contenait l'argent que m'avait versé Sarah Basil. Je fouillai dedans mais celle-ci ne contenait que des grosses coupures. J'en tirai un billet de cent.

— Je n'ai que ça, dis-je en tendant le billet à l'homme.

— Merci, mec.

Il l'empocha puis plongea son bras dans son sac. Il en touillait le contenu en tirant la langue comme un enfant appliqué et j'entendis le tintement d'objets métalliques se percutant entre eux. Au bout d'un moment, il sortit une poignée de billets froissés et de piécettes qu'il entreprit de compter.

— Qu'est-ce vous faites ?

— Je te rends la monnaie, mec. Les bons comptes font les bons amis.

Je balayai sa remarque d'un geste.

— Laissez tomber. Utilisez le reste pour offrir quelque chose à votre mémé.

— J'aimerais bien mais ça fait deux ans qu'elle est morte.

Je restai le fixer. Il se foutait de ma gueule.

— Je croyais que ce vélo était à elle.

— C'est le cas, mec. C'est pas parce qu'elle est morte que ce n'est plus son vélo. Tiens, voilà quatre-vingts dollars pour toi, dit-il en me tendant quelques billets enfermés dans son poing.

Je les lui laissai.

Je regagnai ma voiture, peu intéressé de débattre des questions de propriété privée post-mortem avec lui. Au moment de démarrer, je vis qu'il s'était assis en tailleur sur le bitume. Il titillait quelques cordes de son oud. Je crus reconnaître les premières notes de *Everything I do, i do it for you* de Bryan Adams. Une coupelle en métal destinée à recevoir les dons des rares passants était posée à côté de lui.

Je fus pris d'une certaine pitié pour le bonhomme.

J'avançai ma voiture jusqu'à lui. En ouvrant la vitre, mes oreilles saignèrent aux sons des fausses notes qui émanaient de son oud.

— Vous vous appelez comment ?

Il leva ses yeux rougis vers moi, sans s'arrêter de jouer.

— Je m'appelle Faucon D'Amour, mec, me répondit-il comme si ça coulait de source.

Pas banal comme nom.

— C'est votre vrai nom ça ?

— Ouais mec. Pourquoi j'irais inventer ça ? C'est Geronimo, le chef indien en personne qui me l'a donné. J'ai vu son fantôme dans une hutte de sudation chez les Navajos. Il m'a dit « *Tu seras un grand chef et ton nom de chef sera Faucon D'Amour* ». Véridique, mec.

Je n'en doutais pas.

— Et votre mémé, elle vous appelait comment ?

— Elle m'appelait Eugène. Mais c'était avant que je sois baptisé par Geronimo. C'est du passé, mec.

— Écoutez… Faucon D'Amour. J'allais justement rendre visite à un foyer d'aide aux sans-abris, à l'ouest de la ville. Est-ce que vous voulez que je vous y dépose ? Ils pourraient peut-être vous aider là-bas.

Les notes de musiques s'arrêtèrent net. Mes oreilles furent soulagées.

— Tu m'as pris pour un clodo, mec ?

Il semblait plus peiné qu'en colère.

— Eh bien, je me disais que, peut-être….

— Je suis pas clodo. Toi, tu vois un gars assis tranquille par terre qui fait vibrer les cordes cosmiques de l'univers et la première chose que tu te dis, c'est que c'est un clodo ? Fais gaffe à tes préjugés, mec.

— J'y veillerai Monsieur Faucon, j'y veillerai.

Tandis que je quittais le parking, il chanta le premier couplet de sa chanson. Faux, lui aussi.

Chapitre 5

Le *Renouveau* était un petit bâtiment de deux étages coincé entre une laverie qui faisait peine à voir et un salon de tatouage dont la vitrine arborait un magnifique dragon asiatique vert et rouge. Le calme régnait dans la rue. Ici, aucune jungle de tentes dressées les unes contre les autres au milieu de laquelle déambuleraient des individus hagards, sales et bruyants, plus proches de zombies que d'êtres vivants.

Rien de tout ça.

Il y avait bien quelques personnes à l'allure marquée par la vie qui fumaient et discutaient à côté de l'entrée du centre mais on était loin du chaos postapocalyptique auquel on aurait pu s'attendre.

Rien de vraiment surprenant à ça. Le *Renouveau* se situait dans un quartier envahi depuis deux décennies par de jeunes urbains, principalement cadres dans le tertiaire ou dans la finance, au pouvoir d'achat aussi gros que leur appétit pour le tofu et qui avaient repoussé les classes moyennes et populaires vers des endroits beaucoup plus abordables. Soixante mille sans domicile fixe dans cette putain de ville et Howard Cane avait fondé son centre d'accueil dans l'un des coins les plus éloignés de cette misère... comme s'il avait voulu faire charité aux plus nécessiteux sans trop se salir les mains.

Quand je passai devant les fumeurs, ils me reluquèrent de pied en cap et échangèrent quelques commentaires à voix basse. Je perçus le mot « *Flic* » dans leur messe basse. Je décidai de ne pas les contredire.

Je toquai au chambranle de la première porte ouverte que je trouvai. Une jeune femme brune, la trentaine, leva les yeux de son ordinateur. Son badge indiquait « *Alice* ». Elle me salua et je me présentai sous une identité que j'affectionnai beaucoup :

— Je suis Peter Smith, journaliste au Times. J'écris un article sur le couple Cane. Est-ce que vous pouvez m'indiquer une personne qui pourrait m'aider ?

Je farfouillai dans la poche intérieure de ma veste pour trouver ma fausse carte de presse. Je me trimballais toujours avec un chapelet de faux titres professionnels sous des identités inventées, plus propices à la confession que ma licence de détective privé. Peter Smith le journaliste, John Mills l'expert-comptable, Andy Barro l'avocat. Même Terrence Pinch, dératiseur… C'est dire à quel point les gens pouvaient être méfiants parfois en me voyant débarquer. Mais je n'avais pas été prévoyant au point de les trier avant de venir ici. Si j'avais été un bon détective, je n'aurais pas été en train d'enquêter sur les dires d'une médium....

Je lui montrai une carte tirée au hasard de ma poche en priant l'Univers qu'elle fût celle de Peter Smith, journaliste au Times. Alice ne la regarda même pas. Elle semblait quelque peu gênée de ma demande :

— Oulah… La politique du centre est de ne pas commenter cette affaire… Je ne pense pas que vous trouverez qui que ce soit ici qui accepterait de vous parler. Je vous conseille de vous rapprocher des inspecteurs qui ont mené l'enquête.

En rempochant ma fausse carte, j'y jetai un rapide coup d'œil. Carte de bibliothèque. Au nom de Gary Gary. Je manquais d'imagination…

— Je cherche juste à faire le portrait du couple Cane au-delà de cette affaire, mentis-je pour la rassurer. Écrire sur qui ils étaient et sur tout le bien qu'ils faisaient à cette communauté. Je ne veux pas du tout rouvrir d'anciennes plaies.

Elle resta impassible. Au bout de plusieurs minutes au cours desquelles je déployai toute ma force de conviction et mes talents d'enquêteur privé, j'appris pas mal de choses : qu'elle avait trente et un ans, qu'elle s'occupait de l'accueil et de la réinsertion des résidents depuis trois ans, d'abord en tant que bénévole puis comme salariée de l'association qui gérait le centre. C'est-à-dire : que dalle. Je poussai un peu plus.

Je m'assis sur le coin de son bureau et lui lançai mon regard le plus charmeur :

— Dites-moi Alice, vous devez avoir bien connu Howard et Mary, non ? demandai-je en sortant mon carnet de notes de ma poche.

Elle secoua vivement la tête.

— Pas la peine d'essayer ça avec moi, Monsieur Smith. Je vous ai dit que personne ici ne vous dira quoi que ce soit, moi y compris.

J'allais devoir réévaluer sérieusement le pouvoir de persuasion de ce bon vieux Peter Smith. Je conviens qu'interroger la première personne qu'on trouve n'est peut-être pas l'approche la plus optimale mais il fallait bien que je commence quelque part…

— Je ne suis pas obligé de vous citer dans mon article. Personne ne saura que vous m'avez parlé.

— Moi je le saurais, et je ne veux pas trahir la confiance de mon employeur. Maintenant partez, sinon j'appelle le directeur.

Le directeur ? En voilà, une bonne idée. Bonne idée qui donna naissance à une autre.

— Allez-y, appelez-le. Faites-le venir. Il acceptera peut-être de me parler.

— Alors là, vous rêvez.

Tandis qu'elle décrochait son téléphone, je sortis de son bureau au pas de course pour rejoindre ma voiture. Je tirai cinq mille dollars de l'enveloppe contenant l'argent de Sarah Basil. À mon retour dans son bureau, Alice discutait avec un grand homme à l'allure sportive et aux cheveux blonds bouclés qui tenait plus du skipper que du cadre associatif.

— Je ne sais pas, expliqua-t-elle. Il est un peu bizarre. Il m'a dit de vous appeler et après, il est parti en courant…. Ah, le revoilà.

Je tendis une main que personne ne serra.

— Peter Smith, journal…

— Je sais qui vous êtes, me coupa le grand blond. Alice me l'a déjà dit. Vous pensez que vous pouvez venir comme ça, dans ce centre, et déranger mes employés avec vos questions ? La seule chose que vous pourrez écrire dans votre article, c'est que le *Renouveau* se refuse à tout commentaire. Fin de l'histoire.

Plutôt autoritaire, le bonhomme. Je levai la main en signe d'apaisement.

— Calmons-nous. Je n'ai peut-être pas été assez clair et je m'en excuse. Je vous pose des questions, vous y répondez et en échange, je fais un substantiel don à votre centre d'hébergement, expliquai-je avant de sortir la liasse de billets de ma poche.

Ses yeux fixèrent tour à tour mon visage et la masse de billets serrée dans ma main.

— Vous pensez pouvoir nous acheter ?

— Acheter, acheter… c'est vite dit. Voyez ça plus comme un échange de bons procédés. Cinq mille dollars, pas mal, non ?

Il réfléchit quelques secondes, prit mon argent puis se tourna vers Alice.

— Alice, pouvez-vous aller préparer un reçu pour Monsieur Smith et ses cinq mille dollars, s'il vous plaît ?

— Mais Monsieur…

— Faites-le !

Alice ne moufta pas. Elle quitta la pièce en regardant ses pieds. Quand elle ferma la porte, le grand blond me fit signe de m'asseoir. Il prit place en face de moi, de l'autre côté du bureau d'Alice. À sa poitrine était fixé le même badge que celui d'Alice mais le sien disait « Tommy ». Prénom d'Abruti.

— Sachez que je désapprouve vos méthodes, Monsieur Smith. Elles sont irrespectueuses. Je devrais appeler votre rédacteur en chef et vous faire virer. Qu'on s'entende bien, si je vous parle, c'est uniquement pour le bien du *Renouveau* et seulement pour ça. Nous avons besoin de cet argent. Les dons se font beaucoup plus rares depuis le décès d'Howard et Mary.

J'ouvris mon carnet de notes.

— Comment ça ?

Tommy soupira, résolu à me parler.

— Howard était ce que j'appelle un pasteur de réseau. Il était très charismatique et à chacun de ces sermons, les gens se réunissaient pour boire ses paroles. J'ai toujours fréquenté les églises pentecôtistes et les pasteurs ont toujours un certain sens de la formule, mais je n'avais jamais vu ça. Howard savait captiver les foules. Il s'était lié d'amitié avec tous les membres les plus… aisés de sa congrégation. Quand il a eu l'idée de ce centre, il n'a eu aucun mal obtenir des dons conséquents pour acheter l'immeuble, le mobilier et recruter quelques personnes pour l'aider à faire tourner le *Renouveau,* comme Alice et moi. Tous les ans, il organisait une collecte de fonds, et récoltait à chaque fois plusieurs centaines de milliers de dollars. Depuis que j'ai repris la fonction de directeur après son décès, j'ai beaucoup de mal à garder cette proximité avec ces donateurs qui faisaient vivre le centre. Comme si leur générosité allait à Howard avant d'aller au centre. Si ça continue comme ça, on risque de devoir bientôt fermer nos portes.

J'eus envie de lui lâcher quelques billets de plus.

— Et Mary Cane ?

— Je ne la connaissais pas beaucoup, c'était quelqu'un de secret. Elle était très réservée et s'effaçait derrière la personnalité d'Howard. Tout ce que je peux vous dire, c'est qu'elle était très gentille et attentionnée envers nos résidents. Howard et elle formait un couple comme on n'en voit plus assez de nos jours, un couple robuste, avec des valeurs : une épouse soutenante et dévouée à son mari qui cherche à rendre meilleur le monde qui l'entoure. C'est admirable et je les considérais comme un modèle à suivre. C'était un couple soudé. Ils se sont rencontrés au lycée et se sont mariés très jeunes, alors qu'Howard était encore au séminaire. Je crois qu'il y a une photo d'eux datant de leur rencontre dans mon bureau, est-ce que vous la voulez ? Pour illustrer votre article ?

L'homme robuste que j'avais rencontré cinq minutes plus tôt avait laissé place à sa doublure beaucoup plus morose, comme si l'évocation des Cane avait remué chez lui une tristesse refoulée. Je décidai de ne pas commenter sa vision rétrograde du couple et acceptai sa proposition. Il quitta la pièce et revint deux minutes plus tard. Il me tendit un vieux polaroïd jauni.

— Tenez. C'est une vieille photo d'eux. Elle doit dater de 1990, dans ces eaux-là.

Je jetai un rapide coup d'œil au polaroïd. Deux adolescents, un garçon au bras passé sur les épaules d'une fille, prenaient la pose devant un bâtiment qui avait tout l'air d'être leur lycée. Le garçon, qui dépassait la fille de deux bonnes têtes, était vêtu d'un maillot de football typique des équipes scolaires. Il dégageait une assurance que rien n'aurait pu faire faillir et son sourire avait tout l'air d'être un défi lancé à la vie qui l'attendait.

La fille, elle, avait tout du rat de bibliothèque. Grosses lunettes, jupe plissée et pull à carreaux à col roulé. Et elle faisait la gueule… sacrément la gueule. Les sourcils froncés, la tête baissée et rentrée dans les épaules, elle semblait amorcer un pas vers la gauche pour s'éloigner de ce garçon. Ces deux-là étaient loin de faire la paire, deux pieds chaussés de pointures différentes.

Cette image me mit mal à l'aise et je ne sus pas vraiment pourquoi.

Peut-être était-ce le fait d'avoir sous les yeux le début d'un couple dont je connaissais la fin tragique. Ou peut-être était-ce la sensation de gêne qui émanait de ce portrait. Je n'étais peut-être pas le meilleur détective de la création, mais je savais reconnaître quelqu'un qui faisait quelque chose contre son gré. Et cette fille aurait voulu être partout sur terre plutôt que serrée contre ce garçon.

Je rendis la photographie à Tommy.

— Gardez-la, vous me la rendrez quand vous aurez écrit votre article.

Comme je n'étais pas venu collecter des souvenirs des défunts, je rangeai le polaroïd au milieu de mon carnet, entre des pages vierges, sans plus de considération.

— Howard faisait du football au lycée ? demandai-je. Ce n'est pas banal de passer du football au séminaire.

— Il n'a pas eu le choix, le pauvre. Son père et son grand-père avant lui étaient tous deux pasteurs pentecôtistes. Il n'a pas eu un plan de carrière bien vaste. Il en parlait souvent, vous savez. Il disait qu'il avait choisi l'amour de Dieu à celui du ballon. Mais je pense qu'au fond de lui, il le regrettait. Ça se voyait quand il organisait des parties de foot avec les résidents. Il semblait comme rajeuni.

Super…Mais tout cela ne m'avançait pas. Je commençai à en avoir un peu marre de gribouiller sur mon carnet des informations que je considérais peu utiles. Alors, je décidai d'aborder le sujet comme un éléphant qui fonce dans un magasin de porcelaine.

— Les Cane étaient très appréciés par tout le monde ici, non ?

— Oh que oui !

— Ça inclut Théodore Monroe ?

Un ange passa.

— Pourquoi cette question ? Je croyais que vous vouliez écrire un article sur Howard et Mary, pas sur Théodore Monroe. À moins que ce soit le sujet principal de votre article, parce qu'il est plus intéressant de parler du monstre sanguinaire que des personnes respectables à qui il a ôté la vie.

— Je ne peux pas écrire sur les Cane sans évoquer Monroe.

Nouveau Silence. L'envie de Tommy de me coller à la porte à coups de pompe dans le cul était revenue.

— Monroe est le diable incarné. Je ne vous ferai pas le privilège de vous en dire du bien.

— Tout ce que je veux savoir, c'est comment Monroe se comportait ici. Comment était-il ? Est-ce qu'il avait déjà posé des problèmes par le passé ? Il était malade et…

Tommy hésita quelques instants.

— Nous travaillons avec des sans-abris, Monsieur Smith. Beaucoup d'entre eux sont perturbés et honnêtement, je ne sais pas si leur trouble est la cause ou bien la conséquence de leur vie dans la rue. Tout ce que je peux vous dire, c'est que Monroe était dérangé, oui, mais ni plus ni moins qu'un autre. Nous accueillons beaucoup de personnes ici présentant des pathologies aussi graves, voire plus, que celle de Monroe et aucun n'a jamais ne serait-ce qu'essayé de faire ce que Monroe a fait. La maladie n'excuse pas tout. Si nous avions su de quoi il était capable, nous ne l'aurions jamais accueilli ici mais rien ne nous a mis la puce à l'oreille. Vous savez, la malice se cache en chacun de nous.

À qui le dis-tu !

— Je ne cherche pas à justifier son acte, juste à comprendre qui il était. A-t-il déjà fait preuve de violence ici ? Envers un autre résident ou un membre du personnel ?

— Jamais. La seule fois où Monroe s'est montré violent envers quelqu'un, ce quelqu'un et son épouse ont été massacrés chez eux le soir même. Avant ça, Monroe était plutôt discret ici, il se mélangeait peu avec les autres résidents. La seule personne dont il était proche, à ma connaissance, c'était Bobert Jones, un autre sans domicile fixe qui vient de temps en temps.

— Vous pensez que je pourrais parler à ce Bobert Jones ?

— Si vous le trouvez, oui. Il n'est pas ici. Vous savez, les gens vont et viennent un peu à leur guise dans notre centre, ils n'y sont pas enfermés. Je vous conseille d'aller voir du côté de la plage, c'est par là que Bobert traîne, au milieu des touristes. Le débusquer sera votre seule chance de parler à l'une des personnes que nous accueillons car il est hors de question que je vous laisse adresser la parole à l'un de nos résidents, surtout sur le sujet qui vous intéresse. Maintenant, si vous n'avez pas d'autres questions, je vous prierai de vous en aller.

Il me désigna la porte de la main : invitation à prendre mes cliques et mes claques.

— Une dernière question : cette altercation, le midi de Thanksgiving, quelle en était la raison ? demandai-je en me levant de ma chaise.

— Je ne le sais plus. Allez savoir quelle folie a traversé l'esprit de Monroe à ce moment-là.

Je pris congé. En sortant du bureau, je croisai Alice qui me tendit sans un mot le reçu de mon don de cinq mille dollars.

— Non merci, pas besoin.

Elle me lança un regard glacial, à refroidir une fournaise ardente.

Chapitre 6

Je passai le reste de l'après-midi à glander en bord de mer, au milieu des touristes, race d'humanoïdes héliophiles sortie de sa tanière pour me voler une partie de mon espace vital en s'agglutinant partout : sur les promenades, sur le sable ou devant les boutiques. Quand les premières gouttes de pluie tombèrent — car bien évidemment, il se mit à pleuvoir quand j'étais dehors —, les foules se dispersèrent un peu mais pas beaucoup. La beauté du paysage se suffisait à elle-même, le beau temps n'était qu'accessoire. Du moins, ce devait être ce que ces tocards de badauds pensaient. Car je détestais cette putain de ville de merde. Avec sa chaleur écrasante, sa pollution puante et ses habitants tous plus cons les uns que les autres. Je haïssais cet endroit. De toute mon âme. À chaque fois que je rentrais chez moi, l'envie me prenait de brûler mes vêtements et de me récurer avec férocité sous la douche pour me débarrasser de la crasse urbaine qui s'était incrustée dans tous les pores de ma peau.

Je passai deux heures à lâcher des billets aux mendiants et SDF que je croisais, en leur demandant s'ils connaissaient un certain Bobert Jones. En vain. Aucun d'entre eux ne lâcha le morceau. J'en fus pour près de mille dollars dans cette affaire. Tant pis. Je me dis que j'allais réessayer le lendemain matin, quand la populace serait moindre et les estomacs vides.

Et si j'étais encore de ce monde.

Je regagnai donc mon domicile avec plus de questions que de réponses. Mais cela n'avait pas d'importance. Aucune importance.

Car la vérité, c'était que je m'en foutais totalement.

Que Théodore Monroe soit innocent ? Je m'en foutais. Que Bara m'ait monté un bobard ? Je m'en foutais. Que mon cerveau tapisse bientôt le mur de mon salon ? Je m'en foutais encore plus. Tant que j'étais vivant, j'étais détective privé. Quand je serai mort, je ne le serai plus. C'était aussi simple que ça. Pas de regret, pas de remords, ni goût d'inachevé. Aucune apathie, non plus, qui m'aurait engoncé dans une sorte de mollesse, convaincu que, puisque je m'apprêtais à faire le grand saut, plus rien ne valait la peine. Sinon, je me serais déjà jeté sous un bus depuis longtemps. Je me contentais juste de faire ce que je pouvais tant que je le pouvais. Mais quand le destin le déciderait, boom, on en parlerait plus, fin de l'histoire.

Arrivé chez moi, je décidai de profiter des dernières heures de la journée pour barboter dans la piscine de ma résidence.

Un soda à la main, je dérivai sur ma bouée imitation donut, ballotté au gré des courants provoqués par les brasses des quelques autres résidents qui, comme moi, avaient décidé de braver le mince crachin qui nous tombait dessus à intervalles réguliers. J'étais très attaché à cette bouée, avec son glaçage au chocolat en plastique saupoudré de fragments de toutes les couleurs qui rappelaient des vermicelles. Cette bouée était la seule chose que ma quatrième épouse m'avait laissée avant de claquer la porte. J'y tenais beaucoup. Mon appartement pouvait brûler, toutes mes affaires partir en fumée, je n'en aurais rien à branler tant que cette bouée reste intacte.

J'adorais prendre le temps de dériver dessus, cela me détendait. Mais ce jour-là, un gamin en particulier venait troubler cette quiétude. Juché sur un crocodile gonflable, il se montrait fort désobligeant envers ma personne. Dès qu'il arrivait à proximité de mon donut, il me crachait une insulte portant principalement sur mon physique. « *T'as une gueule de merde*» ou « *Dégage gros lard* », ce genre de trucs. D'accord, j'étais peut-être un petit peu rond pour quelqu'un de mon âge, mais gros lard, il ne fallait pas pousser… Je perdis patience après son « *T'es moche* » si simple mais quand même agaçant.

— Et toi, t'es con ! répondis-je en poussant ce morveux à l'eau d'un coup de pied.

Tandis qu'il s'agitait dans l'eau comme un clébard, j'attrapai son crocodile de merde par son museau, ouvris la valve et le dégonflai en le pressant contre mon torse.

Je jetai le tas de plastique inerte sur le rebord de la piscine.

— Tiens, reprends ta merde ! lançai-je alors que le gamin grimpait à l'échelle pour sortir de la piscine.

Tout dégoulinant, il ramassa sa bouée

— Connard ! Mon père, il va venir te casser la gueule ! hurla-t-il avant de se mettre à courir vers un des immeubles du fond de la cour.

— Ouais, c'est ça ! Va chier !

Les quelques secondes de répit qui suivirent furent interrompues par une douce voix, derrière moi.

— Bah alors voisin, on embête les enfants ?

L'entendre me faisait toujours quelque chose... Je m'agitai comme un culbuto pour faire pivoter mon donut et me positionner face à Lynn. À en croire le sac en papier qu'elle portait dans les bras, elle revenait de l'épicerie. Une fane de poireau lui chatouillait la joue.

— Lynn ! Comment ça va ?

— Ça va bien. Je suis passée chez toi cet après-midi, mais tu n'étais pas là. Je voulais savoir si... si tu étais libre demain soir ? Je t'invite chez moi, je mettrai les petits plats dans les grands, promis.

Jour de chance ! L'Univers ne me détestait pas tant que ça !

Je m'empressai de répondre, peut-être avec un poil trop d'enthousiasme :

— Oui, oui, oui, oui, carrément, je suis libre demain soir. Avec grand plaisir.

Lynn sourit, l'un des plus beaux sourires qu'il m'eût été donné de voir.

— Super, on dit 19h ? On fêtera mon nouveau travail et... j'en profiterai pour te présenter quelqu'un.

« Présenter quelqu'un ».

Et merde... ça ne sentait pas bon. Mon désarroi dut se lire sur mon visage, car elle ajouta :

— Ça va être chouette, je parie que vous allez bien vous entendre.

Ah bah, tout va bien alors.

— Bon, je dois y aller, amuse-toi bien, voisin ! À demain, si je ne te revois pas.

Nous nous saluâmes et elle fila vers l'entrée de notre immeuble tandis que moi, je restai là, sur ma bouée donut, à tanguer sur l'eau chlorée et à me maudire de ne pas avoir eu les couilles de lui dire tout ce que j'avais à lui dire.

Je vidai le reste de mon soda dans la piscine et, mon donut sous le bras, regagnai mon immeuble. Du coin de l'œil, je vis, de l'autre côté de la cour, le morveux accompagné d'une montagne de muscles à l'allure peu commode se diriger vers la piscine.

Je m'empressai de rentrer chez moi.

Je me mis au fourneau. Ce soir-là, au menu : risotto de poulet.

Je ne pris aucun plaisir à déguster ce repas. D'abord, j'étais un ruminant, je ressassais les merdes de ma journée, les personnes assez contrariantes pour emprisonner mon esprit dans une boucle de pensées négatives : Christopher Basil et sa suffisance, Tommy le skipper qui m'avait foutu à la porte, le gamin débile à la bouée crocodile, le compagnon hypothétique de Lynn.

Et d'autres, aussi.

De biens piètres compagnons pour un dernier repas sur cette terre.

Ensuite, j'étais loin d'être un cordon-bleu. Le riz était trop cuit et le poulet, à l'inverse, ne l'était pas assez. Pas une réussite en somme.

En fin de soirée, comme la veille, je m'installai sur mon fauteuil, face à ma table basse, là où j'avais laissé mon revolver.

Je posai la main sur la crosse, soupesai l'arme.

Aucune pensée dans mon esprit, aucune voix pour me dire d'arrêter, pour me dire « *Arrête tes conneries, la vie vaut la peine d'être vécue* ». Rien. Le néant total. Comme si ma conscience avait plié bagage en hurlant « *Je me casse* ».

Je portai le canon à ma bouche d'une main ferme et sûre.

Mon mouvement fut interrompu net par la sonnerie de mon portable. Lulu.

Je décrochai.

— Toujours en ville ? me demanda-t-elle tout de go.

— Pour le moment. Je te manquais ?

— Ça dépend, tu as des trucs pour moi ?

À l'autre bout de la ligne, on devinait des conversations animées, des rires et un fond de musique blues. Lulu n'était pas restée enfermée dans sa chambre d'hôtel. J'aurais pu le parier.

Je lui racontai ma journée : ma rencontre avec Sarah Basil, ma visite chez Bara la menteuse, mon infiltration journalistique au *Renouveau*.

— Je ne sais pas pourquoi mais cette médium, je ne la sens pas. Elle m'a menti alors qu'elle n'avait apparemment aucune raison de le faire. Mais là comme ça, je ne vois pas quels peuvent être ses liens avec Monroe, ou même avec les Cane. C'est peut-être une dingo qui lâche des prophéties à la volée. Je vais creuser mais on est plus proche de la perte de temps nette que de l'enquête en bonne et due forme.

J'entendis Lulu s'adresser à quelqu'un sans comprendre ce qu'elle disait. Après quelques secondes, elle reprit notre conversation.

— Le principal, c'est que Sarah Basil nous paye pour un service qu'elle a l'impression de recevoir. Je sais que je t'avais dit que ça ne te prendrait qu'une poignée d'heures. Mais je ne pensais pas que tu trouverais quoi que ce soit de bizarre.

— Oh, ne t'inquiète pas, ce ne serait pas la première fois que tu m'embobines.

Elle ricana.

— Creuse tant que tu peux et tiens-moi au courant. N'oublie pas de me prévenir quand tu quitteras la ville.

Je lui promis d'y penser.

— Bon allez, je te laisse, j'ai fait la rencontre à l'hôtel d'un couple de représentantes en produits pharmaceutiques qui m'a invitée dans leur chambre ce soir. Je me suis acheté un déguisement d'écolière pour l'occasion, je pense que ça va leur plaire.

Lulu et ses activités nocturnes…

— Il y a beaucoup de représentantes en produits pharmaceutiques à un congrès d'avocats pénalistes ?

— Il se pourrait que je n'y aie pas passé autant de temps que prévu.

— Sans déconner.

Elle fut sur le point de couper la communication quand elle me demanda si j'avais remis l'argent de Sarah Basil à Maya. Réponse : non. Je souris. Inutile d'être Columbo pour comprendre le cheminement mental qui avait poussé l'esprit de Lulu à penser à Maya.

— Je le fais demain, promis. Je la saluerai pour toi. Tu veux que je lui dise que tu reviendras de Tacoma avec un beau costume d'écolière dans ta valise ?

— Ta gueule.

Fin de la communication.

J'échangeai mon téléphone portable contre mon arme.

Je collai le canon dans ma bouche et pressai la détente sans aucune hésitation. Le barillet tourna un cran de plus, le percuteur brassa de l'air. J'avais une journée de plus. Tant pis.

J'allai me coucher.

En passant devant un miroir fixé sur un mur du couloir reliant mon salon à ma chambre, je devinai, du coin de l'œil, une tache rouge et une forme humaine sur le reflet.

Je claquai la porte de ma chambre.

Chapitre 7

Samedi 11 septembre – 8h27

On est samedi matin, il fait beau, les gens ont l'air heureux. Je ne le suis pas, mais presque.

Peut-être pour la dernière fois de ma vie.

Assis à ma table habituelle, je sirote mon cappuccino, un œil sur mon téléphone, un œil sur l'écran de télévision fixé au mur derrière le bar, au-dessus de la tête de la serveuse qui a déjà l'air épuisée. La pauvre, il n'est que 8h30 et pourtant les clients sont déjà nombreux : retraités, jeunes couples, sportifs revenant de la salle, adolescents fêtards à peine décuités ou anonymes seuls, trop quelconques pour qu'on les remarque. Comme moi. La serveuse, dont j'ai appris il y a quelque temps qu'elle s'appelait Betty, est justement en train de servir l'un de ces types. Un homme, moyennement âgé, moyennement grand, moyennement fin, à la chevelure grisâtre moyennement longue. Cet homme commande un cappuccino et un beignet. Quand sa commande lui est servie, il vient s'asseoir en face de moi, deux tables plus loin.

Il ne me regarde pas, et moi non plus, je ne le regarderais pas si je ne lui vouais pas une haine infinie.

Je ne sais pas s'il me remarque, il est plongé dans son journal, mais je ne peux pas détourner les yeux de lui. Je suis submergé par un flot continu de souvenirs, tous plus désagréables les uns que les autres, qui animent en moi cette boule de colère qui s'éveille et s'agite. Mon Coyote. Il me murmure que je pourrais me lever de ma chaise, aller jusqu'à lui et lui planter dans le cou le couteau qui lui a été remis avec son beignet. Mais je n'en fais rien. Je reste là, à ruminer. Il termine son café, son beignet, et au bout d'un moment, il se lève pour s'en aller. Il me jette un rapide coup d'œil mais je ne perçois aucune lueur dans son regard : il ne m'a pas reconnu. Mon Coyote me chuchote à l'oreille : suis-le.

J'avale la fin de mon cappuccino et c'est ce que je fais.

MARDI 14 SEPTEMBRE

Chapitre 8

Je sirotai mon café en écoutant la radio — de la pop de merde, comme d'habitude — et en épluchant les déclarations d'impôts de Bara sur mon ordinateur. J'avais eu l'idée la nuit précédente alors que je tournais et virais dans mon lit à la recherche du sommeil. Bara était pleine aux as et Tommy, le branleur du centre d'hébergement, m'avait indiqué qu'Howard arrivait à faire cracher plusieurs milliers de dollars de dons à ces ouailles les plus riches.

Bara était-elle l'une d'entre elles ? Le savoir m'aurait aidé à comprendre sa place dans tout ce merdier et les liens qu'elle entretenait avec le boucher de Thanksgiving, ou plus précisément, avec ses victimes.

Mais rien.

En Californie, les dons aux associations caritatives, comme celle qui gérait le « *Renouveau* », donnaient lieu à déduction d'impôts s'ils étaient déclarés. Mais Bara, la reine de l'altruisme et de la gentillesse, n'avait pas lâché un rond au milieu associatif depuis 2013. À la PETA. Pour trente dollars.

Je refermai cette piste et décidai de retourner sur le front de mer, à la recherche de Bobert Jones.

Sur le parking de mon immeuble, un homme aux cheveux courts et au costume gris m'attendait, assis sur le capot de ma voiture.

Une main invisible me pressa les entrailles.

Et merde.

— Tu as poireauté là toute la nuit ? lui lançai-je.

— Ça se pourrait bien, oui.

Joe Dale. L'enfoiré suprême. Lieutenant de police à la division des homicides du LAPD. Le genre de gars capable de vous plonger la tête dans un seau d'eau encore et encore pour vous faire avouer que, oui, oui, c'était bien vous qui aviez traversé la rue alors que le petit bonhomme était rouge… Je l'avais vu faire. Le qualifier de psychopathe aurait été insultant pour tous les psychopathes de la terre.

Je n'aimais pas le voir ici. Pas du tout.

— Qu'est-ce que je peux faire pour toi ? J'imagine que tu n'es pas là pour prendre de mes nouvelles.

— Gordon Neary. Où il est ?

Je restai de marbre, la rétine grillée par le regard brûlant de Joe Dale.

Je le connaissais assez pour savoir qu'il me jaugeait. Un faux pas et j'étais mort… Pas bien grave.

— Neary ? Comment tu veux que je le sache ? Ça doit faire dix ans que je n'ai pas vu sa gueule de rat.

— Sa femme est sans nouvelle de lui depuis samedi soir et je me…

— Tu es venu m'engager pour le retrouver ? demandai-je en le contournant pour monter dans ma voiture. Si tu veux mon avis d'expert, il doit être à Tijuana en train de se faire enfiler par un âne, tu devrais commencer par là. Maintenant casse-toi de mon capot, tu vas rayer la peinture.

Alors que je m'installais derrière le volant, Joe vint me rejoindre. Il toqua à la vitre.

Cela aurait été si simple de démarrer, de pousser le moteur à fond et mettre le plus de distance possible entre lui et moi… Mais j'ouvris la vitre, comme un con bien obéissant. Joe se pencha vers moi, les coudes sur la portière. Il suppurait d'une colère larvée qui tendait les muscles de son visage. Il fouilla dans la poche intérieure de sa veste et en sortit son téléphone portable. Il pianota sur l'écran tactile quelques instants puis me le tendit.

Sur l'écran était affiché un échange de messages entre Gordon Neary et lui. L'un des derniers de la liste, et qui datait du samedi précédent à 8h52, disait : *« Tu ne devineras jamais en face de qui je suis. Scott Sirius ! Il a toujours sa tronche de taré. Tu veux que je lui passe ton bonjour ? »*. Joe n'y avait répondu que par une tripotée d'émojis, tous plus hilares les uns que les autres.

Je lui rendis son téléphone.

— Tu as un truc à me dire ? me demanda-t-il en rangeant son appareil.

— Tu utilises trop d'émojis, ça dilue ton propos.

— Arrête de me prendre pour un con. Gordon te croise et disparaît le même jour. Je trouve cette coïncidence très étrange.

— Neary est un flic pourri, Joe. Encore plus que toi. Je suis sûr que ça ne t'a même pas traversé l'esprit qu'il avait peut-être essayé de racketter le mauvais dealer.

— Je te connais par cœur, je sais de quoi tu es capable alors écoute-moi bien : pour le moment, je suis juste un gars à la recherche d'un ami qui n'a pas donné de nouvelles depuis deux jours. Mais à la seconde où l'enquête est ouverte, je te garantis que je viens te chercher, je te traîne au poste par la peau du cul et je te fais couiner. Entre-temps, je ne te lâcherai pas.

Je démarrai ma voiture et Joe s'écarta, comme s'il craignait que je lui roule sur le pied.

— Si tu n'as que ça à foutre… Mais je te préviens, tu risques de t'emmerder.

Quand je quittai le parking, je le vis dans mon rétroviseur regagner d'un pas calme une berline blanche garée sur un emplacement réservé aux résidents. Je pris la direction du front de mer, Joe Dale dans mon sillage.

Chapitre 9

À cette heure de la matinée, la promenade était beaucoup plus calme que la veille. Les boutiques de souvenirs, marchands de glaces et restaurants n'avaient pas encore ouvert leurs portes et les quelques touristes assez courageux pour quitter leur tanière à cette heure indue ne s'attardaient pas. Ils traversaient l'allée de béton au pas de course ne jetant que des coups d'œil distraits aux vitrines sombres qui bordaient leur chemin. Sans les grelots des portes de magasins ni les éclairages néon, moi non plus, je ne prenais pas beaucoup de plaisir à être ici.

D'autant que je savais Joe Dale sur mes talons.

Je marchais tranquillement, l'air de me balader et parfois je m'arrêtais, faisant semblant de m'intéresser l'air de rien à des merdes en plastique exposées dans des vitrines, juste pour le surprendre derrière moi dans le reflet d'une vitre, à l'affût. Peine perdue. Impossible de l'apercevoir. Mais je sentais qu'il était là, quelque part. Il ne m'aurait pas collé un coup de pression pour me laisser ensuite vaquer à mes occupations comme si de rien n'était. Je commençai à regretter la foule de la veille. Au moins, j'aurais pu m'y fondre. Là, j'étais exposé.

Je poursuivis mon chemin sur près de cinq cents mètres, profitant malgré tout des premiers rayons de soleil qui me réchauffèrent et me mirent presque du baume au cœur.

Mais pas assez pour me faire pour oublier ma nullité.

Car certes, il y avait moins de monde aujourd'hui mais qui dit moins de touristes, dit moins de mendiants et donc moins de pattes à graisser. Un bon détective l'aurait compris. Je n'étais pas près de mettre la main sur Bobert Jones.

Je marchai encore un quart d'heure, fis demi-tour puis m'assis sur un banc face à la plage, autant pour faire passer le temps que pour faire perdre à Joe Dale le sien.

Que faire maintenant ?

J'avais un flic pourri au cul et pas assez de talent pour débusquer un SDF dont je ne connaissais que le nom et l'endroit approximatif qu'il aimait squatter. On avait fait piste plus solide.

Quel con !

Je me laissai bercer par le bruit du ressac qui traversait l'étendue de sable pour arriver jusqu'à mes oreilles. Ce son avait toujours eu un effet apaisant sur moi. Il prenait mon esprit, l'emportait au loin et me le ramenait, lavé de toute imperfection. Mais mon esprit avait tendance à se souiller bien vite et il ne fallut que quelques secondes pour que Joe Dale y fasse à nouveau surface.

Je n'avais pas été surpris quand je l'avais vu, perché sur ma voiture, avec son air de militaire fini à la pisse. Je m'attendais à sa visite.

Mais pas aussi tôt. Ni aussi sûr de lui.

Bien sûr, j'avais veillé à laisser quelques fausses pistes ouvertes, pas grand-chose mais assez pour lui faire perdre du temps et me permettre de prendre la fuite dans l'au-delà. Mais il y avait eu ce message…

« Tu ne devineras jamais en face de qui je suis. Scott Sirius ! »

Et moi, je n'aurais jamais deviné que tu enverrais ce message, Gordon… Je ne l'aurais même pas imaginé. Erreur de con. Moi et les nouvelles technologies…

J'essayai de fourrer ces pensées dans un coin de ma tête et de profiter du moment, là, sur mon banc, en plein soleil. De ce son liquide qui venait et repartait comme bon lui semblait, naturel mais chaotique. Agréable. Et drôle, parce qu'au bout d'un moment, on eût dit des notes de musiques parfois douces, parfois râpeuses, comme si elles sortaient d'un instrument à cordes désaccordé. Je n'avais jamais remarqué cet effet. Il fallait dire que je ne prenais jamais le temps de me poser en bord de mer. Ces notes formaient un ensemble tantôt dissonant tantôt harmonieux qui me rappelait une chanson que je connaissais mais dont j'étais incapable de me rappeler le titre.

Je fermai les yeux pour me dissoudre dans cette nébuleuse sonore quand je fus rappelé à la réalité de la plus dure des manières :

— *Look into my eyes, You will see, What you mean to meeeeee.*

Le bruit des vagues… Mon cul !

Je me levai du banc et parcourus le paysage.

Bien sûr que je la connaissais cette chanson ! La beauté sonore du paysage marin… N'importe quoi !

Je le trouvai assis en tailleur à gratter son oud non loin de mon banc, entre une poubelle qui mourait d'envie d'être vidée et un distributeur de bonbons qui avait dû faire le bonheur des gamins en 1974. Devant lui, une coupelle en métal qui demeurait vide. Il était vêtu comme la veille : t-shirt, sarouel et sandales.

Il ne leva pas les yeux sur moi, trop concentré sur son art.

— *Search your heart, Search your soul*

— Qu'est-ce que vous faites là ?

Il stoppa net sa musique et posa son regard hagard et rougis sur moi. Aucune étincelle, il ne me reconnut pas. Sûrement parce qu'il tutoyait encore les nuages.

— Hey mec, je suis en train de faire vibrer l'univers là, je dérange personne, je suis chill alors pourquoi tu viens me déranger ?

— Faucon d'Amour ! On s'est vus hier à propos de votre vélo. Vous aviez eu un accident à cause de moi et je vous ai dédommagé.

Il me répondit de son ton traînant si agaçant :

— Hier, c'est pas possible, mec : on était dimanche, et le dimanche, je dors toute la journée.

Il me tapa sur les nerfs. À la seconde. Pourquoi étais-je venu lui parler ?

— Non, hier, on était lundi et vous vous êtes cassé la gueule avec le vélo de votre mère ou je sais pas qui et vous avez pleurniché pour que je vous rembourse… Oh et puis merde ! Moi, je venais juste vous saluer pour être sympa mais allez-vous faire foutre. Et arrêtez avec votre musique, vous me cassez les couilles.

Bon d'accord, c'était peut-être un peu fort mais il avait réussi, même sans le vouloir, à siphonner la mince réserve de calme que je venais de me constituer.

Tandis que je m'éloignais, il dit dans mon dos :

— Mec, t'as l'air un peu tendu quand même. Je peux faire un truc pour toi ? J'ai pas de thune, mec, mais mon oreille est très attentive. Je peux t'écouter pendant que je fais vibrer l'univers, si t'as besoin de parler.

Ma vie devait être bien triste car ce fut l'une des propositions les plus généreuses que j'eus jamais reçue. Je soupirai de dépit.

— Même vous, vous n'auriez pas assez de temps libre pour que je vous explique ce qui ne va pas.

Il farfouilla dans le sac à dos posé à côté de lui, en sortit un joint d'une longueur plus que respectable et l'alluma.

— Vas-y, mec, essaie toujours, dit-il dans un nuage de fumée. Le temps est relatif.

— Eh bien, pour commencer, je suis à la recherche d'un certain Bobert Jones et…

— Bob ? Tu lui veux quoi à Bob, mec ?

— Vous le connaissez ? Je suis détective privé et je pense que Bob peut m'aider pour une affaire sur laquelle je travaille.

— Bah oui, je connais Bob, mec. Qui le connaît pas ? C'est quoi ton nom ?

— Scott Sirius mais…

— Oh !

Le visage de Faucon d'Amour se figea quelques instants dans une expression stupéfaite à mi-chemin entre l'arrêt cardiaque et la révélation divine. Il sortit de sa poche un petit rectangle de papier épais couleur ocre.

— C'est un signe ! beugla-t-il en me tendant ma carte de visite qu'il avait conservée dans sa poche. Mec, tu te rends compte ? Je me suis réveillé ce matin avec ce truc dans ma poche et je sais pas d'où ça vient. Il y a ton nom dessus. Mec ! C'est incroyable.

Je ne le contredis pas. Peut-être aurais-je dû.

— Je vais t'aider, mec, reprit-il. Viens avec moi, je vais t'amener voir Bob.

— Euh… Merci.

Joe Dale revint à mon attention. S'il me pistait — et il me pistait — il n'avait rien raté de cet échange. J'allai devoir faire avec. Faucon d'Amour s'empressa de ranger son bordel dans son sac, passa la bandoulière de son oud sur ses épaules, et m'invita à le suivre d'un geste de la main.

Chapitre 10

Nous arrivâmes à un endroit en retrait de la promenade, dans une ruelle perpendiculaire à celle menant à la jetée et à sa grande roue arrogante. Ça aurait tout aussi bien pu être un autre monde. Le front de mer regorgeait de vie et de chaleur avec ses touristes en maillot de bain et ses éclairages criards. Il y flottait une sorte d'ambiance festive constante qui respirait la joie de vivre. Mais plus vous vous éloigniez de la plage et plus le décor se faisait irréel, voire sinistre, comme pour vous rappeler que derrière chaque goutte de beauté se cache un océan de laideur.

Nous nous trouvions au milieu d'entrepôts et de box de stockages, beaucoup avec leur porte laissée ouverte, qu'elle eût été fracturée ou non. En passant devant, je ne pouvais m'empêcher d'y jeter de rapides coups d'œil. Dans l'un, je vis une famille de chats qui avait élu domicile dans un vieux carton rabougri par l'humidité. Dans l'autre, un mannequin dans lequel je crus apercevoir des couteaux plantés. La ruelle, qui s'avéra être une impasse, était délimitée par un grand mur d'enceinte en briques grises, si bien qu'il y régnait une pénombre poisseuse.

Et si Faucon d'Amour venait de me conduire dans un traquenard ?

Je le regardai. Je chassai cette idée de ma tête : il avançait d'un pas léger en sautillant, un sourire benêt aux lèvres. Pas le profil d'un gars dangereux. Quelques fois, il me lâchait une anecdote débile qu'il avait inventée sur un coin ou une rue.

— Ici, mec me dit-il en pointant du doigt un box ouvert, c'est ici que le gouvernement gardait le cadavre de Kennedy avant le 11 septembre.

Où avait-il été cherché ça ?

Il me mena au bout de l'impasse où se trouvait un petit bâtiment qui n'avait pas sa place ici, comme s'il avait été posé là car il n'avait plus aucune utilité. Sa façade me glaça le sang.

Une tête de clown géante hilare, au teint que le temps avait fait passer de blanc à jaune, et au regard de fou furieux qui semblait me fixer. Sur son front était inscrit « *United States Of Fun* » en lettres violettes. Pas très accueillant.

Faucon d'Amour se dirigea vers la bouche rouge et grande ouverte et j'eus peur un instant que le clown ne referme sur lui ses mâchoires géantes. Faucon d'Amour, pas plus perturbé que ça, ouvrit la porte du bâtiment.

— Viens mec, Bob est là-dedans.

À en croire les trampolines déchirés, les bornes d'arcades cassées et les toboggans géants qui pendaient du plafond, « *United States Of Fun* » avait été une salle de jeu. Elle avait dû être créée ici pour profiter du foncier abordable tout en espérant parasiter l'attention des promeneurs qui flânaient non loin, sur le front de mer. Il suffisait de voir la devanture et l'impasse pour comprendre pourquoi cela avait été un échec…

Il y régnait une atmosphère de décrépitude et de désolation. L'endroit empestait l'urine, le tabac et quelque chose de plus douceâtre, qui ne heurtait pas les narines mais qui soulevait le cœur après quelques respirations. La salle n'était éclairée que par une baie vitrée crasseuse qui tamisait la lumière, déjà blafarde, de l'extérieur. Des petits grattements — de rats à n'en pas douter — résonnaient à intervalles réguliers dans les murs ou sous les tapis de sols.

— Bob ? cria Faucon d'Amour. Hé, ho, Bob ! C'est Faucon d'Amour. T'es où, mec ?

La voix de Faucon d'Amour se répercuta contre les murs et les équipements laissés à l'abandon. Rien. Faucon d'Amour se tourna vers moi.

— Je te jure, mec. Il squatte ici.

Je m'assis sur le rebord à peu près propre d'une piscine de balles de taille respectable qui avait dû faire le bonheur des quelques enfants assez aventureux pour y plonger.

— Bobert Jones ! criai-je à mon tour. J'ai ici cinquante dollars en échange d'informations sur Théodore Monroe. Si vous êtes intéressé, n'hésitez pas à vous manifester !

Après quelques secondes, j'aperçus par-dessus mon épaule les balles multicolores de la piscine s'agiter. Comme un périscope fendant la surface pour observer les alentours, une main émergea. Les doigts se rapprochèrent de la paume deux, trois fois. Signe universel pour « *Aboule la monnaie* ». Je posai un billet de cinquante dans la main qui disparut comme une belette dans sa tanière. Elle fut remplacée par une tête d'homme au visage fripé comme une vieille pomme et à la chevelure blanche crasseuse et hirsute. Son regard, à la frontière de la folie, allait et venait entre Faucon d'Amour et moi à un rythme qu'on aurait pu qualifier d'inhumain.

— Qu'est-ce que vous lui voulez à Monroe ? aboya-t-il

J'y allai de but en blanc

— Je veux savoir s'il a vraiment tué les Cane. Je suis quelqu'un de consciencieux et j'aime être sûr de ce que je pense.

Bob eut l'air de se ratatiner sur lui-même. La moitié inférieure de son visage replongea dans la piscine de balle si bien que j'eus l'impression d'avoir en face de moi un requin fou furieux traquant une proie.

— T'es un flic ? demanda-t-il avec méfiance.

Je secouai la tête. Non, je ne l'étais pas… je ne l'étais plus.

— Bien, reprit-il. Si c'est ça que tu veux savoir gamin, non, Monroe n'a pas buté les Cane. J'en mettrai ma couille au barbecue.

— Qu'est-ce qui vous fait dire ça ?

— J'étais avec lui le soir de Thanksgiving, gamin. On a squatté devant une station-service jusqu'à ce que le gérant de merde nous dégage à coups de matraque. Après ça, Monroe s'est mis en tête d'aller chez sa sœur. On a sauté dans un bus en direction de Jefferson Park. À mi-chemin, ce con a changé d'idée, il est descendu du bus et je l'ai suivi. On a déambulé dans un quartier pour richards et on a fini par passer la nuit dans un cabanon de jardin avec deux ratons laveurs. Pas trop mal comme endroit. Le lendemain, on s'est séparés. Moi, je voulais aller à la plage, gratter des touristes, alors que lui voulait rester chez les bourgeois. On s'est engueulés et je me suis barré. La dernière fois que je l'ai vu, il faisait la une des journaux.

Étonnant... Très étonnant. Le dossier de Lulu ne faisait état d'aucun alibi avancé par Théodore Monroe le soir du meurtre des Cane.

— Vous êtes sûr de ça ? Théodore n'en a jamais parlé.

Bobert grogna comme s'il avait un chat dans la gorge très agaçant.

— Me pose pas de questions, gamin, si tu crois pas les réponses que je te donne. À cette époque, Monroe se défonçait la tête à l'héroïne et à la colle industrielle. Il n'avait plus trop les deux pieds sur terre. Ça m'étonnerait pas qu'il l'est complètement oublié.

J'insistai un peu plus.

— Monroe a très bien pu quitter ce cabanon en pleine nuit pour se rendre chez les Cane.

— T'es vraiment con, c'est pas possible. Quand tu dors dans la rue et que tu trouves un coin chaud, tu le quittes pas comme ça. Taré ou pas. Et je l'aurais su en plus.

— Vous en avez parlé à la police ?

Que n'avais-je pas dit ? Bob se mit à rugir comme un lion en cage.

— Évidemment que je leur en ai parlé, gamin ! Tu me prends pour qui ? Quelques jours plus tard, quand Monroe faisait la une de tous ces torchons, je suis allé voir les flics, mais dès que j'ai mis les pieds au poste, ils m'ont collé en cellule de dégrisement. Ils n'ont rien voulu entendre, ces enculés. Ils avaient déjà leur coupable. Fabriqué de toutes pièces… Encore.

Je lui rappelai que Monroe avait été retrouvé en possession de l'arme du crime.

— Et ? Qu'est-ce que ça prouve, putain ? L'une de ces flicailles de merde a bien pu coller une hache souillée dans les affaires de Monroe. Qu'est-ce que j'en sais ? Tout ce que je sais, c'est que Monroe a pioncé avec moi cette nuit-là, dans ce cabanon de jardin. Et je suis sûr que les flics l'ont coffré parce que c'était plus simple pour eux de faire comme ça, vu qu'il avait eu une prise de bec avec le pasteur quelques heures avant le meurtre.

— Cette « prise de bec », vous en connaissez la raison ?

Bob éclata de rire.

— Ils se sont engueulés pour des broutilles, en plus ! C'est ça le pire ! Rien à voir avec des menaces de mort, comme ont pu écrire ces saloperies de journalistes.

Faucon d'Amour mit son grain de sel dans notre conversation.

— Allez accouche, mec, on pas que ça à faire ! C'était quoi comme broutilles ?

Mais de quoi je me mêle ?

Je le pensais assoupi dans un coin, à rêver de son oud et de la vibration sonore des cordes de l'univers mais non, il était bien éveillé — autant que possible du moins — et buvait chacune de nos paroles.

— Des conneries sur la cuisson de la dinde, si tu veux tout savoir. Quand Cane est passé à côté de lui, au repas du midi, Monroe est entré dans une rage noire : il a balancé son assiette à travers la salle. Je ne l'avais jamais vu comme ça. Il a saisi le cureton par le colbac et lui a collé une droite en gueulant « *Ta dinde est dégueu* », « *Ta dinde est dégueu* ». C'était sympa comme spectacle ; je me suis bien marré. Au bout d'un moment, Monroe s'est fait dégager par Justin Bieber, l'espèce de grand con blond qui bosse au centre. Plus tard, je l'ai retrouvé prostré dans une ruelle à marmonner des choses qui n'avaient ni queue ni tête. Je lui ai demandé ce qui lui avait pris mais impossible de lui tirer les vers du nez. Il tournait en boucle sur la dinde qui était dégueulasse. Et c'est vrai qu'elle l'était, y'a pas à dire ! Mais les gens comme Théodore, vous savez comment ils sont : une petite contrariété et ils se mettent en boule. Enfin bref, c'était violent mais que dalle. En plus c'était sympa, ça changeait des ragots habituels.

J'essayai de remettre mes idées en place.

— Quels genres de ragots ?

— Bah, tu sais, le genre qui circule quand on est jaloux de toi. Et y'avait beaucoup de monde qui était jaloux du pasteur parmi les résidents.

— Jaloux de quoi ? De son argent ? De sa femme ?

Le rire de Bob résonna à nouveau.

— Mary Cane ? Cette frigide ? Même le bon Dieu n'en voudrait pas pour se vider les balloches !

— De quoi alors ?

— Toi, gamin, tu sais pas qui était le curé ! C'était un queutard de première ! Il fourrait tout ce qui avait un trou et des nibards. Bénévoles, donatrices, même une ou deux résidentes. Et le pire, c'est que tout le monde dans ce centre de merde était au courant mais faisait semblant de ne rien voir. Des vieilles rombières lui signaient des chèques de dons énormes et elles percevaient leurs reçus sous la forme de coup de bites, si tu vois ce que je veux dire, hé hé. Ça faisait des envieux. Beaucoup auraient tué pour être à sa place, hé hé… façon de parler, hein, va pas me faire dire ce que j'ai pas dit !

Oui, oui, je voyais très bien… Et je voyais aussi pourquoi Tommy avait du mal à récolter autant de dons que le pasteur en son temps : il ne se donnait peut-être pas assez de mal.

— Mary Cane le savait ?

— Je vois pas comment elle aurait pu ne pas savoir. Si moi je le sais, alors elle, elle le savait forcément. Toujours est-il que Cane savait s'y prendre pour lever des cocottes, hé hé.

— T'as des noms pour ces cocottes, mec ? demanda Faucon d'Amour qui visiblement appréciait de jouer au détective.

— Non, j'ai pas de noms mais ça doit pas être dur à trouver. À mon avis, si vous voulez mettre la main sur l'assassin des Cane, vous devriez commencer par lister la tripotée de maris jaloux que le pasteur a laissée derrière lui. Moi aussi, si un pasteur baisait ma femme, j'aurais envie de le terminer à coups de hache. Mais j'ai pas de bonne femme. Ni de hache. Hé hé.

Pour le remercier de ces informations, je lui tendis un autre billet de cinquante dollars qu'il escamota avec avidité.

— À tout hasard, est-ce que l'une de ces *cocottes* comme vous dites était une rouquine, la cinquantaine, habillée comme une voyante de fête foraine ?

— Comment tu veux que je le sache gamin ? Tu crois que le pasteur nous présentait ses vide-couilles ?

Il replongea dans sa piscine de balles sans un mot de plus, ce qui mit fin à notre conversation.

Je quittai la salle de jeu, Faucon d'Amour sur les talons, avec la crainte de trouver Joe Dale à l'extérieur, tout sourire d'avoir découvert ce que je traficotais. Mais non, il n'était nulle part. Peut-être m'étais-je fait des idées. Nous sortîmes de l'impasse et descendîmes la rue qui menait à la plage. Arrivés sur la promenade, désormais plus animée que quand nous l'avions quittée, je remerciai Faucon d'Amour, lui donnai aussi un billet de cinquante avant de le saluer.

Je partis de mon côté.

À croire Bobert Jones, Théodore Monroe était innocent. Une sacrée avancée. Mais ce n'était que mon cap, pas ma destination. Il me fallait une preuve solide, matérielle, pas le récit d'un vieux sans domicile fixe qui passait ses journées dans une piscine de balles. D'autant que les informations fournies par Bobert avaient déjà été ignorées par la police.

Et il y avait cette histoire sur le pasteur qui baisait à droite et à gauche.

L'idée du mari jaloux était loin d'être mauvaise, mais, à en croire Bobert, il devait y en avoir un paquet, débusquer celui qui aurait pu massacrer les Cane n'allait pas être facile.

Et Bara dans tout ça ?

La médium avait vu juste concernant l'innocence de Théodore Monroe mais quelque chose me disait que ça n'avait pas grand-chose à voir avec son altruisme, son mysticisme ou de soi-disant pouvoirs psychiques…

En remontant la promenade vers le parking, je sortis ma cigarette électronique de la poche intérieure de ma veste et tirai dessus. J'expirai la fumée qui forma une traînée derrière moi. Une légère toux se fit entendre.

— Hé mec, me crache pas ta fumée au visage, ça se fait pas.

Je fis volte-face.

Faucon d'Amour se tenait là, à peine quelques pas derrière, si bien qu'on eût dit qu'il ne marchait pas derrière moi mais avec moi. S'il ne s'était pas pris ma fumée en pleine gueule, j'aurais pu faire tout le trajet jusqu'à ma voiture sans me rendre compte de sa présence.

— Vous me suivez ?

Il me fixa avec un regard de poisson passé dans l'au-delà depuis très longtemps. Sa seule réponse fut :

— On va où ?

— Comment ça « *on va où* » ? Moi je rentre chez moi, j'ai du travail et vous, eh bien, retournez jouer du Bryan Adams aux touristes.

— Bah oui mec, mais faudrait peut-être qu'on vérifie ce que Bobert vient de nous dire, non ? Ce serait bien qu'on aille jeter un œil à ce centre d'accueil, pour voir s'ils peuvent nous donner quelques noms. T'en penses quoi, mec ?

Je soupirai. Et voilà qu'il recommençait à se mêler de mes affaires, affaires qui ne le regardaient plus depuis que je lui avais filé cinquante balles et dit au revoir.

— Je suis déjà allé dans ce centre, admis-je à contrecœur pour lui faire lâcher l'affaire. Je suis tricard là-bas. Je vous remercie pour le coup de main que vous m'avez donné mais c'est fini. Je cherchais Bobert et je l'ai trouvé, je n'ai plus besoin de votre aide.

Faucon d'Amour ne cilla pas.

— Si on ne va pas voir au centre, comment on va faire, mec ? T'as une autre idée ?

Mon Coyote ne s'éveilla pas ; mes entrailles restèrent muettes. Oui, il m'exaspérait mais pas au point de vouloir lui éclater la tête sur le bitume.

J'écartai les bras en signe de reddition.

— Là comme ça, je ne sais pas, reconnus-je.

— Bah tu vois mec, si tu sais pas, c'est que t'as besoin d'aide.

Résigné, je me tus et repris le chemin du parking, Faucon d'Amour sautillant toujours avec cette espèce de sourire benêt sur la face. Oui j'avais besoin d'aide, à n'en pas douter.

De la sienne ? Pas sûr.

Chapitre 11

Faucon d'Amour enfournait son beignet au chocolat tout entier dans sa bouche en m'écoutant lui raconter toute l'histoire. Malgré les regards insistants que nous lançaient les serveurs, il ne faisait aucun effort pour se fondre dans la masse des jeunes urbains amateurs de caféine éco-responsable assis dans le même café que nous. Il n'en avait ni la tenue, ni les manières. Quelques miettes tombaient sur son oud posé à ses pieds, ce qui ne le dérangeait pas le moins du monde.

— C'est une histoire de baise, mec, conclut-il quand j'eus fini de lui expliquer mon affaire.

Affaire résolue ! J'avais bien fait d'accepter son aide… Il avala avec peine sa bouchée avant de poursuivre.

— Bobert à raison, mec, si ça peut pas être ton gus là, Théodore, qui a pété un plomb, alors c'est un mari cocu qui a voulu se venger. Et toi, t'en penses quoi ?

Que tu devrais manger plus proprement.

— Je n'en sais rien mais si Bobert à raison, il me faut des preuves. Des vraies, pas des témoignages sortis de nulle part. Et vous allez m'y aider.

Faucon d'amour se retourna pour faire signe à une serveuse qui passait par là de lui amener un deuxième beignet.

— Qu'est-ce que tu veux que je fasse, mec ?

J'aurais dû en avoir honte, mais en toute honnêteté, sur le moment, j'étais quand même assez satisfait de mon idée. Car j'avais imaginé un stratagème pour me débarrasser de Faucon d'Amour. Oui, il était sympathique, oui il était volontaire. Mais il était surtout très agaçant avec ses cheveux longs, son oud et ses « *mec* ». Il voulait aller jeter un coup d'œil au *Renouveau* ? Eh bien, un ou deux beignets et hop, je l'y débarquerai !

La serveuse vint lui déposer sa pâtisserie, aussi j'attendis quelques secondes avant de lui répondre. Je me penchai un peu sur la table et pris un air de conspirateur pour avoir l'air plus crédible :

— Je veux que vous vous fassiez passer pour un SDF qui a besoin d'un hébergement. Vous allez au centre, vous vous inscrivez et vous y passez quelques jours pendant lesquels vous posez des questions – discrètement bien sûr – histoire de voir s'il n'y a pas une ou deux personnes qui savent des trucs.

— Il est débile ton plan, mec, répondit-il en croquant dans son beignet. Vamais ve pafferai pour un clodo.

Et dire que je l'avais trouvé assis à côté d'une poubelle à gratter son oud… Je balayai sa remarque de la main :

— Ne vous inquiétez pas pour ça, vous ferez parfaitement l'affaire ! Voyez ça comme une enquête en infiltration. Vous aimez le travail de détective, pas vrai ? Eh bien nous, les détectives privés, on fait ça tout le temps.

— Tout le temps ?

— Tout le temps !

Il réfléchit quelques instants à mon argument tout en grignotant ce qu'il restait de son beignet.

— Je sais pas trop, mec. Je suis ok pour t'aider à fouiller des trucs et tout, mais aller carrément m'infiltrer seul là-bas, je le sens pas.

Je sortis la parade infaillible que j'avais en stock :

— Je vous paierai.

La loi interdisait d'embaucher des gens n'ayant pas leur licence de détective privé pour travailler sur le terrain. Mais ça, il ne le savait pas. Et quand bien même, question délit, je n'étais plus à ça près…

— Combien ?

Nous nous mîmes d'accord sur la somme de cinquante dollars par jour, argent dont il ne verrait jamais la couleur. Pour sceller notre accord, il me tendit une main pleine de chocolat séché qui avait l'air aussi collante qu'une tartine de miel.

Je l'ignorai et décidai qu'il était temps d'y aller.

Pendant toute la durée du trajet qui nous séparait du *Renouveau,* Faucon d'Amour ne cessait de commenter ce qu'il voyait comme un gamin qui montait dans une voiture pour la première fois de sa vie. Je ne l'écoutais que d'une oreille distraite, ponctuant mes réponses de « *hum* » et de « *ouais* ». Je ne cessais de jeter un œil au rétroviseur, espérant surprendre Joe Dale sur mes traces dans la circulation de cette fin de matinée. Mais toujours rien.

Paranoïa quand tu nous tiens…

Alors que nous venions de dépasser un panneau publicitaire représentant un raton laveur dans un tambour de machine à laver qui clamait haut et fort dans une bulle de bande dessinée « *Ce soir, je perds mes cernes* », Faucon d'Amour fut pris d'une quinte de rire goguenard. Ce devait être l'une des choses les plus drôles qu'il eût jamais vue de sa vie. L'affiche n'était pas mal, c'est vrai, mais de là à s'étouffer, quand même pas.

Quand il eut repris sa respiration, il farfouilla dans la poche de son sarouel et en sortit un briquet et un joint long et épais comme un majeur.

— Tu crois qu'il va devenir tout blanc ? demanda-t-il alors qu'il essayait d'allumer son briquet.

Je ne lui proposai pas d'utiliser mon allume-cigare.

— De ?

Après plusieurs tours de molette infructueux, il finit par ranger son briquet mort dans sa poche mais il garda son joint au coin des lèvres, comme si l'avoir seulement à la bouche suffisait à lui procurer sa dose de cannabis.

— Le raton laveur, mec. Il voulait juste perdre ses cernes, mais moi je pense qu'il va devenir tout blanc s'il va dans la machine à laver. Ou pire, il risque de mourir noyé. Juste pour ne plus avoir de cernes, je trouve ça extrême quand même.

— Si vous le dites.

— Bah oui, mec. Il y a d'autres solutions pour enlever ses cernes. Il peut porter des lunettes de soleil par exemple. Personne ne les verrait. Ce serait cool un raton laveur avec des lunettes de soleil, non ? Ou mieux ! Il peut se badigeonner la tronche de farine. Tu vois la farine, c'est génial ce machin-là, tu peux faire plein de trucs avec : du pain, des gâteaux, des pâtes, de la sauce et en plus ça rend tout blanc. Il pourrait s'en mettre sur le museau, pas besoin d'aller faire un tour dans cette machine à laver, hein.

J'aurais fait mieux de le laisser derrière sa poubelle, celui-là…

— Vous savez que ce n'est qu'une publicité ? demandai-je plus pour le faire taire que pour poursuivre cette conversation. Personne ne va mettre de raton laveur dans une machine à laver. Ce n'est qu'une idée destinée à attirer le regard. Cette pub marcherait mieux avec un panda, en plus. Et ce ne sont pas des cernes, c'est juste la couleur naturelle de son pelage. Ça ne partira jamais.

Il sursauta sur son siège, comme s'il venait de se prendre une décharge électrique.

— C'est encore pire, vu sous cet angle, mec. Risquer la mort pour enlever ce qui ne partira jamais, c'est terrible. Il y a plein d'autres solutions.

Cette phrase résonna en moi un peu plus fort que je ne l'aurais cru.

— Peut-être que ce raton laveur est au bout du rouleau, il ne supporte peut-être plus cette bande noire sur son visage et il est prêt à tout pour s'en débarrasser définitivement. Quitte à mourir. Ou peut-être qu'il a farfouillé dans la poubelle de trop et qu'il en a marre. Allez savoir...

Malgré mon attention tournée vers la route, je perçus le regard de Faucon d'Amour qui ne me lâchait pas.

— Mec, c'est glauque ce que tu dis. Et en plus, c'est débile.

— Et pourquoi ça ?

— Mec, tu connais pas les ratons laveurs : ça vit en meute ces bestioles. Il peut pas avoir la haine d'être un raton laveur. Il a connu que ça et il vit entouré de gars comme lui qui ont la même tronche et qui font les poubelles et tout. Son monde se résume à ça, il connaît rien d'autre… À la rigueur, si le raton avait vécu toute sa vie parmi, je sais pas moi… des loutres qui se foutaient de sa gueule dès qu'il lavait sa nourriture ou qu'il grimpait à un arbre, je dis pas. S'il se croit le seul au monde à avoir cette tête de braqueur de banque de bande dessinée, je veux bien admettre qu'il veuille en finir mais là, je crois pas que ce soit le cas : il avait l'air heureux sur l'affiche. C'est juste qu'il est con au point de se faire tourner dans une machine à laver, faut pas chercher plus loin.

Il continua sa diatribe sur ma vision du règne animal, des ratons laveurs et des autres espèces semi-sauvages pendant toute la durée restante du trajet. Dieu merci, ce calvaire ne dura que dix minutes. Je me garai sur le bord de la route, à deux rues du Renouveau.

Je lui indiquai le chemin à suivre.

Il me remercia, sortit de ma voiture et toqua à la vitre côté passager comme s'il avait quelque chose à ajouter.

Je démarrai sans le considérer une seconde de plus.

En quittant la rue, je le vis dans mon rétroviseur, seul sur le trottoir, son joint coincé entre ses lèvres. Il me regardait m'éloigner, l'air un peu perdu et penaud, là, loin de son quartier et des endroits qui lui étaient familiers. En tournant dans une rue perpendiculaire, je serrai fort le volant pour oublier la petite voix dans ma tête qui me disait que, peut-être, ça ne se faisait pas d'abandonner quelqu'un comme ça.

J'étais quelqu'un de méchant et de peu fréquentable. Pour être plus précis, j'étais un salopard aléatoire, comme disait Lulu. Je me comportais comme une merde avec la plupart des gens. Le gars lambda, que vous croisiez dans la rue, qui ne semblait être qu'un être vivant parmi les autres, qui ne faisait aucun mal et qui semblait aussi heureux qu'une personne normale pût l'être ne m'inspirait au mieux que de l'indifférence, au pire, du mépris. C'était un sentiment que je ne contrôlais pas.

Prenez Faucon d'Amour par exemple. Il n'était peut-être pas le singe le plus malin du bananier mais il m'avait quand même aidé à trouver Bobert Jones sans que je ne lui demande quoi que ce soit. Alors, oui, il était agaçant mais méritait-il que je l'abandonne comme ça, loin de chez lui sous couvert d'une pseudo-enquête en infiltration que je lui avais vendue pour me débarrasser de lui ? Peut-être pas mais je l'avais quand même lourdé. Je faisais souvent des choses que je regrettais dans la foulée sans pour autant revenir sur mes pas, m'excuser et me racheter. À quoi bon ? Cela me laissait un goût amer dans la bouche mais au bout d'un moment, cette bile passait. L'habitude sûrement... Et cela avait pour avantage, non négligeable dans mon métier, de me permettre de faire fi de mes états d'âme et d'agir à l'instinct quand le besoin se faisait ressentir.

Cependant, dans l'épais brouet de personnalités multiples et exotiques qui faisait de l'humanité ce qu'elle était, certaines parvenaient à passer entre les mailles du filet et s'attirer ma sympathie. Une sympathie mystérieuse mais sincère quand même. Lulu était l'une de ces personnes.

Maya aussi.

Elle ne leva pas les yeux de l'écran de son ordinateur quand je jetai sur son bureau une enveloppe contenant les deux mille dollars réglementaires que Lulu m'avait demandé de lui remettre. Je m'assis sur un fauteuil, devant son bureau :

— C'est l'argent de Sarah Basil que ta patronne m'a demandé de te remettre. Tu dois m'en donner cinquante pour cent. J'aurais pu les prendre directement mais je préfère que tu voies que je n'essaie pas de vous rouler.

Maya était une jeune assistante juridique d'environ vingt-cinq ans, dynamique comme une pile électrique. Elle avait été la première afro-américaine à sortir major de sa promotion en droit à Santa Barbara mais chose mystérieuse, elle ne passa jamais l'examen du barreau qu'elle aurait pourtant pu réussir haut la main et la faire devenir, j'en étais convaincu, une bien meilleure avocate que celle pour laquelle elle travaillait. Car Maya était une personne talentueuse. Beaucoup trop pour perdre son temps ici, dans le cabinet de Lulu, la seule avocate pénaliste de la ville à n'avoir jamais gagné un procès. J'adorais Lulu mais il fallait reconnaître que le talent n'était pas sa qualité première. J'avais longtemps pensé, même si la raison m'échappait, que Maya trouvait tout de même son compte dans ses tâches administratives un peu rébarbatives que Lulu lui confiait. Mais quand ces deux-là se mirent en couple, je sus que l'intérêt de Maya pour son travail n'était pas professionnel.

Elle resta si concentrée sur son ordinateur que je crus un instant qu'elle répondit à sa machine.

— Fallait pas te gêner, je suis tellement débordée que la comptabilité est le dernier de mes soucis. Lucille se casse à son congrès à Tacoma et me laisse une montagne de paperasse à finir : des déclarations sous serments que je dois relire, des notes de synthèse à faire, des factures d'honoraires à établir. Je te jure, j'ai l'impression que Lucille me refile tout le travail qu'elle ne veut pas faire. Je sais que ce n'est pas le boulot d'une avocate de faire ça mais bon, ce n'est pas comme si elle croulait sous les affaires en ce moment. Donc vas-y, prends ton argent et je mettrai ce qui reste dans ma poche comme une prime de fin d'année en avance. Pour service rendu.

Je souris mais Maya sembla très sérieuse. Je me pris d'un élan de compassion pour la jeune femme, là, débordée dans la petite pièce qui lui servait de bureau, à la lumière blafarde et à la vue imprenable sur les briques rouges de l'immeuble voisin.

— Ça va toi ? lui demandai-je en sachant très bien que la réponse serait beaucoup plus complexe que les triviaux « oui » et « non ».

Elle lâcha enfin son écran d'ordinateur. Elle retira ses lunettes à monture noire et se massa les yeux en se renfonçant dans son fauteuil. Elle poussa un soupir avant de lâcher tout de go :

— Tu as des nouvelles de Lucille ?

— Elle m'a appelé hier soir, fis-je. Pour discuter de l'affaire sur laquelle je travaille. •

Je tus la partie de la conversation qui incluait un couple de représentantes en produits pharmaceutiques et un costume d'écolière.

— Ça fait un coup de fil de plus que moi.

J'eus la désagréable impression que Maya me reprochait quelque chose sans savoir quoi.

— Elle est sûrement très occupée, avec son congrès et...les trucs qui vont avec.

— Au point de ne même pas répondre à mes messages ?

Que pouvais-je lui dire ?

J'essayai de lui baragouiner une réponse passe-partout mais comme bien souvent quand je ne savais pas quoi dire, ma bouche s'ouvrait plus vite que mon cerveau ne réfléchissait.

— Est-ce que Lucille me trompe ? me demanda-t-elle de but en blanc devant mon incapacité à lui formuler une réponse intelligible.

Je me sentis un peu comme un agneau acculé au bord d'une falaise par un loup affamé. Sauf que j'enviais cet agneau, il souffrirait moins que moi. Soit je lui disais la vérité et je trahissais Lulu, soit je lui mentais et je la trahissais elle.

Dur dilemme.

D'autant que je n'étais pas moi-même un modèle de vertu : j'avais trompé ma première femme avec ma deuxième, et ma deuxième avec ma troisième. Pas de quoi être fier. Au moins, ma quatrième épouse n'avait pas subi ce genre d'affront. C'était déjà ça...

Surtout, je ne voulais pas me mêler de leurs affaires de couple. Déjà, ça ne me regardait pas et ensuite, eh bien... la vie affective de Lulu répondait à une logique qui lui était propre et je n'avais pas envie de perdre mon bras dans cet engrenage.

Je bottai en touche :

— Pourquoi tu me le demandes, à moi ? fis-je en espérant n'avoir pas l'air trop implorant. Vois ça avec elle.

— Ça, ça veut dire que tu ne veux pas me répondre.

Je levai les deux paumes devant moi, signe universel pour « Tirez pas, je n'ai rien fait ».

— Non, ça veut dire que ce ne sont pas mes affaires. Qu'est-ce qui te fait douter comme ça ?

Elle soupira.

— Quand je suis allée dans son bureau hier pour chercher des dossiers, j'ai vu qu'elle avait laissé son ordinateur allumé. Je sais que ce n'est pas réglo mais je n'ai pas pu m'empêcher de fouiller dans sa boîte mail... Rien d'incriminant mais bon, certaines choses m'ont mis la puce à l'oreille : des mails d'un site de rencontre pour femmes et une confirmation de commandes pour de la lingerie qui datait du mois dernier et que je ne l'ai jamais vue porter. Je ne sais pas quoi faire.

En effet, un bon gros faisceau d'indices. Je me penchai en avant en prenant mon air le plus rassurant possible pour lui sortir une réponse à laquelle je ne crus qu'à moitié :

— Écoute Maya, je suis sérieux. Tu devrais en parler avec Lulu, je sais qu'elle est ce qu'elle est, qu'elle peut paraître un peu... volatile mais ce n'est pas quelqu'un de malhonnête. Si tu lui en parles, elle sera franche avec toi. Je ne pense pas qu'elle veuille te faire du mal.

Maya éclata d'un rire qui se voulut ironique.

— Lucille ? Franche ? Tu l'idéalises trop, tu le sais ça ? J'ai l'impression qu'on ne parle pas de la même personne... Et comment ça se fait d'ailleurs ? Pourquoi tu es comme ça avec elle ? Pourquoi tu donnes l'impression que tu la suivrais jusqu'en enfer ?

— Tu ne comprendrais pas.

C'était ma seule vraie amie, voilà pourquoi. Mais ça, je ne le lui dis pas.

En sortant du cabinet, mes mille dollars en poche, j'envoyai un message à Lulu : « *Je te conseille d'appeler Maya rapidement* ».

Chapitre 12

L'Univers est une machine vaste et complexe régie par des règles instables et capricieuses auxquelles je ne comprenais pas grand-chose. Le seul truc qui m'apparaissait à peu près clair était que lorsque cette machine se grippait, vous le sentiez passer. Si votre matinée était à chier alors vous pouviez être sûr que ce serait toute la journée qui puerait la merde. C'est ainsi que, quand je me garai sur le parking de mon immeuble, je retrouvai Joe Dale appuyé contre sa voiture, à fumer sa cigarette en me fixant de son regard de bête sauvage.

— Tu as salué ta copine l'avocate de ma part ? me lança-t-il quand je passai devant lui pour rentrer chez moi.

Je lui adressai un doigt d'honneur pour toute réponse.

Cet enfoiré ne m'avait pas lâché de la matinée. Comment avait-il fait ? Aucune idée. Je ne l'avais pas aperçu une seule seconde et pourtant ce n'était pas faute de l'avoir cherché.

Quel connard !

Sur le palier, je croisai Lynn qui partait travailler à la bibliothèque du quartier. Elle me rappela son invitation pour le soir même. Je promis d'être là à l'heure et elle fila comme un courant d'air. Fais chier ! J'allais devoir me farcir une soirée avec Lynn (avec plaisir) et avec son nouveau mec (sans façon).

L'Univers, machine de merde.

Après avoir mangé un morceau, je m'installai dans mon salon, calé dans mon fauteuil fétiche. Il était temps de se remettre au boulot.

Trêve de glandage, l'heure n'était plus à la galéjade !

Sur internet, je dénichai dans les archives municipales les anciens statuts de l'association qui gérait le *Renouveau* et qui datait de deux ans. Sans surprise, Howard Cane en était le président, Mary Cane la trésorière et toute une tripotée de personnes, surtout des femmes, en était membres. Je passai les trois heures suivantes à vérifier les déclarations fiscales de chacune de ces personnes pour l'année 2019 afin d'identifier les principaux donateurs.

La médaille d'or revint à une certaine Madame Paula Henreid pour un substantiel don de cent cinquante mille dollars sous la forme de deux versements, l'un de trente mille en janvier, l'autre de cent vingt mille en août. Les deuxième et troisième places revenaient respectivement à Mesdames Pauline Hammond (pour cent dix mille dollars) et Lucy Summer (pour quatre-vingt-douze mille dollars). Si Bobert Jones avait raison, alors il y avait une chance non nulle que ces philanthropes se soient fait rembourser en nature. Bobert avait beau être sympa, son histoire nécessitait corroboration.

Joe Dale dans mon sillage, je pris la direction des hauteurs de la ville, où Paula Henreid, cinquante-deux ans, épouse de John Henreid et mère de deux filles, Emmy et Janet, possédait une maison. Ou plutôt une villa. Celle-ci ne dépareillait pas au milieu de ce quartier qui semblait réservé à l'élite riche de la ville et dans lequel je ne me sentais pas à ma place.

Ce petit manoir de style néocolonial puait l'argent à plein nez.

Une allée gravillonnée menait jusqu'au porche extérieur et invitait le visiteur à admirer les différentes sculptures de nymphes et autres déesses exposées sur la pelouse entretenue avec soin. Sur les colonnes de l'édifice étaient fixées à hauteur d'homme des couronnes de roses au-dessus desquelles se balançait une épaisse guirlande de lierres grimpant qui faisait tout le tour du bâtiment. Le bruissement d'une fontaine en marbre participait à cette ambiance de bien-être naturel qui irradiait de la propriété. Ce sentiment fut quelque peu gommé quand j'aperçus, en allant sonner à la porte, un pick-up noir rutilant garé plus loin dans l'allée.

Une vieille femme, au teint hâlé et à l'accent hispanique vint m'ouvrir. Je me présentai sous l'identité de Peter Smith, journaliste au Times et demandai à voir Madame Henreid. La femme me fit traverser la maison décorée d'œuvres d'art d'auteurs qui m'étaient bien sûr inconnus et me conduisit derrière la maison, dans une véranda où je vis celle que je devinais être Paula Henreid attablée dans son salon de jardin. Je me présentai à nouveau et elle m'invita d'un geste de la main à prendre place devant elle. Tout comme l'avant de la propriété, le jardin avait l'air parfait. Là aussi, on percevait un léger bruissement aquatique qui me détendait les oreilles. Celui-ci venait de la pompe de la gigantesque piscine qui mangeait le tiers du jardin. J'y aurais flotté sur ma bouée donut avec plaisir. Derrière, entouré d'un grillage vert foncé, un court de tennis dans lequel un ouvrier se cassait le dos à balayer la terre battue.

— Que puis-je faire pour vous, Monsieur Smith ?

Paula Henreid me fit l'effet d'une orchidée laissée au soleil un peu trop longtemps. Même si l'âge commençait à faner sa beauté, il était tout de même aisé de deviner la jeune femme qu'elle avait été. Sa chevelure auburn coiffée en chignon me fit penser à une grenouille de bénitier mais cela fut contrebalancé par les petites rides d'expression qui marquaient son regard sympathique et lui donnaient un air malicieux.

Je sortis mon petit carnet de notes de la poche intérieure de ma veste et lui expliquai la raison de ma présence.

Je m'attendis à un refus catégorique de sa part mais au contraire, son sourire se fit plus large et j'eus l'impression que Paula Henreid fut plus que contente d'avoir quelqu'un à qui parler de cette affaire. Elle me raconta sa rencontre avec le couple Cane, cinq ans auparavant, à l'occasion d'une levée de fonds.

Elle fut charmée par ce pasteur qui, selon ses dires, était animé de cette sorte d'énergie qui habite ceux qui veulent changer le monde. Elle était incapable d'expliquer pourquoi, mais bien qu'elle ne fût pas croyante, elle se mit à fréquenter la congrégation d'Howard malgré l'incompréhension totale de son mari. Elle admit avoir été captivée par le « *magnétisme* » qui irradiait de lui lors de ses sermons.

— Tout le monde était porté par ses paroles. C'est bête à dire mais j'avais parfois vraiment l'impression que Dieu s'adressait à nous à travers lui. Cette manière qu'il avait de vous fixer du regard pendant ses sermons... C'est comme s'il parlait directement à votre âme. Après le décès d'Howard, j'ai fréquenté d'autres églises brièvement mais je n'ai retrouvé ça nulle part ailleurs.

Oui, c'était complètement con.

— Mary et Howard étaient quel type de couple ?

— Un couple solide, je dirais. Mary était assez effacée mais très à l'écoute de son mari, elle le soutenait coûte que coûte. Je ne sais pas comment elle faisait : quand le mien me demande l'heure, j'ai envie de le tuer.

Elle rit de bon cœur. Je pris mon plus bel air de grand journaliste d'investigation.

— Écoutez, Madame Henreid, je ne cherche pas à écrire une nécrologie des Cane, je cherche à décrire la réalité telle qu'elle était. Je ne cherche pas à salir les victimes mais personne n'est parfait. J'ai entendu des rumeurs… qui faisaient état d'infidélités répétées de la part d'Howard. Est-ce que c'est quelque chose dont vous aviez connaissance ? Je ne citerai pas votre nom dans mon article, vous pouvez me faire confiance.

Je m'attendis à des tombereaux d'insultes voire des coups de balai mais non, Paula ne se départit pas de son sourire.

— Une infidélité signifie qu'un membre du couple trahit l'autre pour prendre du bon temps avec quelqu'un en dehors des liens sacrés du mariage. Ce n'était pas le cas des Cane. Tout était clair entre eux.

Je ne m'y attendais pas, à celle-là.

— Vous voulez dire que Mary était au courant des incartades d'Howard ?

Paula hocha la tête.

— Oui, elle était parfaitement au courant puisqu'elle y participait.

Je ravalai un hoquet de surprise. De mieux en mieux !

— Vous me voyez quelque peu surpris, Madame Henreid… On est loin du comportement chrétien qu'on peut attendre de la part d'un pasteur et de sa femme.

— Je pense que si vous êtes là, assis devant moi à me poser ces questions, c'est que vous avez deviné, je ne sais pas comment, qu'Howard, Mary et moi avons… eh bien, passé du temps ensemble. Alors je vais vous le dire mais je tiens à vous préciser que ce n'est pas ce que vous pensez. Il faut que vous compreniez qui était Mary Cane. Elle était très gentille et serviable mais elle était surtout maladivement timide. Elle ne vous regardait jamais dans les yeux quand elle vous parlait et elle soufflait chacun de ses mots comme si elle craignait qu'on l'entende. Elle était assez mal dans sa peau, la pauvre. Et… elle rencontrait aussi des difficultés à… accomplir son devoir conjugal. Or, tout pasteur qu'il était, Howard restait un homme comme un autre avec des besoins et Mary avait besoin d'aide pour les satisfaire… Je ne vais pas vous faire un dessin mais je considère avoir aidé ce couple. Je vois ça comme de la générosité, pas comme de la luxure. C'était aussi la vision d'Howard.

Sans déconner !

— Mary Cane avait du mal à coucher avec son mari ?

— D'après Howard, certaines fois, il ne pouvait même pas la toucher sans qu'elle se mette à pleurer. Quand j'étais avec eux, elle était plus calme mais parfois elle tremblait comme une feuille, comme si elle était à deux doigts de faire une crise de panique. C'était assez étrange. Je pense qu'elle avait besoin d'être accompagnée d'une autre femme pour être rassurée.

Plutôt étrange en effet.

— Vous avez déjà parlé de ça avec elle ?

Paula remua la tête.

— Non, je n'ai jamais osé aborder le sujet.

— Et vous saviez ce qu'elle pensait réellement de ces parties à trois ?

Pour la première fois de notre entretien, Paula eut l'air gênée par ma question. Elle m'avouait avoir fait des plans à trois avec un pasteur et sa femme sans ciller, mais elle tiquait quand je lui demandais ce que la femme en question en pensait…

Intéressant…

— Je ne sais pas, nous n'en avons jamais parlé ensemble. Mais à chaque fois que nous nous sommes vus tous les trois, elle n'a jamais eu l'air d'être… perturbée par la situation. Enfin… pas plus que d'habitude… étant par nature très… sensible.

— Mais est-ce qu'elle vous paraissait reconnaissante, au moins ? Si vous l'aidiez dans son couple comme vous dites, elle a dû vous faire part de sa gratitude d'une manière ou d'une autre.

Paula leva les yeux pour fouiller dans sa mémoire.

— Hum, non. Mais vous savez, vous ne pouviez jamais savoir ce que pensait réellement Mary Cane.

Je lâchai une question qui me trottait dans le crâne depuis quelques minutes :

— Est-ce qu'il vous est arrivé de coucher avec Howard en l'absence de Mary ?

— Oui, admit-elle. Deux fois. Mais j'ai coupé court à ça très rapidement, je trouvais que ce n'était pas honnête envers elle. Et c'est d'ailleurs suite à ça que j'ai pris mes distances avec eux, je ne voulais pas briser leur couple.

Oh ma cocotte, je pense qu'Howard s'en chargeait très bien lui-même.

— Y a-t-il eu d'autres femmes qui ont… « *aidé* » le couple Cane comme vous l'avez fait ?

— Je sais qu'il y en a eu quelques autres, oui, mais ne comptez pas sur moi pour vous donner les noms. Ce qu'elles font ne regarde qu'elles.

Je notai toutes ces informations dans mon carnet de manière assez frénétique, ce qui ne me ressemblait pas du tout. Enfin ! Pour la première fois, j'avais la sensation de mettre le doigt sur un point essentiel de cette affaire qui pouvait en expliquer bien d'autres, encore fallait-il fouiller au bon endroit.

— Votre mari est au courant ?

— Non, il ne l'est pas. Et ça ne changera pas. De toute manière, vu comment il me considère, je pense que ça lui ferait une belle jambe de le savoir.

Je pouvais rayer son nom de ma liste des suspects.

— Vous me jugez ? demanda-t-elle soudain inquiète de ce que je pensais d'elle.

Bien sûr que je la jugeais ! Pourquoi m'en serais-je privé ?

Même deux ans après sa mort, elle restait envoûtée par le charme du pasteur au point qu'elle ne réalisait toujours pas l'évidence : Howard Cane profitait de sa femme soumise pour baiser à droite et à gauche en faisant passer ça pour de l'altruisme. Et Paula gobait ça ! J'aurais été un peu plus machiste, j'aurais été admiratif de la manœuvre. Mais j'avais toujours en mémoire la photographie que l'autre abruti blond du *Renouveau* m'avait passée, et je voyais très bien le regard qu'avait Mary Cane dessus, l'air perdu, presque effrayée et contrainte d'être là, dans les bras de ce garçon à qui, une trentaine d'années plus tard, elle ne parvenait plus à faire l'amour. Je me souvins aussi de mon malaise devant cette image.

En outre, j'imaginais mal cette femme, a priori timide et réservée, accepter que son mari ramène une de ses ouailles riches et esseulées dans le lit conjugal pour faire ce qu'elle ne parvenait pas à faire elle-même. Je ne le concevais pas car, même si je ne l'avais pas connu, j'étais convaincu qu'Howard Cane n'avait pas demandé la permission à son épouse.

Ça n'avait pas l'air d'être ce genre de bonhomme.

Je fis mon plus beau sourire à Paula Henreid.

— Je suis journaliste Madame, mon métier n'est pas de juger les gens.

Avant de prendre congé, je lui montrai sur mon téléphone une photo de Bara la médium que j'avais dégottée sur un réseau social dédié aux parapsychologues et autres charlatans. Le visage souriant de Bara était inondé de soleil, on devinait le chapeau de paille qu'elle portait et dont on voyait quelques brins apparaître sur le haut de l'image. Son pseudonyme sur le réseau était « *Baracula* ». Pas le plus exotique des pseudonymes.

Paula Henreid n'avait jamais vu cette femme de sa vie.

En quittant la propriété des Henreid, j'aperçus Joe Dale garé sur le bas-côté, non loin du portail. Il n'attendit même pas cinq secondes avant de remettre le contact pour me coller au cul. Il ne se cachait même plus.

Chapitre 13

Vin rouge, blanc, rosé… lequel prendre ? Le rayon proposait un large éventail de bouteilles de toutes qualités et de tous prix mais je ne savais pas laquelle choisir. Qu'aimait Lynn ? Aucune idée. Je savais un paquet de choses sur elle mais pas ça. Je restai bien cinq minutes à me prendre la tête sans parvenir à me décider. Je tendais le bras vers l'une des bouteilles et la seconde d'après je le laissais retomber le long de mon corps quand je constatais la nullité de mon choix. Pourquoi était-ce si dur ? Je voulais juste « *LA*» bouteille. Celle qui lui ferait plaisir sans me faire passer pour quelqu'un de radin ou d'excessif. Elle devait bien exister, bordel de merde ! Mais…

Et si Lynn n'aimait même pas le vin ?

Je soupirai.

— Je serais vous, je prendrais du vin rouge, dit une voix derrière moi.

Je tournai la tête.

À quelques pas de moi se tenait Bara, souriante. Comme la veille, le foulard noué dans ses cheveux était assorti à sa robe. Ensemble vert pomme, ça lui allait plutôt bien au teint. Le nœud de son foulard, perché sur le côté de sa tête comme un œuf de pâques, laissait échapper quelques mèches rousses qui se baladaient sur son front. Elle tenait un panier en osier duquel dépassaient quelques feuilles de laitue.

Qu'est-ce qu'elle foutait là ?

— Merci du conseil.

J'attrapai une bouteille de vin blanc à vingt dollars. Peut-être bonne peut-être dégueulasse. Aucune idée. J'aurais aimé avoir un million d'années supplémentaires pour me décider, peinard.

Mais c'était trop demander à l'Univers.

— Conseil que vous ne suivez pas.

J'enjambai les trois mètres qui nous séparaient. Je jetai un coup d'œil dans son panier.

— Vous êtes bien loin de chez vous pour acheter une laitue et trois carottes. Il n'y a pas de vendeur de légumes du côté de Venice ?

Bara ne se départit pas de son sourire enjôleur. La lumière blafarde du supermarché soulignait la pâleur de sa peau.

— Je vois que vous avez fait des recherches sur moi. Et qu'avez-vous appris, Monsieur le détective privé ?

— Que vous êtes une piètre menteuse. Je sais qu'il n'y a qu'une seule personne à qui vous rendez visite à la prison de Corcoran et c'est Théodore Monroe. Je ne sais pas encore pourquoi mais je vous rassure, je le découvrirai assez vite. À moins que vous ne vouliez me le dire tout de suite ?

Elle leva le menton dans un semblant de moue impressionnée. Elle ne nia pas.

— Vous êtes efficace.

— En outre — et là je parle d'expérience — même si je ne suis pas Sherlock Holmes, je sais que les rencontres inopinées au supermarché, ça n'existe pas. Qu'est-ce que vous faites ici ? Vous me suivez ?

Si Bara s'y mettait aussi, j'aurai bientôt tout un convoi au cul.

— J'aime leur rayon herboristerie, voilà tout. Je fais ma tisane moi-même, vous savez. Puisque vous connaissez déjà mon adresse, passez me voir à l'occasion, je vous la ferai goûter avec plaisir.

Elle me fit un clin d'œil avant de partir de son côté. Je la suivis des yeux pendant qu'elle remontait l'allée, des bouteilles en verre de chaque côté. Je détournai le regard quand je pris conscience que celui-ci était rivé sur cette chute de reins moulée dans sa robe vert pomme. Très agréable à admirer mais pas très poli. Bara regarda par-dessus son épaule. Quand elle me vit planté là, à l'autre bout de l'allée, elle me sourit en me faisant un geste de la main, comme si elle disait au revoir à un vieil ami.

Est-ce qu'elle venait de me draguer ?

J'enfilai ma plus belle chemise, blanche et à carreaux comme toutes les autres, époussetai mon pantalon qui avait collecté à peu près un kilo de poussière dans la journée, attrapai la bouteille de vin blanc que je venais d'acheter et à dix-neuf heures tapantes, je sonnai chez Lynn.

Même depuis le palier, je percevais les riches odeurs du repas qu'elle avait concocté et je sentis mon ventre gargouiller — je n'avais quasiment rien avalé de la journée.

La porte s'ouvrit sur un grand homme brun, à la chevelure coupée ras et aux muscles saillants. Son t-shirt gris rendu moulant par ses pectoraux de gorille arborait sur la poitrine l'écusson de la brigade des pompiers du quartier.

Bien qu'il m'accueillît avec un sourire chaleureux, je haïs ce type à la seconde.

— Tu dois être Scott ? Je suis Jeffrey, l'ami de Lynn.

Je lui serrai la pogne de la taille d'une tête de pelle en marmonnant un timide « enchanté ». Il me prit la bouteille des mains et me conduisit dans le salon où il m'invita à prendre place dans le canapé.

L'appartement de Lynn était le décalque du mien : les mêmes pièces, dans le même ordre, dans la même disposition. Le même petit deux pièces avec son salon, son coin cuisine et sa chambre à coucher. À ceci près que chez Lynn, tout était beaucoup plus agréable. L'air ambiant respirait la fraîcheur quand chez moi, il y avait toujours des grains de poussière qui voletaient à droite et à gauche. Des fleurs et des plantes égayaient l'appartement et donnaient à l'ensemble un semblant de vie.

Lynn était amatrice de peintures. Pas de grands maîtres, non, mais des toiles d'artistes locaux qui vendaient leurs œuvres dans les marchés du quartier. Après ma première visite chez elle, je m'étais fait la promesse que moi aussi, j'arrangerai mon intérieur et ferai, pourquoi pas, l'acquisition de ces tableaux certes bon marché mais pas désagréables à regarder. Je ne l'avais jamais fait — ces peintures me rappelaient trop mes deux premières femmes — et mon appartement ressemblait à une version corrompue de celui de Lynn, comme tirée d'une vision d'un monde parallèle où tout était beaucoup moins beau. Chose étrange pour un célibataire comme moi dont le mobilier se composait en grande partie de rebuts dont aucune de ses quatre ex-femmes n'avait voulu, mais ici, chaises, tables, fauteuils avaient l'air neufs. Peut-être Lynn avait un pouvoir magique mystérieux pour conserver ses affaires. Ou peut-être que pour moi, chacune des choses qui lui appartenait était auréolée d'une sorte de sainteté.

Jeffrey le malfaisant prit place à côté de moi et commença à me faire la discussion, à me demander ce que je faisais dans la vie, à me raconter ce que lui faisait dans la sienne, comme si j'en avais eu quelque chose à foutre. En plus, c'était marqué sur son t-shirt ! Au bout de quelques secondes qui me parurent une éternité, Lynn, magnifique comme d'habitude, vint nous rejoindre, trois verres à la main.

— Je vois que vous avez fait connaissance, dit-elle avec un sourire.

Sa chevelure brune détachée ainsi que sa robe rose toute simple soulignaient un charme naturel que je ne pouvais m'empêcher d'apprécier. Elle distribua les verres puis les remplit de vin rouge.

Quand tout le monde fut servi, elle leva son verre pour porter un toast :

— Je sais que c'est un peu étrange de fêter un truc comme ça, mais je tenais à célébrer ma nouvelle vie : j'ai trouvé un nouveau travail, j'ai un nouvel amoureux et voilà… Je suis heureuse et je voulais le partager avec vous.

Elle partit d'un petit rire gêné. Adorable, bien sûr.

Nous levâmes tous nos verres.

Il était vrai que la pauvre Lynn avait pas mal galéré ces derniers temps. D'abord, son ancien copain l'avait trompée avec sa mère avant de la plaquer pour aller ouvrir une boucherie dans l'Oklahoma avec son argent à elle (« *Coucou chérie, j'ai vidé ton compte épargne pour aller disséquer des cochons avec ta mère qui me suce mieux que toi. À bientôt. PS : je t'ai laissé un reste de couscous dans le frigo* »). Puis, elle avait perdu son travail d'assistante marketing suite à la faillite du fabricant de moquette sans prétention qui l'employait (« *Écoutez-moi mes chers employés, j'ai une bonne et une mauvaise nouvelle. La bonne : vous pouvez rentrer plus tôt chez vous aujourd'hui. La mauvaise : vous n'aurez pas à revenir demain* »). Enfin, elle avait dû être hospitalisée à la suite d'un dysfonctionnement d'une machine d'aphérèse qui, alors qu'elle donnait son sang, s'était emballée et lui avait siphonné de quoi sustenter Dracula pendant plusieurs jours (« *Je ne comprends pas Madame, d'après le manuel d'utilisation, ce genre de panne a une chance sur deux millions et demi de se produire* »). Tout ça en à peine un mois ! La poisse ! Pour couronner le tout, il y avait eu cette sombre histoire de voleur de petite culotte qui hantait sa laverie… Donc, même si elle préférait se blottir toutes les nuits dans les bras musclés de Jeffrey plutôt que dans les miens, j'étais content qu'elle aille mieux et qu'elle voit enfin le bout du tunnel.

Je l'interrogeai sur son nouveau travail.

— Ça se passe bien, dit-elle en s'asseyant à côté de Jeffrey qui posa sa sale paluche sur sa cuisse. Ce n'est pas trop mon domaine et je n'y connais pas grand-chose à la gestion d'une bibliothèque mais j'apprends. Là, je suis en train de faire l'inventaire des livres manquants qui n'ont pas été rendus. Il y en a un paquet ! Il y a même un gars qui a emprunté une vingtaine de livres et qui n'en a retourné aucun. Vous savez comment il s'appelle ? Gary Gary. J'imagine que c'est une fausse identité mais qui fait ça franchement, emprunter des livres à la bibliothèque sous un faux nom ?

Je sentis le feu me monter aux joues.

Jeffrey la ramena en prétextant qu'il pouvait comprendre, que depuis le 11 septembre et le *Patriot Act*, le gouvernement fédéral pouvait accéder aux fichiers des bibliothèques, bla bla bla.

On s'en tape Jeffrey.

— Comment vous êtes-vous rencontrés tous les deux ? eus-je l'audace de demander.

J'aimais me faire du mal…

Les deux rirent de concert mais ce fut Jeffrey qui répondit avec un grand sourire :

— De la manière la plus bête qui soit : par hasard. Je venais de finir ma garde à la caserne de pompiers et Lynn sortait de la laverie avec son sac de linge dans les bras. On ne faisait pas attention et on s'est rentrés dedans. Comme dans une comédie romantique. Le coup de foudre ! On ne s'est pas lâchés depuis.

Les deux tourtereaux se dévorèrent des yeux d'amour pendant que moi, je vidai mon verre cul sec.

Personne ne toucha à la bouteille que j'avais achetée. Ce con de Jeff, après avoir jeté un coup d'œil à l'étiquette, l'avait posée sur la table basse sans plus de considération. Alors j'attrapai le tire-bouchon laissé par Lynn, vissai la pointe dans le liège du bouchon et tirai de toutes mes forces… Encore… Et encore. Ce putain de bouchon ne voulut pas sortir.

— Fallait dire que tu préférais le vin blanc, Scott, dit Jeffrey en me prenant la bouteille des mains.

Il n'eut guère de mal à tirer le bouchon qui sortit en émettant un petit « *plop* ». Un « *merci* » m'arracha la gueule.

Je pris la liberté de me servir une dose généreuse de vin sans demander la permission. C'était ma bouteille, s'ils en voulaient, ils n'avaient qu'à en boire ! Là où il y a de la gêne, il n'y a pas de plaisir !

Notre conversation dériva vers des sujets divers et variés comme la météo, la politique municipale en matière de recyclage des déchets, le dernier film de super-héros à la mode ou encore le prix des forfaits mobile.

Je ne passais pas une mauvaise soirée, mais j'en avais connu des meilleures.

Quand ce fut le moment de passer à table, la bouteille était vide. Je m'étais enfilé cinq verres, mon estomac se consumait d'un feu alcoolisé, ma tête tournait et j'avais l'impression d'avoir du coton dans les oreilles.

Je me traînai jusqu'à la table à manger en essayant de garder ma contenance.

Cinq verres pouvaient sembler peu mais il y avait quelques années que je n'avais pas bu autant d'alcool. Non, je n'étais pas abstinent au point de fuir l'alcool mais après avoir plongé beaucoup trop souvent dans la bouteille, j'essayais de me montrer prudent. Facile à dire mais difficile à faire quand la femme que vous aimiez roucoulait avec un autre devant vos yeux.

Au menu, cassolette de langoustines accompagnée d'une fondue de poireaux. Lynn avait mis les petits plats dans les grands et semblait très fière d'elle. Jeffrey, en bon lèche-cul, félicita notre hôte pour la qualité de sa cuisine alors même qu'il ne l'avait pas goûtée. Moi, je restai là, la tête baissée vers mon assiette comme un pantin à qui on avait coupé les fils. Je me sentis mal pour Lynn : elle s'était donné du mal, ça se voyait, et j'allais être incapable de savourer ce plat comme il se devait. Ma bouche était à moitié anesthésiée et une sorte de pâte fixait mes deux mâchoires entre elles si bien qu'il me devenait difficile d'articuler mes mots.

— Oui, Lynn, ça à l'air succulent, dis-je. Merci pour ce repas.

Du moins, ce fut ce que j'essayai de faire sortir de ma bouche.

Les deux tourtereaux, Lynn en bout de table et Jeffrey assis en face de moi, restèrent me regarder comme si je venais de m'exprimer dans un dialecte inconnu.

Jeffrey, toujours aussi serviable, me proposa de l'eau que j'acceptai d'un hochement de tête. Le repas se déroula sans accroc, moi dans mon monde et eux dans le leur. La cassolette était excellente, du moins ce fut ce que je devinai, mon sens du goût étant parti se coucher depuis quelque temps déjà. Lynn et Jeffrey parlèrent de tout et de rien entre eux. Ils ne me mirent pas à l'écart ; ils durent juste se rendre compte de mon incapacité à interagir avec eux comme quelqu'un de normal.

Cependant, par respect pour Lynn et ce qu'il me restait d'amour-propre, j'essayais de faire bonne figure, manière grotesque de cacher la poussière sous le tapis. Je singeais chacune de leurs réactions : je riais quand ils riaient, j'acquiesçais quand ils acquiesçaient, mais toujours avec un léger décalage, comme si nous ne nous trouvions pas tout à fait dans le même fuseau horaire.

Au bout d'un moment, je fus envahi par une bouffée de haine pour ce type qui avait séduit ma voisine avec sa mâchoire carrée d'acteur de cinéma et ses épaules de gorilles. Elle me prit aux tripes et me remonta dans la gorge.

Mon Coyote s'invitait à la fête.

Bordel ! Pourquoi avait-il fallu qu'elle se mette avec cet abruti alors qu'elle avait un mec très bien qui vivait juste à côté et qui n'attendait que ça ? J'aurais pu devenir ce qu'elle aurait voulu que je devienne. Moi aussi, je pouvais éteindre des feux avec une grosse lance à incendie. Moi aussi, je pouvais devenir aussi large qu'une armoire à glace si on m'en laissait le temps. Alors pourquoi lui plutôt que moi ? Bon sang, s'il le fallait, j'étais prêt à déchirer le visage de Jeffrey pour l'enfiler sur le mien si ça pouvait la faire tomber dans mes bras ! Mais je n'étais qu'une merde ! Je lui faisais pitié, à Lynn ! Voilà pourquoi elle m'avait invité ce soir : elle avait eu pitié du pauvre type solitaire d'à côté qui avait besoin de se socialiser. Elle avait voulu bien faire et moi, j'étais en train de tout gâcher.

Et tout ça, à cause de Jeffrey !

Quand ledit Jeffrey me fit l'affront de me proposer une part de tarte, je vis rouge.

— Tu sais où tu peux te la coller, ta part de tarte, Jeff ?

Un ange passa.

J'eus d'abord l'impression que personne n'avait vraiment compris ce que je venais de dire. Puis, à travers la brume alcoolisée qui flottait dans mon esprit, je vis la bouche ouverte de Lynn et les sourcils froncés de Jeffrey.

— Bah quoi ? repris-je. Tu peux la rouler en tube si tu veux qu'elle passe mieux.

La seule chose que Lynn trouva à faire fut de me rappeler à l'ordre d'un tonnant « Scott ! ».

— Ce n'est pas grave, bébé, tempéra Jeffrey. Je pense qu'il est temps pour Scott de rentrer chez lui se coucher.

Je me levai si vite que ma chaise bascula en arrière. Je pointai un doigt vengeur vers le torse hypertrophié de Jeffrey.

— Toi, je t'emmerde ! Tu crois que tu peux te pointer ici, avec ton corps de buffle et ton t-shirt de merde et me voler Lynn ? Tu la connais au moins ? Tu sais c'est quoi sa couleur préférée ? C'est le rose ! Son film préféré ? Autant en emporte le vent ! Putain, je connais même son parfum préféré, bordel ! C'est Shalimar de Guerlain ! Je suis sûr que toi, tu sais rien de tout ça ! Et franchement, à voir ta gueule, t'as pas l'air de savoir grand-chose ! Foncer dans quelqu'un dans la rue parce qu'on est trop con pour regarder où on marche, ça fait pas tomber amoureux, connard ! Je le sais, j'ai été marié quatre fois, putain !

Lynn resta muette sur sa chaise. Jeffrey, lui, toute colère rentrée, se maîtrisait pour ne pas me coller l'une de ses paluches dans la tronche.

— Casse-toi, souffla-t-il

— Tu me dis pas quoi faire ! gueulai-je en retour. T'es pas ma mère !

Mais je pris quand même le chemin de la porte. Je me traînais comme un zombie, je sentais bien que j'avais du mal à me déplacer.

Pour terminer cette charmante soirée en beauté, je me pris les pieds dans le tapis de l'entrée.

Mon pied glissa sous ce putain de tapis de merde. J'avançai sans m'en rendre compte mais ce fut comme si un poids empêchait mon pied de suivre le mouvement et le retenait en arrière. Trop alcoolisé pour compenser ce déséquilibre, je me retins au portemanteau sur pied installé contre un mur. En vain. Je me cassai la gueule, face contre terre, entraînant le portemanteau dans ma chute. Il me dégringola sur le dos avec fracas.

Le coup de grâce.

Malgré ce que je lui avais balancé à la gueule, Jeffrey tenta de me relever. Je repoussai sa main aidante.

— Va chier, lui lançai-je alors que j'étais par terre à plat ventre, un portemanteau en travers du dos et la tête sous la doudoune de Lynn.

Après une lutte qui sembla durer une éternité, je finis par m'extirper de là et gratifiai Jeffrey d'un doigt d'honneur.

Je fus heureux de passer la porte.

Je me traînai jusque chez moi. Dans mon salon, je me vautrai dans mon canapé, la télécommande à la main. Je zappai d'une chaîne à l'autre ; elles diffusaient toutes des programmes débiles. Sur une obscure chaîne du câble, je tombai sur un vieux film porno italien des années 80. *La Comtesse Vaginella.* Un classique.

À l'écran, la comtesse Vaginella, dans sa grande générosité, montrait à un bodybuilder habillé comme un bouseux des Carpates qu'elle ne suçait pas que le sang de ses victimes.

L'heure était venue de tenter le grand saut à nouveau. Ni une ni deux, la crosse de mon arme dans la main, son canon dans ma bouche, je pressai la détente. Le barillet se déplaça d'un cran supplémentaire. Clic.

Rien.

Quand j'éteignis ma télévision, l'écran me renvoya un reflet que je connaissais bien. Pas le mien, non. Celui d'une jeune femme à la joue déchiquetée. Des lambeaux de chair sanglants pendaient sur le côté gauche de son visage et certaines de ses molaires étaient visibles derrière cette déchirure. Du sang gouttait sur son épaule. Malgré son expression neutre, la lueur dans son regard me remua les entrailles.

Comme d'habitude.

Je jetai l'arme à l'autre bout de la pièce avant de partir d'un rire dément qui dut faire trembler les murs de mon appartement.

Chapitre 14

Samedi 11 septembre – 10h12

Je suis Gordon Neary à la trace toute la matinée. Je laisse toujours une ou deux voitures entre nous pour ne pas éveiller ses soupçons. Il n'est pas très futé mais sait se montrer méfiant. Comme s'il était doté d'un sixième sens. Il s'arrête faire quelques courses dans une épicerie du centre de ville puis file vers la banlieue où il s'arrête devant une petite maison modeste mais à l'aspect agréable. Une femme blonde, vêtue d'un déshabillé en satin rouge vient lui ouvrir la porte.

Je reconnais cette femme. Je l'ai connue quand je travaillais encore dans la police. À l'époque, elle était standardiste du poste. Je ne sais pas ce qu'elle fait maintenant, mais vu comment elle enlace Gordon Neary, elle doit toujours faire partie de la maison. Neary et celle qui lui sert de maîtresse entrent à l'intérieur et moi, je reste assis derrière mon volant à attendre. Je regarde les passants aller et venir dans mon champ de vision. Je pourrais faire demi-tour et oublier cette idée qui ne m'apparaît plus si bonne. Mais la petite voix dans ma tête me susurre que non, je dois rester sinon je le regretterai.

Donc je reste.

Peu avant onze heures, Neary réapparaît, la chemise en dehors du pantalon et le rouge aux joues. Il monte dans sa voiture et prend à nouveau la direction du centre-ville. Après une dizaine de minutes, il se gare sur le bas-côté, en face d'un salon de coiffure. Alors qu'il prend place sur un fauteuil, je démarre, estimant avoir une grosse demi-heure devant moi pour faire ce que j'ai à faire.

Je me rends dans un magasin de bricolage non loin de là et mon Coyote me murmure ce que je dois acheter : une pelle, un épais rouleau d'adhésif et un jeu de batteries externes pour téléphone portable. Trente dollars le tout. Je paye en liquide. Quand je suis de retour devant le salon de coiffure, je vois Neary à travers la vitrine se lever de son fauteuil et admirer sa nouvelle coupe dans un miroir.

Savoure bien le temps qu'il te reste, Gordon.

MERCREDI 15 SEPTEMBRE

Chapitre 15

Lynn fondit sur moi depuis les escaliers, sa grande cape noire claquant autour de sa taille. Elle me plaqua sur la moquette de la grande salle de bal, saisit ma mâchoire d'une main ferme et, sans prévenir, tourna ma tête. Ma nuque craqua. Elle sourit, dévoilant deux canines proéminentes d'une blancheur éclatante :

— C'est ça que tu veux, mon poulet ? souffla-t-elle à mon oreille.

J'essayai de hocher la tête malgré sa poigne de titan qui m'empêchait de faire le moindre mouvement.

Mais elle comprit très bien ma réponse.

Elle planta ses canines dans ma jugulaire. Une chaleur envahit ma gorge avant de se diffuser dans tout mon corps. Très agréable comme sensation. J'étais bien et j'aurais aimé rester comme ça pour le restant de ma vie. La seule chose qui me dérangeait un peu — pas beaucoup mais un peu quand même — était les petits bruits de succion que faisait Lynn avec sa bouche. Des petits « *sleurp, sleurp* », comme si elle avalait une soupe un peu trop chaude et qu'elle craignait de se brûler la bouche. Quand elle se fut sustentée, elle me chevaucha. Elle était aussi légère qu'une plume.

Je sentis la chaleur qui irradiait de son entrejambe, même à travers mon pantalon.

— Allez, ne fais pas ton timide.

Elle attrapa mes deux mains et les colla sur ses seins. Je déchirai son chemisier, dévoilant une poitrine opulente aux aréoles larges et généreuses. J'eus envie d'y enfouir mon visage.

— Tou aime cé qué tou vois ? demanda-t-elle.

À peine déboussolé par cet étrange accent italien qu'elle venait d'acquérir, je murmurai un timide « *oui* ». Tandis qu'elle défaisait les boutons de mon pantalon d'une main experte, je fus pris d'une quinte de toux. D'abord légère puis carabinée. À mon grand regret, je poussai Lynn pour pouvoir me tourner sur le côté. Après quelques expectorations, je sentis quelque chose de métallique remonter dans ma gorge. Je crachai une, puis deux puis trois balles de calibre .357 magnum, qui tintèrent quand elles tombèrent au sol.

— On peut y retourner, ma poulette, dis-je plein d'assurance en me retournant.

Ce que je vis me fendit le cœur.

Lynn, complètement nue, qui dansait le tango avec un poulet géant au plumage brillant. Avec ses ailes, il la tenait contre lui, et les deux allaient et venaient autour de moi sans m'accorder une once d'attention. Ce salaud de gallinacé remuait ses pattes et sa croupe avec charisme et entrain. Sacré sens du rythme.

D'autant qu'il n'y avait aucune musique. Rien.

Juste un léger bruissement aquatique à l'origine inconnue mais aux sonorités familières. Je fouillai ma mémoire en observant l'improbable couple se dandiner devant moi.

Et merde !

J'ouvris les yeux dans l'obscurité de mon salon, allongé dans mon canapé et toujours vêtu. Un marteau-piqueur et un saxophone me vrillèrent les cellules grises et me comprimèrent les tempes. Ma bouche était d'une sécheresse infernale.

Je me penchai pour attraper mon téléphone portable tombé au sol pendant mon sommeil. Il était deux heures du matin et un numéro que je ne connaissais pas cherchait à me joindre. Après quelques secondes d'hésitation, je pris l'appel.

À peine j'eus dit « *Allô* » que je regrettai ma décision.

— Oh mec ! Putain c'est la galère ici. Faut que tu te ramènes, mec. Je flippe trop. J'ai pas envie de crever, moi.

Faucon d'Amour… encore lui.

— Qu'est-ce qui se passe ? demandai-je d'une voix pâteuse.

— Ramène-toi au centre tout de suite, mec. Vite. J'ai pas...

La communication fut coupée net.

Je tentai de le rappeler. En vain.

Dans quel merdier s'était-il fourré celui-là ?

Je me levai avec peine ; l'afflux de sang dans ma tête me crispa le visage. J'avalai deux aspirines, un bon litre et demi d'eau, remplaçai ma chemise froissée et tachée de sueur par l'une de ses jumelles et dix minutes après l'appel de Faucon d'amour, j'étais en chemin pour le *Renouveau.*

Je me sentais quand même un peu responsable de ce qui pouvait lui arriver. S'il se mettait dans la merde, alors c'était un peu comme si c'était moi qui l'y avais poussé. Après tout, c'était moi qui l'avais débarqué là-bas en lui faisant croire à son rôle essentiel dans mon enquête.

Les routes étaient désertes à cette heure si bien que mon trajet fut court. Je me garai sur le bas-côté, en face du salon de tatouage et sa vitrine au dragon. La rue était déserte. Les portes du centre étaient fermées et il n'y avait pas âme qui vive dans cette rue. Le silence n'était trahi que par le grésillement des lampadaires qui diffusaient leur lumière orange à intervalles réguliers. Ils teintaient l'environnement de cette ambiance citadine lourde et pesante typique de cette heure, ce moment charnière où rien ne semble vivant, quand les fêtards vont se coucher et que les travailleurs dorment encore. Un petit vent frais s'était levé et je me maudis de ne pas avoir pris de veste.

Je regardai autour de moi. Pas de Faucon d'Amour.

Je sortais mon téléphone de ma poche quand j'entendis de discrets « *psitt* ». Malgré l'obscurité ambiante, je remarquai le couvercle entrouvert d'une benne à ordure installée de l'autre côté de la rue, contre le grillage d'un petit parking. Dans l'interstice, le visage de Faucon d'Amour. « *Psitt* », « *Psitt* ».

J'allai le rejoindre.

Je ne voyais que son visage mais je sus que quelque chose n'allait pas. Il tremblait comme une feuille, et son regard, fuyant de droite à gauche, me donna l'impression d'être face à une proie acculée. À peine arrivai-je à sa portée qu'il m'interpella avec une diction si rapide que j'eus un bref doute quant à son identité.

— Mec, aide-moi à sortir de là, faut que je me casse d'ici.

Soulevant toujours le couvercle avec sa tête, il entreprit d'escalader la paroi de la benne. Je me penchai en avant pour lui attraper les aisselles et le tirer de là. Entre mes mains, le corps de Faucon d'Amour se raidit.

Il hurla. Dans mon oreille gauche. Merci pour mes acouphènes et pour avoir réveillé mon mal de crâne.

Le couvercle se rabattit sans prévenir sur mes épaules, comme si cette benne à ordure venait de prendre vie et essayait de me dévorer. Faucon d'amour s'enfouit à nouveau dans son terrier de détritus tandis que moi, je m'extirpai de là en râlant.

La première chose que je remarquai fut la hache plantée dans le plastique du couvercle de la benne.

La seconde fut la personne qui maniait cette hache. Mince et un peu plus petite que moi, elle était habillée des pieds à la tête de vêtements noirs. Je ne pus m'empêcher de noter que ces derniers avaient l'air trop grands pour elle.

Le regard que je croisai et qui filtrait à travers les fentes de sa cagoule me glaça le sang. Cette personne n'était pas là pour rigoler. De sa main gantée, elle tira sur le manche pour déloger l'arme et commença à avancer vers moi sans dire un mot.

Je reculai par instinct.

À nouveau, elle fit un pas en avant et moi, un pas en arrière. Nous entamâmes ainsi une danse à l'issue qui ne pouvait être que fatale.

Je levai les deux mains en l'air, paume en avant.

— Calmons-nous, vous voulez bien ? J'essaie juste de récupérer ce gars dans sa poubelle et après on s'en va. Rien de plus.

Piètre défense. Pas de réponse, seulement un nouveau pas vers moi.

Nous poursuivîmes notre valse, si bien que je rebroussai chemin petit à petit vers le salon de tatouage à côté duquel je m'étais garé. J'eus l'envie de me précipiter vers ma voiture, mettre le plus de distance possible entre ce psychopathe et moi et abandonner Faucon d'Amour à son sort. Tant pis pour lui ! Mais quelles étaient mes chances d'y parvenir ? Nulles. Je me ferai hacher menu avant d'ouvrir la portière. Hacher menu comme le couple Cane.

Car l'identité de la personne en face de moi ne faisait aucun doute.

Un nouveau pas en avant, un nouveau pas en arrière.

Je tentai autre chose.

— Je sais qui vous êtes et si vous pensez que vous allez vous en sortir en découpant tous ceux qui posent des questions sur le meurtre des Cane, vous vous gourez.

Toujours rien.

Quelques pas de plus et nous arrivâmes dans la mince allée qui séparait le salon de tatouage du *Renouveau.*

Dès que j'y posai un talon, je sus que j'allais m'en prendre plein la gueule.

Ce n'était pas la première fois que quelqu'un me menaçait mais d'ordinaire, quand cette situation se présentait, je préférais prendre la fuite que me battre. Ou dégainer mon revolver, ce qui avait pour vertu magique de calmer mes opposants. Mais je ne l'avais bien sûr pas pris avec moi…

Quel con !

Tout se déroula au ralenti, comme dans un film diffusé image par image. Mon agresseur leva la hache au-dessus de sa tête et l'abattit dans ma direction. J'évitai la lame de justesse avec un petit pas de côté. Manœuvre débile : je me retrouvais adossé au mur de brique. Je ne pouvais plus reculer.

Je tentai de lui asséner un crochet du droit mais il fut plus rapide que moi et tandis que j'amorçais mon poing, il me percuta les côtes d'un geste ample avec le manche de son arme. Un petit hoquet de stupeur m'échappa quand je tombai à genoux sur l'asphalte en tentant d'empêcher l'air de quitter mes poumons. Je restai là, haletant, pendant une ou deux secondes avant de me recevoir un nouveau coup de manche, cette fois-ci entre les omoplates.

Je m'étalai par terre, sur le ventre, sonné et prêt à recevoir le coup fatal.

Mon regard s'arrêta sur une petite plaque de bois plutôt épaisse d'environ un mètre carré que quelqu'un avait posé contre le mur du salon de tatouage. Sans perdre plus de temps que ça à m'interroger sur son origine, d'un seul geste, je m'en saisis et me tournai, prêt à frapper les jambes de mon adversaire. Ce faisant, je déviai in extremis la lame de la hache qui aurait dû me déchiqueter l'épaule. À peine déséquilibré, mon adversaire leva une fois de plus son arme pour asséner un nouveau coup que je parai encore avec ma plaque, la lame fendant le bois et s'arrêtant à quelques centimètres de mon nez. Il frappa avec force une, deux, trois, quatre fois jusqu'à ce que mon bouclier de fortune ne soit plus qu'un amas informe de bois fendu. Des copeaux me tombèrent dans les yeux et se mêlèrent à ma sueur, formant une sorte de mélasse qui me souilla le visage. Le seul coup que je parvins à lui porter fut un coup de pied dans le tibia. Trop faible pour le blesser mais assez fort pour le faire reculer de quelques pas.

Je me remis debout, le souffle court, les jambes flageolantes.

Je lui jetai ce qu'il restait de ma plaque de bois au visage. Un coup risible qui n'eut aucun effet. Alors que l'idée de tourner les talons et de courir le plus loin possible dans la ruelle venait de pointer son nez, mon adversaire, après avoir pris assez de recul, m'asséna sur la gueule un coup que je qualifierai par la suite d'« *olympique* ». Le plat de la lame heurta le côté gauche de mon visage avec une force telle que le côté droit alla percuter le mur de brique. Au moment du choc, je sentis mon arcade sourcilière éclater et alors que j'étais de retour au sol, le sang inondait mon visage. Une douleur sourde et cuisante irradiait à l'endroit où la lame m'avait tamponné et un sifflement continu me vrillait les tympans. Et dire qu'à peine une demi-heure plus tôt, je me plaignais de ma gueule de bois…

À quoi bon lutter ?

Sonné, à bout de forces, je décidai de déposer les armes.

— Oh et puis merde : allez, vas-y, fais-toi plaisir, soufflai-je, presque suppliant. Si tu crois que j'en ai quelque chose à foutre, tu me connais mal.

Mon adversaire s'approcha de moi. Pas après pas, en prenant son temps. Arrivé près de moi, il leva sa hache au-dessus de sa tête. Je fermai les yeux en espérant que ce psychopathe aurait la décence de me décapiter net du premier coup. En revanche, s'il cherchait à me revendre en pièces détachées, là, j'allais le sentir passer. Mais j'étais prêt à recevoir le coup de grâce.

Une voix familière tonna dans la ruelle :

— Police ! Lâchez votre arme !

Les murs resserrés de la ruelle accentuèrent l'autorité naturelle de cette voix que je détestais tant.

Mon adversaire se retourna, j'ouvris les yeux et nous découvrîmes Joe Dale, au bout de la ruelle, pointant son Beretta 92 de service vers la poitrine de mon agresseur.

— Lâchez cette hache ou je tire.

Ce que fit mon adversaire. À quelques centimètres de ma tête. Ouf !

Mais il n'eut aucune intention de se rendre. Au lieu de s'agenouiller, les mains sur la tête, comme lui ordonnait Joe Dale, il recula plus loin dans la ruelle puis se mit à courir. Il fila comme le vent, à grandes enjambées. Je me tordis le cou pour le suivre du regard mais à cause de l'obscurité, je le perdis après une poignée de mètres.

Joe Dale se mit en chasse. Il m'enjamba, en prenant quand même la peine de me marcher sur la main.

— Bouge pas de là, connard, m'ordonna-t-il avant de se mettre à courir.

Je relâchai toute la tension qui s'était accumulée dans mon système nerveux au cours de la dernière demi-heure. J'eus presque envie de pleurer. Mais je me retins. Tout était bien qui finissait bien finalement. Enfin bien… sauvé par Joe Dale. Peut-être aurais-je préféré me faire découper…

Je me relevai avec peine. Ma face n'était que douleur, mes côtes me faisaient souffrir et mon dos était en compote. J'avais même l'impression de sentir ma colonne vertébrale s'effriter à chacun de mes mouvements. Je m'appuyai contre un mur, histoire de reprendre mon souffle. Quelle soirée ! Le sifflement dans mes oreilles commençait à se calmer quand j'entendis une sorte de ronflement presque aquatique. Non… hydraulique, plutôt. Comme une presse industrielle. Ou comme…

Oh non ! Ou comme un camion benne d'éboueur !

Je me précipitai tant bien que mal dans la rue, moitié canard boiteux, moitié grabataire du troisième âge. J'aperçus plus loin, à quelques dizaines de mètres de moi, les feux arrière d'un camion du service municipal de traitement des déchets qui s'éloignait.

Oh merde !

Mobilisant le peu de capacité physique qu'il me restait, je courus — j'essayai de courir — jusqu'à la benne à ordure dans laquelle était censé se cacher Faucon d'Amour.

Vide. Rien. Ni détritus ni Faucon d'Amour. Aucun déchet, quoi !

Merde, merde, merde.

Je me ruai jusqu'à ma voiture. Au moment de démarrer, je remarquai que mes mains tremblaient de manière incontrôlable. J'utilisai ma main gauche pour stabiliser la droite afin de glisser la clé dans le contact. Je mis plein gaz pour rattraper le camion. Je klaxonnai comme un fou furieux. Rien. Le camion ne s'arrêtait pas. Je pressai de toutes mes forces sur l'accélérateur. Un vrai pilote de rallye. Il n'y avait personne sur le marchepied externe. Quelle soirée de merde ! Tout en klaxonnant, je doublai le camion par la gauche. Arrivé au niveau de la cabine du camion, j'ouvris la vitre côté passager avant de me mettre à gueuler comme un putois.

— Arrêtez votre putain de camion, bordel ! Il y a quelqu'un dans la benne.

« Quoi ? Je comprends rien » fut la seule réponse du chauffeur.

Oh putain !

Je poussai un peu plus l'accélérateur jusqu'à dépasser le camion de cinq bons mètres. Là, je tournai le volant d'un coup sec vers la droite tout en tirant comme un forcené sur le frein à main. Un magnifique dérapage contrôlé. Le crissement de mes pneus fut accompagné par le hurlement de ceux du camion qui freina pour éviter de me rentrer dedans. Alors que je me précipitais vers l'arrière du camion, le chauffeur descendit de la cabine. Il m'arrosa d'insultes, toutes plus fleuries les unes que les autres.

— Gros débile d'attardé de merde ! Mais tu es complètement con ou quoi ? Tu as failli tous nous tuer, espèce d'abruti !

— Il y a quelqu'un dans la benne de votre camion ! l'avertis-je sans m'arrêter.

Il resta bouche bée une demi-seconde avant d'hurler à son camarade resté au chaud dans la cabine de couper le compresseur.

De l'air s'échappa des vérins puis, après quelques secondes, la benne s'ouvrit. Faucon d'Amour, recouvert d'ordures, tomba au sol comme éjecté du camion. Il puait la vieille charogne et des morceaux de fruits pourris et d'autres substances inconnues étaient collés dans ses cheveux ou sur ses vêtements. La bonne nouvelle était qu'il pourrait enfin se débarrasser de son sarouel.

Quand il leva les yeux vers moi, il se remit debout pour me serrer dans ses bras.

Je réprimai un petit mouvement de recul.

— Oh mon pote ! Tu m'as sauvé la vie, mon pote ! Je pensais que j'allais caner là-dedans, moi.

Je notai le glissement sémantique du « *Mec* » vers le « *Mon pote* ». Il s'écarta de moi pour m'observer.

— Oh la vache, il est arrivé quoi à ta tronche, mon pote ?

Longue histoire, Faucon d'Amour, longue histoire.

Chapitre 16

Vingt minutes plus tard, je me retrouvai assis à l'arrière d'une ambulance garée en face du *Renouveau*. Une petite ambulancière, Tiffany selon son badge, recousait mon arcade sourcilière en essayant de ne pas trop me faire mal. Elle avait l'air sympathique mais n'était pas assez habile.

Je douillais à mort.

Son collègue, lui, s'occupait de Faucon d'Amour qui, bien qu'il n'eût souffert d'aucun traumatisme physique, n'arrêtait pas de demander qu'on lui prescrive des médicaments. Surtout des opiacés.

— Et voilà c'est fini, me prévint Tiffany l'ambulancière en posant un pansement au-dessus de mon œil. Ça a été ?

La sueur froide qui me coulait dans le dos disait « *Non* » mais ma bouche dit « *Oui* ». Avec un grand sourire. Elle balaya mon regard avec une lampe stylo pour juger d'éventuelles séquelles consécutives à mon agression.

— Avez-vous mal au crâne, envie de vomir, ou une sensibilité exacerbée à la lumière ?

— Ma gueule de bois a été soignée quand mon crâne a percuté un mur de brique. Donc oui.

— Ah… Vous aviez trop bu.

Elle sembla réviser son jugement sur ma personne. Pour elle, tout ceci ne devenait qu'une bagarre d'ivrogne qui avait mal tourné.

— Vous n'avez pas de problème d'élocution ni de confusion et vos pupilles réagissent normalement à la lumière. Rien de grave ni de cassé et vous ne devez pas avoir de commotion cérébrale. Toutefois, si le mal de crâne et les nausées persistent contactez immédiatement votre médecin, d'accord ?

Je promis de le faire, la remerciai et sortis de l'ambulance. Mon reflet dans la vitre de la porte arrière me heurta. Mon visage était recouvert d'un mélange de sang séché, de copeaux de bois et de détritus qui formait une sorte de croûte peu ragoûtante sur ma barbe. Au niveau de mon arcade sourcilière, Tiffany, même sans grande dextérité, n'avait pas trop mal travaillé. En revanche, la partie gauche de mon visage, celle frappée par le plat de la lame de hache, était mangée par un hématome violacé aussi large que mon poing. La peau sous mon œil était gonflée et formait un bourrelet peu esthétique. Tiffany m'avait donné un pain de glace à appliquer sur mon visage. Quand je le plaquai sur la zone meurtrie, la douleur se calma comme une poêle trop chaude sous l'eau froide. Cela me fit un bien fou.

J'allai voir Faucon d'Amour. Il était assis dans ma voiture, sur la banquette arrière, à se faire dorloter par son ambulancier personnel. Je me déplaçai toujours avec difficulté même si Tiffany m'avait assuré que rien chez moi n'était cassé. Sur le plan physique, en tout cas.

Faucon d'Amour en faisait des caisses ! Quand il avait vu l'ambulance arriver, toutes sirènes hurlantes et suivie par deux véhicules de police, il s'était mis à boiter et à se plaindre d'un mal de dos qui ne l'avait jamais dérangé auparavant. Au moment de se faire ausculter, sans que personne ne lui demande quoi que ce soit, il s'était débarrassé de ses vêtements souillés avant d'exiger d'être recouvert d'une « *couverture en papier-alu qui brille comme dans les films* ».

Un vrai gamin.

— Allez mec, t'as bien un peu d'oxycodone ou de vicodin dans ton camion, là-bas. Tu peux même me donner de la morphine si tu veux, je suis pas difficile, mec. Tu sais, j'ai très mal au dos.

Son ambulancier était catégorique : il refusait de lui prescrire ne serait-ce que le moindre cachet de paracétamol. En me voyant approcher, l'ambulancier, soulagé de se débarrasser de ce patient encombrant, remballa ses affaires dans sa sacoche.

— Je vous le laisse, chuchota-t-il en passant près de moi pour rejoindre sa collègue.

Je m'avachis côté passager, très heureux de pouvoir prendre enfin un bref moment de repos.

— On rentre quand ? me demanda Faucon d'Amour.

— Je n'en sais rien.

Après l'épisode du camion-benne, nous avions trouvé Joe Dale en grande conversation avec cet abruti de Tommy qui ne devait jamais quitter le centre. En passant près d'eux, Joe Dale m'avait ordonné de rester dans le coin, le temps qu'il finisse sa discussion. Une demi-heure plus tard, il y était toujours.

Ça ne sentait pas bon. Et je ne parlais pas de Faucon d'Amour… Et d'ailleurs : comment ça, « *On rentre quand ?* » ? Il ne s'attendait quand même pas à repartir avec moi, celui-là ?

Je piquai du nez. Mon sommeil alcoolisé n'avait duré que trois heures à tout casser et je luttais pour garder mes paupières ouvertes. Mais je pouvais compter sur Faucon d'Amour pour m'empêcher de dormir.

— J'ai faim, lâcha-t-il, sorti de nulle part.

— Moi aussi, admis-je

La jeune Alice était arrivée à moto peu après l'ambulance, sûrement appelée par ce débile de Tommy. Elle gérait avec une autre bénévole que je n'avais jamais rencontrée l'amas de pensionnaires regroupé devant les portes du *Renouveau* et qui scrutait la scène en se demandant ce qu'il se passait. Elle laissa sa collègue seule pour se faufiler dans le centre et en ressortit quelques minutes plus tard en tenant par le manche un instrument de musique que je commençais à connaître et espérais ne plus revoir. Elle porta l'oud à Faucon d'Amour qui semblait ravi de retrouver son objet fétiche.

— Tenez, vous devriez le reprendre. Je crois que le patron ne veut plus vous voir ici.

Elle repartit auprès de sa collègue non sans m'avoir jeté au préalable un regard empreint de mépris.

Après un moment qui m'apparut interminable, Joe Dale et Tommy Machintruc vinrent vers nous. Je connaissais assez l'expression de Joe pour savoir que j'allais passer un sale quart d'heure.

— J'ai deux questions pour toi, me lança-t-il. Pourquoi tu te fais passer pour un journaliste et pourquoi tu laisses ce merdeux faire ton boulot à ta place ?

— Même réponse à tes deux questions, Joe : pas tes oignons. Secret professionnel.

— T'embêtes pas va, Monsieur Jackson ici présent m'a raconté l'essentiel. Estime-toi heureux que je t'aie collé au cul toute la journée. Sans ça, tu aurais fini en petits morceaux.

Faucon d'amour agrippa le dossier de mon siège pour me demander si j'étais vraiment journaliste, car il croyait que j'étais détective privé, il était un peu perdu.

J'ignorai sa question.

— Je t'enverrai un panier de fruits en guise de remerciement. Tu as chopé ce maniaque ?

— D'après toi trouduc... Bien sûr que non : quand je suis arrivé au bout de la ruelle, il avait complètement disparu. J'ai récupéré la hache et j'ai appelé des collègues en renfort pour fouiller le quartier mais je n'y crois pas trop. Une idée sur son identité ?

Je remarquai qu'il venait de sortir un petit carnet de sa poche, prêt à recueillir ma confession. Son carnet ressemblait au mien : à spirales et couverture noire.

— Aucune. Mais même si je le savais, je ne te le dirais pas.

Il désigna Faucon d'Amour d'un geste de la tête. Le dédain se lisait dans ses yeux.

— Et toi, Bob Marley, tu as un truc à me dire ?

Faucon d'Amour, emmitouflé dans sa couverture, s'agita quand Joe s'adressa à lui.

— J'ai flippé ma race, mec, je...

— Moi, c'est Lieutenant, l'interrompit Joe avec autorité.

— Je sais, mec. J'ai flippé ma race, je pensais que j'allais caner. J'étais posé sur mon lit, tranquille tu vois, en train de jouer de la gratte quand ce fou furieux a déboulé dans ma chambre avec sa hache et sa cagoule et tout. Moi j'ai trouvé ça bizarre sur le coup mais je me suis dit que peut-être c'était une blague. Alors je lui ai gueulé que c'était pas drôle et qu'il ferait mieux de se casser de ma chambre avant que je lui mette mon pied au cul. Mais là, il a levé sa hache et si j'avais pas roulé sur le côté, je serai en deux morceaux, mec. Du coup, je me suis cassé en courant, j'ai beuglé dans les couloirs mais personne n'est venu m'aider. Personne, mec ! Bon, il était tard, ça devait être vers une heure et demie du matin un truc comme ça... Mais bon, quand même ! Je suis descendu au rez-de-chaussée mais l'accueil était désert. Comme j'entendais les pas du taré derrière moi, je suis sorti dans la rue, et je suis allé me cacher dans cette poubelle. Comme je savais pas quoi faire, j'ai appelé mon pote pour qu'il vienne m'aider. Voilà, mec. J'ai bien cru que j'allais me chier dessus.

— Et comment tu t'appelles ?

— Faucon d'Amour, mec. Un nom que m'a donné le grand chef Géronimo en personne.

Joe découvrit à ses dépens le plaisir de la discussion avec Faucon d'Amour. D'un mouvement sec du poignet, il referma son carnet, agacé. Je crus un instant qu'il allait saisir Faucon d'Amour par la peau du cou pour lui fracasser la tête sur le trottoir. Mais il n'en fit rien. Tommy, lui, ne cessait d'agiter sa tête de droite à gauche en soufflant et en marmonnant des « *n'importe quoi* ». Il allait prendre la parole quand Joe le devança. Son regard allait et venait entre Faucon d'Amour et moi.

— Faites les mariolles si ça vous chante mais je vous préviens : ne vous avisez plus d'emmerder Monsieur Jackson ou qui que ce soit d'autre ici avec vos questions. Je lui ai dit de m'appeler directement si l'un de vous repointait son cul ici. Que votre agression ait un lien avec votre enquête de merde ou pas, c'est du ressort de la police maintenant. Alors ne venez pas chier sur mes plates-bandes. Je serais toi, Sirius, je veillerai à respecter cet ordre : tu as déjà une assez grosse batterie de cuisine au cul pour te permettre d'y ajouter une casserole supplémentaire.

Tommy, qui trépignait d'impatience de se faire entendre, saisit sa chance dès que Joe Dale eut prononcé son avertissement. Il pointa son index sur Faucon d'Amour tout en s'adressant à moi.

— Vous savez ce que votre copain a fait ? Nous, nous l'avons accueilli avec respect et générosité, nous lui avons offert une chambre pour la nuit, nous lui avons même lavé ses affaires et ce type, au repas de ce midi dans le réfectoire, allait de table en table en racontant des insanités sur les Cane ! Il se baladait avec son plateau dans les mains, comme si de rien n'était, s'asseyait avec d'autres résidents et leur demandait s'ils avaient déjà — pardon mais ce sont ses mots, pas les miens — « *baisé* » avec le pasteur Cane. Et comme tout le monde lui répondait non, voire ne lui répondait pas du tout, eh bien, il se levait, allait à la table voisine et recommençait son cirque. Je l'ai averti que s'il continuait, je le mettrai à la porte mais rien à faire, ça a recommencé au repas de ce soir. Vous vous rendez compte ? Et pourquoi a-t-il fait ça ? Je ne le sais pas ! Un saint homme comme Howard Cane se faire calomnier comme ça, dans l'établissement qu'il a lui-même fondé ? C'est une insulte à sa mémoire ainsi qu'à celle de son épouse, Monsieur ! Vous devriez avoir honte, vous et cet énergumène ! Je ne sais pas ce que vous cherchez — et je ne veux pas le savoir — mais vous ne le trouverez pas ici, ça je peux vous le garantir.

Faucon d'Amour ne devait pas savoir ce que signifiait « discrètement »... Il avait foutu un sacré bordel pour une enquête censée être bidon.

J'eus envie de coller mon poing dans l'estomac de Tommy pour le faire taire mais ma fatigue et mes douleurs me firent abandonner l'idée très vite. Donc je restai là, assis dans ma voiture sans broncher, à me faire réprimander comme un gamin de dix ans qui aurait fait la connerie de trop. Tommy se tourna vers Joe.

— Monsieur l'agent, je...

— Lieutenant, l'interrompit Joe.

— Monsieur le Lieutenant, je puis vous assurer que le *Renouveau* n'a rien à voir avec cette histoire. C'est un centre d'accueil tout à fait respectable. D'accord, certaines personnes qui y sont hébergées sont un peu... marquées par la vie mais de là à agresser un autre résident avec une hache ? Doux Jésus, impossible ! Enfin, regardez ce Faucon d'Amour ! Il m'a tout l'air d'être une personne à problème. Rien que son nom déjà en dit long sur sa personne ! L'individu qui l'a agressé s'est sûrement introduit dans le centre pour récupérer l'argent que cet énergumène lui devait... Sûrement une affaire de drogues, si vous voulez mon avis.

À son expression, je perçus que Joe n'était pas convaincu par cette opinion très tranchée. Il toqua sur le toit de ma voiture.

— Allez, cassez-vous les connards. Je n'ai plus besoin de vous : je vais aller faire un tour à l'intérieur, voir ce que je peux trouver et ça m'arrangerait de ne pas vous avoir dans les pattes.

Tandis que je me glissais tant bien que mal derrière le volant, il passa la tête par la vitre restée ouverte du côté passager.

— Je te conseille de bien te reposer : mon petit doigt m'a dit que nous allions bientôt passer beaucoup de temps ensemble, toi et moi.

Le sourire carnassier qu'il me lança en s'éloignant avec Tommy m'aurait achevé si je n'étais pas déjà au bout du rouleau.

Faucon d'Amour le héla :

— Hého, mec ! Je veux porter plainte moi ! Contre le type à la hache. Et contre les éboueurs qui m'ont embarqué sans faire attention et qui m'ont pété le dos. Je mérite dédommagement, mec !

— Ah, tu veux porter plainte ? s'assura Joe en revenant sur ses pas. Très bien.

Il ouvrit à nouveau son carnet sur lequel il griffonna quelque chose. Il arracha la page, en fit une boulette qu'il jeta au visage de Faucon d'Amour.

— La voilà ta plainte, abruti ! Maintenant, cassez-vous et ne m'obligez pas à le répéter !

Alors que je démarrai, Faucon d'Amour me tendit le papier déplié. « *Va te faire foutre* ».

Pourquoi tant de haine ?

Chapitre 17

Le trajet retour fut compliqué.

D'abord, je luttais pour ne pas fermer les yeux malgré le poids de mes paupières qui m'apparaissait insupportable. Déjà que ma tête ressemblait à une demi-pastèque, je ne voulais pas ajouter un accident de la route à mon palmarès de la soirée.

Ensuite, Faucon d'Amour ne cessait de rabâcher son aventure. Il me répétait encore et encore ce qui lui était arrivé : les questions lancées à la volée sur Howard Cane (« *Je savais pas comment faire autrement, mon pote.»),* l'intrusion dans sa chambre (« *Je me serais cru dans un film d'horreur, mon pote.* »), sa cachette improvisée dans une poubelle (« *Ça puait mais j'avais pas le choix, mon pote* ») et sa balade à l'arrière du camion-benne (« *J'ai failli être tout aplati, mon pote* »). Me débarrasser de lui et l'envoyer au *Renouveau* n'avait pas été une idée brillante mais j'avais été loin de m'imaginer ce qu'il s'y passerait. Résultat : il était sur ma banquette arrière parce que j'avais dû aller lui sauver les miches. Même ça, je l'avais foiré.

Foiré ? Pas totalement. Car avec ses questions posées n'importe comment et son comportement de balourd, Faucon d'Amour avait poussé le véritable meurtrier des Cane à sortir de sa tanière et à se saisir de sa hache pour lui régler son compte. Mais qui était-ce ? Cela restait à déterminer. Un employé du *Renouveau*, sans doute. Mais lequel ? Tommy ? Probablement pas. Alice ? Ça m'étonnerait. Ou alors un des résidents ? Peut-être, mais lequel ? Trop de questions et plus assez de capacité cérébrale disponible.

Je n'osai pas interrompre Faucon d'Amour dans son laïus pour lui demander où je pouvais le déposer, aussi, quand nous arrivâmes chez moi, il fut le premier à descendre de voiture. Nous gagnâmes mon appartement. Je lui fis un tour rapide du propriétaire, lui montrai le canapé sur lequel il pouvait dormir, la salle de bains dans laquelle il pouvait se laver et lui amenai des vêtements propres qu'il pourrait porter quand je le mettrai à la porte, bien qu'être à poil sous sa couverture isothermique ne semblât pas le déranger.

Je le laissai vaquer à ses occupations pour aller dans ma chambre. De toute manière, commençant un peu à connaître le bonhomme, il n'avait besoin de personne pour se sentir comme chez lui. Je retirai mes vêtements et m'effondrai sur mon lit.

Noir total.

Je me réveillai quelques heures plus tard, vers dix heures. Les rayons du soleil perçaient au travers des stores de ma chambre et le chant heureux des oiseaux accompagnait ma dure et lente éclosion. J'eus la mauvaise idée de tâter mon visage. Un éclair soudain m'électrocuta la face, douloureux souvenir de la nuit passée. Je sentis sous mes doigts la peau tendue de l'hématome qui n'avait pas dégonflé d'un pouce. Les sutures de mon arcade sourcilière me grattaient comme si des fourmis se glissaient sous ma peau pour tirer sur les fils.

J'enfouis ma tête dans l'oreiller mais impossible de me rendormir.

J'enfilai des vêtements propres puis gagnai le salon où je trouvai Faucon d'Amour, étendu sur mon canapé, ronflant et toujours couvert de sa couverture thermique. Il allait bien devoir s'en débarrasser un jour, de ce truc. Je fis couler du café, j'en avais grand besoin.

J'étais sur le point de réveiller Faucon d'Amour quand quelqu'un frappa à ma porte. Trois coups forts et rapides. Cette manière de frapper.... Ça n'annonçait rien de bon.

— Police ! Ouvre cette porte, connard, tonna la voix de Joe Dale depuis le palier.

Oh putain !

Je ne fus pas le seul à être secoué par cette annonce : Faucon d'Amour se réveilla en sursaut et se mit à genoux, sur mon tapis, les mains sur la tête. La force de l'habitude. L'Univers soit loué, il avait enfilé les vêtements que je lui avais prêtés quelques heures auparavant sinon la scène aurait pu prêter à confusion.

— Dis-leur que j'ai rien fait, mon pote, c'était pas moi, je le jure.

Je ne dis rien même si je doutais fort que Joe Dale soit venu ici pour coffrer Faucon d'Amour. Quand j'ouvris la porte, je trouvai Joe entouré de deux officiers en uniforme.

— J'imagine que tu n'es pas venu pour m'annoncer que tu as arrêté celui qui m'a rectifié la gueule.

Pour toute réponse, il brandit un papier qui portait le sceau de l'État de Californie.

— Mandat de perquisition, connard. Et je t'arrête pour l'enlèvement et la séquestration de Gordon Neary.

Il me plaqua contre le mur pour me passer les menottes aux poignets. Je ne me débattis pas. J'aurais sûrement dû car Joe ne se priva pas pour pousser le cran des menottes au maximum. Du coin de l'œil, je vis Faucon d'Amour, toujours à genoux qui regardait autour de lui, mi-paniqué mi-curieux, les officiers en uniforme qui commençaient à retourner l'appartement.

Joe Dale me récita mes droits. Il jubilait.

— Ça fait deux jours que je travaille le juge Bretson au corps pour qu'il me délivre ce putain de mandat. J'aurais dû l'avoir hier soir mais comme ce vieux croulant ne sait pas se servir d'un ordinateur, j'ai dû aller le chercher ce matin. Je te jure que j'ai lutté pour ne pas prendre d'initiative la nuit dernière et te coller au trou directement.

Ah, son fameux petit doigt....

— Je note ça dans un coin de ma tête, pour le procès que je te collerai au cul.

— Ne commence pas à me casser les couilles, m'avertit-il en me tirant par le bras pour me faire sortir de l'appartement. J'ai très peu dormi et je ne suis pas d'humeur.

Derrière moi, un officier vida les tiroirs de ma table basse par terre tandis que l'autre renversait les coussins de mon canapé pour vérifier quels sombres secrets ils dissimulaient. Faucon d'Amour tentait de plaider en ma faveur, comprenant à moitié ce qu'il se passait. Il se fit virer manu militari de l'appartement si bien qu'il nous suivit jusqu'au parking en continuant de geindre.

Là, appuyé contre le véhicule de Joe, attendait un homme grand et musclé, au costume bien taillé et à l'allure stricte. À la plaque rutilante passée dans sa ceinture, je devinai qu'il s'agissait du partenaire de Joe. Il m'accueillit d'un signe de tête avant d'ouvrir la portière arrière du véhicule. Joe pressa comme un malade sur mon épaule pour m'y faire entrer puis claqua la portière avec une force telle que mon oreille se mit à siffler.

— Et celui-là, on l'embarque ? demanda le partenaire en pointant du doigt Faucon d'Amour, lequel marmonnait des paroles incompréhensibles en se tenant la tête entre les mains.

— On est la police, pas l'armée du Salut.

Quand la voiture quitta le parking, Faucon d'Amour la suivit au petit trot pendant quelques secondes, jusque dans la rue.

— Je vais te sortir de là, mon pote ! hurla-t-il. Tiens le coup, ces fascistes t'auront pas !

Je me contorsionnai pour regarder par la lunette arrière, juste à temps pour apercevoir Faucon d'Amour trébucher et s'étaler de tout son long sur l'asphalte.

Les voyages à l'arrière d'une voiture de police n'avaient jamais fait partie de mes activités favorites. Vous vous y sentiez à l'étroit, compressé par l'œil scrutateur que vous perceviez de temps à autre dans le rétroviseur intérieur du véhicule, comme si on craignait que vous disparaissiez, comme ça, d'un claquement de doigts malgré le verrouillage des portières.

Mes deux geôliers étaient silencieux, de vrais muets. J'appris au détour d'un appel radio que le partenaire de Joe avait pour nom Barker, prénom inconnu. Je lui choisis celui de « Tête-De-Pine » : bref, concis et assez représentatif du sentiment qu'il m'inspirait. J'eus un moment craint que Joe et Tête-De-Pine ne me conduisent dans une ruelle sombre, à l'écart de la civilisation, là où ils pourraient me faire parler à grand renfort de démonte-pneu dans les côtes. Après tout, j'avais déjà la gueule amochée, un petit coup de plus serait passé inaperçu. Mais non, nous prîmes la direction du poste de police du district ouest dans la circulation calme et disciplinée de cette fin de matinée.

Nous arrivâmes au poste en dix minutes.

Joe, avec sa délicatesse légendaire, me tira du véhicule pour me conduire jusqu'aux cellules.

Le poste de police était comme dans mes souvenirs : sale, crasseux et animé d'une sorte d'agitation fiévreuse ponctuée de sonneries de téléphone et de rires gras. Des taches d'humidité parsemaient les murs naguère ocre, désormais gris et des dalles manquaient au plafond laissant entrevoir un réseau obscur de câbles et de canalisations gargouillantes. Combien de rats vivaient ici ? Beaucoup trop. Et je ne comptais même pas le personnel... Le mobilier branlant et le matériel informatique obsolète me donnèrent l'impression d'être de retour à une époque de ma vie qui me hantait bien trop souvent.

Joe et Tête-De-Pine prirent tout leur temps pour me guider dans ce lieu que je connaissais pourtant bien, afin que ceux qui furent d'anciens collègues puissent apprécier ce qui s'apparentait à ma déchéance. Ils me firent traverser la grande pièce bouillonnante servant de bureau aux inspecteurs et beaucoup d'entre eux, anciens familiers et nouveaux inconnus, restèrent me fixer comme si le temps était suspendu pour eux. De l'autre côté, j'aperçus derrière une vitre jaunâtre une femme en uniforme, un micro-casque sur la tête. Je devinai sans mal son expression empreinte de détresse, de peine et de haine. La standardiste, amante de Gordon Neary, me fit un doigt d'honneur quand je passai près d'elle.

Des officiers relevèrent mes empreintes, me photographièrent sous toutes les coutures puis me prirent mes effets personnels, ma ceinture ainsi que mes lacets de chaussures. Ils me poussèrent dans une cellule qui puait l'urine et l'alcool rance.

Deux autres hommes étaient là, des sans domicile fixe qui avaient sûrement été arrêtés pour ivresse sur la voie publique. Ils me firent penser à des Bobert Jones pas assez chanceux ni débrouillards pour se mettre à l'abri dans une confortable piscine de balles. L'un d'eux ronflait sur un banc tandis que l'autre me fixait d'un œil torve, prêt à me fondre dessus au premier mot de ma part. J'avais déjà eu mon compte aussi, je ne dis rien. Je me laissai glisser contre la grille et m'assis à même le sol.

Je me revis, là, une dizaine d'années plus tôt, trente-trois ans, escortant des hommes ou des femmes jusqu'à cette même cellule. Jeune, volontaire et fier de l'insigne attachée à ma ceinture. Mes états de services à la division des homicides étaient irréprochables et mon ambition, assez gourmande pour espérer gravir les échelons rapidement et devenir, pourquoi pas, capitaine un jour. Tout allait bien pour moi y compris dans ma vie personnelle. Cela faisait trois ans que j'étais marié à Natalia, la femme la plus gentille et la plus belle de la Terre. Artiste peintre, elle jouait de son talent fou pour coucher sur sa toile de magnifiques paysages et je ne cessais de lui prédire un avenir radieux. J'appréciais mon bonheur simple, ma vie tranquille, les projets que Natalia et moi faisions ensemble le soir devant la télévision quand je n'étais pas de service ou bien le week-end si mon planning nous le permettait. Maison, bébé, vacances, tout ce qui anime et galvanise un jeune couple comme nous l'étions alors. Mais j'aurais dû mesurer la chance que j'avais à l'époque.

Car Gordon Neary devint mon partenaire. Et tout changea.

Chapitre 18

Je fis la connaissance de Gordon Neary lors du pot de départ de Roy Biggs, vieux flic bourru qui m'avait servi de binôme pendant cinq années faites d'engueulades, de conseils inutiles et de respect intermittent. Je l'aimais bien dans le fond même si j'étais soulagé de le voir prendre sa retraite : un peu de sang neuf ne pouvait pas faire de mal.

Au début, je fus assez circonspect quant au choix du remplaçant de Roy : d'apparence, Gordon n'avait rien du foudre de guerre que ma hiérarchie m'avait vendu. Le terme « médiocre » l'aurait décrit à la perfection. Ni grand ni petit, ni musclé ni fin, ni beau ni laid, il n'aurait même pas effrayé un moucheron. Alors, les criminels auxquels nous étions confrontés tous les jours…

Mais ce qu'il n'avait pas en stature, il le compensait en caractère. Il était pourvu de toutes les qualités qui me manquaient à l'époque : assurance, répartie, humour. De surcroît, malgré son physique, il plaisait beaucoup à la gent féminine, ce qui, dans un milieu baignant autant dans la testostérone que la police, fait de vous un dieu vivant. Si bien qu'en à peine quelques semaines, là où une personne au physique quelconque aurait gardé la tête baissée et le regard fuyant sous les railleries de ses coéquipiers, Gordon, lui, devint la véritable star du poste.

Ma réticence née au moment de notre rencontre s'envola vite, je me mis presque à l'admirer.

Il se lia d'amitié avec presque tout le monde, avait toujours un mot gentil pour votre femme, votre mari, votre fille ou même votre chien. Et ce fut par son entremise que je connus Joe Dale, à qui je n'avais jamais adressé la parole même s'il travaillait à dix mètres de moi. J'étais un peu trop discret et un peu trop enclin à faire plaisir à Roy Biggs qui ne le portait pas vraiment dans son cœur : deux coqs ne vivent jamais dans la même basse-cour.

À cette époque, Joe faisait équipe avec Hector Suarez qui deviendra par la suite — dans mon esprit, du moins — Hector le Doryphore. Après leur service, Gordon, Joe et Hector se retrouvaient souvent dans un bar fréquenté par des officiers de police, le *QG*, autour d'une bière, pour refaire le monde. Je n'y étais jamais invité, le charisme de Gordon ne déteignant pas sur moi, mais ça m'était égal. Je préférais rentrer chez moi auprès de Natalia que d'aller boire un verre entouré de gens avec qui je passais déjà mes journées.

Au bout d'un moment, ces trois-là devinrent inséparables. Il y avait eux et il y avait les autres. Il n'était pas rare de surprendre leur messe basse dans la salle de pause, devant la machine à café. Quand un intrus se présentait, ils cessaient de comploter pour reprendre juste après son départ.

Cela aurait dû me mettre la puce à l'oreille. Mais ce ne fut pas le cas.

Aussi, quand Gordon m'invita à me joindre à eux, j'acceptai. Nous sortions d'une intervention assez musclée destinée à démanteler un réseau de trafiquants de pièces détachées et bien qu'il n'y eût aucune effusion de sang ce jour-là, la tension et le stress s'étaient accumulés et avaient besoin de s'évacuer. Natalia était absente, partie à un vernissage dans l'Oregon, personne ne m'attendait à la maison.

Quand j'arrivai au *QG,* je trouvai le club des trois, assis autour d'une bière, à bavarder avec légèreté. J'eus droit à de grands sourires et à une tape dans le dos de la part de Joe. Je pris place et ils m'inclurent dans leur conversation, comme si je retrouvais un groupe d'amis avec qui j'avais l'habitude de passer du temps. Ce soir-là, il fut question de météo, de délinquance galopante, de jupes d'étudiantes trop courtes qui fouettaient le sang d'Hector.

Ces soirées devinrent une habitude pour moi. Même si Natalia râlait, je les rejoignais plusieurs fois par semaine et nous refaisions le monde tous les quatre comme des piliers de comptoirs pas assez futés pour comprendre leurs sujets de conversation. Vers minuit, nous nous séparions. Je partais de mon côté et eux, du leur. Toujours ensemble. Souvent, mes trois nouveaux comparses goguenards s'entassaient dans la voiture d'Hector pour filer à tombeaux ouverts vers le sud. Je les regardais s'éloigner en me demandant où ces trois-là pouvaient bien se rendre.

Puis, un jour, il fut question de Sam Molina.

Je ne connaissais Sam que de nom et uniquement à cause de sa réputation. Cette petite frappe de Watts avait monté un réseau de trafic de cocaïne discret mais prospère qui faisait des envieux. Envieux parmi lesquels comptaient mes compères de la soirée.

Ce fut Hector le Doryphore qui amena le sujet.

Selon lui, Sam se préparait à recevoir une livraison d'argent frais, en provenance de San Francisco, où un de ses partenaires poudrait le nez des ingénieurs de la Silicon Valley. Transporté dans une banale camionnette blanche. Ce soir. À son bord, un chauffeur, un homme armé et deux cent mille dollars en liquide qui n'attendaient que nos poches. Un coup facile. Suffisait de se pointer en gueulant et en leur collant nos armes sur la tempe. Les doigts dans le nez. Hector connaissait même l'immatriculation de la camionnette. Alors, qu'attendions-nous ?

J'hésitai deux secondes. Puis je suivis le mouvement, aussi excité que les autres.

Pourquoi ? Par appât du gain et peut-être un peu pour le frisson. Joe et Gordon ne semblaient pas tiraillés plus que ça alors pourquoi l'aurais-je été ?

Hector, lui, en conduisant, ne cessait de parler de la poitrine de la serveuse du *QG*. Ce type-là n'avait que ça en tête. Il me dégoûtait déjà à cette époque. Sa peau était couverte d'une sorte de pellicule huileuse abjecte qui brillait sous la lumière du plafonnier, comme un mannequin de cire au regard de dingue. Et cette manière qu'il avait de parler… en sortant sa langue pour s'humidifier les lèvres… et ces billes de salives qui se baladaient sur sa moustache broussailleuse... Ce mec me donnait envie de vomir.

Nous interceptâmes la camionnette dans une rue calme, un peu avant Watts. Quand Joe l'aperçut, Hector accéléra pour lui barrer la route dans un crissement de pneus qui résonna dans la nuit. Nous enfilâmes des cagoules, sautâmes du véhicule et dégainâmes les armes qu'Hector nous avait passées.

— Baisse ton arme, enculé ! hurla Gordon au passager qui venait de sortir un pistolet par sa vitre.

L'opération dura en tout et pour tout deux minutes, montre en main. Avec Gordon, nous tenions les gangsters en joue quand Hector et Joe ouvrirent les portes arrière de la camionnette et revinrent avec deux sacs de voyages qu'ils chargèrent dans notre voiture. Nouveau hurlement de pneu. Nous repartîmes comme des furies.

Mes trois compères éclatèrent de rire et au bout d'un moment, je ne pus que me joindre à eux. Etrange manière de relâcher la pression. Nous nous séparâmes sur le parking du *QG*, désormais fermé pour la nuit, après nous être partagé le butin.

J'avais cinquante mille dollars en poche, le sentiment d'avoir des amis et aucune conscience pour m'avertir que ce n'était pas le cas. Car là encore, qu'Hector eût une cagoule pour moi aurait dû me faire tiquer. Mais non, je n'étais pas si malin que ça. Je compris dès le lendemain que le club des trois était devenu le club des quatre. J'en étais membre à part entière.

Et, même si j'aimais dire que c'était malgré moi, je pris goût à nos cavalcades.

Car la ville grouillait de dealers trop cons pour être prudents qui lâchaient leur pognon dès qu'ils voyaient quatre gars encagoulés et armés débarquer. Mais certaines fois, nous avions affaire à des caïds qui ne se laissaient pas marcher sur les pieds. Une tarte dans la gueule de la part de Joe ou de Gordon leur remettait en général les idées en place. Pas de quoi remettre en question ma présence à leur côté.

C'était toujours Hector qui obtenait les informations nécessaires pour nous remplir les poches, si bien que nous le surnommions Hector les bons tuyaux. Je ne sus jamais d'où il les tirait et lui, ne nous le disait pas non plus.

En l'espace de six mois, je me fis plus de quatre cent mille dollars. Je les planquais dans une valise rangée sous mon lit et j'en prélevais une liasse de temps en temps, selon mes besoins. Natalia ignorait tout de mon manège mais elle percevait tout de même que certaines choses avaient changé dans notre train de vie. Je lui offris deux semaines de vacances sur la Costa Del Sol en Espagne, une nouvelle voiture et entrepris même d'agrandir notre maison pour lui aménager un atelier digne de ce nom. Quand elle m'interrogea sur le sujet, je bottai en touche en prétextant une obscure promotion. Mais elle n'était pas stupide au point de gober un mensonge aussi simpliste. Nos relations se tendirent petit à petit. Elle alla même jusqu'à m'accuser d'avoir une maîtresse parce que je rentrais souvent tard dans la nuit.

Je niai dans la plus pure mauvaise foi : j'en avais une, oui, mais ce n'était pas pour ça que je rentrais tard.

Cette maîtresse se prénommait Amy, de dix ans ma cadette, jolie comme un cœur. Je l'avais rencontrée à l'une de ces soirées d'étudiantes si chères à Hector et dans laquelle — autre mystère insoluble — il parvenait toujours à se faire inviter.

À peine avais-je mis un pied dans le bar que je fus séduit par cette blonde minuscule d'un mètre cinquante-cinq, au sourire moqueur assise seule au comptoir devant un verre de martini. Elle était étudiante en arts plastiques — comme le fut Natalia dans sa jeunesse — et mes maigres connaissances sur le sujet alimentèrent notre conversation. À un moment, je lui dis être marié à une artiste peintre.

La seule réponse d'Amy fut de m'embrasser.

J'appris au contact d'Amy le pouvoir aphrodisiaque de l'insigne de police et ce qui débuta comme une simple incartade se transforma en véritable histoire d'amour. D'ailleurs, quand mon mariage avec Natalia se délitera et que je serai dans la merde jusqu'au cou, je me consolerai dans les bras d'Amy au point d'en faire ma deuxième épouse. Deuxième épouse qui mettra fin à notre union en me plantant une fourchette dans la main et en me décochant une droite avec tant de force qu'elle me cassera la mâchoire. Mais ça, c'était une autre histoire.

Hector bavait en voyant Amy. Plus que d'habitude. Il ne cessait de s'interroger sur son anatomie. Selon lui, sa chatte devait être si serrée que la baiser revenait à se faire branler par Terminator. Il tuerait pour la voir nue, me disait-il. En s'humidifiant les lèvres. Gros porc !

Un soir, ce gros dégueulasse d'Hector ne se présenta pas au *QG*.

Nous plaisantâmes un peu sur le sujet en nous demandant dans quel cul sa langue pouvait encore bien être coincée. Puis, après plusieurs verres, nos échanges se firent plus tendus. Ce n'était pas normal : si Hector avait eu un empêchement, il nous aurait prévenus.

Nous nous ruâmes à l'extérieur.

Au moment de monter dans la voiture de Joe, nous vîmes un corps étendu entre deux véhicules garés là. Hector. Son visage était en sang : sa joue droite avait été lacérée de haut en bas, son nez et ses lèvres n'étaient plus que bouillis sanguinolente et deux de ces incisives manquaient à l'appel. Mais il était vivant. Joe le secoua. Quand il reprit conscience, Hector nous raconta tout malgré son articulation difficile. Sam Molina l'avait retrouvé. Il lui avait fait passer un sale quart d'heure avant de le jeter sur le parking du *QG* en guise d'avertissement.

Soit nous lui rendions son argent, soit il nous crèverait tous.

Quand Gordon lui demanda comment Molina avait pu savoir que c'était nous qui étions derrière le braquage de son fourgon, Hector se mit à geindre comme un chien à l'agonie. Des larmes se mirent à couler sur ses joues et se mêlèrent à son sang. Il s'excusa comme un chien blessé. Ce con n'avait pas pu s'empêcher de baver et de se vanter auprès du premier guignol qu'il lui prêtait son oreille. J'eus envie de l'achever moi-même.

J'aurais sûrement dû, sachant les atrocités que commettrait Hector Suarez quelques années plus tard.

— On doit aller lui régler son compte à ce putain d'enculé ! rugit Gordon. On va le faire payer.

Joe balaya sa remarque d'un geste de la main.

— Non, on va amener Hector à l'hôpital en prétextant un accident de la route et ensuite, nous réfléchirons à la marche à suivre. La situation est sérieuse, on ne doit pas agir sur un coup de tête.

Joe avait cette position de chef informel qu'ont tous les groupes d'individus. Personne ne prenait d'initiative sans le consulter. Et s'il n'était pas d'accord avec vous alors vous deviez changer d'avis. Pourtant, Gordon lui tint tête. Les deux débattirent un moment, chacun campant sur ses positions : Joe pour amener Hector à l'hôpital, Gordon pour aller défoncer Molina puis aller à l'hôpital. Finalement, Joe se tourna vers moi.

— Scott, à toi de départager : qu'est-ce qu'on fait ?

Je me souviendrai de ce moment pour le restant de ma vie. Ce moment où tout bascula dans l'horreur. Peut-être que les choses avaient déraillé beaucoup plus tôt, par exemple quand j'avais accepté l'invitation de Gordon, mais ce fut cet instant-là que mon cerveau choisit de retenir.

Je posai les yeux sur Hector. Il était certes mal en point mais tout de même conscient. Si on l'amenait à l'hôpital, que se passerait-il si Sam Molina, qui connaissait nos identités, se pointait chez moi et trouvait Natalia ? Je ne pouvais pas le permettre. Avec le recul, j'aurais dû prendre le parti de Joe mais croyant bien faire, je coupai la poire en deux :

— Joe, amène Hector à l'hôpital. Gordon et moi, on va présenter nos salutations à Sam Molina.

Nous nous séparâmes. Gordon conduisit comme un dératé, la mâchoire fermée et les poings serrés sur le volant. Nous filions vers le domicile de Sam Molina, une modeste maison en périphérie du quartier de Watts. L'adresse nous avait été donnée par Hector, lequel nous informa dans un rot sanglant que Sam Molina devait s'y trouver à cette heure de la nuit. Dans la précipitation, nous n'avions pris ni cagoule ni arme intraçables...

La pelouse de devant était jonchée de détritus, de mobiliers défoncés et de pneus éclatés. On percevait une lumière bleutée s'agitant derrière les fenêtres, comme celle d'un poste de télévision. Molina devait être chez lui. Près de la porte d'entrée, deux molosses somnolaient en ronflant. Ils devaient être rassasiés car ils ne s'éveillèrent pas à notre approche. Pour ne prendre aucun risque, Gordon, qui avait vissé un silencieux sur son arme de service, abattit les deux chiens.

À partir de ce moment-là, Gordon se métamorphosa.

J'avais déjà observé ce phénomène au cours des mois passés en sa compagnie : l'homme avenant et sympathique disparaissant pour laisser place à cette sorte de créature au visage sombre et au regard fou. Au cours de nos différentes interventions, je l'avais vu devenir cette version sinistre de lui-même d'un claquement de doigts. Comme possédé, l'homme joyeux fronçait les sourcils, ses traits se crispaient et toute lumière semblait quitter son visage. Il se mettait à hurler sur n'importe qui, à distribuer baffes, coups de poing et menaces pour redevenir celui que je connaissais l'instant d'après. Beaucoup de criminels et malfaiteurs, qui le jugeaient de prime abord sur son allure un peu bonhomme, mesuraient leur erreur quand Gordon leur collait le canon de son arme sous le menton en leur ordonnant de foutre leur cul à l'arrière de notre voiture de patrouille. Cette dimension de sa personnalité se faisait encore plus prégnante lors de nos cavalcades nocturnes, quand les seules règles que nous devions respecter étaient celles que nous nous imposions à nous-mêmes. À plusieurs reprises, j'avais eu le sentiment que Gordon aurait pu commettre l'irréparable. Mais Joe calmait ses ardeurs. Avec sa stature de chef de notre piètre équipe, il parvenait, avec son autorité naturelle, à conjurer le sombre Gordon, qui regagnait sa tanière et libérait Gordon le sympathique que nous connaissions tous.

Mais Joe n'était pas avec nous ce soir-là.

Aussi, quand je vis le regard de Gordon au moment où celui-ci s'apprêtait à défoncer du pied la porte d'entrée, j'eus un très mauvais pressentiment. Nous ne nous étions pas concertés sur ce que nous ferions de Sam Molina. Dans ma tête, nous le secouerions un peu, le menacerions puis l'avertirions que son argent était désormais à nous, rien de plus.

J'avais tort.

Nous débarquâmes dans une petite pièce sombre éclairée par un poste de télévision qui diffusait un jeu débile où trois candidats devaient marcher sur un fil tendu entre deux poteaux. Sam Molina n'était pas homme à prendre soin de son intérieur car ce qui servait de salon me sembla meublé à la va-vite avec du mobilier de récupération : une table en formica au revêtement troué, deux chaises dont une sans dossier, un petit espace cuisine dans un coin avec son traditionnel tas de vaisselle sale empilé dans l'évier.

Sur un canapé installé en face de la télévision, un homme et une femme paniqués restaient nous fixer, sans voix. Lui, proche de la quarantaine, reboutonnait son pantalon de ses mains tremblantes. Elle, plutôt milieux vingtaine, s'essuyait le coin des lèvres en tirant d'une main sur sa très courte jupe. Nous venions d'interrompre quelque chose.

Gordon n'en eut rien à cirer.

Il décocha un violent coup de crosse à l'homme qui fut éjecté du canapé en crachant du sang.

— Ça, c'est pour avoir cru que tu pouvais venir nous réclamer ton fric comme si on tenait un putain de guichet de banque, rugit Gordon.

Il cloua l'homme sur place en lui tirant une balle dans chaque genou. L'odeur de cordite emplit la pièce. L'homme hurla, dévoilant ses dents tachées de rouge.

Je restai là, médusé, paralysé. Nous venions d'atteindre un ailleurs qui ne me plaisait pas du tout.

Je crus que nous allions en rester là — une balle dans chaque genou était selon moi un avertissement assez clair — quand la femme hurla.

— Putain mais vous êtes malades ! cria-t-elle en se ruant sur Gordon.

Elle tenta de lui envoyer son poing mais mon partenaire fut plus rapide et lui colla une violente claque du plat de la main. Elle tomba à la renverse. Gordon la releva en la tirant par les bretelles de son débardeur.

— Comment tu t'appelles, ma jolie ?

— Pr...Prima… Laissez-moi partir, je n'ai rien à voir avec tout ça, moi. Je le connais à peine ce type !

Gordon fit courir ses mains sur le corps de Prima. D'abord son cou puis sa poitrine pour finir sur son entrejambe.

La proie se figea devant le prédateur.

— Tu portes quelque chose sous cette jupe, ma jolie ?

Sa main disparut sous le tissu.

— Rien visiblement, constata-t-il avec une expression satisfaite qui me rappela celle d'Hector.

Je ne pouvais pas laisser ça se produire.

— Gordon, arrête ça ! fis-je, tentant de singer l'autorité de Joe, en vain.

J'espérai pouvoir le ramener à la raison. Là encore, je me plantais.

Il m'ignora. Il se tourna vers l'homme, toujours étendu au sol. Une flaque de sang s'était formée autour de lui.

— Regarde bien ce que je vais faire à ta gonzesse.

Il jeta la femme au sol avant de se précipiter sur elle. Il lui déchira son débardeur, lui retroussa sa jupe tout en grognant des paroles incompréhensibles. Tandis qu'il défaisait sa ceinture, je décidai qu'il était temps pour moi d'intervenir.

Trop tard, mais si j'étais resté là, les bras ballants, j'aurais été incapable de me regarder dans un miroir.

Je tirai Gordon par le col de sa chemise. Celui-ci fit volte-face. Il me sauta à la gorge. Le combat ne dura guère longtemps. Malgré son petit gabarit, sa force était comme décuplée. Il arracha mon arme des mains, m'envoya valser contre la table, puis tout en grognant, m'asséna trois coups de crosses sur la tempe. Je tombai au sol, le souffle court. Des taches rouges et noires piquetaient mon champ de vision.

— Fous-moi la paix, enculé, rugit-il en me cognant une dernière fois. Si ça te va pas, tu peux te barrer.

Je luttai pour ne pas perdre conscience.

Je le vis retourner auprès de Prima qui avait rampé vers la pièce voisine. Il l'attrapa par les épaules et la tourna sur le dos, comme si elle ne pesait rien. Des larmes coulaient sur ses joues.

— Non… s'il vous plaît… je dirai rien, je vous le promets.

— Ferme ta gueule, salope.

Il se mit à genoux entre ses jambes. Elle tenta de le repousser en lui décochant des coups pieds au visage. Gordon ne recula pas. Il lui attrapa les genoux pour lui ouvrir les jambes de force. Sur l'intérieur de sa cuisse droite, je pus apercevoir un petit tatouage en forme de spirale hérissée de petites piques pointant vers le bas : un scolopendre enroulé sur lui-même. Gordon caressa ce symbole du pouce, comme un amant invité à l'admirer.

— C'est mignon, cette salope se croit venimeuse, dit-il.

À qui s'adressait-il ? Pas à moi, en tout cas.

Je tentai de me relever en prenant appui sur la table. Mais je ne tins debout que quelques secondes et finis par m'effondrer. Gordon approcha son arme du visage terrifié de Prima. Il appuya le canon contre ses lèvres si fort qu'elle ne put qu'ouvrir la bouche. L'entièreté du silencieux y pénétra, déformant la joue gauche de la pauvre victime.

— Si tu bouges trop, connasse, je te fais sauter la cervelle.

Gordon déboutonna d'une main son pantalon.

Puis, ce qui devait se produire se produisit.

Je n'oublierai jamais ce moment. Les grognements de cette saloperie de Gordon, les gémissements de Prima étouffés par le canon dans sa bouche, les pleurs de l'homme aux genoux éclatés. Mon impuissance à agir. Je devins le témoin involontaire de l'une des pires abominations qu'il m'eut été donné de voir. Je fermai les yeux, fort, très forts, comme si j'eus été doté par miracle de la faculté de me transporter en des lieux plus sereins. Mais la vie n'est pas si belle.

J'oscillai entre inconscience et vision d'horreur. Dès que je rouvris les yeux, je perçus le regard de Prima qui me suppliait d'intervenir. La seule chose que je pus faire fut de rugir comme un lion en cage à qui on aurait interdit de chasser.

— Gordon !

Celui-ci éclata de rire et poursuivit ses sévices. Prima essayait de s'agiter mais Gordon la maintenait de toute sa force. Ses doigts griffaient le parquet, ses ongles vernis laissant de courtes traînées dans la crasse du sol. Leur couleur s'imprima dans mon esprit, elle y demeurerait pour toujours. Cyan. La couleur de l'infamie.

Une chaleur me prit l'abdomen, une flammèche qui prit en intensité pour devenir aussi vivace qu'un brasier. Le sang afflua dans mes oreilles et pressa si fort mes tympans que j'eus l'impression d'entendre un quelconque canidé sauvage hurler à la mort. En tournant la tête, je remarquai sur le bord du plan de travail quelque chose que je me maudis de ne pas avoir aperçu plus tôt : un couteau sale. Assez grand pour être planté à plusieurs reprises entre les côtes de la saloperie qui me servait de partenaire, pour lui perforer les poumons avant de lui trancher la carotide sans même trembler de la main. Ayant toujours l'esprit intermittent, je m'avançai à quatre pattes vers cette arme. Je l'atteignis trop tard. Beaucoup trop tard.

Le clou du spectacle, la cerise sur le gâteau se présenta quand mes doigts s'enroulèrent autour du manche du couteau.

Quand Gordon atteignit la jouissance dans un long râle animal, son doigt se crispa sur la détente de son arme. La balle déchira la joue de Prima dans un jet de sang et finit sa course dans le poste de télévision en une gerbe d'étincelles. Tandis que Gordon reboutonnait son pantalon, la pauvre femme gisait inconsciente au sol, sa joue droite réduite à l'état de bouillie sanglante.

Plus détendu désormais, il se tourna vers l'homme aux genoux éclatés. Celui-ci, devinant ce qui l'attendait, essaya de ramper vers la porte d'entrée. Sans un mot, Gordon lui tira une balle en pleine tête, éclaboussant les murs de morceaux de cervelles. Je me figeai.

Je restai tétanisé, mon couteau à la main, devant cette scène et les deux corps étendus devant moi.

Quand Gordon s'approcha de moi, il me prit le couteau des mains et, sans un mot, le jeta à l'autre bout de la pièce comme s'il ne s'agissait que d'un vulgaire hochet en plastique. Il me prit par le col pour me faire sortir de la maison et me conduire jusqu'à la voiture. Je le laissai faire ; un berger guidant un mouton docile.

— Bouge pas de là pendant je nettoie ce merdier, m'avertit-il en m'installant sur la banquette arrière.

Il tira du coffre un bidon d'essence avant de retourner à l'intérieur de l'habitation. Quelques minutes plus tard, alors qu'il s'installait derrière le volant, la lumière dansante d'un brasier naissant s'animait derrière les fenêtres de la maison.

— Tiens, je t'ai ramené ça, dit-il en me tendant mon arme de service que j'avais laissée à l'intérieur. Sois plus soucieux de tes affaires.

L'incendie se propagea ; il éclaira la nuit silencieuse. Je songeai aux corps restés à l'intérieur et à ce que Gordon leur avait fait subir. La bile me monta à la gorge.

Quand nous entendîmes au loin les sirènes des pompiers, nous filâmes. Ce que j'aperçus quand Gordon démarra aurait pu m'arracher un fou rire si les circonstances n'avaient pas été si terribles. Le nom sur la boîte aux lettres. Torez. Pas Molina, Torez.

Nous n'avions pas eu la bonne adresse.

Les jours suivants furent étranges, comme si j'évoluais dans un monde à part, séparé des autres par une culpabilité que personne ne partageait. Joe laissa exploser sa colère deux fois : la première quand il apprit le déroulé de notre intervention avec Gordon, la seconde quand il sut la raison pour laquelle nous n'avions pas eu la bonne adresse. Les colères de Joe étaient légendaires, tout le monde au poste de police avait le souvenir d'en avoir fait les frais un jour ou l'autre. Avec sa grosse voix et son regard à glacer une fournaise, le moindre cri sortant de sa bouche vous faisait regretter vos choix de vie. Sa rage bouillonna quand Gordon lui fit le résumé de notre visite chez ce qu'on pensait être alors le domicile de Sam Molina. Bien sûr, il tut les éléments les plus inavouables. Pendant toute la durée de son récit, il me jeta des coups d'œil rapides, me mettant au défi d'évoquer les choses qu'il passait sous silence. Mais je n'en fis rien. Je gardai les yeux baissés sur mes chaussures. Joe entra en éruption quand nous demandâmes des comptes à Hector quant à l'adresse qu'il nous avait donnée. Ce dernier venait de sortir de l'hôpital, et bien qu'il lui manquât toujours deux dents, il semblait remis de ses blessures. Penaud, presque craintif, il nous avoua tout.

Sam Molina ne lui était jamais tombé dessus.

Paco Torez lui avait cassé la gueule car il s'était montré beaucoup trop entreprenant avec sa petite amie du moment, une certaine Prima Costa. Il était officier de police tout de même, il ne pouvait pas laisser passer ça et comme il n'était pas sûr que nous l'aurions aidé, il avait inventé ce bobard sur Sam Molina. Comme un fil tendu au bord de la rupture, Joe nous demanda de quitter la pièce, de le laisser seul avec Hector. Je ne sus jamais ce qu'il se passa, mais quand nous revîmes Hector, quelques instants plus tard, ce dernier retournait à l'hôpital et trois autres de ses dents s'étaient fait la malle.

Je perdis le sommeil. Je restai assis dans ma véranda toutes les nuits à ressasser des idées noires. La mort de Paco. L'humiliation et la souffrance de Prima. Son viol. Tout ça pour quoi ? Pour du vent. Le néant absolu.

Natalia se mit à me reprocher ma distance avec plus de véhémence. Elle me trouvait changé, plus refermé sur moi-même. Mais tout ce que je parvenais à faire était fondre en larme, comme un gamin. J'aurais aimé qu'elle comprenne, qu'elle devine l'ordure que j'étais devenu sans avoir à le lui dire. Mais elle n'était pas télépathe.

Alors, j'allais voir Amy aussi souvent que possible.

Tout était plus simple avec elle, elle ne me jugeait pas. Aussi, quand je lui avouai tout, elle resta à mon chevet, l'oreille attentive et l'épaule confortable. Toute la nuit, elle me rassura, me répéta sans faillir que je n'y étais pour rien, que je n'aurais rien pu faire de plus que ce que j'avais entrepris. Elle réussit presque à me convaincre, mais je savais qu'elle avait tort.

Je pris mes distances avec Gordon. Dès le lendemain des meurtres de Paco et Prima, je demandai ma mutation pour le secteur nord. Plus risqué comme coin mais plus éloigné de Gordon. J'appris au détour de ma conversation avec le capitaine que Gordon venait de déclarer le vol de son arme de service. Il m'interrogea sur le sujet. Savais-je quelque chose qu'il ignorait ? Non, je n'en savais rien. Qu'aurais-je pu lui dire ? Que Gordon s'était débarrassé de son arme de service car il avait tué deux personnes avec avant de mettre le feu à leur cadavre ? Impensable, même si l'envie me brûlait les lèvres. J'eus ensuite du mal à travailler avec Gordon. Je me forçais mais cela me dégoûtait. Je ne voyais que le violeur et le meurtrier qu'il était derrière ses sourires et ses blagues.

La réponse à ma demande de mutation se faisait attendre et je bouillonnais d'impatience de l'obtenir. J'envisageais ça un peu comme un nouveau départ. Table rase, on repart d'une page blanche. Nouveau collègue, nouveau logement et nouvelle femme. Nouvelle vie. Je comptais, une fois ma nouvelle affectation approuvée, demander le divorce et m'installer avec Amy. J'appréhendais un peu la manière dont Natalia prendrait la nouvelle — de la pire des manières — mais étais prêt à sauter le pas. Amy me soutenait pendant cette mauvaise passe quand Natalia me blâmait pour tout ce qui n'allait pas dans sa vie.

J'avais besoin de changer d'air et comptais bien le faire.

Un matin, le capitaine me convoqua dans son bureau. Je le trouvai derrière sa table de travail, en grande conversation avec deux hommes à l'allure sévère, tirés à quatre épingles dans des costumes qui semblaient hors de prix. On eût dit des jumeaux. Les deux avaient les cheveux blonds coupés ras, les yeux bleus et le même air constipé. L'un était peut-être un poil plus grand que l'autre mais sinon, rien d'autre n'aurait pu les distinguer.

Ça puait les affaires internes à plein nez.

Les deux se levèrent quand j'entrai dans la pièce. Ils restèrent me fixer comme si je venais de devenir un faon sur lequel ils s'apprêtaient à fondre. Le capitaine, qui ne semblait pas troublé pour un sou, m'invita d'un geste de la main à prendre place en face de lui. Il confirma mes craintes :

— Scott, je vous présente les agents Wilkins et Gibson, des affaires internes, annonça-t-il en désignant ses deux visiteurs. Ils ont quelques questions à vous poser.

L'un des deux — Wilkins ou Gibson, du pareil au même pour moi — m'informa qu'une enquête administrative avait été lancée sur la disparition de l'arme de service de Gordon. Celui-ci avait témoigné la veille et les affaires internes voulaient désormais que je corrobore ses dires.

— Nous voulons faire la lumière sur les circonstances de la disparition de l'arme de service de Monsieur Neary. Son témoignage indique que vous étiez ensemble quand il s'est aperçu que son arme n'était plus dans son étui. Qu'est-ce que vous pouvez nous en dire ?

J'essayai de garder ma contenance. Mon cerveau tournait à plein régime, cherchant à pondre une réponse rapide mais crédible, avec une douce saveur de vérité de synthèse. Je fis de mon mieux mais rien ne vint. Car j'ignorais que Neary m'avait cité dans son témoignage. Et qu'avait-il dit ? Aucune idée. J'eus envie de tout avouer, de tout dire des atrocités qui avaient été commises cette nuit-là avec cette arme. Mais je n'étais pas aussi courageux. Alors, je leur sortis mon numéro de l'officier de police prêt à tout pour défendre son partenaire.

— Je... je ne sais pas ce que vous voulez savoir. Tout est écrit dans la déclaration de Neary, si vous ne savez pas lire, ce n'est pas mon problème. Je ne vais rien vous dire qui pourrait être mal interprété et donnerait l'impression que je casse du sucre sur le dos de la personne avec qui je travaille tous les jours.

Le deuxième Wilkins/Gibson ouvrit le dossier qu'il tenait contre lui. Il lut quelque chose puis j'entendis enfin le son de sa voix :

— Donc vous confirmez les propos de votre partenaire ? Après votre service, vous vous êtes changés tous les deux dans les vestiaires. Gordon Neary a rangé son arme de service dans son casier, arme qui n'y était plus le lendemain matin quand il est retourné la chercher.

Putain d'enculé de fils de pute !

J'acquiesçai. Même si je savais ce qui m'attendait. Car à l'issue de cet entretien, les clones des affaires internes fouillèrent les vestiaires. Ils ouvrirent mon casier pour y trouver l'arme de Gordon Neary, enroulée dans une serviette floquée de l'insigne du département de Police. J'eus beau nier, affirmer ne pas comprendre ce que l'arme faisait dans un casier que j'utilisais à peine, en vain. Que pouvais-je faire d'autre ? Tout balancer ? Si Gordon tombait, je chuterais avec lui, sans parler de Joe et d'Hector.

Ma défense ne fut guère convaincante : je fus suspendu pour un mois, le temps d'organiser une commission de discipline qui allait décider de mon sort. Gordon, lui, écopa d'un blâme pour sa négligence : personne ne devait ranger son arme de service dans son casier. Toujours mieux que la prison à vie...

Quand je fus escorté hors du poste de police, on me fit passer devant le bureau des inspecteurs. Je vis Gordon et Joe en grande discussion, ne prêtant aucune attention à ce qu'il se passait autour d'eux. Encore l'un de leur conciliabule.

Quelque chose explosa en moi.

Je me ruai vers lui, braillant comme un enragé. Je voulais le massacrer, le dépecer, l'éventrer, l'exterminer comme on extermine la vermine. Quand il se retourna, je lui décochai un uppercut, direct dans la mâchoire.

— Je vais te buter, enculé ! Je te crèverai

Déséquilibré, il tomba contre un bureau. Je lui martelai le visage, le torse, les côtes de mes poings et de mes pieds. Quelqu'un — peut-être Joe, peut-être quelqu'un d'autre — me tira par les aisselles. Je résistai quelques secondes, la bave aux lèvres. J'éclatai le nez de Gordon avec la semelle de ma chaussure dans un dernier spasme de violence, puis me laissai emporter hors de cet enfer.

Je restai chez moi, à tourner en rond, à ressasser ma haine pour Gordon Neary. Je ne faisais rien à part maugréer sur mon sort. Natalia me fuyait quand Amy m'accueillait dans ses bras. C'était le seul point positif à ma situation : je pouvais voir Amy quand je le souhaitais.

Le lendemain, Joe Dale passa me voir, l'air fermé comme d'habitude. Je m'attendis à des encouragements, des tapes dans le dos, des « *Ne t'inquiète pas, tout se passera bien* ».

Je fus fort déçu.

À peine ouvris-je la porte qu'il m'attrapa par le cou et me plaqua contre le mur de l'entrée avec une force telle qu'un miroir se décrocha et se fracassa au sol. Sept ans de malheur. Peu ou prou ce qui m'attendait.

— Je te conseille de fermer ta gueule. Quelles que soient les questions qu'on te posera pendant la commission de discipline, tu la boucles.

Joe Dale avait cette faculté particulière de pouvoir communiquer sa rage tout en s'exprimant avec calme. On percevait son intention depuis la cavité la plus profonde de sa gorge ; le roulement du tonnerre annonciateur d'une tempête à venir.

J'essayai de me débattre mais il me maintenait d'une poigne d'acier.

— Si tu parles, je te tue moi-même mais avant, je demanderai personnellement à Gordon de faire à ta chère Natalia et à ta chère Amy ce qu'il a fait à cette gonzesse, là-bas dans la maison. C'est clair ?

Il était donc au courant pour Prima.

Quand il relâcha son emprise, je suffoquai comme un chien en plein soleil.

— Cette « *gonzesse* », elle s'appelait Prima, fis-je, la voix rauque, en me massant la gorge.

— J'en ai rien à cirer. Ce ne devait être qu'une pute de merde à dix dollars la passe. Tout le monde s'en branle.

Il me laissa avec une triste évidence qui aurait dû me heurter bien plus tôt : j'avais été pris pour un con. Ce trio d'abrutis, Hector, Joe et Gordon, n'avait jamais eu besoin d'un quatrième compère. Juste d'un pigeon à qui faire porter le chapeau en cas d'emmerdes. Et j'avais une magnifique tête à chapeau.

Peu de temps après, dans le journal, je tombai sur l'article d'un certain Peter Smith à propos d'une affaire qui occupait les services du shérif du comté de Los Angeles. Après l'incendie d'une maison dans le quartier de Watts, le cadavre d'un homme avait été découvert dans les décombres. Paco Torez. Son autopsie avait révélé des causes de la mort sans lien apparent avec le brasier. Mort par balle. Une dans chaque genou et une dans la tête. Le porte-parole du bureau du shérif lançait un appel à témoin : quiconque disposait d'informations susceptibles d'aider les enquêteurs était invité à les communiquer aux services du shérif dans les plus brefs délais. Un numéro était imprimé en caractères gras sous l'article. J'eus envie de décrocher mon téléphone. Je ne le fis pas.

Car l'article ne mentionnait jamais le cadavre d'une femme. Juste celui d'un homme, seul. Pas de femme.

Prima avait-elle survécu ? Possible.

Je fis une recherche internet, pour voir ce que les moteurs de recherche pouvaient m'apprendre sur Prima Costa. En un mot : rien. Même si son nom n'était pas banal, les résultats étaient noyés entre des publicités pour des croisières en Méditerranée et des articles sur des résidences secondaires en Amérique Latine.

Aucun réseau social, aucune photo. Rien.

Alors, je retournai dans le quartier. Habillé d'un pardessus, d'une casquette et de lunettes de soleil, au cas où quelqu'un aurait pu me reconnaître. Dans cet accoutrement d'agent secret bas de gamme, je passai l'après-midi à interroger des voisins en usurpant l'identité du Peter Smith du journal.

Personne ne m'apprit grand-chose.

Mes interlocuteurs ne connaissaient pas bien Paco Torez, trop sauvage pour être apprécié, alors de là à connaître la femme avec qui il sortait… La seule information un peu utile que j'obtins me fut donnée par Lisa, une vieille femme afro-américaine très gentille qui vivait derrière la maison de Paco. Elle m'invita à boire un thé glacé dans sa véranda et m'offrit des cookies au beurre de cacahuètes. Elle me parla de sa vie, de ses enfants partis vivre à l'étranger, de l'infirmière qui prenait soin d'elle. Elle me fit même une brève histoire du quartier.

Quand nous abordâmes le sujet qui m'intéressait, son ton se fit plus sombre, son visage se referma.

— Vous savez ce qui m'a réveillée cette nuit-là ? Ce n'est pas l'incendie, pas le craquement du bois qui brûle, même pas les coups de feu. Il paraît qu'on a tiré sur Monsieur Torez mais moi, je n'ai rien entendu. Non, c'est un cri qui m'a réveillée. Pas un petit cri, pas le cri que pousserait quelqu'un qui a peur ou qui a mal, non. C'était un cri abominable, effroyable. Monstrueux. Vous savez, Monsieur, j'ai grandi en Louisiane et là-bas, ma mère nous racontait, à mes frères et à moi, le mythe de l'Échassier. Un pauvre pêcheur disparu dans le bayou qui revient la nuit sous la forme d'un géant hideux et bossu, à trois jambes, avec des asticots qui grouillent dans sa bouche et dans les cavités oculaires. Ma mère nous racontait qu'il raflait tous les imprudents et téméraires qui se baladaient la nuit dans le bayou. Selon elle, il poussait un cri affreux et horrible avant de fondre sur ses victimes pour les ouvrir en deux et se repaître de leurs entrailles. Toute gamine, j'étais terrifiée par l'Échassier et par son cri. Le soir, quand on entendait une chouette hululer au loin, Jonas, l'un de mes frères, se glissait derrière moi et me murmurait à l'oreille « *c'est l'Échassier qui s'approche* ». J'en ai fait des nuits blanches à cause de lui ! Bien sûr, je ne l'ai jamais entendu, ce cri — l'échassier n'était qu'une version locale du croque-mitaine — mais celui que je m'imaginais quand ma mère nous racontait cette histoire, c'est lui que j'ai entendu la nuit de l'incendie.

— Ce cri, vous êtes sûre qu'il venait de la maison de Paco Torez ?

— Sûre et certaine, Monsieur. De l'extérieur de la maison, même. Du jardin, je dirais.

Nous discutâmes encore une heure de la jeunesse louisianaise de Lisa.

Quand je décidai de prendre congé, elle me proposa d'emballer quelques cookies « *pour la route* ». Je déclinai en la remerciant de son hospitalité.

J'allai voir le jardin de feu Paco Torez.

Je longeai la palissade naguère blanche désormais noire de suie pour pénétrer dans un carré de pelouse jaunie par le soleil. Comme dans le jardin de devant, on trouvait ici tout un ensemble de mobiliers usagés n'ayant plus grande utilité : fauteuil défoncé, lavabo fendu, téléviseur archaïque à l'écran brisé. Les rebuts les plus proches des décombres étaient recouverts d'une fine pellicule sombre piégée par la matière en fusion. On trouvait ici ou là des planches noircies, des morceaux de plastiques déformés par la chaleur provenant du mur arrière de la maison qui s'était effondré au plus fort de l'incendie. Seul restait debout, là où s'était tenue la façade, le chambranle d'une porte ouverte vers l'intérieur de la maison, comme un portail apparu de nulle part m'invitant vers une dimension parallèle.

Je remarquai des traces sur l'herbe brûlée.

Elles formaient une piste partant du fantôme de la porte avant de se perdre parmi le mobilier défoncé. Les brindilles étaient couchées vers l'avant.

Quelqu'un avait rampé ici.

Non.

Quelqu'un avait été traîné ici.

Je suivis cette piste.

À mesure que j'avançais, la terre se fit de plus en plus meuble, comme si elle cherchait à m'engloutir pour m'empêcher de poursuivre ma progression. J'atteignis un amas de planche — un cadavre d'armoire — derrière lequel je trouvai un petit talus de terre jetée à la va-vite. À côté, un trou creusé à même le sol. De dimension et de profondeur suffisante pour accueillir un corps humain. Pour accueillir Prima Costa.

Une tombe.

Vide.

En me penchant pour y regarder de plus près, je vis de petits rectangles couleur cyan fichés dans les parois du trou. Des ongles. Arrachés. On y distinguait encore de minces traces de sang sur les extrémités.

Un sanglot me brûla la gorge.

Quelqu'un avait traîné Prima depuis la maison pour l'enterrer dans cette tombe. Vivante. Elle avait dû lutter, gratter la terre pour essayer de remonter à la surface avec tant de force qu'elle s'était arraché des ongles. Mais rien à faire. Cette même personne avait dû revenir se débarrasser du corps quelques heures après. La seule chose que je ne m'expliquais pas fut ce que je remarquai avant de détourner les yeux. Le trou. Ses parois irrégulières. Comme creusées à mains nues et non avec une pelle. Pourquoi ?

Je restai dans ma voiture, à réfléchir pendant une heure.

C'était Gordon.

Quand il était retourné seul dans la maison pour allumer l'incendie, il aurait pu faire n'importe quoi à Prima. Mais y était-il resté assez de temps pour l'enterrer ? Dans ma tête, son absence n'avait duré que deux voire trois minutes, pas beaucoup plus. Insuffisant. Je commençai à douter de tout. Ou peut-être était-ce Joe ? Ou Hector ? L'un d'eux avait dû revenir pour enterrer cette pauvre jeune femme. Afin de dissimuler la preuve laissée par Gordon : son ADN. Mais pourquoi l'enterrer dans le jardin ? Et pourquoi se débarrasser du corps par la suite ? Cela n'avait pas grand sens. Et quand l'avait-il fait ? Nous avions fui les lieux de notre crime alors que les sirènes des pompiers retentissaient au loin. Et pourtant, à en croire le journal, ceux-ci n'avaient retrouvé que le corps de Paco Torez. Ce qui signifiait que Prima avait été enterrée dans le jardin dans un délai très court, entre notre fuite et la fin de l'intervention des pompiers. Impossible ! Qui aurait bravé les flammes, risqué sa vie, pour se débarrasser de cette malheureuse de la sorte et ce, devant témoins ? Un complice chez les soldats du feu ? Peut-être. Ou peut-être pas. Je ne comprenais rien. Je me repassai le film de la soirée : la gueule éclatée d'Hector, le débat entre Joe et Gordon, la haine et la violence de ce dernier. Mais rien ne m'aidait à dénouer le nœud du problème.

Je passai les jours et les nuits suivants hanté par ces interrogations. Je cherchai d'éventuels complices de Gordon chez les pompiers. Je dénichai des photos de lui en compagnie du capitaine de la brigade à l'occasion d'une soirée caritative. Rien de plus. Bien maigre. Plus je me triturais le cerveau et plus la responsabilité de Gordon dans la disparition du corps de Prima m'apparaissait évidente. Aucun doute possible. Ce ne pouvait être que lui. Même si le comment m'échappait, le pourquoi était très clair pour moi. Et il me suffisait.

Et le piège que l'on m'avait tendu acheva de me convaincre quand il se referma sur moi.

Un jour, Wilkins et Gibson, les deux jumeaux des affaires internes, débarquèrent chez moi. Les services du shérif du comté de Los Angeles en charge de l'enquête sur le meurtre de Paco Torez avaient fait du zèle. Pour faire parler l'analyse balistique, ils avaient soumis les traces laissées sur les balles au fichier national d'information balistique de l'ATF. Je fus presque admiratif : l'accès à cette base de données n'était pas si facile. Le Shérif ou l'un de ses adjoints devait connaître du monde chez les fédéraux.

Il en était ressorti que les sillons sur les balles correspondaient à celles laissées par l'arme de Gordon Neary. Son empreinte avait été enregistrée dans la base de l'ATF deux ans plus tôt, quand mon enculé de partenaire avait dû faire usage de son arme pour neutraliser un suspect dans une affaire d'homicide.

Arme censée être en ma possession au moment du meurtre de Paco Torez.

On me passa les menottes. On me laissa croupir dans une cellule pendant deux jours avant de pouvoir mettre les pieds dans une salle d'interrogatoire. Mon cas fut confié à un avocat commis d'office. John Parker ou Harker, un truc comme ça. Quelques années plus tard, au détour d'une confession, Lulu, que je ne connaissais pas au moment de mon incarcération, m'apprit qu'elle était présente au poste de police ce jour-là. Dieu merci, elle avait été occupée par une affaire d'agression au couteau. Où aurais-je fini si elle avait pris mon dossier ? Dans le couloir de la mort, sûrement...

Lors de mon interrogatoire, je répétai en boucle les mêmes réponses : non, je n'avais pas pris l'arme de Gordon Neary, non, je ne savais pas comment elle avait fini dans mon casier et non, je n'avais pas tué Paco Torez avec. Quand on m'interrogeait sur mon emploi du temps le soir du meurtre, je sortais le classique télévision/dodo. Les jumeaux Wilkins/Gibson ne furent pas convaincus.

À l'audience préliminaire, mon avocat rappela que même si l'arme avait été trouvée dans mon casier, elle ne portait aucune de mes empreintes. En outre, mon ADN n'avait pas été retrouvé sur la scène de crime. Le juge ne fut pas convaincu. Il fixa la caution à deux cent mille dollars et je fus emprisonné à la prison du comté. Une sanction clémente au regard de ce qui aurait pu m'arriver si le couteau portant mes empreintes n'avait pas disparu dans les décombres de l'incendie.

Un matin, un officier vint m'informer que quelqu'un avait été généreux au point de payer ma caution. J'étais libre avec sursis. Sur un siège en plastique, dans la salle de la prison réservée aux visiteurs, je trouvai Natalia, les lèvres serrées et le regard noir. Elle ne m'adressa pas la parole. Une fois rentrés chez nous, elle grimpa à l'étage et sortit un sac de voyage du placard qu'elle commença à bourrer de vêtements. On aurait pu s'engueuler, elle aurait pu me hurler au visage tout le mal qu'elle pensait de moi, toute la haine, le mépris, le dégoût que je lui inspirais. En retour, pour lui faire autant de mal qu'elle m'en aurait fait, je lui aurais parlé d'Amy. Mais elle ne dit rien. Elle passa le pas de la porte et je ne la revis que six mois plus tard, lors de notre divorce.

Je devins peu à peu une épave.

Je faisais peine à voir : je perdis dix kilos en un mois, ne trouvais le sommeil qu'après avoir ingurgité une bouteille de whisky. Mes rêves alcoolisés étaient hantés par des visions des cervelles giclant sur les murs, par des images de femmes humiliées avant d'être enterrées vivantes.

Par la couleur cyan.

Malgré cela, Amy resta à mes côtés, à me bercer dès que je me réveillais en hurlant. Pourquoi ? Aucune idée. Peut-être avait-elle l'impression de faire la charité.

Je me mis à fréquenter un bar, *Le Golgotha,* proche de l'appartement d'Amy. Je squattais le comptoir de midi jusqu'à l'happy hour, quittant l'établissement quand il commençait à se remplir de jeunes gens heureux de vivre. La serveuse me surnomma « *Droopy* », à cause de mon air de chien battu.

Un après-midi pluvieux, alors que je me perdais dans mon verre de bourbon, une voix éraillée me roula dans les tympans :

— Je te lâche une année, merdeux, et tu finis au trou. Si j'avais su que tu avais encore besoin de petites roues pour faire du vélo, je ne serais pas parti à la retraite.

Ce bon vieux Roy Biggs me regarda de la tête aux pieds avec un air qui hurlait «*je te l'avais bien dit*». Il gardait une clope allumée au bec malgré l'écriteau « *Défense de fumer* » accroché au mur derrière lui.

J'avais oublié à quel point l'air paternaliste de Roy me gonflait.

— Si tu es venu te foutre de ma gueule, Roy, tu peux faire demi-tour et retourner te palucher sur Marilyn Monroe ou n'importe quelle starlette qui fait bander un vieux croulant comme toi. Je ne suis pas d'humeur.

Il me cracha sa fumée au visage. Toujours ses vieilles cigarettes sans filtre. Il commanda une bière en s'installant sur le tabouret à côté du mien. Il tapota la cendre de sa clope dans mon verre.

— Le vieux croulant va te mettre un coup de pied au cul.

J'alpaguai la serveuse pour commander un autre verre mais Roy me prit de court.

— Apportez-lui un verre d'eau plutôt, dit-il à la serveuse. Tu vas me dire ce que s'il s'est passé ou tu vas rester là, à tirer cette gueule de trois mètres de long ?

Le verre d'eau atterrit devant moi.

— Demande autour de toi. N'importe quel flic dans cette putain de ville pourra te le dire.

— Oui, je sais, tout le monde me parle de toi. Mais c'est ta version à toi qui m'intéresse.

Je soupirai : à quoi bon garder ça pour moi ?

Je lui racontai tout : les braquages, Sam Molina, Paco Torez. Prima Costa. Je stoppais quand la serveuse s'approchait un peu trop de nous puis reprenait quand elle s'éloignait.

— Tu t'es fait baiser par Joe Dale et ce débile de Neary, conclut-il. Quand je l'ai vu, j'ai su que cet abruti puait les emmerdes. Pourquoi tu ne les as pas balancés ?

— Ils ont menacé ma femme. Et à quoi ça servirait ? Les preuves sont contre moi. Il faudrait que je retrouve le corps de cette Prima, l'ADN de Neary doit être dessus. Mais je crois que c'est peine perdue.

— Je peux peut-être t'aider.

Il farfouilla dans la poche de sa veste pour en sortir une petite carte de visite couleur ocre. « *Roy Biggs, Détective privé* » y était imprimé en lettres dorées. Je reprendrai cette typographie quand, plus tard, moi aussi, je voudrai me la péter avec des cartes de visite inutiles.

— J'ai pas les moyens, fis-je.

— Celle-là, je te la fais pro-bono.

Je lui donnai toutes les informations dont je disposais sur Prima Costa : nom, apparence, couleur de cheveux, âge supposé. J'en savais peu sur elle. Beaucoup trop peu. Il prit note de tout sur un petit carnet à spirales à couverture noire. J'achèterai le même modèle quand je deviendrai moi-même détective, quelques semaines plus tard.

Il me recontacta deux jours après.

Rien. Il n'avait rien du tout. Aucune information.

— J'ai trouvé que dalle, m'avoua-t-il au téléphone. J'ai fouillé dans le registre d'état civil et dans celui des immatriculations. J'ai contacté les hôpitaux et les morgues du comté. Rien. Elle n'a pas non plus été déclarée disparue. C'est comme si cette femme n'existait pas. Tu es sûr que tu as le bon nom ?

— C'est en tout cas celui que je connais.

Prima demeurait un mystère obsédant impossible à percer.

Mon commis d'office passa me voir un soir. Quand j'ouvris la porte, je le trouvai tout sourire. Miracle : le procureur abandonnait les poursuites à mon encontre. Le département de police était terrifié à l'idée d'un scandale qui jetterait l'opprobre sur les forces de l'ordre — un de plus — aussi, devant la maigreur du dossier, le bureau du procureur avait préféré classer le dossier sans suite. Encore un homicide non résolu dans cette charmante ville de merde. Cependant, j'étais radié des effectifs de la police et perdais tous les avantages associés au statut d'officier y compris la pension de retraite. Je ne fus pas surpris, je m'y attendais. D'un coup, je me sentis léger, soulager d'un poids si immense que je crus m'envoler.

— J'ignore si c'est vrai ou non, dit mon avocat. Mais j'ai entendu dire que quelqu'un a plaidé votre cause auprès du chef de la police. Vous avez un ange gardien, Monsieur Sirius.

Roy Biggs. Qui d'autre ?

Je pris mon avocat dans mes bras. Il me repoussa mais je le maintins serré contre moi.

— Merci, merci, merci.

Cette nuit-là, je dormis comme un bébé.

Les semaines qui suivirent eurent un peu le goût du renouveau pour moi, comme le beau temps après un orage violent. Je vendis la maison dans laquelle Natalia et moi avions vécu. Plus qu'un simple logement, je me séparai d'une partie de ma vie. Je remboursai l'hypothèque contractée par Natalia pour payer ma caution et lui envoyai sa part des fruits de la vente. Elle ne me répondit jamais.

Amy et moi nous mariâmes un vendredi pluvieux, au cœur de l'automne, entourés de sa famille, de ses amis et de Roy. Je n'avais personne d'autre. Pendant la fête, ce dernier, éméché, me proposa d'obtenir ma licence de détective privé et de travailler avec lui. J'acceptai. Par la suite, il n'eut de cesse de râler, de se maudire de manière grandiloquente et théâtrale sur ce que l'alcool l'avait poussé à faire. Pourquoi aurait-il voulu travailler avec un branleur merdeux comme moi alors qu'il s'en sortait si bien tout seul ? Nos engueulades reprirent comme au temps où nous étions officiers de police, du genre qui éclatent entre un grand-père revêche et son petit-fils espiègle. Il n'en pensait pas un traître mot. Moi non plus. Quand je l'interrogeais pour savoir si c'était lui qui était allé plaider ma cause auprès du chef de la police, il m'envoyait chier en disant que le chef n'avait pas besoin de lui, qu'il savait très bien qui était les pourris dans son service. Le petit sourire qu'il avait à chaque fois m'apprit que j'avais vu juste.

Roy mourut deux ans après mon mariage avec Amy, d'un cancer du poumon généralisé. Sa fin n'avait pas été belle à voir et y penser me plongeait dans une sinistre tristesse.

Je repris son agence de détective à mon compte. Quand je vidai son bureau, je trouvai trois dossiers cachés dans un tiroir, sous un fond amovible. Sur la couverture, les noms des trois personnes les plus abominables qu'il m'eût été donné de connaître. Hector Suarez, Joe Dale et Gordon Neary. On y trouvait pêle-mêle des articles de journaux, des photographies prises à la volée ainsi que des rapports internes confidentiels de la police. Celui de Gordon était mince. Visiblement, Roy cherchait à les faire tomber. Pour quelles raisons ? Je l'ignorais encore des années plus tard. Peut-être avait-il un sens aigu de la justice. Ou peut-être souhaitait-il juste m'aider à me venger.

Ces dossiers me furent utiles, surtout celui d'Hector Suarez. Une partie aida les affaires internes à obtenir sa radiation quand il fut sur la sellette. L'autre me permit de le racketter et de le faire chanter. Joe Dale et Gordon

Neary, eux, poursuivirent leur carrière dans la police, trop prudents pour se faire coincer. J'eus un jour l'idée d'envoyer le contenu de leur dossier à la presse, histoire d'éclater un abcès qui continuait à me ronger. Mais à quoi bon ? Officiellement, aucune enquête n'était ouverte sur eux, et cette manœuvre se serait retournée contre moi. Je préférai garder ces dossiers bien au chaud, comme des as dans ma manche. Au cas où.

Amy donna naissance à une petite fille. Nous la prénommâmes Charlie. Je chérissais cette enfant de tout mon cœur, comme un arbre vénère le soleil qui le réchauffe. Amy n'arrêtait pas de se plaindre que je la couvais trop, que je la surprotégeais. Elle avait raison : lui mettre un casque de vélo quand elle se redressait sur ses deux petits pieds pour faire ses premiers pas était peut-être trop extrême. Mais que pouvais-je faire ? Je venais d'avoir une fille mais je demeurais hanté par Prima. Par ce qui lui était arrivé dans cette maison à Watts. Par ce qu'un dégénéré muni d'une arme et d'un insigne de police lui avait fait.

Bien que j'eusse l'esprit occupé entre mon travail de détective, mon épouse à aimer et ma petite fille à élever, le mystère Prima ne me quittait jamais. Il me suivait partout. Un jour, alors que je me regardais dans un miroir, j'eus la désagréable illusion d'apercevoir ce visage à la joue déchiquetée derrière moi, au-dessus de mon épaule, un peu plus loin dans la pièce. Je fis volte-face. Rien. Bien sûr, Prima n'était pas là. Les apparitions se firent d'abord fugaces, comme une ombre à l'extrémité du champ de vision. Puis elles devinrent persistantes. Je pris l'habitude de voir son visage derrière moi, qui me fixait de ce regard désespéré empreint de colère. Je n'étais pas terrifié, non, juste navré pour elle. Il m'arrivait même de m'excuser. Elle ne me répondait jamais. À intervalles réguliers, je continuais de consulter les bases de données de la police ou de l'état civil à la recherche d'une Prima Costa portée disparue. Mais rien.

Mon mariage avec Amy ne dura pas. Je gâchai tout pour une simple histoire de coucherie. Avec Héléna, la serveuse du *Golgotha*, que j'épouserai en troisième noce. Faute de mieux. Après notre divorce, Amy partit vivre avec Charlie dans le Maine, à l'autre bout du pays. Les premières années, j'eus droit à des photographies et des dessins que je recevais toutes les deux semaines environ. Puis, petit à petit, ce mince fil se délita. Je continuais à envoyer à ma fille des cadeaux pour noël et pour son anniversaire mais mes messages restaient sans réponse.

Elle me manquait. Ma pauvre carcasse n'avait plus de cœur et son cerveau malicieux le lui rappelait sans cesse.

Charlie avait fêté ses sept ans un mois plus tôt et je ne savais rien de sa vie. Le nom de ses copines, son dessin animé préféré, son animal fétiche… Que dalle. Le jour de l'anniversaire de ma fille, je pris l'initiative d'appeler Amy. Je voulais parler à Charlie. Une nécessité vitale pour moi, encore plus que respirer un air pur ou boire de l'eau fraîche. La conversation tourna court : Amy refusa de me la passer. Avant qu'elle ne raccroche, je perçus deux éclats de rire. Celui d'un homme, Bernard, le deuxième mari d'Amy, suivit de celui de Charlie. « *Arrête papa* » furent les seuls mots que j'entendis de ma fille.

Ma haine pour Gordon Neary, ma peine pour Prima Costa se tarirent au fil des années. La plaie la plus douloureuse qui soit finit toujours par se cicatriser. Ces sentiments m'habitaient toujours mais ils étaient rendus sourds par le temps et la distance. Je n'apercevais plus Prima dans le miroir que de temps en temps, souvent le soir, quand la solitude me prenait aux tripes. J'aurais pu poursuivre ma vie ainsi, avec des regrets et des remords allant et venant au gré de mes humeurs.

Mais il y eut ce samedi matin là.

Quand je vis cet enculé de Gordon Neary assis en face de moi, l'air léger, à siroter son café comme si de rien n'était, quelque chose se brisa en moi. Une digue qui retenait tout ce que j'avais refoulé pendant des années. Je fus submergé à nouveau par ma haine, par toute la violence qui m'habitait, par cette rage que je n'avais jamais laissée exploser. Le destin, voilà ce qui se présenta à moi ce matin-là. Aucun hasard, aucun aléatoire, aucun heureux accident. Que le destin qui me rappelait ma mission en ce bas monde : faire payer ce fils de pute une bonne fois pour toutes. Rien d'autre.

Et je lui obéis.

Chapitre 19

On m'escorta à un vieux téléphone cabossé accroché à un mur de briques suintant d'humidité. Je profitai de mon coup de fil réglementaire pour contacter la seule avocate dont je connaissais le numéro par cœur.

Je tombai sur sa messagerie. Je détaillai ma situation et lui expliquai ce dont j'avais besoin. J'espérais qu'elle tomberait vite sur le message et prendrait le premier vol depuis Tacoma pour venir sauver mon cul, comme la petite super-héroïne qu'elle était pour moi. Un vol Tacoma/Los Angeles durait combien de temps ? Deux heures et demie, trois heures ? Même si croupir ici autant de temps, voire plus, ne m'enchantait guère, l'idée de faire poireauter Joe et Tête-De-Pine me mit un peu de baume au cœur.

Une heure plus tard, on me conduisit dans une salle d'interrogatoire que je connaissais bien. On l'appelait la chambre de torture quand j'étais encore policier. Cette pièce n'était éclairée que par un plafonnier à l'abat-jour grinçant, bercé par un courant d'air frais qui s'infiltrait entre les briques disjointes du mur. La complainte lancinante du métal avait la réputation de faire craquer les suspects plus vite qu'une baffe dans la gueule. Contre l'un des murs, une vitre sans tain me renvoyait, selon l'angle sous lequel je m'observais, une vision difforme de mon être, tantôt monstre filiforme tantôt bossu obscène. Dans un coin du plafond, une caméra de surveillance au voyant rouge avalait des images pour les recracher sur un quelconque moniteur, ailleurs dans le poste de police. Comme attendu, la chaise réservée à l'interrogé était atroce. Le dossier et l'assise étaient légèrement bombés si bien que j'eus l'impression, quand je m'assis, d'être poussé vers l'avant et sur les côtés. L'officier passa la chaîne de mes menottes dans un anneau fixé au centre de la table.

J'étais prêt pour la cuisson.

Combien de temps attendis-je, là, posé comme un culbuto sur ma chaise ? Beaucoup trop longtemps. J'essayai bien de m'enfuir et de m'enfouir dans un coin de ma tête mais mes pensées étaient parasitées par ce lent gémissement métallique venant du plafond. Au bout d'un moment, j'eus même l'impression qu'il s'adressait à moi dans une sorte de paréidolie auditive. *« T'es cuiiiit », « T'es cuiiiit ».*

Après un million d'années — au bas mot — Joe et Tête-De-Pine pénétrèrent dans la salle d'interrogatoire. Ils s'installèrent de l'autre côté de la table, aussi autoritaires que des soldats de l'inquisition.

Tête-De-Pine ouvrit le bal.

Il me questionna sur ma relation avec Gordon Neary, sur mon emploi du temps le week-end de sa disparition. Il était de notoriété publique — dans le poste de police, du moins — que les choses avaient mal fini entre mon ancien partenaire et moi. Personne ne connaissait vraiment les raisons de cette brouille. Beaucoup pensaient qu'il s'agissait de cette histoire d'arme à feu volée qui m'avait valu une inculpation pour le meurtre de Paco Torez. J'en voulais à Gordon de ne pas m'avoir défendu. Je devais me sentir trahit, en colère et comme chacun le sait, la colère est un sentiment durable qui pousse les gens à commettre l'irréparable même longtemps après les torts commis. La vengeance n'était en fin de compte qu'un plat qui se mangeait froid.

Ce gros débile de Tête-De-Pine n'était pas si loin de la vérité que ça. Il méritait bien un solide cinq sur dix, pile poil la moyenne. Car il lui manquait un bout de l'histoire. Un bout sacrément gros même.

Je ne répondis à aucune de ses questions.

Joe se pencha en avant. À voir son expression, s'il avait pu m'arracher la tête, il l'aurait fait. Il me rappela l'existence du message de Gordon qu'il m'avait mis sous le nez la veille, fier qu'il était de pouvoir me coincer. Mais ce n'était pas son seul atout.

— Un témoin oculaire chez qui Gordon s'est rendu ce matin-là affirme t'avoir vu au volant de ta voiture, garée plus loin dans la rue, comme si tu attendais qu'il s'en aille pour te mettre à le suivre.

La standardiste qui lui servait de maîtresse… Merde, j'aurais dû m'y attendre.

— Je ne dirai rien en l'absence de mon avocat.

Toujours plein de colère contenue, Joe me fixa. Il grogna presque sa question :

— Où est Gordon Neary ?

— Je ne dirai rien en l'absence de mon avocat, je viens de vous le dire. Elle devrait être là dans une poignée d'heures — c'est une personne très occupée, vous savez — alors il va falloir prendre votre mal en patience, les gars.

Joe et Tête-De-Pine se lancèrent un bref regard.

— On s'en tape, nous, on peut sortir d'ici quand on veut, dit Joe. C'est toi qui es attaché à cette putain de table, pas nous.

Ils m'ignorèrent et se mirent à discuter entre eux de tout et de rien : base-ball, cinéma… Tout pour me faire perdre patience. À un moment, Joe Dale quitta la pièce pour revenir, quelques minutes plus tard, avec deux canettes de soda et un paquet de chips. Quand il leva l'opercule de sa canette, Tête-De-Pine m'adressa un petit sourire.

Quel connard !

Une éternité plus tard, on toqua à la porte. Elle s'ouvrit sur un officier en uniforme s'excusant de nous déranger. Derrière lui, ma meilleure amie. Enfin ! Malgré la vitesse avec laquelle elle avait dû quitter Tacoma, celle-ci avait trouvé le temps d'enfiler un tailleur noir impeccable donnant l'illusion d'une vraie professionnelle de la justice. Seule ombre au tableau : sa coiffure. L'effet « réveille-matin » de sa tignasse blonde témoignait de l'urgence de la situation. Un vrai petit balai à franges. La sangle d'une sacoche passée sur son épaule la faisait pencher sur la droite.

— C'est pas trop tôt, râla Joe Dale quand elle pénétra dans la pièce.

Lulu ravala sa réponse quand elle posa les yeux sur mon visage. Mon hématome n'avait toujours pas dégonflé et je devais avoir l'air d'un rescapé d'un ring de boxe.

Elle pointa Joe et Tête-De-Pine du doigt.

— Ce sont eux qui t'ont fait ça ? me demanda-t-elle.

J'allais répondre quand Joe me devança.

— Votre client n'a pas eu besoin de nous pour se faire casser la gueule. D'ailleurs, si je n'avais pas été là, ça aurait pu être bien pire. Vous devriez me remercier.

— Vous me rappellerez de payer mes impôts à temps cette année, Lieutenant. C'est la seule chose que je peux faire pour vous.

Elle prit place à côté de moi, sur une chaise que l'officier venait de lui apporter.

Joe lui fit le déroulé des faits ainsi que des éléments à charge contre moi. Selon lui, ça ne sentait pas bon. Pas bon du tout. Il conseilla à Lulu de m'ordonner de tout avouer avant que les choses tournent au vinaigre pour moi.

— Tout le monde est au courant du passif entre Gordon Neary et votre client. J'en ai moi-même été témoin.

Lulu balaya sa remarque d'un geste de la main.

— Tout le monde est au courant du passif entre Gordon Neary et beaucoup d'habitants de cette ville. Vous allez faire quoi après ? Arrêtez tous ceux qui ont quelque chose à reprocher à Neary ? Ça va faire un paquet de monde.

— Gordon Neary est un officier de police respectable, dit Tête-De-Pine. Je vous déconseille de salir sa réputation.

D'un regard, Joe défia Lulu de continuer sur sa lancée, de dévoiler tout ce qu'elle sous-entendait. Celle-ci explosa de rire. Elle sortit un petit porte-monnaie en cuir de sa sacoche, y préleva un billet d'un dollar qu'elle fit glisser à Tête-De-Pine du bout de son index.

— Et si vous alliez vous offrir un petit truc au distributeur, je ne sais pas moi, un Twix ou des Skittles ? Papa et maman doivent discuter seul à seul.

Tête-De-Pine se figea, ses yeux firent des allers-retours entre Lulu et le billet. Il fronça les sourcils, son visage devint rouge, vira presque pourpre. Comme un volcan au bord de l'éruption. Il allait laisser exploser sa colère face à cette avocate plus jeune que lui mais qui pourtant avait osé lui parler comme à un gamin quand Joe Dale lui toucha l'épaule.

— C'est bon, tu peux nous laisser, je gère.

— Mais, je…

— Fais ce que je dis !

Quand Tête-De-Pine se leva, penaud d'avoir été éjecté de l'interrogatoire comme ça, Lulu en rajouta une couche.

— Ce ne serait pas une mauvaise idée de couper cette caméra de surveillance. Enfin, je dis ça pour vous, Lieutenant Dale, moi personnellement je m'en fiche.

Tête-De-Pine demanda confirmation à Joe, lequel hocha la tête.

Nous restâmes là, tous les trois, à nous regarder en chien de faïence pendant quelques minutes. Un vrai duel de western, accompagné par le grincement du plafonnier qui aurait pu être composé par Ennio Morricone pour l'occasion. Quand le voyant de la caméra cessa de clignoter et qu'elle piqua du nez, Joe Dale se pencha sur la table.

Il dégaina le premier.

— Je sais très bien ce que vous avez en tête, alors laissez-moi vous prévenir : vous pouvez parler à qui vous voulez des… occupations que nous avions, Gordon, votre client et moi, il y a quelques années. Faites-vous plaisir, je vous en prie. Votre client n'a aucune preuve. Ce sera sa parole de policier déchu, qui a déjà été suspecté de meurtre une fois, contre la mienne. Je ne crains pas grand-chose.

Lulu se frotta les mains. Elles étaient moites et tremblantes. J'eus soudain peur. Si je n'avais pas été enchaîné à cette table, je lui aurais mis la main sur l'épaule et lui aurais chuchoté que tout allait bien se passer, qu'il ne fallait pas qu'elle s'inquiète. Mais je ne pouvais pas le faire. Et là, c'était moi qui avais besoin de soutien. Lulu prit une profonde respiration. Je la connaissais assez pour savoir ce qu'elle était en train de faire. Une bonne vieille méthode Coué. Elle essayait de se convaincre de cette force, de ce talent dont elle vantait l'existence à tout le monde. Parfois, ça marchait un peu mais la plupart du temps, pas du tout. Mais là, elle fut étonnante :

— Vous saviez que ma grand-mère avait été éleveuse de chèvres, là-haut, dans le Montana ?

— Qu'est-ce que ça peut me foutre ? Je vous connais à peine, je m'en tape.

Lulu farfouilla dans sa sacoche. Elle en sortit un dossier qu'elle fit claquer sur la table. Sur la couverture, le nom de Joe, griffonné par Roy Biggs, plusieurs années auparavant. Par mesure de sécurité, ces dossiers secrets étaient gardés dans un coffre-fort caché dans une armoire du bureau de Lulu. Comme je le lui avais demandé dans mon message, elle était passée les chercher. Quelle perle !

— Ma grand-mère — paix à son âme — avait la phobie des loups. Des créatures du diable selon elle. Elle avait toujours cette phrase qu'elle me répétait quand j'allais la voir : quand on tire sur la queue d'un loup, on a cinquante pour cent de chance de se faire dévorer et cinquante pour cent de chance de se faire bouffer.

Joe resta de marbre.

Lulu tira une photographie de son dossier. En noir et blanc, elle montrait un Joe Dale un peu plus jeune dans un bar, penché sur une table et un mince tube planté dans le nez. Devant lui, on devinait quelques traits de poudres blanches.

Elle fit glisser le cliché sur la table.

— Forcément, quand c'est moi qui le dis, c'est moins drôle. Mais je vous jure, j'étais bidonnée à chaque fois qu'elle me disait ça… Bidonnée comme quand j'ai vu cette photo. Vous faites très bien l'aspirateur. Superbe imitation. Avec une paille de cette taille, on vous confondrait presque avec un Dyson Cyclone V10.

Joe ne répondit rien.

Il fixa la photographie. Son cerveau tournait à plein régime pour trouver une répartie bien sentie. Mais rien ne vint. Lulu sortit un formulaire portant le sceau des affaires internes. Elle le tendit à Joe. Quand celui-ci tenta de s'en emparer, Lulu le ramena vers elle.

— Non, non, celui-là, je le garde précieusement. C'est un magnifique rapport signé de la main de l'officier commandant des affaires internes. Un certain Robertson. Apparemment, il vous soupçonnait de falsifications de preuves dans une affaire de violences policières ayant handicapé à vie un adolescent hispanique… Ce n'est pas bien, Lieutenant Dale, vraiment pas. J'ai un tas de trucs de ce genre dans ce dossier.

Joe se réveilla enfin.

— C'était il y a douze ans, ça. Vous pensez me faire peur avec des documents aussi vieux ? Plus personne n'en a rien à foutre de ces affaires. Et cette photo, franchement… Je ne sais pas comment vous avez...

— La question n'est pas comment mais pourquoi, le coupa Lulu. Pour que vous sachiez que si vous continuez à emmerder mon client, vous vous exposez à de gros problèmes. Alors oui, peut-être que ces vieilles preuves n'ont plus grand intérêt pour votre hiérarchie. Mais que pensez-vous qu'il se passera, si, disons, le Times met la main sur ces documents et décide de pondre une série d'articles sur ce vieux flic, cocaïnomane à ses heures perdues, qui s'est rendu coupable de tant d'agressions, de vols et de rackets au cours de ses années de service ? Vous pensez que votre hiérarchie continuera à vous soutenir, dans le contexte de défiance actuel, quand votre tête de con sera en une des nombreux journaux qui rêvent de se payer ce service de police depuis plusieurs années ?

— Vous êtes en train de me faire chanter.

Lulu agita son index de gauche à droite.

— Faux ! Je suis en train de vous expliquer que nos intérêts convergent. Libérez mon client et on garde toute cette paperasse pour nous. Ça fait dix ans que Scott Sirius ici présent ne veut plus avoir affaire ni avec vous ni avec ce dégénéré de Gordon Neary. L'hypothèse selon laquelle il se serait réveillé après toutes ces années pour se venger et lui régler son compte ne tient pas debout. Et vos soi-disant preuves… sérieusement… la ville appartient à tout le monde. Combien de fois les chemins de Gordon et de mon client se sont croisés en dix ans ? Probablement un nombre incalculable de fois mais personne ne l'a jamais remarqué parce que Gordon Neary n'est jamais parti se prendre une cuite au Mexique juste après. Donc, même si vous arriviez devant le procureur avec ces preuves, au mieux, il vous rirait au nez, au pire, il vous pisserait à la raie.

Joe s'humidifia les lèvres dans une expression qui me rappela celle qu'avait Hector. L'énervement lui asséchait la bouche. Il s'adressa à moi.

— Si je te libère, connard, je veux l'intégralité du contenu de ce dossier. Et toutes les copies qui vont avec.

Ce fut Lulu qui répondit.

— Vous aurez que dalle. Soit vous libérez mon client soit vous terminez votre carrière à fouiller les trous de balle des détenus de Corcoran, comme votre pote Hector Suarez. À prendre ou à laisser. Vous êtes une merde, Lieutenant Dale, si je vous marchais dessus, je me couperais la jambe de peur de choper une septicémie. Mais je veux croire que vous savez où se trouve votre intérêt dans cette affaire.

Et je fus libéré. Enfin !

Joe Dale me fusilla du regard quand mes menottes furent détachées par un officier. Jouissif mais quand même compréhensible. Même s'il était dangereux, il n'était pas trop mauvais enquêteur. Je connaissais son instinct, son flair, je les lui enviais presque. Il savait qu'il laissait filer l'assassin de l'un de ses plus proches amis et qu'il ne pouvait rien faire pour le retenir. Dans l'immédiat. Parce Joe Dale était teigneux. À son expression de lion affamé, je sus qu'il chercherait un autre moyen de me coincer.

Bon courage Joe, il ne te reste pas beaucoup de temps.

Il était trois heures de l'après-midi. Après cinq, six heures de détention, je récupérai mes affaires. L'agent en uniforme fut hésitant à me rendre mon revolver ; je le lui arrachai presque des mains. Quand je franchis les grandes portes du poste de police, mes geôliers me firent des doigts d'honneur. Un classique !

Je rejoignis Lulu sur le parking. Adossée à sa voiture, elle s'éventait d'une main en reprenant sa respiration. Des perles de sueur pointaient sur son front et dans son cou.

— Comment j'ai été ? me demanda-t-elle.

— Parfaite. Comme d'habitude. À croire que tu es devenue experte en chantage à Tacoma.

— N'importe quoi. Je te préviens, je ne ferai pas ça tous les jours. Et ce coup-là, je te le fais payer double.

J'eus envie de la prendre dans mes bras, de la serrer contre moi, pour lui dire toute la gratitude que je ressentais à son égard. Mais elle ne m'aurait jamais laissé faire. Trop fière ma Lulu ! Je mesurai tout le mal qu'elle s'était donné pour moi entre le trajet express depuis Tacoma et la passe d'armes avec Joe. Ça avait dû lui coûter beaucoup. Lulu était particulière, presque indescriptible.

Unique aussi.

Capable de parler avec l'assurance d'une grande avocate d'expérience avant de s'effondrer sous le coup du stress la seconde d'après. Parfois, comme en cet instant, cette particularité n'était pas trop handicapante. Mais, quand cela se produisait en pleine audience, les conséquences pouvaient être dévastatrices pour elle. Je l'avais vue défendre avec acharnement et bestialité un client lors d'une audience. Une vraie lionne des barreaux, ne laissant passer aucune imprécision, aucune question déplacée du procureur. Puis, quand ce même procureur se mit à l'invectiver avec violence et un brin de méchanceté, ma Lulu perdit tous ses moyens. Elle bafouilla ses réponses, chercha des mots qu'elle finissait par prononcer d'une voix blanche. À l'issue du procès, je la trouvai en pleurs dans les toilettes pour femme du palais de justice. Elle se répétait en se regardant dans le miroir à quel point elle était nulle, inutile.

Je connaissais ces sentiments : je les ressentais parfois moi-même à mon propre égard. Je la rassurai tant bien que mal mais je ne dus pas faire un si bon travail que ça car, à la suite de cet épisode, Lulu resta prostrée dans son lit pendant trois jours. Ce genre d'évènement se produisait bien trop souvent, ce qui lui valut cette réputation de pire avocate de la ville.

Mais pour moi, c'était la meilleure. Et je l'aurais crié sur tous les toits s'il y avait eu quelqu'un dans cette putain de ville pour écouter ce que j'avais à dire.

Par bien des aspects nous étions semblables et au fil des années, j'appris à lire sous son masque d'assurance pour la connaître vraiment. En tout cas, c'était mon impression. Peut-être erronée, peut-être correcte. Qui pouvait vraiment prétendre savoir ce qui se passait dans la tête de Lulu ? Personne. À part elle-même. Et encore...

Se donna-t-elle la peine d'apprendre à lire sous mon propre masque comme je l'avais fait pour elle ? Pas sûr. Mais je l'aimais quand même.

Elle me reconduisit chez moi.

À un feu rouge, elle ouvrit sa vitre et s'alluma une cigarette. Elle tira dessus comme si sa vie en dépendait tout en me jetant de temps à autre de petits coups d'œil.

Quelque chose la tracassait.

— Tu n'étais pas censé quitter la ville, toi ? Aller prendre l'air ailleurs ?

Je lui bricolai une réponse rapide.

— J'attends que le bailleur de mon bureau me rende ma caution.

Elle se mordit l'ongle du pouce.

— Dis, cette histoire de déménagement… elle n'a rien à voir avec la disparition de Gordon Neary, hein ?

— Non, rien à voir. Juste une coïncidence, je t'assure.

Lulu tourna la tête vers moi.

— Tu me le jures ?

Et voilà… Je trahis ma meilleure amie.

— Je te le jure.

Le feu passa au vert et nous en restâmes là.

Je voulais qu'elle garde un bon souvenir de moi, celui du Scott qu'elle avait toujours connu, pas du Scott assassin qu'elle avait fait libérer après avoir commis l'erreur de lui faire confiance.

Chapitre 20

Quand nous arrivâmes à mon appartement, une lassitude m'envahit. J'eus envie de m'enfouir sous la couette pour disparaître de ce monde. La moindre pensée, le moindre sentiment semblait me demander un effort insurmontable. Je manquais de sommeil, mon corps me faisait souffrir. Le bordel monstre qui devait m'attendre chez moi, après la perquisition des flics, m'arracha un profond soupir.

J'ouvris la porte d'entrée et fus très surpris.

Tout était propre, bien rangé, chaque chose à sa place : les tiroirs remis en ordre, les coussins bien tassés sur mon canapé, mes livres rangés en un dégradé de couleur qui rappelait un arc-en-ciel. Une légère odeur florale flottait même dans l'air.

Dans mon fauteuil fétiche, je trouvai Faucon d'Amour, la tête en arrière. Il ronflait comme un bienheureux. La chance ! Il portait toujours les vêtements que je lui avais passés la veille. Sa couverture isothermique, pliée dans un coin de mon salon, reflétait les rayons du soleil qui arrivait par ma fenêtre.

— C'est qui, lui ? demanda Lulu en le pointant du doigt. Tu fais la charité aux mendiants maintenant ?

Faucon d'Amour releva la tête, cligna des yeux plusieurs fois. Quand il me vit, son visage s'illumina. Il se précipita vers moi pour me prendre dans ses bras.

— Oh mon pote ! Je pensais jamais te revoir ! Ces fascistes t'ont laissé sortir ? Trop bien, mon pote ! T'as vu, j'ai tout rangé ! T'aurais vu le bordel que ces connards ont mis ici ! Incroyable !

Je le repoussai en lui murmurant un petit « merci ». Ses yeux se posèrent sur Lulu. Les deux restèrent se fixer quelques secondes, comme deux créatures sauvages se jaugeant l'une l'autre. Faucon d'Amour la détailla des pieds à la tête, dissimulé par les mèches de ses longs cheveux qui auraient tout aussi bien pu être les brins d'une quelconque plante tropicale. Lulu, elle, afficha un rictus de mépris avec une légère pointe de dégoût.

Je fis les présentations. Lulu éclata de rire.

— Putain mais c'est quoi ça, comme prénom ?

Loin de s'en soucier, Faucon d'Amour se mit à roucouler en ne lâchant plus Lulu des yeux. Il attrapa son oud debout contre un mur, s'assit sur le canapé et entama les premières notes de la seule chanson qu'il connaissait. Toujours en dévorant Lulu du regard.

— Ton pote me met mal à l'aise, dit Lulu.

— Ce n'est pas mon pote, répondis-je.

— Je vais me faire un café avant de me mettre à vomir.

Elle s'affaira dans le coin cuisine. Bien sûr, Faucon d'Amour resta hypnotisé par cette chute de reins qui allait et venait entre mes placards et ma cafetière.

Il ne s'était pas juste contenté de ranger mon appartement, il en avait aussi complété la décoration. Avec des choses lui appartenant. Une petite statuette d'indien — probablement le chef Geronimo — avait fait son apparition sur ma bibliothèque. Un cadre représentant une licorne en plein désert se cabrant dans le coucher de soleil avait été accroché au-dessus de ma télévision. Un bonsaï dans un pot en plastique imitation terre cuite prenait le soleil sur le bord de la fenêtre. Faucon d'Amour avait même aimanté une bonne quinzaine de photographies de gens souriants que je ne connaissais pas sur la porte de mon réfrigérateur.

J'allais lui dire de remballer toutes ses merdes quand l'une des photographies m'interpella. Celle que m'avait remise Tommy le crétin, qui montrait les jeunes Howard et Mary Cane, adolescents, posant devant leur lycée. Je la détachai. Derrière le couple mal assorti, on apercevait la façade d'un édifice — probablement le bâtiment principal — sur laquelle était peint en lettres noires ce qui semblait être le nom de l'établissement. Malgré le grain grossier de l'image et les visages en premier plan qui masquaient une partie de l'inscription, les lettres R, L et Y étaient clairement visibles.

Putain de merde.

J'attrapai mon ordinateur portable et rejoignis Faucon d'Amour sur mon canapé. Il grattait toujours son oud cherchant à impressionner une Lulu qui mourait d'envie de se foutre de sa gueule. Cela me prit une poignée de secondes pour identifier le lycée de la photo. Le lycée Bennet Riley, dans le Westside. Quelques secondes plus tard, j'eus la confirmation de ma nullité totale.

Quel abruti !

Si je m'étais intéressé de plus près à cette photographie plus tôt, j'aurais pu répondre à un mystère qui me parasitait le cerveau depuis deux jours. Je devais avoir une expression d'ahuri car Lulu s'approcha de moi, une tasse fumante dans les mains.

— Ça ne va pas ?

Je levai les yeux vers elle.

— Je crois que j'ai trouvé le lien entre Bara et les Cane.

Car j'avais déjà vu le nom de cet établissement quelque part. Lors de mes recherches sur Bara. Elle en avait été diplômée en 1991.

Peu ou prou quand cette photographie avait été prise.

Chapitre 21

L'Univers. Ce farfadet indomptable.

Si les flics n'avaient pas débarqué chez moi ce matin-là, s'ils n'avaient pas foutu leur bordel, s'ils n'avaient pas renversé la table basse sur laquelle mon carnet était posé, la photographie rangée entre ses pages n'aurait jamais glissé en plein milieu de mon salon et Faucon d'Amour, malgré sa volonté de squatteur au bon cœur, ne l'aurait jamais trouvée en rangeant mon appartement et ne l'aurait jamais affichée sur mon réfrigérateur, au milieu de ses propres souvenirs. Au lieu de ça, la photographie serait restée moisir dans mon carnet, peut-être n'y aurais-je même plus pensé. J'imaginai très bien ce grand dadais de Faucon d'Amour mettre la main sur l'image de ce couple, marchant dessus sûrement, s'apercevant de ce que c'était, se disant que ce devait être l'un de mes souvenirs de jeunesse et décidant de la coller sur la porte de mon frigo pour rendre son appropriation de mon espace personnel plus acceptable, voire plus discret. Pas de bol, ça ne marchait pas.

Sans ce coup de pouce du destin, je me triturerais encore le cerveau pour comprendre la place de Bara dans cette histoire qui m'occupait depuis maintenant trois jours.

À la place, je me trouvais en compagnie de Lulu en face du bureau de la proviseure du lycée Riley, dans le Westside. Nous étions assis devant le guichet de la scolarité, attendant que la proviseure nous reçoive. Derrière, une jeune secrétaire blonde répondait de temps à autre à des élèves demandant renseignements, remettant mots d'excuses ou dispenses de sport. Lulu n'arrêtait pas de lui lancer des œillades et recevait en retour des petits sourires certes timides mais néanmoins intéressés, ce qui disait long sur le charme de Lulu.

Après l'un de ses clins d'œil, je la poussai du coude.

— Tu veux bien arrêter ça ? lui chuchotai-je. Elle est à peine majeure. Je suis sûr que tu pourrais être sa mère.

— Justement, répondit-elle en me rendant mon coup de coude. Ça pourrait être drôle.

Lulu, tu ne changeras jamais.

— Pour toi, oui. Pour Maya, un peu moins. Tu as pu lui parler ?

À chaque fois que je gonflais Lulu, sa paupière gauche partait dans un tressautement incontrôlable. Là, on eût dit que son œil entamait un twist endiablé.

— Oui, j'aurais bien aimé lui parler, Scott, j'aurais même adoré avoir le temps de le faire. Mais quand je suis passée à mon bureau tout à l'heure pour récupérer un certain dossier, crois-le ou non, j'étais trop pressée pour faire un brin de causette avec elle. Et tu sais pourquoi ? Parce que je devais sortir ton cul de prison.

Lulu s'était exprimée un peu trop fort, si bien que la secrétaire se mit l'index sur la bouche comme une bibliothécaire nous rappelant que le silence était de mise. Lulu lui lança son plus beau sourire.

— Je te dis juste que tu devrais faire gaffe, Lulu. Maya est une chouette fille. Ne fais pas tout foirer. C'est un conseil d'ami.

Lulu me montra son lobe d'oreille en approchant son visage du mien. Elle fronça les sourcils.

— Je n'ai pas bien entendu, tu peux me répéter ce que tu as dit ?

Comme un con, je tombai dans le piège et répétai ce que je venais de dire. Elle m'avait pourtant fait le coup un milliard de fois, l'une de ses techniques pour me faire comprendre qu'elle allait m'en coller une si je continuais.

— Je ne vois pas ce que je ferais des conseils amoureux d'un gars qui a divorcé quatre fois. Même ton pote là, Vautour d'Amour, a l'air plus compétent que toi sur le sujet. Rien que son nom déjà…

— C'est Faucon, pas Vautour. Et c'est méchant.

Pour toute réponse, j'eus droit à une nouvelle ruade dans mes côtes pourtant déjà endolories.

La proviseure, une femme austère au regard sévère et à la coiffure imposante répondant au nom d'Eleanor Paulson, mit fin à nos chamailleries en ouvrant la porte de son bureau. Elle en fit sortir un élève tout de noir vêtu, aux cheveux couleur d'encre dressés sur la tête et aux yeux soulignés de khôl. Il portait au cou une chaîne d'acier aux maillons épais fermée au niveau du torse par un cadenas à code.

Quand il passa devant nous, Lulu le suivit du regard.

— Et moi qui pensais que les gothiques explosaient à la lumière du jour...

La proviseure nous invita dans son bureau d'un geste, sans même nous saluer. Il y régnait une ambiance monacale, entre les meubles d'acajou et le tapis vert à carreaux marron assorti au tailleur de notre hôte. Quiconque entrait dans cette pièce savait qu'il n'était pas là pour s'amuser. Après avoir refermé la porte derrière nous, elle nous tendit la main, toujours avec son air de mégère puritaine acariâtre. De petites rides striaient sa lèvre supérieure figeant son sourire en un rictus hautain, comme si elle s'estimait beaucoup trop importante pour s'adresser à nous, simples manants.

Je sortis ma fausse carte de presse au nom de Peter Smith. Lulu, elle, fut moins imaginative.

— Patti... Smith... Aucun lien, dit-elle en lui serrant la main. Ni avec lui, ni avec elle.

Quand nous lui expliquâmes travailler au Times, Eleanor Paulson sembla se détendre quelque peu. Elle émit un petit « oh » admiratif avant de se mettre à lisser des mèches de sa volumineuse chevelure auburn. Nous préparions un article sur le couple Cane, sa jeunesse, sur la rencontre entre Mary et Howard. Nous savions qu'ils avaient été élèves dans ce lycée au début des années quatre-vingt-dix aussi, nous avions besoin de son aide pour avoir accès à leurs dossiers scolaires, afin d'avoir un petit peu de grains à moudre. Un peu de matière comme on dit dans le milieu, ma bonne Dame.

La relique permanentée des années Reagan tiqua.

— Ah, j'ai bien peur que ce soit compliqué. Ça fait près de trente ans et nous ne gardons pas les archives aussi longtemps. Mais vous savez, j'ai connu Howard et Mary. J'enseignais l'histoire à cette époque et ils ont été mes élèves.

Elle n'eut pas besoin de plus pour vider son sac, trop contente d'avoir quelqu'un avec qui ragoter. Elle nous ressortit les mêmes conneries sur Howard que m'avaient déjà déblatérées Tommy l'abruti et Paula Henreid. Il était le meilleur, le plus beau, le plus sportif, le plus intelligent, le plus gentil. Bla, bla, bla. À croire que ce type chiait des arcs-en-ciel.

Quand elle évoqua Mary, son visage s'assombrit. Elle redevint la harpie qui nous avait accueillis.

— Tout a commencé à aller mal pour lui quand Mary lui a mis le grappin dessus. Elle était très discrète, très renfermée. Elle devait être très fière qu'un garçon comme Howard s'intéresse à elle. Elle ne le lâchait pas. Je sais que ce n'est pas très correct de dire du mal d'une morte mais à l'époque, c'était une fille à problème. Vous saviez qu'elle s'était débrouillée pour tomber enceinte en dernière année ?

Non, nous ne le savions pas. Je l'invitai à poursuivre.

— Mary n'a jamais été diplômée de ce lycée. Elle l'a quitté quand la rumeur a commencé à circuler, sur recommandation de l'équipe pédagogique de l'époque. Il est impensable de laisser une... dévergondée de dix-sept ans, enceinte qui plus est, dans un établissement aussi respectable que celui-ci. Les parents d'Howard étaient très pieux. Quand ils ont appris la nouvelle, ils ont forcé leur fils à épouser cette fille après l'obtention de son diplôme. Howard n'a pas pu aller à la fac, il a dû abandonner tous ses projets pour s'occuper de sa nouvelle femme. Il aurait pu devenir quelqu'un. Ici, on le voyait déjà devenir footballeur, sénateur ou quelque chose de prestigieux comme ça. Mary a gâché cet avenir. Ça arrive plus souvent qu'on ne le croit, malheureusement.

Eleanor secouait la tête, comme si elle se lamentait sur le destin brisé de ce pauvre Howard Cane, victime d'une vile pécheresse. Lulu en fit de même.

— Si seulement le préservatif avait existé à cette époque-là...

Eleanor ne comprit pas que Lulu se foutait de sa gueule.

— Oui, vous avez bien raison. Même si l'abstinence reste la forme de contraception la plus efficace, bien sûr.

Lulu se pencha, un sourire enjôleur aux lèvres.

— Vous prêchez une convaincue, Madame.

Quelle comédienne !

Je recentrai un peu le débat.

— Vous n'êtes pas la première personne que nous interrogeons mais vous êtes la seule à nous parler de la grossesse de Mary. Et à ma connaissance, les Cane n'avaient pas d'enfants.

Elle souffla presque sa réponse dans une parfaite imitation de la chanteuse d'opéra poignardée en plein cœur par le désespoir.

— Je sais… Et c'est le plus terrible dans cette histoire… Le bébé est mort à la naissance. Je ne connais pas trop les circonstances : quand Mary a accouché, ça faisait deux, trois mois qu'Howard était diplômé, ils n'étaient plus élèves ici, je ne les côtoyais plus. Mais les gens parlent. Et quand j'ai appris ça, j'ai eu très mal au cœur. Howard avait tout sacrifié pour subvenir aux besoins de sa famille mais… il ne lui restait plus que cette femme... Je ne comprends pas pourquoi ils sont restés ensemble après ça… Howard devait se sentir piégé, le pauvre. Quand j'ai su qu'il était devenu pasteur, j'ai été contente pour lui, ça voulait dire qu'il avançait dans sa vie. Et puis, il y a eu ce drame… abominable.

Un bébé mort… super… Je l'interrogeai sur l'entourage des deux élèves. Elle fouilla quelques secondes dans sa mémoire.

— Je ne saurais pas vous dire. Ça fait une trentaine d'années, je ne me souviens que des faits marquants. Howard était toujours entouré d'amis, il était très populaire. Mary, elle, n'avait qu'une ou deux copines, de mémoire. Je serais bien incapable de vous donner des noms. À moins que…

Eleanor se leva, parcourut des yeux la bibliothèque installée contre un mur de son bureau. Elle fit glisser son index sur un ensemble de livres épais à la tranche jaune et bleue, les couleurs de l'établissement. Elle tira celui qui portait l'inscription « *1991* ».

— C'est l'album de fin d'année des élèves de la promotion mille neuf cent quatre-vingt-onze. En voyant les visages, je me souviendrai mieux.

Elle tourna les pages en s'arrêtant de temps à autre pour nous montrer des photographies de jeunes gens souriants, tous amis avec ce fabuleux Howard Cane. Elle nous fit le récit de Timothy, meilleur ami d'Howard devenu contremaître sur une plateforme pétrolière, de Stephen, coéquipier d'Howard le magnifique dans l'équipe de football du lycée, de Stanislas, devenu substitut du procureur à New-York. Que du beau monde.

Je m'en foutais, ce n'était pas ce qui m'intéressait.

— Ah, s'exclama-t-elle. Comme Mary a quitté l'établissement, elle n'est pas dans l'album mais il y a quand même une petite photo d'elle.

Elle retourna l'ouvrage vers nous.

Sur le papier glacé que le temps avait un peu terni, était imprimée une photographie qui éveilla enfin mon intérêt. On eût dit une version plus joyeuse de celle que j'avais trouvée aimantée sur mon frigo, plus tôt dans l'après-midi, et dans laquelle Mary avait été remplacée par son clone souriant, content d'être pris en photo. Heureux. Sûrement parce qu'Howard aussi avait été remplacé. Par une jeune fille au regard moqueur mais au sourire doux, vêtue comme un tambour-major de fanfare. Une jeune fille rousse…

Bonjour Bara.

Les deux filles posaient devant leur établissement. À en juger par la tenue de Mary, la photographie avait sûrement été capturée juste avant ou juste après celle qui m'avait amené là. Elles se tenaient par les épaules, deux amies proches qui souhaitaient immortaliser le lien qui les unissait. Si Bara regardait droit dans l'objectif, Mary, elle, avait la tête tournée vers le visage de son amie, comme si elle la contemplait avec admiration.

Je pointai l'image du doigt.

— Cette fille-là, la rouquine, vous la connaissez ?

Eleanor tourna le livre vers elle. Elle réfléchit quelques secondes.

— Sandra ou Natacha, quelque chose comme ça. Elle ne m'a pas laissé un souvenir impérissable. Je me souviens juste que c'était une vraie teigne. Elle avait un problème avec l'autorité, je crois. Pas une très bonne fréquentation pour Mary en tout cas. Je ne sais pas ce que cette fille est devenue, ça ne doit pas être très brillant si vous voulez mon avis.

Je ne le voulais pas mais merci quand même…

Je lui demandai si je pouvais lui emprunter cet album, prétextant vouloir utiliser les photos pour illustrer notre article. Elle accepta.

— Si vous voulez, vous pouvez même prendre des photos maintenant. Je peux vous…

— Excellente idée, la coupai-je. Patti, vous seriez un amour si vous vouliez bien prendre Madame Paulson en photo, pour notre article.

Lulu me lança un regard noir qui aurait pu me tuer sur place. Eleanor eut le feu aux joues.

— Oh, je ne parlais pas de moi spécialement mais si vous voulez me prendre en photo, allez-y. Je trouve ça flatteur.

Lulu sortit son téléphone de son sac à main. La proviseure se recoiffa le brushing à la va-vite puis se redressa sur son siège. Elle fit son plus beau sourire à l'objectif de Lulu. Terrifiant.

— Prenez-moi sous mon plus beau profil, minauda-t-elle sans desserrer les lèvres.

Le téléphone émit son premier clic.

— Oui, ben moi, je fais ce que je peux, hein, murmura Lulu à sa propre intention.

Pendant que ma meilleure amie se prenait pour Robert Capa, je feuilletai l'album.

La jeune Bara me souriait comme elle m'avait souri deux jours plus tôt. Pourquoi ne m'avait-elle pas dit connaître Mary Cane ? Que voulait-elle cacher ? Sûrement un paquet de choses… Mais enfin, j'entrevoyais sa place dans toute cette histoire.

Quand Lulu rangea son téléphone en suintant d'envie de meurtre à mon égard, nous nous levâmes pour saluer Madame la proviseure. Alors que nous passions la porte de son bureau, elle nous remercia d'être venus la voir.

— C'est bien ce que vous faites. Écrire un article sur Howard, montrer à tout le monde quel homme il était. Ce psychopathe lui a volé son humanité et vous allez enfin la lui rendre. C'est louable.

Lulu se retourna.

— Dites, vous lui suciez la bite ?

Eleanor resta la regarder avec des yeux ronds comme des billes.

— Pardon ? Je… je… ne comprends pas.

— Pour être élogieuse comme ça trente ans après l'avoir eu comme élève, c'est qu'il devait sacrément vous titillez le fond de la gorge après ses cours d'histoire.

La proviseure resta coite.

— Je… Je ne vous permets pas, Madame.

— Ça, ça veut dire oui, affirma Lulu en la pointant du doigt, tout sourire.

Elle explosa de rire.

Nous nous en allâmes. Quand elle passa devant la secrétaire, Lulu ne put s'empêcher de lui lancer un dernier clin d'œil.

Sur le trajet retour, Lulu n'arrêta pas de râler.

— Tu fais chier, hein. Attrape mon téléphone et supprime toutes les photos de cette vieille chouette.

Je m'exécutai sans broncher. Je plongeai la main pour farfouiller dans le sac posé sur mes genoux car, comme souvent quand je montais en voiture avec Lulu, elle me prenait pour son porte-sac à main personnel. J'extirpai l'appareil de son enfer fait de vieilles pièces rouillées, lingettes démaquillantes usagées, stylos sans bouchon et de paquets de cigarettes froissés.

— Ce n'est pas un sac, c'est une poubelle.

— Oui mais c'est ma poubelle. Pas la tienne.

Je déverrouillai le téléphone qui n'était protégé par aucun code. Dans la galerie photos, je passai en revue les différents clichés. Tous ratés. Il y en avait un bon paquet ; Lulu avait eu la main un peu lourde. En faisant défiler l'écran du pouce, je remontai trop loin et tombai sur une photographie très, voire trop, intime de Lulu et de l'une de ses conquêtes de la semaine. Je fis marche arrière.

— Mais tu en as pris combien au juste ? Tu comptais avoir le prix Pulitzer ou quoi ?

— Qu'est-ce que tu voulais que je fasse ? Cette conne restait là à prendre la pose pendant que toi, tu ne décoinçais pas. Du coup, j'ai mitraillé, pas le choix.

Je supprimai tous les clichés sauf un que je paramétrai en fond d'écran. Pour la surprise.

— Voilà. Satisfaite ? demandai-je en rangeant son téléphone.

— Super. Tu vois que tu es bon à quelque chose !

Je pris l'album posé sur la banquette arrière et entrepris de le feuilleter. Je retombai sur la photo de Mary et de sa copine rousse. Sans aucun doute, il s'agissait de Bara. Son visage était certes plus mince, plus juvénile, plus jovial mais c'était bien celui de la médium que j'avais rencontrée deux jours plus tôt. On y distinguait déjà cette sorte de charme naturel discret, presque intangible mais spécial.

— Tu crois que c'est cette Bara qui a tué les Cane ? demanda Lulu voyant que je restais en panne devant l'image des deux filles.

— Improbable… Je pense que c'est plutôt un employé ou un bénévole du *Renouveau*. Et je vois mal Bara trucider ses anciens camarades de classe avant d'en boulotter des morceaux.

Lulu fut peu convaincue.

— Ouh, tu serais surpris de tout ce qu'on voit en garde à vue… Il y a deux mois, j'ai été commise d'office auprès d'une mère de famille bien sous tous rapports qui avait étripé sa voisine au prétexte que sa haie était mal taillée… Peut-être que Bara s'est tapé un petit délire satanique. Un rituel qui aurait mal tourné, un truc comme ça.

— Ah oui, le fameux rituel satanique. Le mobile préfabriqué pour ceux qui n'en ont pas. C'est pratique. En plus, Bara n'a pas du tout la physionomie de la personne qui m'a agressé hier. Tu as d'autres théories comme ça ?

Sa main droite quitta le volant pour se transformer en magnifique doigt d'honneur, pile sous mon nez.

— J'ai celle-ci en stock pour toi, si tu veux.

Cette photographie de Bara tenant son amie contre elle ne m'inspirait qu'une chose : la médium devait connaître celui qui avait massacré les Cane et tenté de recommencer avec moi la veille. Mais dans ce cas-là, pourquoi aller rendre visite à Théodore Monroe en prison ? Ça n'avait aucun sens… Elle gardait la clef de son innocence et j'allais devoir la subtiliser… comme si j'en avais les compétences… Déjà que j'avais du mal à comprendre cette affaire…

Quand je fis part de mon hypothèse et de mes questions à Lulu, celle-ci haussa les épaules.

— Tu te prends trop la tête. Moi, je te dis qu'elle les a découpés, ses potes.

Elle me déposa à l'entrée de mon immeuble. Par la vitre, elle me demanda de la tenir au courant des futurs développements. Je voulus lui parler de l'échange que j'avais eu avec Maya la veille, sur ses soupçons quant aux activités extraconjugales de ma meilleure amie. Je pensais que ce serait une bonne idée de l'avertir, histoire qu'elle ne fût pas surprise en rentrant chez elle. Mais quand je me penchai, Lulu démarra et me laissa en plan. Comme moi, la veille, avec Faucon d'Amour…

Chapitre 22

Quand j'entrai dans mon appartement, Faucon d'Amour, avachi devant la télévision, eut l'air désespéré.

— Bah ? Elle est où la miss ? Elle est pas avec toi ?

Il s'était pourtant bien apprêté pour cette occasion. Il avait noué ses longs cheveux en un catogan branlant et m'avait volé des vêtements propres dans mon armoire. Il avait presque l'air socialement adapté, avec ma chemise blanche à carreaux noir et mon pantalon sombre. On l'aurait presque confondu avec un banquier un peu borderline mais compétent quand même… s'il n'avait pas eu cet air d'ahuri.

— Elle est rentrée chez elle. Et je te conseille, si jamais tu la revois un jour, de l'appeler Lucille si tu veux que ta tête reste attachée à ton cou.

J'aurais dû filer chez Bara, lui demander des explications, lui tirer les vers du nez, mettre au clair les interrogations qui persistaient. Mais las, je m'écroulai sur mon fauteuil. Mon corps me faisait toujours autant souffrir le martyre, j'étais épuisé, meurtri par cette journée de merde.

J'avais envie de crever. Plus que d'habitude.

En me vautrant, quelque chose me déforma le creux des reins. J'attrapai un petit os en plastique noir à moitié mâchouillé.

— Qu'est-ce que c'est que ce truc ? demandai-je en montrant l'objet à Faucon d'Amour.

Celui-ci daigna à peine quitter la télévision des yeux.

— Je sais pas, mon pote. Ça devait être là avant, non ?

— Avant quoi ? Avant que tu squattes mon canapé ?

Sa réponse fut un poil trop hésitante :

— Dis… Si j'avais trouvé un chien dans la rue et que je l'avais ramené ici — pour égayer l'intérieur, tu vois —, est-ce que tu me foutrais à la porte même en sachant que j'ai viré le clébard quand il a essayé de me mordre le mollet ? Pure hypothèse hypothétique, mon pote, rien de plus.

Je n'aurais rien de mieux question aveux.

— Ça dépend, Faucon : tu as ramené un chien errant chez moi en mon absence ?

— Non, mon pote, dit-il en se replongeant dans son programme.

Il regardait une sorte de télécrochet débile dans lequel des candidats tous plus cons les uns que les autres s'affrontaient en poussant la chansonnette dans des situations et positions improbables : suspendus à une grue, dans un simulateur de chute libre ou la tête à l'envers au-dessus d'un seau rempli de scorpions. Faucon d'Amour, cœur de cible des diffuseurs, poussait de temps à autre de petits rires goguenards.

Il était bien, là, chez moi, vautré dans mon canapé, les pieds sur ma table basse comme s'il était propriétaire de mes murs. Je n'avais ni la force ni la volonté de le virer de chez moi. Et il le savait très bien. Alors il en profitait.

Mon esprit fut happé par la télévision. Sa lumière clignotante, tantôt bleue, rouge ou verte, court-circuita mon cerveau et je m'éteignis sans même m'en rendre compte.

Il est très compliqué de dormir quand l'Univers décide de vous casser les couilles.

Je fus réveillé quelque temps après par des coups portés à ma porte d'entrée. À en juger par Faucon d'Amour qui n'avait pas bougé d'un iota, je n'avais pas dû dormir bien longtemps. La télévision diffusait une sitcom quelconque dont les rires enregistrés accompagnaient les exclamations amusées de mon colocataire improvisé, décidément très bon public.

Derrière la porte, je trouvai une Lulu au visage fermé. Elle tenait un sac de voyage en cuir à la main.

— Maya m'a foutue dehors, annonça-t-elle.

Quelle nouvelle, les couilles m'en tombent !

— Oh merde.

Quand elle entra chez moi, Faucon d'Amour se redressa, aussi vif qu'un suricate. Il lui fit de grands gestes de la main comme s'il la revoyait après une longue période de séparation.

— Hey, salut la Miss ! Tu te souviens de moi ?

Lulu se moqua de lui. Elle ne semblait ni triste ni dévastée par sa dispute avec Maya. Embêtée peut-être mais guère plus.

— Non. Qui êtes-vous ? répondit-elle.

Faucon d'Amour se frappa le torse des deux paumes.

— Bah, c'est moi, la Miss ! Faucon d'Amour !

Elle fit semblant de fouiller dans sa mémoire puis remua la tête.

— Non, ça ne me dit rien. Désolée.

Le visage de Faucon d'Amour s'affaissa dans une expression de chien battu. Il émit une courte lamentation avant de retourner à son programme.

Elle se pencha vers moi.

— Qu'est-ce qu'il fout encore là, lui ?

Je haussai les épaules pour toute réponse. Elle me demanda si je pouvais l'héberger pour la nuit, le temps que les choses se calment avec sa compagne. Je fus plutôt embarrassé.

— Ça aurait été avec plaisir mais je n'ai qu'une chambre, moi, et Faucon d'Amour dort déjà sur le canapé.

— Parfait ! Je prends la chambre ! Merci.

Après une tape sur l'épaule, elle prit le couloir puis disparut dans ma chambre.

Sérénité et tranquillité m'étaient interdites.

Lulu était assise en tailleur sur mon lit, les cheveux maintenus par sa brosse à dents en un chignon sauvage et broussailleux. Elle sortait de la douche et avait enfilé un t-shirt gris informe beaucoup trop large pour elle que je lui avais offert quelques années plus tôt. Il était floqué d'une tête d'ourson bâillant aux corneilles et coiffé d'un bonnet de nuit. Une bulle pointant sur sa bouche disait « *I need more sleep* ». Elle s'était bien sûr foutue de moi quand je lui avais fait ce cadeau mais je savais qu'en réalité, il lui plaisait beaucoup. Il allait très bien avec son jogging jaune moche et les grosses chaussettes en pilou qu'elle portait aux pieds. Pour couronner le tout, elle s'était appliqué une crème à l'argile verte sur le visage, la transformant pour un temps en extraterrestre.

Magnifique, comme d'habitude.

Elle me fit le compte rendu de son voyage à Tacoma tout en grignotant des boulettes apéritives au fromage qu'elle avait dénichées dans un placard de ma cuisine et qu'elle prenait par pleines poignées dans le pot en plastique. De temps à autre, elle suçotait ses doigts jaunis par les miettes et le colorant.

— Tacoma, c'était barbant. Chiant à crever. Des conférences sur la jurisprudence ou l'Habeas Corpus et d'autres trucs dans le genre. Toutes animées par des vieux snobinards à la voix nasillarde qui te mettent la main au cul à la pause-café. Super ! Heureusement que tu t'es fait coffrer, ça m'a donné une excuse pour me tirer plus tôt… Mais bon, ça m'a quand même fait changer d'air, c'est déjà ça. Et puis, j'y ai fait de belles rencontres quand même.

J'adorais Lulu — de tout mon cœur — et je commençais tout juste à tolérer Faucon d'Amour mais là, c'était trop pour moi. J'avais besoin de mon espace vital. Trop de monde dans mon appartement trop petit. Aussi, j'avais décidé d'aller faire un tour à la piscine, afin d'être tranquille pour faire ce que j'avais à faire. Mais Faucon d'Amour avait rangé mon appartement selon une logique qui m'était inaccessible et j'étais bien incapable de remettre la main sur ma bouée donut.

— Les deux pharmaciennes ou je sais pas quoi ? demandai-je en farfouillant dans un placard à la recherche de ma grosse pâtisserie gonflable.

Lulu leva les yeux au plafond en soupirant, songeuse à l'évocation de ce qui devait être pour elle un excellent souvenir.

— Ce petit couple était mignon comme tout. On a fait des choses que…je n'oublierai pas de sitôt. À un moment, l'une était à califourchon sur mon visage pendant que l'autre me baisait avec un go... non, je ne vais pas te le dire, ça choquerait tes oreilles prudes….

— Oui, tu fais bien, c'est vrai que la première partie était tout public…

Sa bouche était pleine de boule de fromage si bien qu'elle eut du mal à articuler ses mots.

— Tu vois… Quand j'étais avec des hommes, dès que je me mettais nue, je pouvais obtenir tout ce que je voulais d'eux. Le sexe fort, mon cul ! Ça joue les machos virils mais ces cons se laissaient mener par le bout de la bite en attendant que je leur dise quoi faire. Mais ce n'était pas ce que je voulais, moi ! Je ne veux pas consommer, je veux être consommée. Heureusement, avec les femmes, c'est différent. Tu sais, beaucoup de femmes fantasment sur le fait de soumettre l'une de leur semblable pour la forcer à assouvir tous leurs désirs. La femme qui ordonne à une autre femme de se mettre à quatre-pattes est au-dessus du lot. Elle est maîtresse d'elle-même et de son environnement. C'est une relation où il y en a une qui commande et une qui exécute. Beaucoup veulent secrètement être celle qui commande et ça tombe bien car moi, je veux être celle qui exécute ! M'oublier au profit du plaisir de l'autre, c'est ça, moi, qui me fait mouiller ! Et j'ai découvert qu'avec les femmes c'était réellement possible. Je veux être celle qui se fait tirer les cheveux pour la forcer à lécher plus vite. Je veux être celle à qui on impose un rapport anal sans qu'on lui demande une trentaine de fois si ça fait mal. Évidemment que ça fait mal ! Mais c'est ça que je veux, moi ! J'en ai besoin ! Tant que les termes du contrat sont clairs et consentis entre les deux partenaires, où est le mal ? Maya, elle, ne comprend pas ça. Ça lui passe complètement au-dessus. Elle est très plan-plan comme fille. Trop, même. Pour tout te dire, au pieu, je m'ennuie avec elle. Au début, c'était marrant mais maintenant, c'est frotti-frotta et bonne nuit !

Je poursuivis ma quête de la bouée portée disparue en ouvrant une nouvelle porte de placard.

— Si tu ne lui dis pas ce que tu ressens, elle ne peut pas le deviner toute seule. Tu peux comprendre qu'elle ait été blessée par ton comportement, non ?

Je trouvai enfin ma bouée. Tas de plastique plié avec soin et suspendu à un cintre au milieu de mes chemises. Merci Faucon d'Amour…

— Ah oui ? Et tu veux que je lui dise quoi ? Que je veux qu'elle fasse de moi sa chienne ? À la seconde où je lui dirai ça, elle se cassera en courant. Malheureusement, je ne vois pas comment on peut rester ensemble. L'un dans l'autre, j'ai eu de la chance qu'elle trouve ces trucs dans mes mails, je n'aurai pas à la plaquer com… Hé, dis-moi si je t'emmerde !

Je venais de sortir ma bouée du placard et commençais à la gonfler en soufflant dans la valve. Je lui lançai un regard d'excuse, l'embout pincé entre mes lèvres et les joues gonflées d'air.

— Mais qu'est-ce que tu fous ? Tu l'as encore, ce machin-là ? Je t'avais dit de la balancer.

Je lui expliquai avoir été pris d'une envie d'aller barboter dans la piscine.

— Ah, non, non, non, tu ne me laisses pas seule avec le Cousin Machin là-bas, dit-elle en désignant le mur séparant la chambre du salon.

Je sacrifiai encore un peu de ma capacité pulmonaire.

— Ça va, qu'est-ce que tu veux qu'il te fasse ? À part te chanter la seule chanson qu'il connaît…

— Ouais, eh bien, pour ce que j'en sais, c'est peut-être un tueur en série qui me bouffera le foie dès que tu auras passé la porte. Si ça arrive, j'espère que tu te sentiras mal… Et utilise un gonfleur, bon sang ! Regarde-toi, tu es tout rouge ! Tu vas t'étouffer !

Je haletai comme un chien en plein soleil ; je galérais pas mal, mes poumons me hurlaient d'arrêter.

— J'aimerais bien mais je ne sais pas où il est !

Elle posa le pot de boules au fromage sur ma table de nuit et traversa le lit à quatre pattes pour me rejoindre de l'autre côté. Elle me prit la bouée des mains.

— Tu sais que si je n'étais pas amie avec toi, tu ne serais qu'un pauvre type de plus dans un océan de pauvres types ? Sans bouée, en plus.

Elle souffla dans la valve. Elle me la tendit pour que j'y souffle à mon tour. Je fis peu cas des traces d'argiles et des miettes que sa bouche laissa. Nous nous la passâmes ainsi pendant une dizaine de minutes, expirant chacun notre tour dans l'embout de plastique. La bouée devint aussi ferme qu'avec un gonfleur.

— Et voilà le travail ! annonça Lulu, haletante mais fière d'elle.

J'allai dans la salle de bains enfiler mon short de bain et un t-shirt. Pendant ce temps, Lulu continua à me narrer ses états d'âme et les affres de sa vie sentimentale. Elle me parlait souvent de ces choses-là, de ces détails intimes qu'elle aurait pu garder pour elle mais qu'elle me confiait quand même, comme s'ils étaient censés m'intéresser. Ce n'était pas vraiment le cas mais je faisais très bien semblant. N'était-ce pas ce qu'on était en droit d'attendre d'un ami ? Mais discuter avec Lulu était un peu comme ouvrir un canal entre nous. À sens unique. Je l'écoutais beaucoup mais parlais peu. Dès que je lui évoquais des choses de ma vie, des préoccupations, des intérêts, elle se débrouillait toujours pour tordre la conversation afin de se ramener au centre de nos échanges. Pas grave… J'avais appris à faire avec au fil du temps.

Quand je revins dans la chambre, elle était de nouveau sur mon lit à boulotter ses en-cas.

— Et pourquoi tu as besoin de ta bouée ? Tu ne sais plus nager ou quoi ?

Elle manqua s'étouffer en se foutant de ma gueule.

— J'y vais pour me détendre, pas pour faire des longueurs.

Alors qu'elle toussait pour dégager la poussière de fromage coincée dans sa gorge, Faucon d'Amour entra dans la chambre sans prendre la peine de frapper à la porte. Cette vision rendit la vie à Lulu en une milliseconde. Elle attrapa une poignée de boules qu'elle lança au visage de Faucon d'Amour.

— Dégage Chewbacca ! Retourne sur ta planète et fous-nous la paix.

Faucon d'Amour, loin de se préoccuper de cette remarque, réussit l'exploit de gober deux boulettes en plein vol. Il croqua dedans quand les autres dégringolèrent sur son torse pour finir leur course sur ma moquette.

Il sourit en voyant ma grosse bouée posée contre le lit.

— Ouah, trop mortel, la bouée, mon pote ! Tu sais où je peux trouver un marteau ?

J'allais lui répondre quand je vis Lulu plonger à nouveau la main dans son bocal. Elle en sortit une grosse poignée, arma son geste vers Faucon d'Amour. Je la stoppai d'un index sévère pointé sur son visage, un instituteur face à des enfants turbulents.

— J'en connais une qui passera l'aspirateur si elle continue.

La main de Lulu retomba dans le bocal. Ouf ! Catastrophe évitée. J'indiquai à Faucon d'Amour un placard, dans l'entrée, dans lequel se trouvait une caisse à outils contenant un marteau. Il me remercia et repartit aussi vite qu'il était apparu.

Lulu secoua la tête.

— Ça ne va pas bien, toi ? Ce mec que tu connais à peine te demande où trouver un marteau et toi, tu lui en donnes un ! Il va te mettre ton appartement à sac, voilà ce qu'il va faire. S'il ne nous défonce pas le crâne avec avant !

Je fus sur le point de lui répondre quand des coups sourds retentirent contre un mur proche de la porte de ma chambre. Mes meubles vibrèrent. Lulu me lança son regard au goût de « *Je te l'avais bien dit* ».

Mon cœur pleura sur la disparition de mon havre de paix.

Dans le couloir reliant la chambre au salon, je trouvai Faucon d'Amour tout sourire, les poings sur les hanches, un marteau serré dans l'un d'eux. Fier de lui. Il me désigna le mur de la main.

— C'est pour toi, mon pote.

Un cadre venait de faire son apparition sur mon mur. Une petite image carrée représentant un raton laveur, la bouche ouverte et portant des lunettes de soleil.

— Ça te plaît, mon pote ? C'est pour te remercier. C'est un hommage à notre conversation d'hier sur le raton laveur, tu te souviens ?

Je me souvenais surtout qu'elle n'avait eu ni queue ni tête. Je le remerciai par politesse, pas par gratitude. Il ne fallait pas. Pas du tout… Mais merci quand même.

— Putain de Scott Sirius de merde ! hurla Lulu depuis la chambre. Tu fais chier.

Elle vint nous rejoindre. E.T l'extraterrestre tendit son téléphone portable devant lui. On y voyait l'une des photographies de la proviseure Paulson prise plus tôt cet après-midi-là.

— Tu me l'as mise en fond d'écran ! J'ai failli faire un arrêt cardiaque quand j'ai allumé mon téléphone.

Quand ses yeux se posèrent sur le raton laveur, elle haussa les sourcils.

— C'est quoi cette merde ?

Faucon d'Amour lui expliqua, fier comme un pou, ses péripéties et lui dit à quel point il était reconnaissant à mon égard de lui avoir sauvé la vie. Lulu balaya tout ça d'un revers de la main.

— Je le sais déjà, ça.

Je lui avais fait le récit de ces trois derniers jours en allant au lycée Riley. Elle n'avait eu l'air ni inquiète pour moi ni troublée ni impressionnée. Peut-être s'en fichait-elle…

— Il est cool, non ? insista Faucon d'Amour. Il t'inspire quoi, la Miss ?

Les yeux de Lulu firent le trajet entre le cadre, Faucon d'Amour et moi.

— Du mépris, avoua-t-elle en nous regardant tour à tour. Pour vous deux.

Elle retourna dans la chambre. Quand elle claqua la porte, le raton laveur pencha la tête sur le côté. Faucon d'Amour se tourna vers moi.

— T'as vu comment la Miss me drague ? Elle veut croquer du faucon, c'est moi qui te le dis, mon pote.

Ma bouée m'aurait presque bercé, ballottée comme elle l'était par le roulis artificiel que provoquait le système hydraulique en aspirant l'eau pour la filtrer avant de la recracher dans le bassin. J'étais seul. Enfin ! Autour de moi, les façades des immeubles piquetées de fenêtres éclairées me côtoyaient avec indifférence ; elles me rappelaient mon insignifiance. Depuis la piscine, je percevais ce que j'appelais le fond diffus urbain typique des grandes villes, cet amalgame de sons lointains ronronnant fait de bruits de circulation, de klaxons feutrés, d'éclats de voix atténués que l'on entendait à la nuit tombée, une fois passée l'effervescence de la journée.

Une masse nuageuse sombre masquait les étoiles mais je savais qu'elles étaient là, patientes, avides de contempler la nouvelle itération de ma routine nocturne. Elles, elles connaissaient très bien le résultat de la loterie du jour gardé secret par leur seigneur et maître, l'Univers. Mais moi, je l'ignorais encore.

Je levai les yeux, demandant son attention d'une voix basse, calme mais ferme.

— Eh oh, toi là-haut, quoi que tu sois : va te faire foutre ! On a un contrat il me semble, tacite d'accord, mais un contrat quand même : je prends la vie de ce fils de pute et en échange je te sacrifie la mienne, misérable et sans intérêt. À toi de choisir le moment, l'instant où tu viens me chercher ! C'est très clair, non ? Le contrat c'est ça, et rien d'autre : souffrir le martyre n'en a jamais fait partie.

Aucune réponse.

— Dans ma tête, j'allais passer une journée ou deux peinard, à mettre en ordre mes affaires et à faire mes adieux aux deux seules personnes qui comptent pour moi. Mais au lieu de ça, ça fait trois jours que j'en chie sévère : je me suis ridiculisé devant la femme que j'aime, je me suis fait éclater la gueule par un putain de psychopathe armé d'une hache, les flics m'ont embarqué au pied de mon lit et je perds le temps qu'il me reste avec une enquête qui n'a aucun sens. Putain… Comme si je n'en avais pas assez chié pour en arriver là…

Toujours rien, juste le clapotis de l'eau.

— À ce compte-là, tu aurais pu me laisser crever dimanche dernier et m'envoyer directement dans le néant, sur Pluton ou dans un trou noir, peu importe. Dans le jargon, ça s'appelle une enculade à sec… et j'en ai plein le cul, bordel ! Alors vas-y putain, je suis prêt, tu peux venir !

Je défis la serviette posée sur mes genoux. Entre deux plis, mon revolver. Le chrome du canon me renvoya une image déformée. Celle d'un monstre hideux au nez bulbeux, au front gonflé, une tache violacée sur la partie supérieure gauche de la face. Un troll repoussant et veule, confiant au hasard une décision qu'il était trop lâche pour prendre. Derrière son épaule, une petite fée au visage déchiquetée.

Le percuteur cliqua dans une chambre vide.

— Va te faire foutre ! hurlai-je au ciel.

Au deuxième étage de l'immeuble qui me faisait face, une fenêtre s'ouvrit. Un homme y passa la tête.

— Mais tu vas la fermer, ta gueule ? beugla-t-il en me menaçant de son poing. Tout le monde s'en fout de tes problèmes, putain !

Je retrouvai les deux Hell's Angels qui squattaient mon appartement assis côte à côte sur mon canapé. Malgré leurs chamailleries, ils se partageaient un joint qui enfumait mon salon.

— Ça fait un milliard de fois que je te le dis, râla Lulu en crachant la fumée. On ne regardera pas Shrek ! Tu as douze ans ou quoi ?

Elle passa la cigarette roulée à Faucon d'Amour.

— Mais on s'en fout de ton documentaire sur les animaux de Bornéo, la Miss. C'est chiant et ça intéresse personne.

— Si, ça m'intéresse, moi !

Ils se disputaient devant mon écran sur lequel était affiché les vignettes des programmes proposés par un service de vidéo à la demande auquel j'aurai juré ne pas être abonné. Quand Lulu me vit approcher, elle fit un geste du coude à Faucon d'Amour tout en lui volant son joint.

— Tiens, voilà Némo ! C'était bien ? J'ai commandé chinois, c'est la maison qui régale.

Elle ricana, suivie de près par Faucon d'Amour.

Elle s'était rincé le visage et son teint était plus éclatant que jamais. La brosse à dents qui maintenait son chignon avait laissé place à une mince baguette en bois prise dans l'une des nombreuses boîtes en carton blanc posées sur ma table basse. J'attrapai des nouilles sautées au porc en m'asseyant dans mon fauteuil. Faucon d'Amour me proposa son joint, je déclinai.

— Et toi, mon pote, tu préfères quoi : le meilleur film du monde ou son documentaire nul sur des singes ?

Ça m'était égal.

Après cinq minutes de débat intense, Faucon d'Amour, devenu aussi vif qu'une belette, prit la télécommande des mains de Lulu. Il démarra son film sous les protestations de ma meilleure amie.

— Tu n'es vraiment qu'un gros co… naze, un gros naze. Tu le sais ça ?

Il y avait du mieux entre ces deux-là !

Elle râla encore quelque temps juste pour la forme mais une fois le générique terminé, elle se tut pour regarder le film. Au tiers, je sentis mes paupières devenir lourdes. La seule chose qui m'empêchait de sombrer était Faucon d'Amour qui récitait les répliques du film quelques secondes avant que les personnages ne les prononcent. Aussi agaçant que ça en avait l'air. Lulu lui filait des petits coups de coudes mais rien à faire, il continuait quand même.

Quand je leur souhaitai bonne nuit, Lulu m'attrapa le poignet.

— T'as intérêt à me chauffer la place !

J'allai me coucher. Je somnolai une poignée de minutes puis restai éveillé au son de la télévision qui me parvenait à travers le mur. Lulu vint me rejoindre une petite heure plus tard mais je gardai les yeux fermés. Elle s'installa à côté de moi et, juste pour me faire chier, colla ses pieds gelés aux miens. Je ne réagis pas. Quand son souffle se fit plus profond, je me levai, aussi discret qu'un chat, pour attraper une couverture dans un placard.

Je quittai mon appartement sur la pointe des pieds. Faucon d'Amour dormait comme un bienheureux sous sa couverture isothermique.

J'allai me plier en quatre sur la banquette arrière de ma voiture. Pas très confortable mais au calme.

Je trouvai enfin le sommeil grâce à la berceuse que me chantèrent les gouttes de pluie quand elles se mirent à résonner contre la tôle de la carrosserie.

Chapitre 23

Samedi 11 septembre – 12h12

Gordon Neary continue sa petite balade dans la circulation clairsemée de ce samedi matin. Il ne fait pas attention à cette voiture qui pourtant le suit depuis quelques heures déjà. Derrière le volant, je bouillonne. La petite voix de mon Coyote ne cesse d'exciter chez moi ce sentiment qui naît quand on se sait sur le point de réaliser ce pour quoi on est sur cette Terre. Le clignotant de la berline de Gordon s'allume. Quand il tourne sur le parking presque désert d'un bar de banlieue, je m'arrête sur le bas-côté.

Je le suis des yeux.

Le bouge est peu accueillant. Un bloc de briques posé à même le bitume, sans fenêtre, sur lequel plusieurs néons combattent la lumière du jour en hurlant des mots aussi banals que « Bar » ou « Bières ». Je ne vois même pas le nom de l'établissement.

Gordon pousse le battant de la porte.

Je démarre pour aller me garer derrière sa voiture. J'attends. Mon Coyote me murmure que c'est ici que je le prendrai. Pour l'amener vers sa dernière demeure. J'éteins mon téléphone.

Depuis l'extérieur, je perçois le rythme musclé et lancinant de la musique rock qui doit rendre sourd les quelques clients de l'établissement. À part celle de Neary et la mienne, je compte deux autres véhicules : un pick-up rouge garé près de l'entrée et une Harley-Davidson sur la béquille, le long d'un mur. Deux personnes. Embêtant mais pas handicapant.

Je reste là à patienter, seul avec mon Coyote qui me répète la marche à suivre. Il m'empêche de faire demi-tour, de rentrer chez moi et d'oublier tout de cette histoire. Il est mon geôlier, je n'ai pas d'autre choix que d'obéir.

Le propriétaire du pick-up sort du bar et monte dans son véhicule. Il s'en va sans regarder dans ma direction. Un témoin potentiel de moins. C'est déjà ça. Au bout d'une heure, peut-être plus, Gordon fait son apparition. Il se dirige vers son véhicule, insouciant.

Mon Coyote s'agite. Le moment qu'il attend arrive enfin, il ne compte pas laisser passer sa chance. Il me pousse à l'action.

J'attrape mon revolver que je garde dans la boîte à gants. Quand je sors de ma voiture, les yeux de Gordon se posent sur moi. Ils descendent vers l'arme dont la crosse est serrée dans ma main.

Il comprend.

Je garde le canon baissé vers le sol tout en approchant de lui. Mon Coyote est derrière moi, il me suit de près, ne me lâche pas. Il me dicte chacun de mes gestes, chacun de mes mots. J'ordonne à Neary de ne pas bouger. Il essaie de discuter, léger, presque désinvolte comme il l'aurait fait avec un vieil ami perdu de vue depuis longtemps. Personne ne lui répond. Je le fouille, tire son téléphone portable de sa poche pour le glisser dans la mienne. Neary n'a pas son arme sur lui. Encore heureux. Je le tire par l'épaule. Je le guide vers l'arrière de ma voiture et d'une main, ouvre le coffre. Je lui ordonne de monter dedans. Gordon reste me regarder, interloqué. Mon Coyote me dit de pointer le canon de mon arme sur son visage. Je m'exécute. Neary me défit quelques secondes, puis se résout à grimper. Je ferme la malle.

Deux minutes et l'opération est terminée.

Je roule vers le nord-est, la tête pleine des encouragements de mon Coyote. Près de deux heures plus tard, après avoir traversé Barstow, je m'arrête à une station-service au bord de l'autoroute. Je me gare entre un break rempli de bagages et un camping-car arborant des plaques du Montana.

Parfait.

J'attrape le rouleau d'adhésif et une batterie externe pour téléphone portable achetés plus tôt lorsque Neary était occupé à se refaire une beauté. Je connecte la batterie au téléphone de Neary avant d'entourer le dispositif d'adhésif. Je laisse un bout flottant sur le côté du paquet.

Je sors. Je m'étire. Mon dos craque.

Mes doigts lâchent mes clés qui vont tinter sur le bitume.

En me penchant pour les ramasser, je laisse ma main tenant le téléphone de Neary courir sur le pneu avant droit du camping-car. Aussi discret que possible, je me tords le poignet pour fixer le paquet derrière l'aile du véhicule. Du bout des doigts, je m'assure que l'adhésif est bien fixé et une minute plus tard, je suis de retour derrière le volant.

Ni vu ni connu

Je reprends la route. Au bout d'une heure, je quitte la route et pars me perdre dans le désert du Mojave à la recherche d'un coin tranquille où je pourrais me débarrasser de Neary.

JEUDI 16 SEPTEMBRE

Chapitre 24

Je me réveillai courbaturé comme si j'avais dormi enfermé dans une malle de voyage. La pluie battait toujours la carrosserie de ma voiture. À l'extérieur, à travers la buée qui s'était accumulée sur les vitres, la lumière grise et terne qui me parvint me donna envie d'enfouir ma tête sous la couverture. L'autoradio affichait sept heures trente-sept. Pas si mal. Je sortis pour m'étirer sous la pluie. Ma colonne vertébrale craqua au moment où mes côtes, toujours sensibles, me vrillèrent le torse.

Un peu crispé, je rentrai dans mon immeuble. Mes mouvements étaient encore un peu limités ; je traînais de la patte comme un chien maltraité.

J'appelai l'ascenseur.

Quand je montai dans la cabine, quelqu'un entra dans l'immeuble. Une petite femme en tenue de sport portant un coupe-vent bleu marine à la capuche remontée sur la tête.

Merde ! Lynn !

J'appuyai comme un dingue sur le bouton de fermeture des portes. Au moment où celles-ci allaient se rejoindre, le bras de Lynn apparut dans l'interstice. Les portes se rouvrirent devant la volonté de Terminator de ma voisine.

Quand Lynn me vit, elle émit un petit « *Oh* ».

Elle non plus n'avait pas envie de partager la cabine avec moi. Mais elle y monta quand même.

Ses yeux s'arrêtèrent quelques instants sur mon visage meurtri. Nous restâmes là, à attendre que l'ascenseur nous porte à notre destination sans dire un mot, chacun occupant des coins opposés. Nous n'avions que trois étages à monter. Peu, certes, mais une éternité pour moi. Lynn fixait ses pieds, pour ne pas croiser mon regard par inadvertance. Des gouttes d'eau piquetaient les verres de ses lunettes à monture noire.

Quelques mots voulurent franchir mes lèvres. « *Lynn, je ne suis qu'un débile, pardon, pardon, pardon* » : trop désespéré. « *Hey, comment ça va ?* » : trop désinvolte. « *Comment ça va avec Jeffrey ?* » : trop indélicat.

Les portes s'ouvrirent avec un tintement avant d'avoir pu balayer toutes mes options.

Lynn sortit de l'ascenseur. Je la suivis.

Elle s'arrêta devant sa porte, tirant ses clefs d'une poche de son coupe-vent. J'hésitai un instant à lui adresser la parole. Peut-être n'attendait-elle que ça ? Mais, dans un même mouvement, je m'arrêtai une milliseconde à côté d'elle pour repartir aussitôt.

Quand j'approchai de la porte de mon appartement, résigné, la voix de Lynn résonna dans le couloir.

— Tu sais, Scott, tu te serais excusé, je t'aurais pardonné. J'avais besoin d'un ami comme toi.

Elle claqua la porte derrière elle.

Gros nul !

Je trouvai Faucon d'Amour affairé dans le coin cuisine. Un paquet de farine, de sucre et une boîte d'œufs étaient posés sur la table devant lui. Il tenait dans le creux de son bras un saladier dans lequel il battait sa préparation avec tant de vigueur qu'il en était essoufflé. Quelques perles de sueur pointaient sur son front.

— Je fais des cookies, mon pote, m'annonça-t-il avec un grand sourire. D'où tu viens ?

Qu'est-ce que ça pouvait lui foutre ?

Je me servis un café en prétextant une balade matinale puis m'attablai pour regarder l'un de mes squatteurs s'affairer dans ma petite cuisine. Il était loin d'être habile. Il remuait si fort son fouet que son coude cognait à intervalles réguliers contre un placard. Quand il jugea la pâte assez ferme, il en fit des petits galets qu'il disposa sur une plaque.

— Je vais en faire un en forme de cœur pour la Miss. Tu crois que ça lui plaira ?

— Sans aucun doute, répondis-je avant d'avaler une gorgée de café.

Il s'appliqua, penché sur la table, et parvint à donner à son morceau de pâte la forme voulue. Il enfourna sa préparation. En quelques minutes, l'odeur riche de cuisson se répandit dans l'appartement et tira la belle au bois dormant de son lit.

— Salut les fous furieux, bien dormi ? lança Lulu d'un ton qui n'appelait aucune réponse.

Elle se servit une tasse de café puis vint s'asseoir à côté de moi. Quand Faucon d'Amour lui annonça avoir préparé des cookies, elle fit une moue dégoûtée.

— Super... Je prendrai des œufs brouillés.

Je fus à peu près sûr que si Faucon d'Amour n'avait pas utilisé tous mes œufs, il se serait précipité pour satisfaire Lulu. À la place, il tira ses cookies du four. Il déposa la plaque sur la table. Ses cookies faisaient peine à voir. La pâte, encore pâle et souple, n'était pas cuite et il n'y avait ni raisins secs ni pépites de chocolat. Pourtant, il les posa sur une assiette qu'il poussa entre Lulu et moi.

— Et voilà ! Bon appétit ! Tu verras la Miss, j'en ai fait un spécialement pour toi. Je te laisse deviner lequel c'est.

Il me fit un clin d'œil complice.

Ça n'allait pas être facile. À la cuisson, son cœur s'était transformé en une sorte de B aux contours incertains comme si quelqu'un avait pressé une boule de pâte avec ses phalanges. Lulu ne regarda même pas l'assiette.

Nous fîmes le point sur la journée qui nous attendait. Je filerai chez Bara lui tirer les vers du nez pendant que Lulu réglerait quelques problèmes de son côté. Et peut-être qu'elle mettrait le nez dans les dossiers en retard qui l'attendaient. Peut-être, elle ne savait pas trop...

— Et moi, je fais quoi ? demanda Faucon d'Amour, les coudes posés sur la table.

Lulu lui répondit du tac au tac.

— À part rentrer chez toi, tu veux dire ?

Faucon d'Amour eut l'air un peu gêné.

— Euh... ça risque d'être un peu compliqué...

— Et pourquoi ça ?

Il se mit à gratter le bois de la table avec l'ongle de son index.

— Bah… Je me suis comme qui dirait embrouillé avec mes colocataires…

— Étonnant, dis donc, dit Lulu en me poussant du coude.

Elle l'invita à poursuivre.

— On s'entendait pas vraiment avec mes colocataires. Ils n'arrêtaient pas de me dire de dégager. Soi-disant, ils savaient pas qui j'étais… J'ai passé deux ans avec eux et les mecs prennent même pas la peine de me demander mon nom avant de me foutre dehors avec toutes mes affaires.

Je trouvai ça assez triste. Mais Lulu, elle, éclata de rire.

— Comment ça se fait qu'en deux ans, ils ne t'aient jamais remarqué ? C'est impossible. Ça fait une journée que tu vis avec nous, et franchement, on ne peut pas te rater.

Correction : ça faisait une journée qu'il vivait avec moi. Pas nous. Moi.

— J'en sais rien, la Miss. Tu sais, toi, pourquoi certaines personnes t'apprécient et d'autres te détestent ? Non. Bah moi c'est pareil. En plus, je faisais de mal à personne, je vivais dans le grenier.

Le regard de Lulu fut empreint de cette fausse compassion dont elle seule avait le secret.

— Oh, Faucon d'Amour, moi j'ai bien une petite idée qui expliquerait pourquoi les gens te détestent.

Il se pencha sur la table, intéressé par ce que Lulu avait à lui dire.

— Ah bon ? Vas-y, dis-moi, la Miss.

Lulu ouvrit la bouche pour lui balancer une vacherie mais la referma aussitôt.

— Non, rien, fit-elle avant de plonger le nez dans sa tasse de café.

Merci à elle de préserver la quiétude de mon petit-déjeuner.

Une heure plus tard, alors que je m'apprêtais à passer le pas de la porte, Lulu me retint par la manche. Elle avait passé un tailleur beige et sa chevelure flottait sur ses épaules.

— Je vais passer voir Sarah Basil, faire un peu de relations client, lui donner des nouvelles. Je vais noyer le poisson mais je compte sur toi pour faire cracher à cette Bara tout ce qu'elle sait.

Je haussai les épaules.

— Je vais faire ce que je peux.

Lulu secoua la tête : ma réponse ne lui allait pas. Elle pointa du doigt Faucon d'Amour, lequel était de retour dans mon canapé et scotché devant une émission débile.

— Non, non, non. Ce type-là fait ce qu'il peut. Toi, tu n'es même pas à vingt pour cent de tes capacités. Je veux que tu montes à au moins cinquante. Notre seul moyen de sortir Théodore Monroe de prison est de mettre la main sur le vrai tueur. Tu imagines la publicité que ça nous ferait ? Ce serait une vitrine formidable pour nous.

Lulu et le sens des priorités…

— Et moi qui pensais qu'on ne faisait ça que pour sortir un innocent de prison…

— C'est le cas, Scott, dit-elle lorsque j'ouvris la porte. C'est juste que si on peut en tirer profit, ce ne serait pas plus mal.

Chapitre 25

Bara vivait à Venice, au bord d'un des canaux, dans une maison dont l'apparente modestie m'étonna. Rien ne pouvait laisser deviner la fortune de sa propriétaire. Elle avait été bâtie selon un modèle classique avec son étage unique et son porche couvert sur la façade avant. Les murs extérieurs étaient couverts par des lattes de bois, vertes au rez-de-chaussée et bleues au premier étage. Une petite table entourée de deux chaises au dossier arrondi attendaient sur le porche, à l'abri de la pluie. L'aspect confortable de la maison était accentué par le contraste entre la météo merdique à l'extérieur et la lumière chaude qui traversait les fenêtres depuis l'intérieur.

Un vrai cocon. J'en aurais eu les moyens, je m'y serais installé dans la minute.

Sur le côté, contre la palissade, un petit jardin dans lequel poussaient toutes sortes de plantes et de fleurs semblait très bien entretenu. Je n'y connaissais pas grand-chose en botanique mais j'y vis de la valériane aux fleurs blanches et roses caractéristiques en forme d'étoile, du ginseng avec sa grappe de petits fruits rouges et, plus étonnant, les fleurs violettes de ce qui me sembla être de la mandragore. Bara avait la main très verte.

Je sonnai.

Je brandis devant moi l'album de la promotion 1991 que je maintins ouvert avec mes doigts à la page montrant la photo de Bara et Mary. Du plus bel effet. Très pro, très assuré. Bara aurait la raison de ma visite sous les yeux dès qu'elle viendrait m'accueillir. Inutile de tergiverser. Mais le bref appel d'air qui souffla quand elle ouvrit la porte déséquilibra mon geste et l'album s'écrasa au sol, sa couverture vers nous. Même si ma super pose de détective privé fut ruinée, elle comprit dès qu'elle regarda à ses pieds. Elle eut l'air plus peinée que surprise.

— Vous ne venez pas pour la tisane, j'imagine, Monsieur le détective privé.

Elle m'invita à entrer d'un signe de tête.

Ce jour-là, le foulard noué dans ses cheveux et sa robe étaient tous deux mauves. Peut-être la couleur du jeudi pour Bara. Elle me guida jusqu'à son salon. Quand je m'assis dans le canapé, elle me proposa sa fameuse tisane. Je déclinai mais elle fila quand même dans sa cuisine.

À l'inverse de sa boutique surchargée, la maison de Bara était décorée avec sobriété. Ici, aucun bibelot ésotérique, aucune tenture étouffante, juste quelques cadres accrochés aux murs représentant ce que j'identifiai être des scènes de la mythologie grecque peintes dans un style renaissance. Que des œuvres banales et passe-partout à l'exception peut-être de la grande toile protégée par une vitre de plexiglas exposée à l'autre bout de la pièce, derrière la table à manger. Une femme à l'expression hautaine y était peinte vêtue d'une tunique bleu grise vaporeuse. Assise sur un siège — sûrement un trône — aux accoudoirs à têtes de fauves menaçants, elle brandissait dans sa main droite une coupe contenant un liquide rouge et dans sa main gauche, une longue baguette de bois qu'elle tenait au-dessus de sa tête. Derrière elle, dans un grand miroir arrondi, on apercevait un homme en tunique pourpre qui semblait hésitant à s'approcher. Aux pieds de la femme dormait une sorte de sanglier. Joli mais pas trop ma came.

Bara revint avec un plateau portant deux tasses et une théière. Quand elle posa sa préparation sur la table basse, je détournai le regard pour ne pas le plonger par inadvertance dans son décolleté. Question de respect. Elle me tendit une tasse fumante avant de s'asseoir dans un fauteuil en face de moi. Par politesse, je bus une gorgée de la boisson.

Le goût était effroyable.

Fort et amer comme l'aurait été une infusion d'endives et de céleris arrosée de jus de pamplemousse. Dégueulasse. Je déglutis avec difficulté, ma gorge refusant par deux fois de laisser passer ce liquide infâme.

Bara dut comprendre ma peine car elle me sourit.

— Ça peut surprendre un peu la première fois qu'on en boit.

J'agitai la tête.

— Non, non, ça va. C'est juste un peu chaud... Par curiosité, qu'est-ce qu'il y a dedans ?

— Juste des plantes du jardin, répondit-elle sans se départir de son sourire. C'est un tonique, idéal pour commencer la journée. Il n'y a que des choses naturelles dedans.

La strychnine aussi est naturelle, ce n'était pas pour ça que j'en buvais le matin. Ma bouche s'asséchа. Elle devint aride comme si ma salive s'était évaporée. Et j'eus soudain soif. Putain, je crevais de soif. Je bus une nouvelle gorgée pour m'hydrater. Et une de plus. Encore une. Je vidai ma tasse. Ni la sécheresse de ma bouche ni ma soif ne se calmèrent. Comme si cette tisane de merde était l'exact opposé d'une boisson. Je déglutis encore. J'essayai de me forcer à saliver mais mes glandes avaient dû être atomisées par la préparation de Bara.

J'allais lui demander un verre d'eau quand elle désigna l'album de lycée posé sur mes genoux.

— Comment avez-vous deviné ?

Je me raclai la gorge comme un mâle viril qui ne risquait pas la mort par déshydratation dans la seconde.

— Bara, je suis détective privé. J'enquête, je ne devine pas.

N'importe quoi… comme si elle allait gober ça… Mais je ne comptais pas lui dire que c'était un pur coup de chance.

Sans même que je l'y invite, elle me raconta et je restai là, à l'écouter, la gorge de plus en plus sèche au fur et à mesure de son récit. Et pas seulement à cause de son breuvage…

Chapitre 26

Au lycée, en 1990, tout le monde trouvait Bara bizarre. Il fallait dire que sa tenue n'aidait pas. Elle était toujours vêtue de son uniforme de tambour-major de la fanfare, avec son pantalon blanc et sa tunique bleue à épaulettes à franges jaunes. Moche et ridicule. Comme elle, se plaisaient à lui rappeler ses camarades, jamais avares en moqueries. Les autres pouvaient toujours ricaner sur son passage, elle s'en fichait. Ils pouvaient toujours se marrer ces cons, Bara n'était pas du genre à faire attention à ce qui se disait sur elle. Elle voulait croire qu'elle faisait ce qu'elle voulait quand elle voulait et ne se privait pas pour exercer cette liberté supposée.

Comme elle devait s'occuper de la fanfare trois fois par semaine à partir de trois heures et demie, elle ne perdait pas de temps à se changer et le quart d'heure qu'elle gagnait ainsi, elle le passait à faire ce qu'elle aimait le plus au monde.

Son petit espionnage, comme elle l'appelait.

Elle prenait un plaisir immense à déambuler dans les couloirs du lycée, à s'infiltrer là où elle n'avait pas le droit d'être, à fureter à droite et à gauche pour espionner ses professeurs dans leur bureau ou dans leur salle de classe désertée par les élèves partis pour leurs activités extrascolaires.

Elle aimait ces moments-là, rien qu'à elle mais aussi un peu à ceux dont elle volait une partie de l'intimité. Elle avait assisté, dissimulée derrière une porte entrouverte ou sous le rebord d'une fenêtre, à beaucoup d'échanges de ragots entre professeurs, des plus futiles (« *Dis, tu savais que le coach Bernard est allergique à la cacahuète »)* aux plus inavouables (« *Il paraît que Jenkins couche avec la nouvelle secrétaire. Miranda les a vus partir ensemble l'autre soir* »). Bara gardait ces informations pour elle comme un dragon son trésor. C'était le bien précieux dont elle ne se séparerait jamais. Savoir ce qu'elle savait la rendait un peu spéciale, unique, et cette petite occupation d'espionne lui faisait du bien. Un bien fou.

Car Bara détestait cette fanfare de merde.

Le proviseur Jenkins, dans son ambition de faire du lycée Riley l'un des établissements publics les plus prestigieux de la ville, avait eu la brillante idée de recréer la fanfare qui pourtant avait été dissoute cinq ans plus tôt pour des raisons que Bara apprit grâce à ses oreilles indélicates.

Au cours d'une compétition musicale dans laquelle s'affrontaient plusieurs fanfares de la ville, celle du lycée avait fait sensation. Et aussi les gros titres. Car, à peine les premières notes de l'hymne de l'établissement entamées, les trois tubas crachèrent, presque en même temps, de petits sachets blancs entourés de scotch gris. De la cocaïne. La police avait eu beau interroger tous les membres de la fanfare, aucun coupable n'avait pu être confondu. Au sein du corps enseignant, beaucoup avaient soupçonné le professeur de musique de l'époque, un certain Monsieur Terrence, d'avoir voulu profiter de la compétition pour monter un réseau de trafic de drogue ni vu ni connu. Bien sûr, rien ne corroborait cette hypothèse. Sauf peut-être sa propension quasi frénétique à se pincer le nez tout en reniflant. Monsieur Terrence fut tué six mois plus tard dans ce que la police qualifia de « *règlement de compte sur fond de trafic de drogue* ». Sûrement une coïncidence…

Au début de l'année scolaire, le proviseur Jenkins avait fait pression sur Bara pour qu'elle accepte de devenir le nouveau tambour-major de sa fanfare flambant neuf. Pas parce qu'il voyait en Bara une musicienne talentueuse — Bara n'y connaissait rien en musique — mais plutôt parce qu'elle était l'une des seules à ne pas avoir encore choisi d'activités extrascolaires. Comme ça ne se bousculait pas au portillon pour jouer de la cymbale ou souffler dans une clarinette, le pauvre proviseur avait dû insister auprès des quelques récalcitrants de l'activité physique qui restaient. Bara avait accepté. Pour elle, tambour-major revenait à frapper sur un tambourin pendant deux heures, rien de bien sorcier. Alors, si ça pouvait faire plaisir à ce vieux Jenkins dégarni, autant le faire.

Mais Bara avait eu tort.

Elle regretta amèrement son choix quand elle se retrouva devant cinq de ses camarades tout aussi démunis qu'elle, à devoir conduire le groupe en maniant le gros bâton blanc que Madame Fali lui avait donné. Ou plutôt, balancer au visage. Madame Fali le lui avait jeté comme ça, sans plus de considération, et si Bara ne l'avait pas attrapé au dernier moment, son nez aurait pu finir en sang. Sa professeure retourna ensuite poser son cul sur un siège des tribunes du terrain de foot où la fanfare s'entraînait à parader, pour lire le dernier numéro de Vogue.

Bara faisait de son mieux mais n'y arrivait pas.

Le bâton était lourd, beaucoup trop pour elle. Et elle ne savait même pas ce qu'elle était censée faire. Ça n'aidait pas. Madame Fali, loin d'être excellente pédagogue, lui hurlait des ordres depuis les tribunes, entre deux articles sur les nouvelles tendances vestimentaires. Plus haut ! Le bras en avant ! Attention au rythme des cuivres !

Derrière elle, ses cinq camarades de corvées peinaient à suivre le mouvement. Ils avaient tous l'air de s'être fait embobiner par Jenkins, comme elle. L'un d'entre eux, William, un petit blond à lunettes à la voix fluette, tenait sa clarinette comme s'il ne savait pas ce qu'était cet étrange tube bruyant.

La première séance d'entraînement fut calamiteuse. Tout comme la deuxième, troisième, quatrième, etc…

Il devint de notoriété publique dans le lycée que la fanfare n'avait de fanfare que le nom et était composée de bras cassés sans talent ni habileté. La mort dans l'âme, Jenkins dit un jour à Bara que jamais cette fanfare ne défilerait. Devant sa peine, Bara fut prise de tristesse pour ce vieil homme à quelques années de la retraite.

— Ce n'est pas parce qu'on ne défile pas qu'on ne peut pas s'entraîner, dit-elle pour lui remonter le moral.

Ce fut ainsi que Bara se retrouva trois fois par semaine sur le terrain de foot, vêtue en tambour-major et entourée d'autres élèves bizarres comme elle dans leurs uniformes bleus et jaunes.

Ils s'entraînaient pendant une trentaine de minutes pour donner bonne figure puis passaient le reste de la séance allongés sur la piste d'athlétisme, les yeux dans les nuages, ou assis dans l'herbe à regarder l'entraînement de foot sous l'œil indolent de Madame Fali qui ne trouvait rien à y redire tant que ses petits musiciens en herbe restaient sur le terrain pendant les deux heures réglementaires.

Bara était en prison et elle s'emmerdait ferme.

Elle était plutôt solitaire ; la socialisation forcée n'était pas son truc. Elle se tenait toujours un peu l'écart des autres, comme si elle ne faisait pas tout à fait partie du groupe. Un jour, William, le clarinettiste amateur, vint s'asseoir à côté d'elle. Ils discutèrent pendant une heure de tout et de rien. Pas désagréable mais pas folichon non plus. Et pourtant, à la séance suivante, quand William vit Bara, il lui adressa un sourire radieux. Il était tombé amoureux d'elle. Super… Crispée, elle lui retourna son sourire. Elle n'aurait pas dû, car William ne la lâcha plus des yeux à compter de ce jour.

Bara adressa la parole à Mary pour la première fois à la bibliothèque, un après-midi froid de novembre. Elle avait déjà vu cette fille au teint terne et aux grosses lunettes sans jamais vraiment faire attention à elle. Elle n'était pas dans sa classe et Bara la croisait surtout au réfectoire, là où elle déjeunait seule, ratatinée sur elle-même comme craintive d'être vue. Bara remarqua la petite brune à cause de l'ouvrage devant lequel elle était attablée et qui ne lui tirait que des soupirs. *La Lettre Écarlate* de Nathaniel Hawthorne. Bara n'aimait pas non plus cette œuvre, trop sinistre pour elle.

Quand elle passa devant Mary, elle lui lança un encouragement sincère :

— Tiens bon ! Le milieu n'est pas dingue mais la fin vaut le coup.

Mary leva la tête de son livre. Ses lèvres s'étirèrent en un sourire d'abord timide puis plus affirmé quand elle vit la petite rousse dans son uniforme lever son pouce à son attention.

Ce fut leur première vraie interaction.

Un mois plus tard, elles seraient liées par un évènement auquel Bara détestait penser. À cause de la nature des faits et de la cruauté dont elle faisait preuve à cette époque. Car Bara et Mary ne devinrent jamais amies.

Loin de là.

Ce jour-là — un trois décembre, pour être précis —, la fanfare fit semblant de s'entraîner sous un vent frais, toujours cantonnée à son coin de terrain.

Cette fois-ci, la session dura plus longtemps qu'à l'accoutumée. La troupe, qui s'était agrémentée de deux nouveaux membres tout aussi tocards que les autres, était d'humeur musicale. William avait appris tout seul à jouer *Au clair de la lune* à la clarinette et était ravi de pouvoir partager son talent avec ses comparses. Tout le monde rigolait bien. Même Bara. Elle réussit quelques jetés de bâton qui lui valurent des applaudissements et les œillades admiratives de William. Pas de quoi enchanter les foules mais un bon début quand même. Avec une dizaine d'années de pratique, cette fanfare ressemblerait peut-être à quelque chose…

Après une bonne heure d'entraînement, les fanfarons se vautrèrent dans l'herbe fraîche du terrain. Ils regardèrent l'équipe de foot s'entraîner pour son match du week-end en bavardant. William proposa à Bara de jouer au frisbee avec l'une des cymbales qui traînaient par terre. Ils l'avaient déjà fait pendant ces temps morts où Bara semblait dépérir d'ennui. La cymbale était si cabossée qu'il n'en sortait plus qu'un son mat à peine audible. Mais pas grave, ils continuaient de l'utiliser, tantôt comme instrument de musique tantôt comme projectile.

Bara déclina la proposition.

Depuis quelque temps, elle n'avait d'yeux que pour ce joueur de foot qui courait sur le terrain à quelques mètres d'elle pour réceptionner le ballon que ses coéquipiers lui envoyaient. Le numéro quatorze. Un receveur grand et brun, toujours souriant. Lui ne la connaissait pas mais elle, savait très bien qui il était. Howard Cane, le plus beau garçon que Bara ait jamais vu. Le football n'était pas son truc et s'il n'y avait eu ce temps infiniment long à tuer, elle n'aurait peut-être jamais remarqué ce garçon. La première fois, elle avait posé les yeux sur cette équipe de foot pour se distraire, plus pour nourrir son cerveau que par réel intérêt. Puis, petit à petit, son attention fut aspirée par ce garçon séduisant dont elle se mit à suivre les allées et venues sur le terrain, comme hypnotisée. Elle ne l'aborderait jamais, ça non ! Bara n'en aurait jamais eu le courage. Même s'il n'était pas la super star de l'équipe, Howard était entouré d'une bande d'amis, tous aussi populaires que lui. Ce cercle fermé intimidait Bara. Elle et son uniforme n'y auraient jamais leur place, eux.

Mais il n'était pas interdit de fantasmer.

Elle rêvait de l'instant où leurs regards se croiseraient. Il la remarquerait, lui sourirait, la trouverait belle, là, assise sur la pelouse dans son uniforme ridicule. Peut-être viendrait-il même lui parler après l'entraînement.

Ou mieux : lui dire que lui aussi, l'avait vue, et qu'il ne pouvait pas s'empêcher de penser à elle. Il l'embrasserait, l'amènerait par la main derrière la tribune, la libérerait de cet uniforme qu'elle détestait tant et...

Sa rêverie fut interrompue par les rires de ses compagnons.

Les deux nouveaux, incités par William, se lançaient la cymbale qui franchissait l'espace les séparant avec un sifflement aigu. Bara vit rouge. Ces deux gars goguenards qu'elle connaissait à peine gâchaient son moment de plaisir. Elle ne pouvait tolérer ça. Elle se leva, attendit un peu, et quand l'instrument passa devant elle, elle l'attrapa pour l'envoyer voler à l'autre bout du terrain d'un geste ample. Une vraie lanceuse de disque ! Ses camarades la regardèrent interloqués mais elle retourna s'asseoir dans l'herbe sans dire un mot. Trop tard. L'entraînement de foot était terminé et les joueurs s'apprêtaient à regagner les vestiaires. Super…

Bara fut déçue.

Au moins, cela voulait dire que son calvaire était fini aussi. Elle demanda à William de rassembler les instruments de musique éparpillés ici ou là et qu'elle devait ranger ensuite dans la salle de musique. En bonne cheffe de troupe, Bara n'allait pas le faire elle-même, voyons ! William détestait faire ça et se débarrassait de cette corvée sur les autres membres de la troupe qui se la repassaient ensuite entre eux, si bien que la demande de Bara descendait en entonnoir vers celui ou celle disposé à l'aider. Pénible, mais au bout d'un quart d'heure, tous les instruments étaient réunis, rangés dans leurs malles.

Bara, William et deux autres membres du groupe portèrent les caisses jusqu'à la salle de musique. Quand ils les empilèrent derrière l'estrade, Bara pensa à poser la question qu'elle aurait dû prononcer plus tôt.

— Vous avez récupéré la cymbale que j'ai lancée ?

Ses trois comparses remuèrent la tête en même temps.

— Vous êtes vraiment des gros débiles.

Elle les planta là pour retourner chercher sa cymbale sur le terrain.

En approchant de la clôture délimitant l'espace sportif, elle vit Howard Cane qui venait dans sa direction. C'était son moment ! Celui qu'elle attendait. Enfin ! Elle sentit ses joues devenir brûlantes. Elle se recoiffa rapidement et murmura un discret « *bonjour* » quand Howard passa près d'elle. Mais il ne fit pas attention à elle. Il garda le regard baissé et la croisa d'un pas vif, comme pressé de quitter les lieux. Rien d'étonnant à ça. Il était presque six heures et Bara savait que tous les autres membres de l'équipe étaient partis depuis un petit moment déjà. Howard avait dû être retenu par le coach, pour des broutilles.

Tant pis, se dit-elle. Ce sera pour une prochaine fois.

Elle retrouva sa cymbale plantée à la verticale dans la pelouse, derrière les poteaux de but. Pas mal comme lancé. Fière d'elle, elle revint sur ses pas, légère, sifflotant presque. Elle retournerait en salle de musique puis, pourquoi pas, déambulerait dans les couloirs du lycée en quête de quelques moments d'intimité qu'elle savourerait avec plaisir. La journée n'avait pas été mauvaise et si Bara pouvait l'achever avec l'une de ses activités favorites, elle ne s'en priverait pas.

Quand elle passa devant les tribunes, elle perçut un léger reniflement. Quelqu'un sanglotait. Le son se répéta plusieurs fois si bien que Bara ne put l'ignorer. Son regard balaya la colonie de sièges en plastique. Derrière la troisième rangée en partant du bas, elle croisa un regard désespéré humide de larmes.

Mary.

Bara grimpa les marches des gradins quatre à quatre pour trouver Mary prostrée derrière un siège, les genoux remontés sous le menton. Les bretelles de sa robe bleue étaient déchirées et la pauvre maintenait le tissu contre sa frêle poitrine. Quand elle vit Bara, elle se jeta dans ses bras, secouée de spasmes incontrôlables.

Peut-être pas une si bonne journée que ça, finalement…

Mary raconta tout à Bara. Qu'Howard s'était montré gentil avec elle quand il l'avait croisée en sortant des vestiaires un peu plus tôt, qu'ils avaient bavardé un moment — des cours surtout — assis dans les gradins à regarder le terrain désert devant eux.

Elle lui dit ce qu'Howard lui avait fait quand elle avait refusé qu'il glisse sa main sous sa robe.

Mais Bara ne fit rien.

Elle n'encouragea pas Mary à aller voir la police. Pas plus qu'elle ne l'invita à en parler au proviseur Jenkins. Rien du tout. Elle se contenta d'écouter, de hocher la tête et de tenir Mary dans ses bras qui y resta lovée une bonne heure en tachant de larmes le tissu de son uniforme. Bara lui prêta son oreille et son épaule mais pas son cœur. Au bout d'une heure, elle sentit son impatience bouillonner. Elle eut un mal fou à se débarrasser de Mary.

Mais à compter de ce jour, Mary ne la lâcha plus.

La rousse était devenue sa bouée de sauvetage, la personne qui l'avait aidée après l'une des pires épreuves de sa vie. Mais Bara, elle, avait besoin d'air. Elle n'avait pas beaucoup d'amis — n'en avait même aucun — et ne voulait pas être collée à cette fille tout aussi étrange qu'elle.

Les premiers jours, elle essaya de faire comprendre ça à Mary de manière calme mais assez claire. En vain. Mary l'attendait toujours au réfectoire ou à la bibliothèque, un mince sourire sur les lèvres, ravie de retrouver celle qu'elle considérait comme son amie. Super…

Heureusement pour Bara, Mary ne l'accompagnait pas pendant les entraînements de la fanfare, ce qui lui permettait de conserver sa petite activité secrète. Elle restait terrifiée par Howard. Certaines fois, elle se mettait à pleurer et à trembler sans crier gare. Elle se figeait, les traits de son visage se tordaient et un instant après, elle se laissait glisser contre un mur pour finir prostrée par terre en sanglotant. Bara était quelqu'un de poli ; à chaque fois, elle faisait ce qu'elle pouvait pour la rassurer. Lui répétait que c'était terminé, que ce n'était pas sa faute, qu'elle était plus forte que ça. Au fil des jours, elle développa cet argumentaire bien rodé qu'elle récitait comme une poésie apprise par cœur sans chercher à en comprendre le sens. Un automate singeant la compassion. Car Bara trouvait ça agaçant à la longue.

Le cerveau de Mary bloquait sur cet épisode, comme un trente-trois tours rayé sur son tourne-disque et Bara se sentait quelque peu démunie face à la douleur de la fille qui la considérait comme son amie.

Un peu démunie mais aussi très jalouse…

Parce que Mary avait eu ce que Bara rêvait d'avoir, le soir sous sa couette quand elle glissait sa main entre ses jambes et qu'elle pensait à Howard. Elle aurait dû s'estimer heureuse qu'un garçon comme lui veuille d'elle et non pas geindre comme ça. Comme une ingrate.

Un matin de février, alors que Bara arrivait au lycée, Mary vint la voir pour lui demander de venir avec elle aux toilettes. Après s'être assurée qu'elles étaient seules, Mary lui avoua craindre être enceinte. De mieux en mieux. Enceinte d'Howard.

Bara ravala la boule qui lui prit la gorge.

Ce jour-là, les deux filles séchèrent les cours. Elles firent le tour de toutes les pharmacies et supermarchés du quartier. Elles achetèrent une dizaine de tests de grossesse. Mary passa le reste de la journée chez Bara, à boire des litres d'eau. Une fois le stock écoulé, le constat fut sans appel. Oui, Mary était enceinte. Celle-ci s'effondra en pleurs. Bara ne fit rien d'autre que de lui tapoter la tête, en lui disant que tout irait bien, qu'il ne fallait pas qu'elle s'en fasse. Son monde s'effondrait et Bara se contenta de lui répéter son laïus.

Mary resta tétanisée. Elle ne voulait surtout pas en parler à ses parents. Ceux-ci n'auraient rien compris. Ils voyaient en Mary une fille sage, maladivement timide mais intelligente, capable de faire ses propres choix. Elle ne voulait pas décevoir des parents plutôt coincés et vieux jeu, issus de la vieille bourgeoisie locale. Et puis… Ils étaient membres de la congrégation du père d'Howard, pasteur pentecôtiste. Ils ne rataient jamais ses sermons dominicaux et étaient même invités à dîner chez lui de temps en temps. Elle ne pouvait pas avouer à ses parents ce qu'Howard lui avait fait, eux qui tenaient son père en si haute estime.

Alors Bara prit les choses en main.

Mary avait besoin d'un avis qu'elle ne pouvait pas lui donner. Alors, elle lui conseilla de se tourner vers l'une de leur professeure. Mais laquelle ? Le choix n'était pas compliqué. Il n'y avait que deux femmes qu'elles avaient pour professeure : Madame Fali, professeure de musique incompétente et tire-au-flanc et Madame Paulson, professeure d'histoire stricte et mal aimable. Faute de mieux, Bara opta pour Madame Paulson.

Ce fut une erreur que Bara regretta par la suite.

Car comme beaucoup d'élèves, Bara la détestait. Ils la surnommaient Margaret Thatcher en raison de sa coiffure permanentée et ses tailleurs à carreaux. Paulson dégageait quelque chose de dérangeant. Elle se montrait très sévère avec les filles mais mielleuse avec les garçons, comme si elle cherchait à faire naître chez eux quelque chose que Bara ne comprenait pas tout à fait. Il arrivait à l'issue des matchs de football que Paulson accompagne le coach dans les vestiaires pour féliciter les joueurs. Bara avait entendu plusieurs d'entre eux se vanter de la manière dont Paulson avait regardé leur torse nu ou caressé le bras pour les congratuler. Tout cela aurait dû mettre la puce à l'oreille de Bara. Mais Mary était tremblante, en larmes et Bara n'avait pas eu le temps de peser tous les pour et les contre.

Elles allèrent voir Eleanor Paulson le soir même, après la fin des cours auxquels elles n'avaient pas assisté. Elles la trouvèrent dans sa salle de classe, en train d'effacer un tableau auréolé de poussière de craie. Paulson les accueillit d'un regard froid. Quand Bara lui demanda si elles pouvaient lui parler, elle ne répondit même pas, leur adressant juste un simple hochement de tête. Bara invita Mary à se confier mais celle-ci ne put rien faire sortir de sa gorge. Alors se fut Bara qui parla.

Elle fit le récit de la soirée du trois décembre. Elle n'omit aucun détail. Eleanor Paulson ne cilla pas. Elle se pencha pour poser sa main sur l'épaule de Mary dont le regard était rivé sur ses chaussures.

— À cet âge-là, les garçons ont des besoins bien particuliers, ma chère. Il leur arrive de vouloir ce qu'ils ne peuvent pas avoir et il vous appartient à vous, et uniquement à vous, de le leur refuser. Si vous n'avez pas pu le faire, alors vous ne pouvez vous en prendre qu'à vous-même. Je vais devoir en parler au proviseur, afin qu'il prenne les mesures qui s'imposent.

Mary aurait voulu pleurer mais elle n'avait plus de larmes.

Ce fut tout.

Elles quittèrent la salle de cours, le dos courbé. Bara raccompagna Mary chez elle. Devant la porte, Mary se jeta dans les bras de Bara. Elle allait tout avouer à ses parents. Elle ne voulait pas le faire mais n'avait pas le choix. Bara lui caressa le dos. Elle se sentait nulle d'avoir mis Paulson au courant. Elle avait fait plus de mal que de bien. Pourtant, elle ne s'excusa pas.

Le lendemain, Mary ne vint pas au lycée. Enfin un peu d'air frais. La journée fut banale : longue et sans intérêt. Mais au moins, Bara eut la paix.

Dans l'intervalle entre les cours et l'entraînement, Bara se balada dans les couloirs déserts du lycée. Un peu de quiétude ne faisait pas de mal. Elle voulait aller jeter un coup d'œil à la salle des profs, voir quels ragots elle pourrait dégotter. Mais quand elle passa devant la salle de classe de Paulson, elle entendit une discussion entre la professeure et un garçon.

Howard ?

Bara glissa la tête par la porte entrebâillée donnant sur le fond de la salle. Paulson et Howard lui tournaient le dos. Ils étaient assis côte à côte au premier rang, face au tableau, comme deux élèves oubliés là après à la fin des cours. La discussion était plutôt animée.

— Elle est enceinte, Howard, dit Paulson. Vous ne pouvez pas faire comme si rien ne s'était passé.

La tête de celui-ci s'affaissa. Bara perçut son souffle : « *Oh putain* »

— C'était un accident. Je ne savais pas qu'elle était enceinte. Oh putain, putain.

Il agita la tête de gauche à droite, comme s'il refusait l'information que venait de lui transmettre Paulson. Elle lui empoigna l'épaule. Bara décela chez la professeure quelque chose qu'elle connaissait bien depuis quelques mois. De la jalousie.

— Que ce soit un accident ou pas, ça ne change rien. Vous êtes un homme, et un homme prend ses responsabilités. Parlez-en à vos parents.

— Mon père va me tuer.

— Il fallait y penser avant.

Elle soupira, déçue du comportement de son élève.

— Qu'est-ce qu'il vous est passé par la tête ? Sérieusement ? On en avait déjà discuté, il me semble, non ?

Howard hocha la tête. Il fixait ses mains jointes devant lui, comme un gamin se faisant réprimander. Bara crut percevoir un faible « *Je ne sais pas* ». Paulson, qui se calma, commença à caresser la joue d'Howard du dos de la main.

— Vous faites ce que je vous avais conseillé de faire pour vous calmer ?

— Oui, tous les matins, sous la douche.

— C'est bien, répondit Paulson avec un sourire enjôleur en continuant de lui caresser la joue.

Mais de quoi parlaient-ils ? Et qu'est-ce qu'il se passait ici au juste ?

Cette conversation captivait Bara. Bien plus que les petits ragots sur la cantinière ou sur les coucheries du proviseur. Elle eut la réponse à ses questions quand Paulson parla avec une autorité qu'elle n'avait pas vraiment auparavant.

— Montrez-moi.

Sans être surpris, Howard défit sa ceinture, déboutonna son pantalon et sortit son pénis qu'il commença à masser de haut en bas. De là où elle était, Bara ne voyait pas très bien le sexe d'Howard. Elle aurait aimé être plus proche, beaucoup plus proche. Quand ses mouvements se firent plus rapides et qu'il commença à gémir, le cœur de Bara s'emballa. Elle sentit une chaleur envahir son entrejambe. Paulson, elle, ne ratait rien des mouvements de son élève. Elle semblait même s'en délecter. Elle déboutonna les trois premiers boutons de son chemisier sous le regard avide d'Howard dont les gestes se faisaient plus pressants.

Bara eut le souffle court.

Paulson tira sur l'élastique rouge qu'elle gardait toujours au poignet. Bara le voyait souvent, cet élastique, dépasser de la manche de sa professeure, quand celle-ci écrivait au tableau par exemple. Elle ne savait pas pourquoi elle avait ça sur elle. Ses cheveux n'étaient jamais attachés et quand bien même, le fil de caoutchouc semblait beaucoup trop fin et serré pour servir à quoi que ce soit. Bara eut sa réponse quand elle vit Paulson entortiller l'élastique autour de ses doigts pour en faire une sorte de bague assez large qu'elle maintint ouverte avec son pouce, son index et son majeur. D'un seul geste, elle enfila cet anneau sur le gland d'Howard. Celui-ci étouffa un cri de douleur quand le caoutchouc se referma sur sa chair. Sa souffrance ne dura qu'un court laps de temps. Bien vite, il utilisa cette bague dans ses allers-retours entre la base de son pénis et son sommet. Il devait avoir l'habitude de cette torture car ses gémissements se firent beaucoup plus sonores.

Bara regarda par-dessus son épaule pour s'assurer que les couloirs étaient toujours déserts puis revint vite à la scène.

Howard haletait sous les yeux intéressés de Paulson. À un moment, il changea de main. Celle devenue disponible courut sur la cuisse de Paulson avant de disparaître sous sa jupe. La professeure se raidit. Elle bondit de sa chaise comme un ressort. Bara recula, se tassant contre le mur jouxtant la porte. Elle ne voyait plus rien, mais entendait très bien.

— Non ! Vous avez oublié ce que nous avions convenu ? Que vous ne me touchiez pas, Howard !

Un râle sortit de la gorge d'Howard. Même si Bara n'avait rien vu, elle sut ce qu'il venait de se produire. Elle aurait bien aimé y assister.

— Vous pourrez y aller quand vous aurez nettoyé ça, dit Paulson, mécontente de la tournure des évènements.

Bara entendit des pas se diriger vers la porte. Alors elle fila.

Elle courut dans les couloirs comme une dératée jusqu'à la sortie. Elle avait oublié la fanfare et ses obligations de tambour-major en devenir. Elle rentra chez elle en quatrième vitesse.

Elle se fit ce qu'elle avait surpris sa mère se faire.

Elle jouit quatre fois ce soir-là, excitée par la scène à laquelle elle avait assisté. Mais cette jouissance avait un goût amer. Quand l'excitation retombait, elle était prise de ce sentiment abstrait qui l'encourageait à se questionner. Pourquoi Mary ? Pourquoi Paulson mais pas elle ? Elle pouvait faire aussi bien, même mieux. Elle n'avait jamais essayé mais elle en était convaincue. Puis son cerveau dérivait vers la scène, vers cette pie de Paulson et sa maîtrise de l'élastique. Paulson était une vipère frustrée qui minaudait auprès de ses élèves masculins pour leur donner envie d'elle, envie qu'elle ne comptait pas assouvir. C'était pervers. Pourquoi ne pas laisser Howard la toucher ? Si elle avait été à sa place, elle aurait volontiers laissé ses mains parcourir son corps. Là où il voulait, même. Quand son esprit retournait à cette salle de classe, son excitation revenait et elle recommençait à s'agiter sous sa couette en gémissant.

Début mars, la rumeur commença à circuler au lycée. Mary était enceinte d'Howard. Quel Don Juan celui-là, alors. Tout le monde se passait le mot, à la récréation, à la bibliothèque ou au réfectoire. Des murmures s'échangeaient entre élèves sur le passage de Mary. La pauvre. Bara savait très bien d'où venait la rumeur. Elle avait surpris une conversation entre Madame Fali et Monsieur Jenkins à ce sujet. Puis une conversation entre Madame Fali et la cantinière. Et enfin, une dernière entre Madame Fali et un imbécile qui n'avait rien de mieux à foutre que de l'écouter.

Jenkins convoqua Mary dans son bureau. Bara n'assista pas à leur échange mais celle qui la considérait comme son amie lui fit un compte rendu complet. Jenkins lui avait préparé un programme de cours conçu pour elle qu'elle suivrait à son domicile. Ce n'était pas vraiment une exclusion. Plus une mise à l'écart. Pour son propre bien. Pour elle, pas du tout pour l'établissement ni pour sa réputation…

Mary en eut le cœur brisé. Elle ne voulait pas se séparer de Bara. Pas du tout. Bara, elle, vit ça comme une opportunité. Elle n'aurait plus à être collée à Mary. Et en son absence, elle comptait travailler son approche d'Howard. Elle avait toutes ses chances. Après tout, elle savait comment lui faire plaisir…

Avant son départ, Mary demanda à Bara de prendre une photo ensemble. Bara accepta. Elles posèrent devant leur établissement dans les bras l'une de l'autre, immortalisant une amitié qui n'existait pas vraiment. Bara avait demandé à William de prendre la photo avec le polaroïd qu'il gardait dans son casier. Comme le petit binoclard voulait toujours faire plaisir à Bara — sauf quand il s'agissait de ranger les instruments de musique — il avait couru chercher son appareil photo.

La séance photo se serait déroulée à merveille si l'équipe de foot n'était pas passée à côté d'eux. L'un des camarades d'Howard, un certain Timothy, goguenard, donna un coup de coude à Howard en lui demandant s'il voulait se faire tirer le portrait avec *« sa chère et tendre »*. Howard n'osa pas refuser.

Ce fut Bara qui prit Howard et Mary en photo. « *Dites cheese* » furent les premiers mots qu'elle adressa au receveur numéro quatorze.

À la fin de cette journée-là, Bara raccompagna Mary chez elle. Leur étreinte dura une éternité. Mary ne voulait pas se séparer de son amie. Celle-ci prétexta un rendez-vous chez le dentiste pour pouvoir enfin rentrer chez elle. Au moment de s'en aller, elle jeta un dernier coup d'œil par-dessus son épaule. Elle vit Mary, seule sur le pas de sa porte, le ventre un peu arrondi et les larmes aux yeux. Elle lui apparut misérable. Une frêle créature perdue et seule au monde. Bara revint sur ses pas. Non, elle ne considérait pas Mary comme son amie. Mais elle était humaine. Aussi, elle promit à Mary de venir la voir tous les jeudis après-midi. Cela lui redonna un peu le sourire. Mais pas à Bara.

Malgré tout, elle tint sa promesse. Elle alla rendre visite à Mary tous les jeudis même si parfois l'envie n'y était pas. Sa mère regardait la petite rousse d'un œil méfiant, comme si elle la soupçonnait d'avoir entraîné sa fille sur un sentier qu'elle n'aurait jamais emprunté seule. Bara s'en fichait, elle connaissait la vérité. La mère de Mary essaya un jour de tirer les vers du nez de Bara. Elle la retint par l'épaule au moment de partir et semblait soucieuse.

— Barbara, j'ai une question à te poser avant que tu t'en ailles et j'espère que tu seras honnête avec moi. Qui est le garçon qui a mis Mary enceinte ? Elle refuse de me le dire. Quand je le lui demande, elle part s'enfermer dans sa chambre. Comme tu es toujours fourrée avec elle, tu dois sûrement savoir des choses que j'ignore.

Bara frissonna en entendant l'expression « *toujours fourrée avec elle* ».

— Comment voulez-vous que je sache quelque chose que vous ignorez sur votre propre fille, Madame ? répondit Bara avant de tourner les talons.

Pour qui cette vieille la prenait ? Pour *Radio Potin* ? Si Mary n'avait pas avoué à ses parents l'identité du père de son futur bébé ni la manière dont il avait été conçu, ce n'était pas son problème. Mary n'avait qu'à se prendre en main, bon sang !

Elle vit le ventre de Mary s'arrondir semaine après semaine. Certaines fois, Mary voulait la prendre dans ses bras. Bara refusait en s'écartant d'elle. Elle ne trouvait pas ça vraiment réglo.

Car Bara s'entraînait. Pas à la fanfare, non, ça c'était peine perdue. À séduire Howard.

Et pour ça, elle utilisait le pauvre William.

Un jour, à la bibliothèque, elle vint s'asseoir à côté de lui. William était en train de réviser son cours d'histoire devant un manuel ouvert sur un portrait d'Abraham Lincoln et un paragraphe sur la guerre civile. Sans dire un mot, Bara prit le livre et le mit debout, à la verticale, sur les genoux de William.

— Qu'est-ce que tu fais ?

Bara ne lui répondit pas.

Elle tira sur la ceinture de William pour la défaire. Celui-ci commença à protester mais Bara le coupa d'un soudain « *chut* ».

— Laisse-toi faire, j'essaie un truc, chuchota-t-elle pour le rassurer.

Mais à voir sa tête, le clarinettiste amateur ne l'était guère. Dissimulées derrière le livre d'histoire, les mains de Bara déboutonnèrent le pantalon de William. Celui-ci tenta de protester à nouveau mais Bara le fit taire. Ses mains farfouillèrent dans son caleçon pour en sortir un petit pénis rabougri.

— Arrête ça, on est dans la bibliothèque là, bredouilla William

— Chut !

Bara fut un peu surprise. Son membre ne ressemblait pas du tout à celui d'Howard, majestueux et impressionnant. Tant pis, elle ferait avec. Elle le secoua de gauche à droite. Le pénis se gonfla et devint dur. Un bon début. Elle le secoua à nouveau. William gémit.

— Chut ! répéta Bara.

L'érection de William se fit plus affirmée. Bon, son pénis ne devint pas aussi grandiose que celui d'Howard, mais il ferait bien l'affaire.

— Branle-toi maintenant, ordonna Bara, toujours en chuchotant.

— Quoi ? Mais t'es complètement dingue !

— Branle-toi, je te dis ! Tu sais pas faire ou quoi ?

William secoua la tête.

— Non, mais t'es pas bien, toi !

Il commença à ranger tout son attirail. Non, non, hors de question, Bara ne le laissa pas faire. Elle empoigna son pénis et commença les va-et-vient. William se crispa contre la table. Il en agrippa les rebords, manquant faire basculer les chaises vides de l'autre côté.

— Tu vois c'est comme ça qu'on fait. Vas-y maintenant !

— Mais pourquoi ?

— Parce que je te le demande !

De guerre lasse, William commença à se masturber sous le regard scrutateur de Bara. Elle inspecta avec minutie chacun des mouvements de son camarade essayant de comprendre quel moment, quel geste lui tirait les gémissements les plus forts. Elle tira un stylo à bille de sa poche et commença à prendre des notes sur la paume de sa main. Elle se sentait excitée par la situation, moins que lorsqu'elle avait surpris Paulson et Howard certes, mais son bas-ventre la travaillait quand même un peu.

Un liquide incolore coula sur la main de William. Bara tapota le bout du gland et roula la goutte de liquide entre son index et son pouce.

— C'est bizarre, murmura-t-elle pour elle-même. Je pensais que c'était blanc.

— De quoi ? articula William, essoufflé par sa démonstration.

— Rien. Continue.

Il souffla comme un bœuf.

— Je peux au moins voir tes seins ?

— Et puis quoi encore ?

Il continua de s'astiquer, les yeux fermés. Bara sentit William se tendre, sa gorge se contractant. Non, il ne fallait pas qu'il jouisse !

— Attends, attends. Va moins vite.

Mais William était lancé. Il allait ruiner son expérience, ce con ! Elle attrapa l'élastique qu'elle avait dans les cheveux. Elle en avait acheté tout un stock le week-end précédent, quand son père l'avait emmenée au centre commercial. Cinq dollars le paquet de cinq cents, une affaire en or !

Elle essaya de reproduire les gestes de Madame Paulson mais dut se planter quelque part, car, quand elle passa la bague de caoutchouc autour du gland de William et qu'elle relâcha l'élastique, celui-ci gueula comme un chien qu'on égorge.

Tout le monde se retourna vers eux.

Bara leur fit un petit geste de la main. Ce n'était rien, ils pouvaient passer leur chemin. La bibliothécaire les fixa quelques secondes en collant son index à sa bouche avant de retourner à sa machine à écrire. Des larmes coulaient sur les joues de William.

— Mais pourquoi t'as fait ça ? chouina-t-il, implorant presque la clémence de Bara. Ça va pas bien ou quoi ?

Bara pointa la mine de son stylo sur sa paume. Elle était là pour s'informer avant tout.

— Qu'est-ce que ça t'a fait ? L'élastique sur la bite, je veux dire.

— D'après toi ? Ça m'a fait mal… Comme si on me la coupait.

— Ok, répondit-elle en notant les mots « *coupage de bite* » sur sa main. Branle-toi avec maintenant.

Les yeux de William s'écarquillèrent. Il connaissait la réponse mais posa quand même la question, pour vraiment être sûr de ce qui l'attendait.

— Me branler avec quoi ?

— Avec l'élastique, putain. T'es con ou quoi ?

— T'es sûre ?

Bara feula comme un chat sauvage et prit les choses en main. Elle se saisit du membre de William et fit glisser l'élastique tout en bas pour le faire remonter au sommet. Elle répéta l'opération trois fois. À chacun des allers-retours, William siffla tout en se relevant de sa chaise pour atténuer la douleur. Ses yeux étaient clos et sa bouche si crispée que ses lèvres devenaient blanches. Puis, au quatrième trajet, elle sentit le pénis se contracter dans sa main. William souffla de plus en plus fort. L'objet de son étude fut pris de petits soubresauts. À chacun de ses spasmes, il cracha un liquide sur les pages du livre d'histoire. En plein sur le front d'Abraham Lincoln. Aucun respect.

— Et voilà, dit-elle, toute fière, en essuyant sa main sur la chemise de William. Je savais que c'était blanc, je suis pas folle !

Elle se leva. Quand elle fit une petite révérence, son cobaye resta la regarder comme si elle venait d'un autre monde.

— Merci à toi. J'espère que tu as eu autant de plaisir que j'en ai eu à t'en donner.

Elle s'en alla sans un mot de plus, laissant William, pantelant, la bite à l'air et du sperme plein son livre d'histoire.

Bara était prête ! Enfin !

Elle avait fait jouir un garçon — avec sa main oui, mais ça comptait quand même — et elle maîtrisait la technique de l'élastique. Elle n'avait besoin de rien d'autre. La seule chose qu'il lui restait à faire était l'étape la plus compliquée : le contact.

Elle travaillait à un plan d'approche quand ce dernier fut brisé par Mary.

Ce jeudi après-midi là, elle avait trouvé Mary plus soucieuse que d'habitude. C'était peu dire. Bara essayait bien de lui faire la conversation mais sa camarade ne se montrait pas vraiment réceptive. Quand elle osa enfin lui demander ce qui n'allait pas, Mary lui parla de la visite d'Howard, trois jours plus tôt. Il n'avait pas l'air bien. Le teint pâle, les yeux rougis, une bosse violacée au coin de l'œil droit.

Howard lui parla de son père. Un pasteur ferme et austère pour qui la réputation était le bien le plus précieux et qui ne pouvait supporter les agissements de son fils. Il ne tolérerait pas que son nom soit sali. Il l'obligeait à la demander en mariage pour rétablir le tort qu'il lui avait fait, comme le voulait la décence la plus élémentaire. Howard gardait la tête rentrée dans les épaules comme un pénitent craintif de la colère divine. Ou paternelle… Du pareil au même pour lui.

— Quoi ? hurla presque Bara, allongée sur le tapis au pied du lit de Mary.

Elle triturait un bout de sa couverture en point de croix.

— Je ne sais pas…

Bara se redressa.

— Non mais attends un peu, là. C'est pas ta faute si son père vit encore au dix-neuvième siècle, hein ! Non, non, oublie cette idée.

Mary lui fit signe de baisser un peu le ton. Sa mère était au rez-de-chaussée et Mary ne voulait pas qu'elle entende leur conversation.

— Je sais bien mais bon...

— Il n'y a pas de « *mais bon* ». Tu n'as pas à le faire, point barre.

Bara luttait pour la survie de son plan, pas du tout pour la dignité de Mary. Elle ne pouvait pas se faire voler Howard sous le nez comme ça ! Elle enroba son discours d'une couche de solidarité féminine, plus pour appuyer son propos que par réel soutien.

— Ce n'est pas un bon gars, Mary. Tu as vu ce qu'il t'a fait ? Il t'a violé, c'est toi-même qui le dis. C'est impensable !

Mary tourna des yeux noyés de larmes vers Bara.

— Je sais…

Elle éclata en sanglot.

Comme souvent avec Mary, Bara se sentait prise en otage. Tout se passait bien et l'instant d'après, il y avait des larmes, il y avait des reniflements et Bara se sentait obligée de prendre soin d'elle. Elle grimpa sur le lit auprès de Mary et la berça. Dans ses bras, Mary trouva un semblant d'apaisement.

— Je sais, poursuivit-elle. Mais c'est mon père. Il vit lui aussi au dix-neuvième siècle, comme tu dis. Il pense que ce serait mieux pour le bébé. Et pour les gens…

Et pour lui-même… Car Mary n'avait pas dit à ses parents ce qu'il s'était passé ce soir de décembre. Elle n'avait pas osé. Pour eux, la grossesse de leur fille n'était que la conséquence de simples batifolages d'adolescents, rien d'autre. Aussi, passé le choc de l'annonce, le père de Mary s'était senti un peu flatté. Il venait d'apprendre que c'était à Howard Cane que sa fille devait sa condition d'adolescente enceinte. Le fils de l'homme qu'il admirait, ce pilier de la communauté si respectable, s'intéressait à sa fille, c'était inespéré. Il avait approuvé la demande en mariage d'Howard sans même y réfléchir plus d'une seconde et avait pris sa fille dans ses bras pour la féliciter. « *Tu es une femme, désormais* », lui avait-il dit. Mary n'avait pas osé le repousser. Le soir même, toute la famille de Mary ainsi que le voisinage était au courant de la si bonne nouvelle.

— Mais on s'en tape des gens.

— Mon père lui ne s'en tape pas… Je n'ai pas le choix, je crois…

Bara tint Mary dans ses bras. Et merde ! Putain de conservatisme à la con. Alors qu'elle pensait Mary calmée, celle-ci fut secouée par de nouveaux pleurs.

— Et je fais quoi, moi, s'il veut… enfin tu sais, quoi… faire ce que font un mari et une femme ? Je ne pourrais pas, Barbara, je ne pourrais pas.

Des larmes coulèrent sur la manche de son pull. Son préféré, mince ! La terreur de Mary devint une opportunité pour Bara. Howard ne lui échapperait peut-être pas après tout.

— Quand ça arrivera, Mary, je serai là, il ne t'arrivera rien. Tu peux compter sur moi.

Mary murmura un faible « merci ».

Elle n'aurait pas dû.

L'année scolaire s'acheva comme elle avait commencé : morne et chiante. La remise des diplômes expédiée, tout le monde se congratula, rigola puis partit sillonner son propre chemin. Bara, qui avait été admise en histoire de l'art à l'Université de Boston, décala son admission d'un an. Officiellement, elle n'était pas sûre de son cursus. Officieusement, elle ne pouvait pas partir à l'autre bout du pays sans manger un petit bout d'Howard, aussi tenace qu'un requin qui traque sa proie depuis une dizaine de mois.

Pour rendre hommage à Mary mais aussi pour s'en débarrasser, Bara confia la photographie prise avec elle au comité en charge de la conception de l'album souvenir de la promotion.

Mary et Howard se marièrent fin août entourés de leurs parents, de leurs familles et de quelques amis triés sur le volet. Bara fut invitée mais n'y alla pas. Elle regretta son choix par la suite : ça devait faire bizarre de voir d'aussi jeunes gens dans des costumes de mariés. Un peu comme des petits jouant à être grands. Ça aurait pu être drôle.

Mary accoucha chez elle, dans son lit, aidé d'une sage-femme dépêchée par ses parents. L'enfant, une fille, se portait bien. Elle était mignonne comme tout, avec ses petits poings, ses petits pieds et son petit visage tout fripé. Mary refusa de lui donner un nom. Elle refusa même de lui donner le sein ou de la porter. Un matin, le bébé disparut. Volatilisé. Et tout le monde chez Mary faisait comme s'il n'avait jamais existé. Quelque temps plus tard, Mary avoua à Bara être allée déposer le couffin en pleine nuit avec sa mère sur les marches de l'hôpital.

— L'enfant sera mieux là-bas, lui assura Mary. Je la détestais, tu sais. Cette gamine… je ne la supportais pas.

Bara n'en sut pas plus, Mary ne s'attarda pas sur les détails. Les seules informations que Bara obtint sur le sujet furent ce qu'elle entendit quand elle surprit la mère et le père de Mary en grande conversation alors qu'elle venait de quitter la chambre de sa camarade. Elle se dissimula derrière une cloison et tendit l'oreille. Il fut question de cordelette à linge, de nourrisson au visage violacé, de Mary qui serrait de plus en plus en fort et de sa mère débarquant juste à temps pour éviter le drame.

— Mais qu'est-ce qui lui a pris, bon Dieu ? demanda le père de Mary. C'est toujours la même chose avec cette fille : on ne sait jamais ce qu'elle a dans la tête. Il n'y avait pas d'autres solutions que d'abandonner le bébé ?

— Aucune, répondit la mère de Mary. Tu ne l'as pas vue, toi. Tu aurais vu son regard… Glacial. Je ne l'ai jamais vue comme ça. Elle était déterminée à tuer sa fille. Je ne pouvais pas laisser ce pauvre enfant, comme ça, avec une mère qui lui veut du mal. Quand je l'ai écartée du lit de la petite, elle s'est effondrée dans mes bras et m'a dit qu'elle ne voulait pas de cet enfant. Je te jure, il n'y avait pas d'autres solutions.

Le père de Mary soupira.

— On aurait pu les envoyer chez ta sœur, l'air de la campagne aurait fait du bien à Mary. Tu aurais dû m'en parler avant de prendre cette décision parce que me voilà bien, moi. Qu'est-ce que je vais raconter aux voisins ? Et aux Cane ?

S'ensuivit une dispute entre la mère de Mary et l'homme le plus pragmatique du monde qui voulait contacter l'hôpital afin de savoir comment s'y prendre pour récupérer un bébé abandonné deux jours plus tôt. Pour les apparences, bien sûr. Il ne dut pas avoir gain de cause car le bébé ne réapparut pas et la rumeur de la mort subite du nourrisson commença à courir dans le voisinage.

Même sans bébé, Mary et Howard restèrent mariés. Ils appartenaient à un monde dans lequel le divorce n'existait pas.

Howard commença le séminaire avec son père, lequel ne lui avait pas laissé le choix. Il forçait son fils à travailler les Évangiles tout en purgeant la crasse morale dans laquelle il s'était vautré. Il dépérit en quelques mois, devenant une version un peu plus terne de celui qu'il avait été. Mais Bara le trouvait toujours à son goût. Il regagna quelques couleurs quand son père, qui apparemment en avait les moyens, leur offrit une petite maison de banlieue non loin de chez Bara. Le couple y emménagea en novembre. La relation entre les deux conjoints était inexistante. Comment aurait-il pu en être autrement ? Ces deux-là n'avaient aucune envie d'être ensemble.

Mary regardait Howard avec crainte et un peu de dégoût. Lui, lui reprochait certaines choses qui pourtant n'étaient pas de son fait. Un couple parfaitement assorti… Howard ne semblait pas du tout dérangé par la disparition de son enfant. Au contraire, quand il apprit la nouvelle, il sembla retrouver son sourire.

Bara passait ses journées chez eux, tenant compagnie à Mary. Deux jeunes filles n'ayant rien à faire dans un monde qui pourtant leur offrait toute sorte de possibilité. Bara s'attardait chez eux jusqu'à tard le soir, dînant souvent avec eux sans jamais lâcher Howard des yeux. Ils discutaient sur un ton morne de choses et d'autres, très souvent de sujets inintéressants.

Puis, un soir, Bara obtint ce qu'elle voulait depuis longtemps.

Howard avait sorti une bouteille de whisky d'un placard et l'avait débouchée d'un geste théâtral.

— On n'a pas l'âge de boire mais on a l'âge d'être mariés, alors on s'en tape.

Il remplit son verre d'une dose généreuse d'alcool. Il le tendit à Bara qui trempa ses lèvres dedans. Le liquide lui brûla la gorge mais elle avala quand même. Elle passa le verre à Mary qui, bien que récalcitrante au début, but aussi une gorgée avant de le repasser à Howard. Le verre fit plusieurs tours ainsi. Il fut vidé puis rerempli et bien vite, les trois avaient la tête qui tournait.

Ils se retrouvèrent allongés sur le tapis du salon, à déblatérer sur tout et n'importe quoi. Mary se tenait un peu à l'écart, au pied du canapé comme naguère Bara avec sa troupe de musiciens bras cassés. Quand Howard posa sa main sur son mollet, elle ramena ses jambes contre elle. Mais ses réflexes étaient émoussés par l'alcool aussi, quand Howard fit glisser sa main sur le haut de sa cuisse, elle ne dit rien, ne bougea pas. Howard commença à la caresser sous sa robe. D'abord placide, comme absente, Mary se mit à trembler comme une feuille. Des larmes commencèrent à perler au coin de ses yeux.

— Ça va, dit Howard, je ne vais pas te manger. Nous sommes mari et femme, faut bien qu'on le fasse au moins une fois.

Bara s'approcha de sa camarade. Elle était un peu éméchée mais elle avait les idées assez claires pour savoir ce qui allait se passer.

— Tu te souviens quand je t'ai dit que je serai là quand tu aurais besoin de moi ? Eh bien, je suis là. Ne t'en fais pas.

Howard resta les regarder, interloqué, se demandant ce que voulait dire Bara. Cinq minutes plus tard, les deux filles étaient nues, allongées sur le tapis. Bara avait retiré ses vêtements en même temps que Mary faisant semblant de partager avec elle la disparition de son intimité. Mais en réalité, elle aimait sentir le regard d'Howard sur son corps. Il se tenait debout devant elles. Il avait retiré sa chemise et s'attaquait à son pantalon. Quand il fut nu, Bara ne put quitter son sexe en érection des yeux.

Enfin !

La main d'Howard hésita entre le genou de Mary et celui de Bara. Après quelques secondes, elle se posa sur la peau de Mary. Bara se crispa. Pourquoi pas elle ? Pourquoi Mary et pas elle ? Elle était plus accueillante qu'elle, n'attendait que ça et, honnêtement, il n'y avait pas photo : elle était plus jolie que Mary. Alors pourquoi l'ignorer ? C'était injuste. Bara ravala sa fierté. Son tour viendrait très vite et elle lui montrerait, à Howard, ce qu'était une femme qui avait vraiment envie de lui. Il n'en reviendrait pas.

Howard s'agenouilla entre les jambes de Mary. Elle trembla de nouveau, comme si elle n'avait pas ingurgité une seule goutte d'alcool. Ses jambes étaient secouées de spasmes incontrôlables. Elle se lova contre Bara, le visage dans sa poitrine. Bara était excitée comme jamais elle ne l'avait été. Pour elle, la détresse de sa camarade n'était qu'accessoire, à peine une nuisance balayée par ce corps nu, beau et puissant. Elle écarta ses jambes pour commencer à se caresser en regardant Howard. Celui-ci la dévorait des yeux. Il avait presque la bave aux lèvres.

Mais quand il pénétra Mary, toute chaleur quitta le corps de Bara. Tous ses fantasmes se fissurèrent avant de se briser en mille morceaux.

Car l'acte n'eut rien d'érotique. Il fut d'une violence inouïe, inattendue. Bien loin des représentations fantasmées de Bara. Les coups de reins d'Howard, assénés sans délicatesse, sans tendresse, sans une once d'humanité, arrachaient des gémissements à Mary. De douleur, pas de plaisir. Howard ahana comme un cheval, bavant, crachant. Il perdit aux yeux de Bara toute sa splendeur. Un ogre lubrique, voilà ce qu'il était. Un titan priapique plus proche du pourceau lubrique que de l'apollon. Elle sentit la souffrance de Mary et la serra un peu plus contre elle. Deux minutes plus tard, Howard poussa un râle d'animal à l'agonie quand il éjacula.

Il se retira et commença à caresser les jambes de Bara. Elle le repoussa du pied.

— Désolée, je dois y aller.

Elle rassembla ses vêtements à la va-vite et se précipita nue dans la rue en pleine nuit pour rentrer chez elle.

Même si Bara traitait Mary avec dédain et détachement, elle lui avait fait une promesse. Et Bara respectait toujours ses promesses.

Ils réitérèrent l'expérience deux autres fois mais jamais aucune d'elles ne fit oublier à Bara ce qu'elle avait vu cette nuit-là. Howard ne la touchait jamais — elle le lui interdisait — et son rôle consistait à rassurer Mary, à la dorloter pendant l'acte et, parfois, à faciliter certaines choses. Bara se sentait mal. Peu à peu la douleur de Mary devenait la sienne. Une souffrance qu'elle n'avait pas voulu voir, qu'elle n'avait pas voulu comprendre.

Un soir où Howard était sorti boire un verre avec d'anciens copains de lycée, Mary s'ouvrit à elle. Elles étaient assises sur des transats dans le jardin, sous la lumière d'une lampe halogène qui attirait les moustiques.

— Merci, Barbara, dit Mary après un instant de silence. Pour tout.

Bara ne lui répondit pas. Que pouvait-elle lui dire ? Rien d'honnête. Une partie d'elle voulait que Mary explose, l'insulte, la gifle, lui fracasse le crâne contre le mur pour ne pas avoir voulu comprendre plus tôt. Elle regrettait de toutes ses tripes son fantasme de pucelle sur Howard. Que se serait-il passé s'il avait choisi de la toucher elle plutôt que Mary, le soir de cette beuverie ? Bara l'ignorait et elle ne voulait pas y penser.

Mary s'approcha d'elle, la couvrant de son ombre. Avant qu'elle ait pu se redresser, la bouche de Mary était sur la sienne.

Elles s'embrassèrent.

Mary la guida jusqu'à la chambre à coucher où elles passèrent un moment, chacune explorant le corps de l'autre, riant, gémissant. Elles firent l'amour. Ce fut la première vraie relation sexuelle de Bara.

— Je t'aime, lui avoua Mary.

Bara enfouit son visage dans l'oreiller pour ne pas avoir à répondre.

Le lendemain, elle prit le premier vol pour Boston, laissant Mary derrière elle sans même un au revoir.

Les années suivantes, Bara fit plusieurs rencontres, certaines agréables, d'autres moins, et l'image de Mary s'effaça peu à peu de son esprit. Elle compléta son cursus en histoire de l'art et, après ses études, épousa Filip Jane, un charmant petit bonhomme plein aux as. Il l'adorait, elle l'aimait bien. Si Bara n'avait dû choisir qu'un adjectif pour qualifier son mari, elle aurait dit de lui qu'il était « *gentil* ». Mais en vérité, sa plus grande qualité aux yeux de Bara était son absence quasi pathologique de désir sexuel. Il ne la désirait pas comme les autres hommes qu'elle rencontrait la désiraient, avec leurs regards de carnivores affamés. Et ça allait très bien à Bara car, même si cela lui arrivait de rechercher des contacts intimes avec des hommes — elle eut même quelques relations extraconjugales pendant son mariage —, elle avait toujours le sentiment de se retrouver en compagnie d'un cheval sauvage lancé au galop qui pourrait, si l'envie lui prenait, la piétiner ou outrepasser les limites que Bara fixait à chacun de ses amants sans exception. Elle aurait aimé avoir une laisse ou un licou à passer autour du museau de la bête sauvage avec qui elle passait la nuit mais une telle chose n'existait pas.

Bara tenait une petite galerie d'art près de Concord qui marchait très bien. Celle-ci attirait la bourgeoisie huppée du coin désireuse d'enrichir leurs intérieurs avec quelques tableaux. Et Bara dégottait toujours de quoi les satisfaire. La trouvaille dont elle était la plus fière était un ensemble de reproduction à l'identique de certaines œuvres de J.W Waterhouse. La plus magistrale du lot était *Circé offrant la coupe à Ulysse*. De manière inexplicable, ce tableau fascinait Bara. La domination hautaine de Circé, la soumission teintée de violence d'Ulysse. Il arrivait à Bara de se figer devant la toile et de l'observer sans bouger pendant plusieurs minutes. Elle avait l'étrange sensation de ne pas être devant une simple toile. Avec sa peinture à l'huile, le peintre s'adressait à elle. Il n'avait pas juste représenté une scène de l'Odyssée, il avait matérialisé tout ce dont avait besoin Bara, l'ultime pièce du puzzle qui lui permettait de comprendre la personne qu'elle voulait être. Ce tableau lui était destiné, à elle et à personne d'autre ; ça aurait pu être elle, là, assise sur son trône avec sa coupe. Elle sortit cette toile de son stock et l'exposa chez elle. Quelque temps après, elle fit de même avec d'autres tableaux imitation Waterhouse dont elle appréciait la précision, mais aucune ne lui fit cet effet-là.

Jusqu'à ce matin de mars 2003, où une peintre vint lui proposer une toile dans un tout autre style et tout autre propos. Cette peintre — qui allait devenir un grand nom de l'art moderne quelques années plus tard — s'était lancée dans la réalisation de pastiches de l'œuvre de Grant Wood. La toile qu'elle proposa à Bara était une version modernisée d'*American Gothic* intitulée *Les Nouveaux Rétrogrades*. Le vieux couple à la fourche avait été remplacé par un homme qui tenait une femme contre lui, deux jeunes urbains à l'allure passe-partout comme on pouvait en croiser n'importe où. Le grand sourire de l'homme contrastait avec les lèvres pincées de la femme dont le regard était baissé vers le sol. Ses épaules, légèrement voûtées, semblaient trop frêles pour supporter le poids du bras de son compagnon. La femme était fuyante, comme si elle voulait éviter le regard ou les coups de pinceaux de l'artiste. Elle avait été peinte avec un pull rayé noir et blanc qui aurait tout aussi bien pu être une tenue de prisonnier. En arrière-plan, on devinait les devantures de boutiques branchées. Quand Bara se trouva devant cette toile, elle se figea comme elle s'était figée devant Circé et sa coupe. Mais pas pour la même raison. Howard et Mary, voilà ce que représentait cette toile qui aurait presque pu être une rotoscopie de la photo prise du couple, douze ans plus tôt. Sans ménagement, Bara renvoya l'artiste.

Mais cette nuit-là, elle pleura.

D'abord une boule dans la gorge qui devint ensuite de petites larmes perlant au coin de ses yeux pour enfin se transformer en torrent qui inonda ses joues. Elle pleura pour Mary. Elle pleura pour sa propre cruauté et son manque d'empathie. Elle pleura en pensant à ce qu'elle avait fait, ce qu'elle n'avait pas fait. Ce qu'elle aurait dû faire si son égoïsme ne l'avait pas rendu aveugle et sourde à la détresse et la souffrance de cette pauvre jeune fille qui la considérait comme son amie. Sa seule amie.

Elle pleura cette nuit-là et toutes les autres. Jusqu'à ce qu'une évidence la frappe : il n'était jamais trop tard pour se racheter.

Elle décida de retourner en Californie. Filip fut d'abord hésitant, leur vie était ici, à Concord, partir à l'autre bout du pays ne l'intéressait pas vraiment. Mais Bara se montra convaincante et Filip la suivit. Après tout, ce n'était pas comme s'il avait vraiment besoin de travailler. Et quand bien même, il pourrait remonter une affaire là-bas, il en avait les moyens. Ils s'installèrent dans les beaux quartiers et Bara se mit à la recherche de Mary.

Un dimanche pluvieux, elle se rendit à l'office qui avait lieu dans l'église pentecôtiste occupée dans sa jeunesse par le père d'Howard. Elle s'assit au dernier rang, sur l'un des bancs les plus proches de la porte. L'église était pleine. Quelques hommes mais surtout des femmes. À voir leurs tenues et leurs bijoux, les fidèles étaient loin d'être dans le besoin. À la chaire, se tenait un Howard plus vieux que dans ses souvenirs. Même pas trente ans et déjà ses tempes grisonnaient. Il était beau et dégageait l'assurance de celui qui savait l'effet qu'il produisait sur la gent féminine. Radieux et souriant, il déclamait avec une autorité charismatique un sermon sur la nécessité de venir en aide aux plus démunis. Toute l'assemblée était captivée. Au premier rang, une petite brune frêle fixait ses mains jointes sans oser lever les yeux vers le pasteur.

Mary.

Le cœur de Bara sauta dans sa poitrine. Sa gorge se contracta en un point ardent. Elle eut envie de courir, de traverser l'allée centrale jusqu'à elle, de la prendre par la main et de s'enfuir avec elle loin d'ici.

À la fin de l'office, quelques fidèles se rassemblèrent autour du pasteur pour le remercier ou lui demander conseil sur quelque sujet futile n'intéressant qu'eux. Howard leur répondait avec son sourire charmeur. À côté de lui se tenait Mary, toujours les mains jointes et le regard fuyant. Bara amorça un pas vers le couple et les personnes les entourant. Elle remarqua les œillades qu'Howard lançait à quelques-unes de ses ouailles les plus jolies. Bara devina. La promesse qu'elle avait faite à Mary s'était transformée en nécessité et le couple utilisait toujours cette béquille. Mary, comme piètre palliatif soulageant une partie de la vie innommable qui l'emprisonnait. Howard, comme défouloir de ses plus bas instincts.

Mary leva les yeux. Son regard parcourut les personnes autour d'elle. Il s'arrêta sur Bara quelques instants. Celle-ci fit un pas de plus mais Mary agita la tête de gauche à droite. *N'approche pas.* Elle se détourna pour engager la conversation avec un homme non loin d'elle.

Bara s'en alla, la mort dans l'âme, quand Mary lui tourna le dos.

Elle retenta son approche quatre fois au cours de l'année. Sans succès. Mary se débrouillait toujours pour avoir l'air occupée. Elle évitait Bara comme la peste. Elle voulait juste lui dire à quel point elle était désolée. Elle voulait arranger les choses, l'aider mais elle ne la laissait pas approcher. Howard, lui, ne la remarqua jamais.

Bara coucha sur le papier tout ce qu'elle avait sur le cœur. Ses regrets, ses remords, le mal que son immaturité avait fait. Elle indiqua son adresse et son numéro de téléphone puis envoya la lettre à Mary. Elle n'eut jamais de réponse.

Elle suivit de loin la vie du couple Cane, s'interdisant d'interagir avec eux pour respecter la volonté de Mary. Elle voulait le faire mais n'osa jamais.

Plusieurs années s'écoulèrent ainsi.

En juin 2008, après une soirée bien arrosée avec des associés du fonds de pension qu'il gérait, Filip prit le volant malgré les protestations de Bara. Elle, elle n'avait pas bu, elle aurait pu conduire mais son mari bichonnait tellement sa Lexus que personne d'autre, même pas elle, n'avait le droit d'y toucher. Trois minutes plus tard, Filip s'endormait et sa voiture bien-aimée percutait un trente-huit tonnes qui venait en sens inverse. Il fut tué sur le coup. Bara, elle, s'en tira indemne. Un vrai miracle.

Le deuil fut facile à porter. Elle était triste, oui, et il lui manquait, mais Bara le considérait plus comme un appendice accessoire à sa vie que comme un organe vital à l'équilibre de son existence.

Et puis… Ce n'était pas parce qu'il était mort qu'elle ne lui parlait plus. Car, depuis son accident, Bara sentait des choses.

Cela avait commencé par une brève sensation derrière l'oreille, à peine un souffle d'air. Puis vinrent les murmures et les chuchotements. Des voix d'hommes et de femmes s'exprimant dans des langues qu'elle connaissait ou non, certaines rieuses d'autres plaintives ou même menaçantes. Elle aurait pris peur ou pire, serait devenue folle, si elle n'avait pas appris à les écouter. Un jour, une voix de femme lui raconta son meurtre, une triste mais banale histoire d'agression au couteau dans une ruelle. À New-York. En 1983.

Les médecins lui parlèrent de stress post-traumatique, de dépression mais Bara savait qu'il s'agissait d'autre chose. Ils poussèrent leurs examens. À la suite d'un scanner, ils lui diagnostiquèrent une tumeur au cerveau. L'opération se déroula sans problème. Elle resta hospitalisée deux mois. À son retour chez elle, ce que ses médecins appelaient des hallucinations auditives reprirent.

Assortis cette fois de ce qu'ils auraient qualifié d'hallucinations visuelles.

Quand elle passa la porte de chez elle, Filip se tenait debout dans la pénombre du salon, comme s'il attendait qu'elle revienne. Il la fixait avec ce regard d'amoureux, celui qu'il avait toujours quand elle entrait dans son champ de vision. Un chien qui attendait qu'on le promène, aurait pu dire Bara. Filip s'évapora quand elle alluma une lampe. Il revint plusieurs fois, toujours dans l'obscurité, parfois seul, parfois accompagné. D'autres aussi vinrent la voir. Des blancs, des noirs, des petits, des grands, certains avec des vêtements passés de mode depuis longtemps ou vêtus de manière si fantaisiste que Bara se demandait quelle boutique pouvait bien vendre ce genre d'accoutrement. Chose étrange, elle voyait aussi des gens qui n'étaient pas morts. Ainsi, en pleine nuit, dans sa chambre, elle reçut la visite de sa voisine, une charmante dame de cinquante ans qu'elle avait pourtant croisée l'après-midi même dans la rue, en parfaite santé.

Ses médecins lui prescrivirent des antidépresseurs. Ils firent cesser ces allées et venues spectrales que Bara trouvait plus agaçantes que perturbantes. Mais la graine était plantée. Bara n'avait jamais eu d'affinité particulière avec le monde de l'occulte avant cet épisode aussi, en se documentant, elle découvrit un ensemble de concepts, de théories fumeuses mais passionnantes sur la vie après la mort, le spiritisme et toutes ces choses censées se cacher derrière le voile de la réalité. Elle décida d'en faire son métier. Peut-être avait-elle un don. Ou peut-être son cerveau était endommagé par le choc ou la maladie. Elle ouvrit son cabinet de médium sur la promenade au bord de la plage pour occuper son temps libre et non gagner sa vie, elle n'en avait pas besoin.

Cette activité tint à distance la culpabilité qu'elle ressentait envers Mary sans empêcher toutefois son esprit de revenir au couple de temps en temps. Elle n'oubliait pas sa dette morale. Ne l'oublierait jamais.

Elle se souviendrait toute sa vie de ce matin du 2 décembre 2019, quand elle lut l'article sur la découverte des corps de Mary et Howard dans le journal.

Le monde se déroba sous ses pieds. Toute énergie fut soufflée hors de son corps. Elle se roula en boule à même le parquet. Howard, ce porc, l'avait bien cherché, il n'avait eu que ce qu'il méritait. Mais Mary… la pauvre Mary… Bara pleura pendant trois jours, se rongeant les ongles jusqu'au sang, s'arrachant les cheveux par poignée pour se punir. Elle hurlait, criait. Implorait Mary de se présenter à elle. Sans réponse, comme sa lettre. Car au-delà de l'horreur de leur meurtre, Bara savait qui était la personne responsable de ce carnage : elle-même et personne d'autre.

Le journal ne lui avait rien appris qu'elle ne savait déjà.

Chapitre 27

Le récit de Bara me ramena une dizaine d'années en arrière, vers cette petite maison où eut lieu l'Abomination. Elle me ramena à Prima, à son humiliation, à la violence qu'elle avait subie. À mon impuissance face à l'horreur couleur cyan. Je comprenais le sentiment de culpabilité de Bara : cette colère et cette honte me hantaient depuis plusieurs années déjà. Cette empathie prit le pas sur le mépris qu'elle aurait dû m'inspirer. Bara n'avait pas jugé utile de prendre la responsabilité d'aider Mary, voyant tout au travers d'un prisme déformé par l'égoïsme. Elle ne méritait pas ma compassion. Pas du tout. Mais... même avec la plus grande volonté du monde, je ne parvenais pas à la trouver détestable.

Elle balaya une mèche flottant sur son front. Ma gorge était toujours aussi aride qu'un lac desséché aussi, je toussotai pour essayer de me donner un peu de contenance.

Bara soupira. Au cours de son récit, elle avait perdu petit à petit l'assurance et la douceur avec lesquelles elle m'avait accueilli. Elle semblait résignée.

— Je sais qui a tué Mary et Howard. Au cours de ces années, j'ai fait certaines choses pour essayer de me racheter une conscience. Et c'est mon action qui a créé les conditions de ce massacre. Ce n'est pas moi qui tenais la hache qui les a tués mais c'est tout comme. Mary et Howard ont été victimes d'une vengeance... de la part de quelqu'un que j'ai mis sur leur route en pensant bien faire. Si vous cherchez un coupable, vous l'avez devant vous.

— Ce n'est pas comme ça que ça marche, Bara. Dites-moi ce que vous avez fait. Dites-moi qui a commis ce double meurtre. Je veux un nom.

Elle secoua la tête. J'eus la désagréable impression d'être devant une évidence qui m'était inaccessible, comme quelque chose qu'on me tendait et qu'on me retirait au dernier moment quand j'essayais de m'en saisir.

— Vous ne pouvez pas me demander ça. Tout mais pas ça. J'essaie d'arranger les choses, croyez-moi. Je le fais à ma manière mais j'essaie vraiment. L'assassin est… quelqu'un qui a souffert, beaucoup, et qui a besoin d'être protégé des autres et de lui-même. Je sais que c'est dur à comprendre. Moi-même, je lui en veux beaucoup mais je me refuse à l'abandonner. Je veille sur lui en essayant de racheter le mal qu'il a fait. C'est pour ça que je suis allée rendre visite à Théodore Monroe en prison. Ce n'est peut-être pas grand-chose mais je lui ai offert tout ce dont j'étais capable : une présence humaine compatissante. Je lui ai même dit que je savais qu'il était innocent, pour le rassurer, et c'était vrai.

Je passai ma langue sur mes dents pour les humidifier. Sans succès : c'était toujours le désert de Gobi là-dedans. Une petite boule s'agita dans mon ventre. Elle annonçait le réveil de mon Coyote. J'essayai de me calmer. S'emporter ne servirait à rien.

— Bara, ça, c'est de la compassion à deux balles. C'est à vous qu'elle fait du bien, pas à Théodore Monroe. Si vous voulez vraiment l'aider, dites-moi tout ce que vous savez. On le fera sortir de prison et là, vous pourrez avoir le sentiment d'avoir servi à quelque chose.

Elle souffla sa réponse. « *Non* ».

Mon Coyote remua.

— La personne que vous protégez est dangereuse. Vous savez très bien ce qu'elle a fait aux Cane. Vous voyez mon visage ? Elle a essayé de recommencer avec moi hier. Il s'en est fallu de peu pour qu'elle y arrive.

Mon ton se fit plus ferme, ma parole, plus rapide. Mon Coyote était lancé et j'étais en colère. Mes doigts se refermèrent sur la couverture de l'album du lycée. Mes nerfs me commandèrent de plier le carton épais, de le tordre et de le déchirer. Je me maîtrisai de justesse. Bara me fixait de son regard bleu neige, doux mais dissimulateur. Je voulais la détester, je voulais la mépriser, lui hurler dessus, peut-être même la secouer pour lui ordonner de me parler. Mais quelque chose m'en empêchait.

— Je vous conseille vivement de me parler. Parce que là, je ne recherche pas seulement le coupable d'un double homicide, je recherche aussi celui qui a essayé de me tuer. J'ai failli mourir, Bara ! Alors, ne venez pas me dire que vous cherchez à arranger les choses en la fermant !

Bara ne cilla pas.

— Comme si la mort vous dérangeait…

Mon cœur fit un bond. Que sous-entendait-elle ?

— Pardon ?

Elle me fixa, toujours sereine.

— Calmez-vous, dit-elle d'une voix douce dans laquelle résonna une note de tendresse.

Mon Coyote s'évapora.

Je restai un peu penaud, presque haletant, la couverture de l'album tordue entre mes mains. Le feu consuma ma gorge et alimenta la soif qui me tenaillait déjà. Les yeux de Bara glissèrent vers un point juste au-dessus de mon œil droit. Je sentis un liquide chaud couler le long de ma joue. Du sang. La suture de mon arcade sourcilière venait de péter.

Fais chier !

Bara poussa vers moi la boîte de mouchoirs posée sur sa table basse. Je tamponnai la plaie ; les fibres s'imbibèrent de mon sang. La blessure ne s'était pas cicatrisée et l'écoulement ne s'interrompait pas. Bara se leva. Elle me tendit la main.

— Venez avec moi.

Je la suivis jusqu'à la table à manger. Elle tapota sur le plateau.

— Installez-vous là. Allongez-vous, ce sera plus simple.

— Vous êtes sûre ?

Elle hocha la tête. Je grimpai sur la table, la nappe se gondolant dans mon dos. Je m'étendis sous le regard impérial de la femme peinte sur son trône avec sa coupe et sa baguette. Bara partit chercher une petite valisette transparente siglée d'une croix rouge. Elle en sortit un kit de suture avec aiguille, fil, spray anesthésiant, antiseptique, tout l'attirail du petit chirurgien en herbe.

— Mon mari était boxeur amateur, annonça-t-elle en faisant passer un bout du fil dans le chas de l'aiguille stérile. J'ai dû recoudre ses arcades sourcilières une bonne centaine de fois, au bas mot. Un jeu d'enfant. Ne bougez pas.

Elle tamponna mon arcade blessée d'un coton imbibé d'anesthésiant avant d'entreprendre le rafistolage. Mon bras droit pendait dans le vide sur le côté de la table et quand Bara se pencha sur moi, ma main se retrouva entre ses genoux. Elle était bien plus douée que Tiffany, l'infirmière à qui je devais mes premières sutures, plus douce mais aussi plus assurée. L'opération fut presque indolore.

Elle aurait pu être parfaite si, à un moment, l'aiguille n'avait pas ripé sur la plaie, me vrillant le front et me donnant la désagréable impression de me prendre une porte dans la gueule. Par pur réflexe, j'agrippai le genou de Bara. Nous nous excusâmes en même temps.

Je ne sus pourquoi mais à cet instant-là, ma main obéit à sa propre volonté.

Elle quitta le genou de Bara pour remonter plus haut sous sa robe, sur sa cuisse charnue. Bara ne dit rien. Elle continua sa petite chirurgie même quand ma main gagna son entrejambe. Elle ne portait pas de sous-vêtements. Peut-être n'en portait-elle jamais. Ou peut-être les avait-elle retirés avant mon arrivée car elle savait ce qui allait se produire. Elle était censée voir l'avenir ou un truc comme ça après tout. Mon pouce caressa la peau douce et épilée de son pubis.

— Vous ne viendrez pas vous plaindre si je vous fais mal, dit-elle avec un sourire qui m'invita à poursuivre mon exploration.

Mes doigts pénétrèrent son intimité humide, commençant de lents va-et-vient dans sa chair. Elle frémit. Malgré mes caresses, elle parvint à recoudre mon arcade sourcilière comme une professionnelle. Un jeu d'enfant, avait-elle dit. Quand elle eut lâché aiguilles et coton, elle posa sa main sur la mienne, le mince tissu de sa robe séparant nos peaux. Elle accompagna mes mouvements puis guida mes doigts vers ses endroits les plus sensibles. Elle gémit.

Petit à petit, la volonté de Bara prit le pas sur la mienne.

Elle imprimait à mes caresses un rythme plus rapide, presque fiévreux, avide. Son bassin se décala, puis, d'une légère pression du poignet, elle invita mon index et mon majeur à l'intérieur de son vagin, tandis que mon pouce s'occupait de son clitoris. Son souffle se fit court. Elle maintint ma main tandis que les mouvements de ses hanches se faisaient plus frénétiques. Je ne faisais plus grand-chose. Ne pouvais plus faire grand-chose. Je ne caressais plus Bara : elle se masturbait avec ma main.

Elle se pencha sur moi.

De sa main libre, elle tira sur le devant de sa robe, offrant à ma bouche un sein à la peau pâle. Au mamelon appétissant. J'y goûtai du bout de la langue : sucré. Un autre coup de langue : doux comme le miel. J'eus envie de le dévorer. Chaque pression de ma langue était accompagnée des gémissements de Bara, de plus en plus primitifs. À la seconde où je pris son téton dressé entre mes lèvres, Bara jouit.

Elle s'affaissa sur mon torse. Pantelante, elle resta quelques instants ainsi à me regarder dans les yeux. Son regard était celui de la femme qui nous observait depuis son portrait sur le mur.

Elle se redressa. Elle retira mes doigts de son intimité et, toujours en me fixant, les porta à sa bouche. Tout en suçotant mes doigts enduits de cyprine, son autre main disparut entre ses cuisses pour réapparaître quelques instants plus tard et, dans une généreuse offrande, franchir mes lèvres. Dans un mystérieux rituel impie qui m'était inconnu, nous restâmes là, à nous fixer, chacun léchant et suçant les doigts de l'autre. Bara partageait avec moi son nectar savoureux et je lui en étais plus que reconnaissant. Plus je le dégustais et plus j'en voulais. J'étais un voyageur perdu dans le désert et elle était cette source, magique, magnétique qui m'attirait vers elle pour étancher ma soif. Cette libation bienvenue me rendit ma salive et étouffa l'incendie qui consumait ma gorge. Elle me rendit la vie.

Elle m'embrassa ; son haleine au goût de menthe mêlé à celui de la jouissance féminine m'enivra l'esprit. Elle fit courir ses mains sur mon torse. Puis sur la bosse qui déformait mon pantalon. Elle y déposa un léger baiser. Puis joua un peu avec moi. Elle pressa la bosse, une, deux, trois fois. Ce fut à mon tour de gémir. Je sus à son regard qu'elle connaissait le risque qu'elle prenait à faire ça. Notre jeu pourrait prendre fin bien vite. Mais elle s'en fichait, elle avait l'air de s'amuser. Elle joua avec la boucle de ma ceinture.

Et ce fut à ce moment-là que je les vis.

Je les avais eus sous les yeux pendant tout ce temps mais ce ne fut qu'à ce moment précis que l'Univers, dans son aversion infinie pour mon être, m'ordonna de les remarquer. Ses ongles. Vernis de cyan. Je devins un ballon percé. Excitation, envie, lubricité me quittèrent en un instant. Ma bosse se dégonfla. Bara, qui bien sûr le remarqua, leva la tête vers moi.

— Quelque chose ne va pas ? demanda-t-elle.

Je la repoussai.

Elle recula, plus intriguée qu'en colère. Cela me fit mal mais je devais m'en aller, prendre l'air loin d'ici. Bara ne comprit pas ce qu'il m'arrivait. Comment aurait-elle pu ?

Je partis sans même prendre la peine de lui baragouiner une excuse faite de bric et de broc, comme un puceau de collège surpris dans le vestiaire des filles, la bite à la main. Je laissai cette femme derrière moi, sans même un regard.

Chapitre 28

Je rentrai chez moi la tête pleine de Bara, une pensée obsédante qui pesait sur ma nuque. La distance, le temps ne l'atténuaient pas. Elle était toujours là, avec moi et me tirait en arrière vers cette table et cette rousse dont le corps m'avait fait oublier les raisons de ma visite ainsi que ses dissimulations. Qu'est-ce qui m'avait pris ? Super, le détective privé ! Quel professionnalisme ! Être à deux doigts de sauter la seule personne qui détenait des informations capitales… Bravo !

J'hésitai à faire demi-tour. Après tout, ça aurait pu être une bonne manière de lui faire cracher le morceau, une petite confession sur l'oreiller… Je me ravisai.

Les ongles cyan… Impensable.

Je trouvai Faucon d'Amour sur mon canapé, dans la même position que quand j'étais parti. Il leva à peine les yeux vers moi, préférant laisser la télévision lui griller le cerveau.

— Salut mon pote, lança-t-il quand j'entrai.

Je m'attablai devant mon ordinateur portable. Bara avait parlé de vengeance, d'une personne qu'elle avait mise sur la route des Cane et qui les avait massacrés. Un règlement de compte. De la part d'un membre du *Renouveau.* Quelqu'un assez déterminé pour ressortir sa hache après avoir compris que Faucon d'Amour et moi étions à ses trousses. C'était à peu près tout ce que j'avais appris au cours des derniers jours. Pas très brillant ni très utile.

Quel était le motif de cette vengeance ? La drogue ? Peu probable. La jalousie, comme l'avait affirmé Bobert Jones ? Sûrement mais quand même peu compatible avec l'intervention de Bara. Connaître le motif m'aurait permis d'identifier l'assassin. Mais je séchais. Totalement. Je n'y comprenais rien.

Je lus tout ce que je trouvai sur internet sur les Cane. Infructueux. Rien dans leur entourage ne laissait penser à des fréquentations capables de régler leurs problèmes à coups de hache. J'hésitai à contacter Tommy l'enfoiré. Je me ravisai ; je n'étais pas d'humeur. De plus, il était suspect. De ce que j'en savais, Howard avait peut-être baisé sa femme et le blondinet l'avait eu en travers de la gorge. J'appelai plutôt Paula Henreid pour lui demander si, selon elle, certaines personnes au *Renouveau* avaient eu des démêlés avec la justice. Elle me répondit par la négative avant de partir dans des commentaires élogieux sur Howard. Un homme si altruiste, si compatissant savait s'entourer, il ne se serait jamais fourvoyé avec des malfrats ou des psychopathes. Je raccrochai sans même la saluer.

Gros problème : il m'était très difficile, voire impossible, d'obtenir des informations exploitables. Rien d'objectif, rien de véritable. Tout le monde semblait envoûté par ce connard d'Howard au point que même après son décès, l'évocation de son nom ouvrait les vannes à un déferlement de louanges obscènes qui me donnaient envie de vomir. Lulu avait sûrement raison : il avait dû sucer un paquet de monde, ce con.

Alors j'optai pour un autre angle d'attaque et un autre outil de travail. Le seul tournevis à tête plate dans ce monde cruciforme qu'on appelait Faucon d'Amour. Sur le site internet du *Renouveau*, je trouvai un trombinoscope des bénévoles et des employés permanents de l'œuvre de charité. Une trentaine de visages dont seulement une poignée m'était familière. Je fis signe à Faucon d'Amour.

— Viens voir un peu par ici.

Il quitta mon canapé à regret, en soufflant.

— Tu fais quoi, mon pote ? demanda-t-il en s'approchant.

Je tournai l'ordinateur vers lui.

— Regarde ces visages. L'un d'eux appartient à la personne qu'on recherche. Tu peux me montrer qui tu as vu quand tu étais au centre ?

Faucon d'Amour se pencha vers l'écran.

— Oulah, mon pote ! Ça va pas être facile. J'ai une très mauvaise mémoire des visages.

Une très mauvaise mémoire tout court. Sans grande conviction, il pointa cinq personnes sur le trombinoscope d'un doigt hésitant. Il haussa les sourcils.

— Je serais toi, mon pote, je me fierais pas trop à ça. J'ai pu me planter.

Sans déconner... Il n'avait même pas désigné Tommy qui pourtant était présent ce jour-là, il nous avait même sermonnés après notre agression...

Faucon d'Amour retourna s'affaler dans le canapé en me laissant dans mon impasse.

Ma bouée donut tournait sur elle-même, m'offrant un panorama de la résidence et ses immeubles rendus grisâtres par cette lumière terne d'après-midi pluvieuse. Pas très agréable de flotter comme ça, dans une piscine froide sous la pluie comme un marin à la dérive sur une planche après le naufrage de son navire. Mais au moins, j'étais seul. Parfait pour moi.

J'apercevais de temps en temps certains voisins qui passaient la tête devant une fenêtre. Ils devaient se demander ce que ce pauvre abruti de Scott Sirius faisait encore dans cette piscine. Réponse : rien. Et je les emmerdais, de toute manière. Ils n'avaient qu'à se mêler de leurs culs. J'aimais les clapotis des gouttes de pluie sur l'eau chlorée de la piscine, voilà tout. Qu'est-ce ça pouvait bien leur foutre ?

Après une bonne dizaine de tours, je vis apparaître dans mon champ de vision une rousse, à la robe mauve et aux cheveux maintenus par un foulard de la même couleur. L'apparition dériva vers la droite, disparut puis réapparut au même endroit quelques secondes plus tard.

— Vous ne l'avez peut-être pas deviné, Monsieur le détective privé, mais il pleut.

Nouveau tour, nouvelle disparition, nouvelle réapparition.

Bara s'était approchée de quelques pas. Ses cheveux mouillés gouttaient sur ses épaules. Sa robe collante d'humidité me laissait deviner chacune de ses courbes, chacun de ses recoins les plus secrets. Mon cœur battit la chamade.

— J'aurais été mouillé de toute façon. Un peu plus, un peu moins, quelle importance ? fis-je en poursuivant ma rotation.

Quand je la revis, elle était assise au bord de la piscine, le bas de sa robe relevé pour y plonger ses pieds. La fine pluie et les flaques d'eau ne la dérangeaient pas du tout.

— Je suis venue prendre de vos nouvelles, vous êtes parti bien précipitamment tout à l'heure. Je m'inquiétais.

Je lui tournai le dos.

— Un petit coup de mou, rien de plus. Ça arrive plus souvent qu'on ne le croit. Vous avez changé d'avis ? Vous êtes venue me dire ce que vous savez ?

Elle attendit que je sois de retour en face d'elle pour secouer la tête.

— Non… Arrêtez de chercher… S'il vous plaît.

Je repartis pour un tour de manège, faisant peu cas de sa supplique.

— Vous cachez un meurtrier, Bara. Vous le savez mieux que quiconque. Sa place est en prison. Théodore Monroe n'a pas à payer pour les crimes de votre petit protégé.

— Ce n'est qu'une victime dans cette histoire. Cette personne n'est pas dangereuse. Quoi que vous en pensiez, je la connais, vous non. Il faut la laisser tranquille, la pauvre a assez souffert dans sa vie. Je vous l'ai dit, tout ça n'est qu'une histoire de vengeance, sombre et sinistre certes, mais tristement banale.

J'étais sur le point de mettre un terme à cette conversation qui allait autant tourner en rond que ma bouée donut quand Bara ajouta :

— Vous en savez quelque chose.

Mes poils se hérissèrent sur ma nuque. Je freinai ma bouée en plongeant mes pieds dans l'eau puis jouai des hanches pour me repositionner face à elle. Un vrai canard ridicule.

— Qu'est-ce que vous voulez dire par là ?

— Vous le savez parfaitement, Scott.

Nous restâmes là, pendant quelques secondes, à nous fixer sous la pluie qui nous arrosait. Moi, tanguant, ballotté par le courant artificiel de la piscine. Elle, les pieds immergés, le regard aussi suppliant qu'arrogant. Je luttai contre moi-même, combattis à mort mais je ne pus empêcher mon regard de dériver sur Bara, sur son cou pâle, sur sa gorge généreuse ruisselante d'eau de pluie, sur ses tétons dressés pointant sous l'humidité. Elle me fit un geste de la main : elle m'invitait à approcher. Comme si je n'étais plus maître de mes mouvements, je sautai de ma bouée pour nager vers elle. Quand je me hissai sur le bord de la piscine, Bara se releva.

Là, debout, je sentis soudain la fraîcheur qui m'entourait, qui semblait s'insinuer par tous les pores de ma peau. Je serrai les dents pour ne pas grelotter. J'attrapai ma serviette pliée, posée sous un transat pour la protéger de la pluie. Alors que je l'enroulais autour de mes épaules, Bara posa sa main sur ma joue, sur la peau meurtrie de mon hématome. Elle irradiait d'une chaleur presque surnaturelle, comme si un morceau de charbon ardent avait été posé dans cette paume. Ce toucher me fit un bien fou.

Je crus un instant que Bara allait m'embrasser mais elle n'en fit rien. Elle resta là, à me fixer de son regard bleu neige. Hypnotique. Érotique. Ma gorge était sèche, aussi, je dus m'y reprendre à deux fois avant de pouvoir parler de manière intelligible. J'essayai d'avoir l'air aussi en colère que possible. Pas évident.

— Je... hum... si voulez me menacer pour que j'arrête mes recherches, je... crois que vous vous trompez sur mon compte. Comment l'avez-vous su ?

Bara secoua à nouveau la tête. De fines gouttes de pluie quittèrent ses mèches de cheveux. Elle chuchota, presque avec tendresse, comme une amante avouant ses fantasmes les plus secrets à son compagnon du moment.

— Non, Scott, je ne vous menace pas. La manière dont j'ai appris ça importe peu, vraiment. Je veux juste que vous compreniez que rien de bon ne sortira de votre enquête, croyez-moi. Abandonnez là... Venez avec moi. Restons ensemble, pour le week-end, la semaine, le mois ou même l'année s'il le faut. Je vous ferai tout oublier de cette histoire, je vous le promets... Je vous guérirai de vos tourments les plus sombres.

La proposition fut tentante. Je ne pouvais lâcher du regard cette bouche aux lèvres roses, charnues. Je voulais qu'elle m'embrasse, comme elle l'avait fait plus tôt ce jour-là. Je voulais sentir à nouveau cette force magnétique qui nous avait liés et qui n'avait été rompue que par un malheureux coup du sort. Mais elle ne m'embrassa pas. Si elle l'avait fait, j'aurais accepté sa proposition. À la seconde.

— Merci mais je gère mes tourments, comme vous dites, très bien tout seul.

Bara approcha sa bouche de la mienne. Juste assez pour que son souffle chaud agite mes entrailles.

— Je sais le mal que vous vous faites, tous les soirs. Et je sais aussi que vous n'êtes pas sûr de la raison qui vous pousse à mettre ce canon dans votre bouche. Pour échapper à la police, pour vous punir ou tout simplement parce que vous ne vous aimez pas. Comme vous vous sentez trop faible, trop lâche pour le faire vous-même, vous laissez le hasard décider pour vous. Vous êtes impatient mais en même temps terrifié par ce qui vous attend. Comment ne pas l'être ? Vous êtes tellement sûr de l'imminence de votre fin que… c'est comme si vous étiez déjà mort. Un cadavre qui n'attend que d'être enterré. Venez avec moi… moi, je peux vous ressusciter.

Sa bouche se rapprocha encore un peu de la mienne. Je fis un pas en arrière. Comme si un charme avait été rompu à l'évocation de mon occupation nocturne. Un petit lapin roux venait de s'introduire dans mon potager secret pourtant protégé par une clôture barbelée électrifiée et un portail fermé à double tour... Comment était-ce possible ? Personne n'était au courant…

J'attrapai son poignet puis écartai sa main de mon visage.

— Allez-vous-en. J'ignore comment vous savez tout ça sur moi et je m'en fous. Si vous pensez m'impressionner avec vos tours de passe-passe, vous vous êtes trompée de pigeon. Cassez-vous.

Le regard que me lança Bara aurait pu fendre une pierre. La pluie gouttait sur son visage, ruisselant de la racine de ses cheveux jusqu'à la pointe de son menton, pourtant j'aurais juré, à ce moment-là, voir des larmes perler au coin de ses yeux.

Elle soupira. Par dépit ou par tristesse. Elle se détourna de moi pour s'en aller.

— Ça va être quoi la prochaine fois ? lançai-je dans son dos tandis qu'elle s'éloignait. Je vous ai trouvée à l'épicerie l'autre jour, là vous venez me voir dans la cour de mon immeuble, et demain ? Je vous trouverai assise dans mon canapé ?

Elle me répondit en continuant son chemin, sans même se tourner vers moi.

— Je ne peux pas entrer chez vous si vous ne m'y invitez pas.

Elle traversa le rideau de fines gouttes de pluie qui la rendit floue puis la fit disparaître comme si elle n'avait jamais été là.

Je sus en regagnant mon appartement que cette journée ne serait pas beaucoup plus réjouissante que la précédente. À l'entrée de l'immeuble, je croisai un homme élégant et bien bâti à l'air perdu qui regardait les noms sur les boîtes aux lettres.

L'officier Tête-De-Pine en personne.

Fais chier !

Son visage s'illumina quand il me vit approcher, ma bouée dans les bras et la serviette sur mon épaule. Il me sourit presque. Une sangsue attirée par le sang.

— Je vous cherchais, me dit-il.

Sans déconner… Je lui passai devant sans lui adresser le moindre mot. Le hall de mon immeuble était doté d'une porte à fermeture automatique dont seuls les résidents avaient la clef. Je la passerai et je laisserai ce con, seul, à l'extérieur, sans possibilité de me suivre. Mais il eut les mots pour me retenir.

— Quand vous faites chanter un officier de police, Monsieur Sirius, ne le faites pas dans une salle d'interrogatoire munie d'une vitre sans tain. Surtout pas après avoir demandé à son coéquipier de quitter la pièce.

Je me retournai vers lui.

— Ce n'est pas beau de fureter comme ça.

Il fit un pas vers moi.

— Ça fait deux mois que je fais équipe avec Joe Dale, je ne le connais pour ainsi dire pas du tout. S'il a des casseroles… si c'est un pourri, je veux le savoir. Le dossier, celui que vous aviez hier, je veux le consulter.

Je me revis, dix ans plus tôt, au pot de départ de Roy Biggs. On venait de me présenter Gordon Neary. Je vis sa main tendue, son sourire chaleureux. Moi aussi, à ce moment-là, j'aurais bien aimé qu'on m'explique l'ordure que c'était. J'aurais pu accepter. J'aurais même pu lui demander en échange un accès au rapport de Joe Dale sur mon agression au *Renouveau*, histoire de m'aider dans mon enquête.

Mais Tête-De-Pine ne m'inspirait aucune sympathie.

Si Joe Dale pouvait l'entuber comme Gordon Neary l'avait fait avec moi, ce serait bien fait pour sa gueule. Je ne pleurerais pas.

J'ouvris la porte de mon immeuble.

— Pour toute réclamation, voyez avec mon avocate, dis-je en entrant. Elle vous enverra chier sous quarante-huit heures.

Chapitre 29

L'après-midi coula sur moi comme l'eau d'une rivière sur un rocher. Je restai assis dans mon fauteuil à regarder la télévision avec un Faucon d'Amour ravi de savoir que je partageais avec lui l'un de ses passe-temps favoris. Il commentait toujours ce qu'il voyait à l'écran, avait toujours des anecdotes ou des potins sur les intervenants des talk-shows qui passaient. À croire que ce type-là avait passé sa vie devant des écrans de télévision.

J'avais abandonné mon enquête. À quoi bon s'acharner ? Il ne me restait pas assez de temps pour mettre au clair les trop nombreuses interrogations qui persistaient. Elles seraient résolues un jour, à n'en pas douter, mais pas par moi. Après quatre jours d'enquête, je sentais que je touchais au but mais il me manquait toujours une pièce essentielle du puzzle, celle qui m'aurait permis de tout comprendre et d'avoir une image complète. Peut-être n'en avais-je pas fait assez ? Me connaissant, c'était fort probable.

J'aurais pu retourner toute la ville, secouer ce gros débile de Tommy, ébranler ciel et terre mais franchement, qu'est-ce que ça m'aurait apporté ? Ma clepsydre bientôt vide me niait le droit de savourer le goût du travail bien fait. Aucun intérêt. Alors je restai là avec Faucon d'Amour, mon esprit libéré de ces questions qui n'auraient pour moi aucune réponse.

Au milieu de l'après-midi, mon téléphone sonna. Lulu. Elle voulait savoir ce que j'avais appris de Bara. Je lui fis un bref compte rendu sans évoquer l'épisode des sutures. Elle attendit de moi que je lui dise ce que je comptais faire ensuite. Je lui répondis que j'étais en train d'y réfléchir. Avant de raccrocher, elle me parla de Maya. Les choses ne s'arrangeaient pas avec elle et je devrais prêter à Lulu mon lit une nuit de plus. Fantastique…

La lumière du jour déclina et la pluie redoubla d'intensité sur le coup de six heures. Mon esprit retourna auprès de Bara. Auprès de la douce Bara, intrigante, dissimulatrice mais attirante. Je lui avais balancé son invitation au visage plus tôt cet après-midi-là mais désormais, elle m'apparaissait tentante. Je ne voulais pas qu'elle me sauve comme elle me l'avait proposé — elle en aurait été incapable — mais quitte à passer mes dernières heures sur cette terre autant que ce soit en prenant du bon temps. Ce serait une faute. Grossière, lamentable, misérable. Mais je gâchais mes derniers moments à rester avec Faucon d'Amour alors que Bara n'attendait que moi. Cette idée me devint insupportable.

Le ridicule de la situation me poussa hors de mon fauteuil.

Je pris ma veste, mon revolver et sortis de l'appartement. Faucon d'Amour ne bougea pas. Peut-être ne s'était-il même pas aperçu de mon départ.

Je me garai dans une rue perpendiculaire à celle où vivait Bara. Je savais que c'était une erreur ; cette idée ne me quittait pas. Bara n'était pas une bonne personne. Elle ne m'aurait procuré qu'un bien artificiel, passager. Mais étais-je en quête d'autre chose ? Non. Aurait-elle été bonne pour moi ? Non plus. Je doutais. J'oscillais entre la volonté de rejoindre Bara et celle de rentrer chez moi, passer l'une de mes dernières soirées avec ma meilleure amie et mon squatteur. Quelqu'un devait faire un choix pour solder cette hésitation.

Et ce quelqu'un serait l'Univers.

Si Bara m'était interdite alors ma cervelle exploserait. En revanche, s'Il me donnait son approbation, le percuteur cliquetterait dans le vide.

Je poussai le chien du pouce, amorçant un nouveau mouvement au barillet. J'insérai le canon dans ma bouche. Je pressai la détente. Et le percuteur cliqua. Ce serait donc pour le lendemain. Plus qu'un dernier jour à vivre et l'Univers viendrait me chercher. Enfin !

Je collai mon revolver dans la boîte à gants et me précipitai sous le porche de Bara, filant sous les trombes d'eau qui tombaient du ciel. Je frappai comme un forcené à la porte, ruisselant d'eau de pluie. Je grelottais presque.

Bara ouvrit. Son expression refroidit mes ardeurs.

Son regard était dur, sévère. Celui d'une femme déçue, insultée par mon comportement et que je ne connaissais que trop bien : trois de mes quatre épouses m'avaient regardé de la sorte au moment de partir pour ne jamais revenir. Bara s'était changée. Le mauve avait laissé place au jaune. Sa robe flottait autour de son corps qui semblait, dans l'éclairage orangé du porche, auréolé d'or. Je jetai un coup d'œil à ses ongles. Aucun vernis. Déjà une bonne chose. Elle me fixa, sans dire un mot.

Je m'étais retrouvé dans cette situation si souvent que ma voix s'échappa presque de ma bouche, comme un réflexe défensif.

— Je suis désolé, Bara.

Elle me jaugea quelques secondes. Puis me laissa entrer. Elle m'apporta une serviette pour sécher mes cheveux et mes épaules. Elle m'invita d'un geste de la main à prendre place dans son salon.

— Je vais vous préparer une tisane, ça vous réchauffera.

Elle disparut dans la cuisine sans me laisser le temps de refuser. À l'autre bout de la pièce, la femme majestueuse et altière m'observait, assise sur son siège avec sa coupe et sa baguette.

Bara revint quelques minutes plus tard avec une tasse fumante. Je la remerciai. Par politesse, je bus de l'infâme breuvage qui m'assécha à nouveau la bouche et m'enserra la gorge dans une soif râpeuse. Toujours aussi infect. Bara me toisa avec une froideur arctique.

— Vous avez été blessant tout à l'heure.

Je hochai la tête. Elle avait raison. Je ne sus quoi dire alors je trempai mes lèvres dans le liquide chaud. Il m'arracha une grimace de dégoût et de douleur. Comme attendu, il n'apaisa pas ma soif. Au contraire. Bara dut remarquer ma tête car à peine j'eus dégluti qu'elle me proposa du lait. J'acceptai. Elle prit ma tasse et disparut dans la cuisine. Comme poussé par une force inconnue, je la suivis.

Quand j'entrai dans la pièce, je trouvai Bara qui sortait une bouteille de lait en verre du réfrigérateur. Après avoir fermé la porte, elle s'y adossa et resta me fixer de ce regard bleu envoûtant que je percevais malgré la pénombre. Bara n'avait pas allumé le plafonnier, elle préférait rester dans l'ombre. J'eus l'impression qu'elle me défiait de quelque chose. Mais de quoi ?

Après quelques secondes à rester ainsi, elle jeta le bouchon de la bouteille sur l'îlot central de la cuisine. Il glissa jusqu'à un grand vase rouge contenant des lilas violets. Du pouce, elle boucha une partie de l'extrémité du goulot si bien que le lait n'aurait pu s'échapper que par un mince interstice de quelques millimètres. En me regardant de cet air arrogant, elle souleva le devant de sa robe, me dévoilant ses cuisses, son pubis et son bas-ventre. Elle ouvrit la cuisse gauche puis se plaqua le bec de la bouteille sur l'aine. Un fin filet de lait commença à couler sur l'intérieur de sa jambe, presque indiscernable sur sa peau pâle.

Toujours son air de défi.

Le lait fit son chemin. Il descendit sa cuisse, coula sur son genou, ruissela sur son mollet puis fut cueilli par ma langue au niveau de sa cheville. J'entamai la remontée. En savourant. Le doux mollet, l'exquis genou puis la divine cuisse. Quand ma langue toucha le goulot de la bouteille, Bara la retira et la posa sur le bord du plan de travail.

Je me trouvais aux portes de cette source qui m'avait tant fait tourner la tête, plus tôt ce jour-là. Je pouvais m'y abreuver, enfin. Mon cœur s'emballait. Tout ce que j'avais à faire était d'y apposer ma bouche, d'abord en un léger baiser, puis en une embrassade qui deviendrait de plus en plus langoureuse. J'aurais savouré chacune des gouttes de ce trésor, appréciant sa rareté, remerciant les efforts et les épreuves que j'avais dû surmonter pour avoir le droit d'en profiter.

Mais Bara ne se souciait guère de ma soif.

Alors que j'approchais ma bouche de ses plis de peau qui me faisaient tant envie, elle m'arrêta d'une main ferme plaquée contre mon front.

— Je ne vous ai pas pardonné, dit-elle de cette voix froide avec laquelle elle m'avait accueilli.

Elle maintint mon visage à quelques centimètres de cet exquis paysage. Son autre main glissa sur sa cuisse ouverte et remonta là où ma bouche aurait tué pour être. Ses doigts disparurent dans cette intimité qui m'était interdite. J'étais aux premières loges pour assister à ce spectacle douloureux, comme un acteur trop mauvais cantonné au rôle de spectateur.

Je vis ces doigts disparaître dans sa chair, entamant le lent va-et-vient entre le haut et le bas. Chaque mouvement, chaque pression arrachait à Bara des gémissements qui me faisaient bouillir le sang. Et je ne pouvais rien faire. Le plaisir de Bara se fit de plus en plus fort et bruyant comme le grondement d'un torrent en furie s'approchant à toute vitesse. Le déluge menaçait et j'étais volontaire pour être emporté.

Quand il jaillit avec puissance, il me submergea de féminité avant de noyer le monde autour de moi, asphyxiant les où, pourquoi et comment de mon être. Je ne comptais plus, n'existais plus. Il ne restait plus que Bara, Bara la belle, Bara l'envoûtante, Bara la magnétique.

Bara la source qui m'abreuvait.

L'oasis se tarit et elle se pencha vers moi, pauvre misérable haletant à genoux sur le carrelage froid. Elle m'embrassa le visage. D'abord de légers baisers qui se transformèrent petit à petit en doux coups de langues. Sur mon front, mes joues, mon nez puis ma mâchoire. Elle évita ma bouche qui pourtant ne réclamait que ça. Elle descendit dans mon cou. Là, sa langue me donna des frissons. Bara prit plaisir à me chatouiller juste en dessous de la pomme d'Adam. À un moment, elle me mordit même, sur la gauche du cou, au niveau de la jugulaire. Elle croqua deux fois, en riant. Elle aurait pu m'arracher la gorge avec ses dents, si ça lui faisait plaisir. J'étais prêt à lui concéder ce sacrifice. Avec bonheur.

Elle remonta vers ma bouche. Enfin ! J'allais avoir droit à mon baiser ! Mais non, ses lèvres s'arrêtèrent à quelques centimètres des miennes. Elle souffla dans ma bouche un mince filet d'air. Je perçus du bout de la langue ces effluves si excitants qui me faisaient tourner la tête.

L'odeur, le goût de Bara.

— Faites-vous pardonner, susurra-t-elle à mon oreille.

Je fus comme possédé.

Je me relevai, pris Bara dans mes bras puis la soulevai. Elle entoura mes hanches de ses jambes si douces. Je la portai jusqu'à l'îlot central de la cuisine. Je la posai sur le bord, comme une petite chose en porcelaine. Et je l'embrassai. Nos baisers étaient fougueux, ardents comme ceux de deux adolescents avides d'expériences. Mes mains attrapèrent ma boucle de ceinture pour la défaire.

Bara m'attrapa les poignets.

— Pas comme ça. Soyez original.

Aïe… Comme je manquais d'imagination en matière sexuelle, je regardai autour de moi, en quête de quelque chose pour pimenter nos ébats déjà bien épicés. Mes yeux se posèrent sur le manche d'un rouleau à pâtisserie qui dépassait d'un pot, à portée de main. Cela me sembla assez original. Bara suivit mon regard. Elle partit d'un petit rire qui m'invita à m'en saisir.

Quand je tendis le bras, je repoussai Bara un peu plus loin sur l'îlot central. Son dos heurta le vase, qui chuta, roula avant de s'éclater par terre dans un fracas de verre qui explose.

Quel abruti, putain !

— Merde, désolé, fis-je en faisant le tour de l'îlot pour voir l'étendue des dégâts.

— Ce n'est pas grave, laissez. Revenez ici.

Comme attendu, le vase était en mille morceaux. Des débris de verre et de terre cuite avaient glissé sur le carrelage de la cuisine dans toutes les directions. Ce qu'il restait du fond du vase reposait sur un amas de lilas tordus par leur chute. Au moins, je sus quoi offrir à Bara pour me faire pardonner…

Je ramassai tous les éclats éparpillés en quatrième vitesse pour pouvoir la rejoindre le plus vite possible. Elle me répétait de revenir auprès d'elle, comme une créature lascive. Comment ne pas se languir de ce bel éphèbe qui avait foutu son bordel chez elle ?

Sous le bouquet de lilas désolés et l'amas de pétales violets, je remarquai plusieurs enveloppes que le vase avait entraînées dans sa chute. Quelques prospectus publicitaires, plusieurs factures et une enveloppe plus large que les autres, du genre de celle que vous receviez tous les ans jusqu'à la fin de votre vie si vous aviez eu le malheur, un jour, de filer dix balles à un bénévole qui vous avait alpagué dans la rue pour vous parler pendant une éternité de la défense de la forêt amazonienne ou l'urgence de la recherche sur le cancer.

Sur le côté supérieur droit de l'enveloppe, un cœur rouge auréolé d'une couronne d'or autour duquel des silhouettes noires d'enfants dansaient une ronde. Juste en dessous, le nom de l'organisme duquel émanait le courrier : l'orphelinat du Sacré-Cœur dans le Westside.

Je souris.

— Vous allez adopter un enfant, Bara ? plaisantai-je en posant le bouquet tordu sur l'îlot.

Bara haussa les sourcils.

— Non pas du tout. Pourquoi dites-vous ça ?

Le visage de Bara se décomposa au moment même où ses yeux se posèrent sur l'enveloppe que j'avais toujours à la main.

Je compris et Bara le sut dès la fin de sa phrase.

L'enfant de Mary et d'Howard… Oh non…

Les jambes et les lèvres de Bara devinrent tremblantes. Elle plaqua sa main sur sa bouche, pour empêcher la boule qui lui prenait la gorge de se transformer en hurlement. Elle me regarda, terrorisée, paniquée, une bête acculée devant un prédateur féroce. Quand ses jambes se dérobèrent, elle s'effondra sur le carrelage. Elle hurla sa douleur. Un long et pénible cri déchirant. Je la regardai, insensible à sa peine, comme une statue de marbre. Des larmes ruisselaient sur ses joues laissant dans leur sillage des traces de mascara. Elle me suppliait, m'implorait de revenir auprès d'elle, d'oublier ce que je venais de voir. Impossible.

Avec froideur, je la questionnai.

Elle hoqueta tout. Ou presque. Je n'avais pas besoin de beaucoup de détails, j'avais tout compris très vite. Trop vite.

À son retour en Californie, après avoir constaté que Mary ne voulait plus entendre parler d'elle, Bara se sentit mal. Elle se rongea les sangs, cherchant par tous les moyens à soulager une conscience qui avait été aux abonnés absents pendant trop longtemps.

Une nuit, elle eut une idée.

Elle se mit à la recherche de la fille de Mary que celle-ci avait abandonnée ne supportant pas ce que ce bébé réveillait chez elle. Après plusieurs mois de recherche, Bara trouva l'enfant, une fillette à l'époque, dans un orphelinat proche de son domicile. Bara lui rendit visite très souvent, trois fois par semaine, compensant avec la fille ce qu'elle n'avait pas fait avec la mère. La fillette grandit, accompagnée dans la vie par Bara qu'elle considérait comme une tante étrange mais aimante. Adulte, la fillette devenue femme se mit à la recherche de ses parents biologiques. Bara ne lui parla jamais d'eux-mêmes si sa nièce de cœur sentait bien qu'elle lui cachait quelque chose. Après plusieurs disputes sur le sujet, Bara se sentit à nouveau coupable. De lui mentir, cette fois.

Alors, sous couvert de servir la communauté, elle incita la fille à devenir bénévole au *Renouveau.*

Pour qu'elle côtoie sans le savoir ses parents biologiques. Pour qu'elle les approche, les jauge, apprenne à les connaître. Pour qu'elle les juge avec neutralité et se fasse sa propre opinion sur ces gens. Et, pourquoi pas, pour qu'ils créent des liens. Mais les liens que créèrent Mary et Howard avec leur fille ne furent pas ceux que Bara avait imaginés…

La bile me monta à la gorge. Connaissant le besoin de Mary et l'appétit d'Howard, je sus ce qu'il s'était passé. Inutile de me faire un dessin.

Bara, les traits déchirés par le chagrin, fut secouée par un sanglot violent. Elle pleura ses mots plus qu'elle ne les prononça.

— J'aurais dû m'en douter mais je vous jure que je ne savais pas du tout ce qu'il se passait entre eux. Je lui ai tout dit le soir de Thanksgiving. Ça faisait un an qu'elle travaillait là-bas, c'était le moment. Je lui ai dit qui étaient ses parents, pourquoi sa mère l'avait abandonnée. Tout. Je ne lui ai rien caché. Mais elle est entrée dans une colère noire. Et c'est là qu'elle m'a avoué ce qu'elle faisait avec eux. Elle est partie comme une furie mais elle est revenue ici, le soir même. Terrorisée. Elle m'a tout dit. Et je l'ai aidée… Je ne pouvais rien faire d'autre. J'étais avec elle quand elle est allée cacher la hache dans les affaires de Théodore Monroe, le lendemain. Vous ne pouvez pas comprendre à quel point je m'en veux. Pour elle, pour Théodore. Pour Mary.

Les images de mon agression défilaient dans ma tête comme celle d'un film sur une toile. Avais-je été attaqué par une femme ? Les perspectives avaient été rendues incertaines par l'obscurité. Mon agresseur portait des vêtements trop larges pour lui, ce qui aurait pu cacher les formes féminines de son corps. En outre, j'avais noté qu'il était plus petit que moi, déjà pas bien grand. Une femme ? Possible.

Bara se traîna à mes pieds. Ses forces l'avaient abandonnée. Je la toisais. Un dieu de l'Olympe observant avec dédain une fidèle implorante, misérable, qui lui inspirait un mélange incertain de mépris, de pitié et de compassion. Elle voulait sa miséricorde. Mais il lui réservait son jugement.

— Donnez-moi son nom, ordonnai-je.

Elle agrippa les jambes de mon pantalon. À travers le tissu, ses ongles accrochèrent ma peau. Elle se hissa sur les genoux pour entourer mes jambes de ses bras tremblants.

— S'il vous plaît… Vous ne comprenez pas pourquoi je suis venue vous voir cet après-midi ? Pourquoi nous sommes dans cette cuisine ? Je veux que vous restiez avec moi, je veux me montrer douce et tendre avec vous pour que vous l'oubliiez dans mes bras... Parce que si vous la cherchez, vous la trouverez et vous lui ferez du mal. S'il vous plaît, laissez-la.

Ses mains tirèrent ma ceinture. Mais les arguments de Bara ne furent pas suffisants pour raviver la flamme qui venait de s'éteindre. Sans délicatesse et avec une pointe de dégoût, je la repoussai. Plus fort que je ne l'avais voulu. Elle glissa sur le carrelage froid avant de se recroqueviller comme une petite chose fragile, le corps secoué par le chagrin.

Je partis sans regarder derrière moi.

Je pénétrai dans l'obscurité de ma chambre. Je me déshabillai puis me glissai sous la couette, à côté de Lulu et de sa respiration paisible. Dans ma tête, l'histoire de Bara. Dans ma gorge, la nausée. Putain…

Ma présence réveilla Lulu. Elle se retourna vers moi. Elle chuchota, sûrement pour ne pas réveiller Faucon d'Amour qui ronflait dans le salon.

— Où t'étais ?

Je chuchotai en retour.

— Chez Bara.

Lulu se releva, appuyée sur un coude, la joue contre son poing, soudain très intéressée. Elle sourit dans l'obscurité.

— Toi, tu as baisé.

Je fixai le plafond.

— Non, pas du tout. On a failli le faire deux fois aujourd'hui mais on n'est pas allé jusqu'au bout.

— Tu as bien fait de t'abstenir. Te connaissant, tu l'aurais demandée en mariage juste après avoir juté.

— Je n'y suis pas pour grand-chose.

Je lui racontai tout ce que Bara m'avait appris. Malgré l'obscurité, je vis les traits de Lulu se décomposer.

— Oh putain…, souffla-t-elle.

— Ouais, comme tu dis.

Nous restâmes silencieux et pensifs pendant un moment.

— J'en ai marre, Lulu, avouai-je après une poignée de minutes. Cette vie, je n'en peux plus… Toutes ces merdes… qui s'accumulent… Je n'ai plus la force de les supporter. Que ce soit les miennes ou celles des autres. Elles s'entassent, là, dans ma tête, et ne disparaissent pas, comme si je n'arrivais pas à les digérer. C'est… C'est beaucoup trop lourd pour moi.

Lulu s'approcha de moi. Comme un chat affectueux, elle glissa sa tête sous mon bras pour venir se blottir contre moi. Une douce présence réconfortante. Sa main caressa mon torse.

— Ne t'en fais pas, ça va passer, chuchota-t-elle d'un ton qui se voulut apaisant. Une petite déprime passagère, rien de plus. C'est normal, ne t'inquiète pas. Je sais ce que c'est, ça m'arrive souvent. Tu sais ce que je fais quand je ne vais pas bien ? Je vais me bourrer la gueule, je drague, je baise et après ça va beaucoup mieux. Quand tout ça sera terminé, je t'amènerai dans un bar et je te montrerai comment on fait.

Un canal à sens unique…

Nous nous endormîmes ainsi, moi tourné vers le plafond et Lulu, la tête sur mon épaule et un bras en travers de mon torse.

Chapitre 30

Samedi 11 septembre – 16h02

Je roule dans le désert, ma voiture laissant derrière elle une longue traînée de poussière. J'entends Gordon Neary qui s'agite dans le coffre. Il cogne sur la tôle depuis sa prison. Il ne le sait pas, mais ici, personne ne peut l'entendre. Nous sommes seuls. Devant moi s'étend une plaine aride parsemée ici et là de buissons de créosote aux fleurs jaunes. L'herbe sauvage est brûlée par la chaleur et le soleil.

Nous sommes en enfer. Parfait pour Neary.

Je m'arrête non loin d'un arbre de Josué qui tend ses bras épineux vers le ciel chauffé à blanc. Je sors Neary du coffre en le saisissant par le col de sa chemise imbibée de sueur. Il tourne sur lui-même, se protégeant le visage de la main. Ses yeux sont agressés par la lumière vive après avoir passé deux heures dans l'obscurité du coffre de ma voiture. Il cherche un point qui lui indiquerait l'endroit où il se trouve. Mais il n'y en a pas.

Je prends la pelle posée sur la banquette arrière. Je la jette à ses pieds. Je lui ordonne de creuser. Il me regarde. Il comprend mais ça n'imprime pas. Il sait ce que je lui veux. Il sait pourquoi il est là. Mais il ne comprend pas pourquoi je lui demande de creuser. Alors je le lui dis. Je verbalise toute ma douleur, toute la haine que je ressens à son égard. Tout ce qui me pèse sur le cœur. Je lui parle de moi, de ce qu'il m'a fait. Puis, je lui parle de Prima. De Prima violée. De Prima au visage déchiqueté. De Prima enterrée vivante dans le jardin de cette maison pour dissimuler son crime. Désormais, c'est son tour de découvrir cette sensation d'impuissance, de désespoir puis d'étouffement.

Il ne ramasse pas la pelle alors je pointe le canon de mon arme sur son visage. Il secoue la tête. Oui, il a violé Prima, oui, il lui a déchiqueté le visage. Mais non, il ne l'a pas enterrée vivante. Il ne sait pas qui l'a fait. Il ne sait même pas ce qu'il est advenu du corps.

Il me ment. Manœuvre grotesque destinée à m'adoucir. Ça ne prend pas. Alors je laisse mon Coyote prendre le dessus. Il martèle la face de Neary avec la crosse de mon arme. Ce déchaînement lui fait du bien. L'arbre de Josué reste muet devant cette violence.

J'attends cinq minutes que Neary reprenne ses esprits. Je lui donne de l'eau et lui colle le manche de la pelle dans les mains. Il doit creuser, il n'a plus le choix. Il s'exécute. Pendant une heure, il plante la pelle dans la terre poussiéreuse, devenant son propre fossoyeur et pendant une heure, je le garde en joue pour parer à toute éventualité.

Il a fini.

Le trou est assez grand et profond pour contenir son cadavre. Peut-être qu'un puma ou un coyote déterra ses os un jour. Ce n'est pas bien grave. Je lui ordonne de s'allonger au fond de la cavité. Il se fige. Dans un dernier sursaut de volonté, il se tourne en brandissant la pelle. Il me frappe la main. Mon arme s'envole. Il est vif mais épuisé, je n'ai aucun mal à prendre le dessus sous les encouragements de mon Coyote. Je lui arrache la pelle des mains, le saisis par son col poisseux et le renverse par terre. Il est sur le dos, dans la poussière, et je me tiens debout au-dessus de lui, impérial, la pelle dans les mains. Neary tend les paumes devant lui. Piètre défense. Je le laisse geindre quelques secondes. Il pleure ses regrets. Il est désolé pour tout. Pour Prima, pour moi, pour tous les autres à qui il a fait du mal. Il veut vivre... mais je n'en ai rien à faire. Mon Coyote non plus. Il me susurre de frapper de toutes mes forces.

Je prends la pelle par la tête, la soulève. Et je frappe de toutes mes forces avec le manche.

J'assène à Neary de violents coups. Mon Coyote rigole. Il jubile. Il me dit de continuer. Je frappe fort, très fort. J'entends les os de Neary se casser. Ses côtes, ses poignets. Je sens sa boîte crânienne se fendre. Je lui éclate une tempe si bien que l'un de ses yeux saute hors de son orbite. J'oublie ma douleur dans mes propres articulations.

Je le massacre.

Mon Coyote est déchaîné. La pelle glisse dans mes mains, elle change de position et je me retrouve bientôt à lui marteler le corps avec le métal de la tête. Une tête aux bords coupants comme un rasoir. Le dernier coup que je lui porte n'est pas fatal. Il l'aurait été si Neary n'était pas déjà mort depuis quelques minutes. Le tranchant de la tête percute le visage de Neary au niveau de la bouche. Le métal pénètre sa chair avec une facilité déconcertante. Il lui sectionne les joues, lui déchiquette le fond de la bouche et lui brise l'os occipital, juste au-dessus de la nuque. Je suis haletant. Mon Coyote applaudit.

Je viens de décapiter Gordon Neary entre les deux mâchoires.

Je ne prends pas le temps d'y réfléchir. Je jette la pelle dans le trou. Je roule le cadavre de Neary jusqu'à sa tombe. Attrape le haut de sa tête par les cheveux et la balance avec le reste. Je rebouche le trou à main nue. Plus facile que ce que j'aurais pu croire. Je balaie du pied la poussière et la terre tachées de sang. Cinq minutes plus tard, il n'y a plus aucune trace. Comme si rien ne s'était passé ici.

Mon Coyote disparaît. Il me laisse là, appuyé contre ma voiture.

Neary n'est plus. Enfin... Mais je ne suis pas apaisé. Pas du tout. Je perçois encore les échos vivaces des souffrances passées. Mais cette fois, ils sont accompagnés par la résonance de ma propre bestialité. Je les entends, je les sens mais je désespère. Car je n'ai plus rien pour les apaiser. Je me tourne. Dans la vitre derrière moi, j'aperçois mon reflet marron de poussière, rouge de sang. Derrière mon épaule, le visage meurtri de Prima. Et je comprends. L'Univers m'avait offert Neary sur un plateau, mon destin. Il attendait maintenant que je lui donne quelque chose en échange pour faire taire mes tourments.

Ma vie.

VENDREDI 17 SEPTEMBRE

Chapitre 31

Quand je débarquai au « *Renouveau* », Tommy passa une tête par la porte ouverte d'un bureau.

— Ah non, non, non, pas vous. Dégagez d'ici !

Il vint vers moi d'un pas déterminé, en agitant les bras, comme un vigile un peu con.

Grosse tarte dans sa gueule.

Sonné, il tomba sur le cul.

— Oulah, mon pote, t'y es pas allé de main morte.

J'ignorai Faucon D'Amour.

Il avait insisté pour m'accompagner sans autre raison que celle d'impressionner Lulu. Celle-ci était partisane d'une recherche minutieuse dans les archives de l'orphelinat dont m'avait parlé Bara. Mais je n'avais pas assez de temps pour ça. Alors, j'avais opté pour une solution plus radicale.

— Soyez prudent, hein. Cette fille est la seule chose qui peut nous aider à faire sortir Théodore Monroe de prison, nous avait lancés Lulu alors que nous quittions l'appartement.

J'empoignai Tommy par le col, le soulevai pour le plaquer contre le mur. Deux hommes sortirent du bureau pour lui prêter main-forte mais il leur fit signe de ne pas approcher.

— Mais pourquoi vous avez fait ça ? Qu'est-ce que je vous ai fait ?

Je le secouai.

— Tes employés et tes bénévoles, tu les connais bien ?

Tommy chouina encore.

— Mais qu'est-ce qui vous prend, bon Dieu ?

Faucon d'Amour, toujours d'un soutien infaillible, mit son grain de sel à l'affaire.

— Réponds, mec. Sinon t'auras affaire à moi.

Les yeux de Tommy jouèrent au ping-pong.

— Oui... Oui, je les connais bien... On n'est qu'une trentaine en tout...

— Bien comment ?

— Bah... On discute... Parfois on va boire un verre ou manger ensemble... Des trucs de collègues quoi !

— Je ferai avec. On va jouer à un jeu : je vais te décrire quelqu'un et toi, tu vas me donner son nom. Pigé ?

Tommy hocha la tête.

— Une femme, trente ans, peut-être trente et un mais pas plus, qui bosse ici depuis trois ans et qui n'a jamais connu ses parents. Ça te parle ?

Ses pupilles s'élargirent comme des billes.

— Qu'est-ce que vous lui voulez ?

Je tirai sur son col pour mieux le repousser contre le mur.

— Son nom !

— C'est... C'est Alice, putain ! Alice Porter, vous l'avez rencontrée lundi... Vous ne la trouverez pas ici... Elle n'est pas venue ce matin.

Oui, je l'avais rencontrée. Et oui, je savais qu'elle avait trente ans et qu'elle bossait là depuis trois ans. Putain... Mais quel abruti ! J'aurais pu faire le rapprochement moi-même. Mais je ne relâchai pas ma prise pour autant. Tommy me cracha son adresse.

— Si tu t'avises d'appeler Joe Dale après mon départ, je reviens et je... je... je t'arrache la tête. C'est clair ?

Faucon d'Amour et moi retournâmes à ma voiture.

— Il t'a fait quoi ce type, mon pote ?

— Mauvaise première impression, dis-je en démarrant.

L'appartement d'Alice se trouvait au-dessus d'une épicerie asiatique dans une rue commerçante, non loin du centre d'accueil. Beaucoup de magasins avaient leur rideau de fer baissé mais certains commençaient déjà à accueillir leurs premiers clients de la journée. Je me garai sur le bas-côté, devant un salon de thé dont la vitrine vantait aux passants ses « *Délicieuses pâtisseries allemandes* ».

Faucon d'Amour me fixa.

— On fait quoi, mon pote ?

Ma réponse était déjà prête.

— Toi, tu restes ici. Moi, je vais monter, discuter avec elle. Je pense pouvoir la raisonner et la convaincre de se rendre à la police. Toi, tu ne bouges pas.

Je sortis sans attendre son approbation. Je fis quelques pas avant de retourner à ma voiture. J'ouvris la portière de Faucon d'Amour, me penchai sur lui pour tirer mon revolver de la boîte à gants.

— Hey, mon pote, t'as oublié ce que la Miss a dit ? Prudence. Prends pas ton flingue, mon pote.

— Question de dissuasion, répondis-je en claquant la portière.

Je glissai mon revolver dans ma ceinture. J'entrai dans l'immeuble.

Je cherchai sur les boîtes aux lettres le nom d'Alice. Appartement 5, deuxième étage. Je grimpai les marches quatre à quatre. Je frappai à la porte numéro cinq. Aucune réponse. Je frappai à nouveau. Toujours rien. Je fis tourner la poignée du bout des doigts. La porte s'ouvrit.

Je pénétrai dans l'appartement en pesant chacun de mes pas. Le logement était aussi petit que le mien. Je me trouvais dans l'entrée, étroit couloir menant à la pièce de vie. Sur la gauche, une porte fermée devait mener à la chambre. J'avançai. Devant moi, le salon, propre et bien rangé, meublé comme dans un logement d'étudiant avec un canapé défoncé mais à l'allure confortable, une table simple en bois et un espace cuisine dans le coin le plus éloigné de la pièce. Sur les murs, des photographies d'Alice accompagnée de personnes que je ne connaissais pas. J'en vis une sur laquelle elle posait tout sourire à côté d'une rousse au regard bleu neige. Bara, bien sûr.

Alice était une grande sportive. Contre un mur, une armoire vitrée contenait un vaste panel de récompenses, médailles et trophées obtenus par Alice au cours de sa vie. Athlétisme, lancer de poids, saut en hauteur. Merde, même du bûcheronnage sportif, section féminine. Je compris mieux sa dextérité avec une hache et l'hématome qui me défigurait.

Le silence régnait dans l'appartement. Il n'était troublé que par le métronome des gouttes d'eau lâchées par le robinet de l'évier. Alice ne semblait pas être chez elle. Je tournai sur moi-même, pour avoir un panorama de la pièce. Un ensemble d'ustensiles de cuisine était empilé sur le plan de travail, entre l'évier et la cuisinière. Derrière, un bloc range couteaux qui avait un petit problème.

Quatre couteaux mais cinq emplacements.

À peine m'étais-je fait cette réflexion que je sentis une présence dans mon dos. Je me retournai. Je vis Alice, le regard froid, les cheveux en bataille. Elle se tenait devant la porte que je supposais mener à la chambre, désormais ouverte. Et bien sûr, pour compléter le tableau, un long couteau à la lame brillante était serré dans son poing. Je levai les deux mains devant moi.

— Alice, je ne vous veux aucun mal. Je veux juste discuter. Je sais ce que vous avez vécu. Je sais tout.

Elle fit un pas vers moi. Il me rappela notre valse nocturne, deux jours plus tôt. Mais je ne reculai pas.

— Je le sais. Bara me l'a dit.

— Alors vous savez aussi que je cherche à prouver l'innocence de Théodore Monroe. Lâchez ce couteau et venez avec moi.

Un pas de plus.

— Qu'est-ce qu'il m'arrivera si je le fais ?

— On ira voir la police ensemble. On leur expliquera tout. Ce qui vous a poussée à commettre ce meurtre, qui était réellement Howard Cane. Vous avez des circonstances atténuantes. Vous ferez un peu de prison mais vous en sortirez rapidement.

Je complétai mon discours de politicien avec un mensonge supplémentaire.

— Je connais une très bonne avocate qui pourra vous aider.

Elle me fixa. Ma plaidoirie n'avait pas pris.

— Bara m'a parlé de vous, vous savez. Elle vous apprécie. Ce n'est pas peu dire, concernant Bara. Elle a quelques petits… troubles de l'attachement. Elle voit, entend des choses. C'est dur à croire au début mais c'est vrai. Et elle m'a dit ce que vous me feriez quand vous me mettrez la main dessus. Bara m'a aussi raconté ce qui s'est passé hier soir. Je quitte la ville et vous ne m'empêcherez pas de partir.

Bara et son mysticisme à deux balles.

— Alice, je vous jure que je n'ai pas l'intention de vous faire le moindre mal. Venez avec moi.

Elle fit un pas de plus dans ma direction.

— Encore des mensonges.

Et elle se précipita vers moi.

Par pur réflexe, je dégainai mon arme. Mais Alice, très rapide et forte, me l'arracha des mains. Mon revolver tomba par terre dans un bruit sourd et métallique. J'avais beau être un homme de quarante-quatre ans, ancien officier de police de surcroît, je ne faisais pas le poids face à cette jeune femme sportive qui pratiquait des activités qui m'auraient cassé le dos. Nous luttâmes quelques instants. En vain. Elle me décocha un uppercut dans la mâchoire suivi d'un coup de genou dans l'estomac. Elle virevoltait autour de moi, comme une mouche que je peinais à attraper.

Elle se trouvait maintenant dans mon dos. Elle saisit mon bras d'une main. Elle le tordit pour ramener la pointe de mes doigts au niveau de mes omoplates. Sa clef de bras fit craquer mon épaule et m'arracha un hoquet de douleur.

De sa main libre, elle passa la lame de son couteau sur ma gorge.

D'abord, je ne sentis pas grand-chose, la lame était très bien affûtée. À peine un petit pincement. Mais bien vite, une douleur intense se diffusa vers mon visage et dans mon torse. Un liquide chaud et poisseux se répandit sur le devant de ma chemise. J'essayai de parler, de hurler ma colère et ma douleur. Mais aucun son ne sortit. Mes forces s'envolèrent.

Je tombai à genoux.

Je ne tins pas cette position très longtemps. Mes jambes se mirent à trembler et je m'affaissai sur le côté, comme une baleine échouée sur le rivage. J'avais mal. Un froid polaire saisit mes extrémités, doigts et orteils. Il commença à remonter le long de mes jambes et de mes bras. Je plaquai ma main sur la plaie, pour calmer l'hémorragie, mais du sang coulait entre mes doigts.

Je ne craignais pas la mort, juste la peur et la douleur qui la précède. Et là, j'étais servi.

Alice se pencha sur moi.

Elle s'apprêtait à finir le travail quand un grand dadais que j'avais appris à tolérer se pointa dans la pièce. Faucon d'Amour. Je lui avais pourtant dit de rester dans la voiture !

Alice le vit. Elle se rua sur lui.

Faucon d'Amour, qui d'ordinaire n'était pas le plus vif des êtres vivants, fut d'une rapidité confondante. Il esquiva les attaques de son adversaire, presque avec grâce. Il lui décocha même un coup de pied violent à l'abdomen. Alice recula. Elle revint à la charge avec toute sa rage mais Faucon ne lâcha rien. Il parvint à lui tordre le bras pour lui faire lâcher son couteau. Il maintint Alice contre lui, son bras contre sa gorge. Elle se libéra en lui décochant un coup de coude dans les côtes qui lui fit lâcher prise. Alice reprit le dessus très vite. Faucon d'Amour ne tiendrait pas longtemps. Alice était forte, lui n'était que chanceux.

Alors, je rampai.

Sur un coude, je me traînai vers mon arme, par terre, à quelques mètres de là, en laissant une piste de sang derrière moi. Je haletais, je douillais. Ma vie ne tenait qu'à un fil et chacune des fibres de mon corps me le faisait savoir. J'empoignai la crosse, armai le chien.

Je tendis l'arme devant moi.

Alice asséna quelques coups à Faucon d'Amour qui ne les encaissait plus. Elle l'envoya valser contre un mur avant de se tourner vers moi. Tout avait pour moi une perspective déformée, comme si je regardais à travers un verre d'eau. Les larmes de la mort. Le visage d'Alice fondit avant de se remodeler, de la cire chaude dans un moule changeant.

Devant mes yeux mourants, elle devint tout.

Elle devint Mary, sa mère martyre, prisonnière d'une vie cynique et violente. Elle devint Prima, cette fille torturée et violée par un flic pourri qui nourrissait les vers dans le désert. Peut-être mes yeux me jouaient des tours mais je crus discerner un tatouage semblable à un mille-pattes sur l'intérieur de son poignet. Le scolopendre de Prima. Quand j'appuyai sur la détente, le visage que je vis était celui qui me rendait parfois visite dans le reflet du miroir, ravagé, triste, en colère.

Mon acte me déchira les entrailles, il broya mon cœur. Pour mon cerveau asphyxié, Prima mourait une deuxième fois. De ma main.

Mon arme tonna dans l'espace confiné de l'appartement.

La balle qui aurait dû m'exploser le crâne le soir même éclata celui d'Alice. De la matière cérébrale gicla sur les murs.

Faucon d'Amour se releva. Il me vit, gisant au sol. Il se précipita à mon chevet.

— Putain, putain, putain… Tiens le coup, mon pote.

Quand il s'agenouilla à côté de moi, mon cœur cessa de battre.

Chapitre 32

Le vide…

Le néant.

Rien. Pas de tunnel inondé de lumière, aucun sentiment d'amour infini.

Le grand que dalle.

Si j'avais encore eu un corps, j'aurais pu dire que je flottais dans le noir absolu. Mais je n'en avais plus. J'étais conscient — du moins, en avais-je l'impression — mais je ne pesais plus rien. Plus aucune substance physique. À peine une volute de fumée dans l'obscurité la plus totale, hors de l'espace et du temps.

Je ne voyais rien, ne sentais rien, ne touchais rien. Mais j'entendais. Des vibrations qui faisaient frémir le tissu de l'obscurité qui m'entourait et qui devinrent peu à peu des voix.

Féminines, masculines ou indiscernables, de langues inconnues ou non. Et entendre… C'était vite dit ! Je ne les percevais pas comme on entend une conversation mais plutôt comme des pensées étrangères qui s'introduisaient dans mon esprit pour fuir aussitôt. Elles ne s'adressaient pas à moi en particulier. Elles parlaient de tout et de rien : de la météo, de cinéma, de cuisine… Mais ce n'était pas un dialogue ; elles ne communiquaient pas entre elles. Elles coexistaient dans un mélange harmonieux de sons éthérés sans se chevaucher les unes les autres, comme le son des vagues qui se brisent l'une après l'autre sur un rivage. Quand l'une avait fini de parler, une autre prenait sa place. La voix d'un homme parlant mécanique fut remplacée par une voix de femme que je devinai être allemande, qui disparut au profit du rire clair d'une petite fille. Et ainsi de suite. Certaines revenaient et d'autres non.

L'une d'elles aspira toute l'attention dont je fus capable. Je connaissais cette voix, douce mais mystérieuse, qui aurait pu me faire frissonner la nuque si j'en avais eu encore une.

Bara ?

À peine m'étais-je fait cette réflexion, que l'obscurité céda.

Petit à petit, le tissu même de ce qui était ma réalité se déchira. Les lambeaux s'envolèrent comme du papier calciné. Derrière ce voile, je vis Bara. Mais pas la personne, la vie. La vie de Bara. Déroulée sur une sorte de ruban d'une longueur infinie auréolé d'une lumière chaude.

Je vis chacun des instants de son existence, passés ou futurs. La fille en costume de tambour-major qui faisait sauter son bâton sans entrain ni effort. La femme assise sur un banc d'église attentive à son amie au premier rang. Et la vieillarde aux cheveux blancs qui se préparait une tisane dans sa cuisine. Comme si j'avais été devant une bobine de cinéma, je pouvais faire défiler les séquences, aller et venir entre les périodes. Je pouvais même sauter entre des images éloignées les unes des autres par plusieurs années. J'observais la jeune Bara qui testait son élastique sur son camarade de classe et l'instant d'après, je la voyais, plus vieille, assise sur l'îlot de sa cuisine dans les bras d'un homme au regard enfiévré. Je sautai encore, je connaissais cet épisode et je n'aimais pas sa fin.

Je n'étais que spectateur mais je pouvais être plus.

Je me sentis capable de franchir la membrane invisible qui séparait sa vie de ma misérable âme flottante. Je choisis un instant a priori sans importance : Bara, dans son lit, qui lisait un livre ancien à la couverture de cuir intitulé « *Les présents d'Aphrodite ou les philtres d'amour dans l'antiquité* ». La lumière dorée s'approcha de moi. Elle ne me laissa pas passer. Sur le ruban, Bara posa le livre sur la table de chevet, se tourna sur le côté puis éteignit sa lampe. La lumière dorée m'enveloppa enfin.

Je traversai la membrane sans même m'en rendre compte pour me retrouver au pied du lit de Bara. L'obscurité de la chambre n'était troublée que par la lumière de la rue qui filtrait à travers les stores. J'avais l'impression d'être debout. Bon sang, je sentais même la douceur de la moquette sous mes pieds. Mais quand j'essayai de me palper le torse, je ne sentis rien. Ni doigts ni buste. J'avais les sensations mais pas les membres qui allaient avec.

Je regardai Bara étendue dans son lit. Comme lors de notre dernière rencontre, elle m'attira à elle comme un aimant. Elle avait laissé sa marque au plus profond de mon être. J'aurais aimé pouvoir la réveiller pour l'embrasser.

Mais elle ne dormait pas.

Elle se redressa dans son lit. Son regard balaya l'obscurité de sa chambre. Au bout d'un moment, ses yeux s'arrêtèrent sur moi. Malgré mon absence de corps, elle put me voir.

— Qui êtes-vous ? demanda-t-elle.

Elle ne semblait pas effrayée, seulement curieuse. Je me précipitai dans le néant sans lui répondre.

Je fis défiler le ruban.

Quelques heures s'écoulèrent pour Bara. Elle s'éveilla, prit son petit-déjeuner, se prépara et quitta son domicile. Nouvelle avance rapide. Le soir, elle dîna seule à sa table sous le portrait de la femme à la baguette. Son regard flottait sur la pièce et j'avais le sentiment désagréable qu'il parvenait à transpercer le voile translucide qui nous séparait. Elle avait bien dix années de moins que la Bara que j'avais rencontrée. Sur son visage plus jeune, certaines de ses rides n'avaient pas encore fait leur apparition.

Elle se leva pour éteindre les lumières du salon.

— Je peux vous voir dans l'obscurité, vous savez. Ne faites pas le timide, venez.

Je franchis la membrane. Je me présentai à elle comme si nous étions deux inconnus. Elle me sourit.

— Enchantée de vous rencontrer, Monsieur le détective privé.

Je passai ma première soirée avec Bara sous la forme d'un spectre. Pour elle, ce n'était qu'un dialogue avec un trépassé de plus mais pour moi, c'était presque comme un premier rendez-vous.

Je revins la voir plusieurs fois, toujours dans l'obscurité. Entre chaque visite, je retournais dans le néant pour faire défiler la vie de Bara et lui laisser quelques heures d'intimité. À chaque fois, elle m'accueillait avec le même sourire chaleureux, comme si nous étions de vieux amis même si, à cet instant de sa vie, elle ne me connaissait pas encore. Nous bavardions, nous blaguions, nous riions. Et quelques fois, elle me questionnait. Sur l'époque d'où je venais, sur ma vie, sur ma mort. Je tus les circonstances qui m'avaient amené là. Car j'aimais ces moments passés avec elle, et j'espérais qu'elle aussi.

Au fil du temps, j'appris à la connaître. Je notai le genre de détails que l'on ne remarque que chez les gens qui nous sont proches. Par exemple, Bara frisait du nez quand elle riait. Rien du tout, à peine un frétillement qui se produisait quand son rire était sincère. Ou encore, elle prenait toujours deux sucres et demi avec son café. Pas deux, ni trois, deux et demi. Comme moi, quand j'avais encore une gorge pour en boire.

Sur sa bibliothèque s'empilait tout un tas d'ouvrages ésotériques aux titres abscons comme « *Ereshkigal ou la reine infernale* » ou « *Commentaires sur le manuscrit de Voynich* ». Elle lisait, assise dans son salon éclairé à la bougie pour ne pas me faire fuir. Elle se pinçait un sourcil quand elle ne comprenait pas ce qu'elle avait sous les yeux. Et moi, je la regardais se triturer le cerveau. Nous restions dans un silence de cathédrale, sans parler, la seule présence de l'un suffisant à satisfaire l'autre.

Ce fut lors d'un de ces moments que je sus que je tenais à elle.

Quand je retournais dans le vide, elle me manquait. Alors, je faisais défiler le ruban de sa vie pour la retrouver le plus vite possible.

Un jour, je vins la voir et je ne repartis pas. Je restai lui tenir compagnie. Je ne quittais jamais sa maison, j'aurais pu mais j'aimais l'idée de rester chez elle, nager dans son environnement pour m'imprégner de tout ce qui faisait de Bara la personne qu'elle était. Le matin, je la regardais prendre son petit-déjeuner avant de s'en aller pour rejoindre sa boutique, je l'attendais chez elle et le soir, j'étais là, avec elle, pour son dîner. La nuit, je me couchais auprès d'elle, le matelas ne se courbant pas sous mon poids.

Je ne dormais pas — impossible pour un mort — mais je la regardais. Et j'aimais la voir assoupie, paisible. Je ne m'ennuyais jamais quand Bara était auprès de moi, éveillée ou endormie.

Bara recevait de temps en temps la visite d'autres spectres. Je ne les voyais jamais, je n'en avais pas la faculté. Je devinais leur présence quand elle se mettait à discuter toute seule en posant des questions qu'elle semblait adresser à un meuble ou un mur. Parfois, elle me faisait des comptes rendus de ces rencontres. Ces morts venaient de toutes époques et de tous lieux. Ils lui parlaient souvent des circonstances de leur mort, comment et pourquoi ils étaient passés dans l'au-delà. Certains lui détaillaient même le monde dans lequel ils vivaient, un monde passé depuis longtemps ou un monde qui n'étaient pas encore celui de Bara.

Elle ne connaissait pas l'avenir, seulement ce que les morts lui en disaient. Et la plupart du temps, elle n'obtenait que des informations inutiles.

Elle n'aurait su dire ce que le sort lui réservait personnellement. En revanche, elle connaissait l'état des transports en commun à Madrid en 2032. Pas très important.

Un soir, après son dîner, elle repoussa son assiette sur le côté.

— Tends tes mains vers moi.

— Pour quoi faire ?

— Tends-les, Scott. Si je peux te voir et t'entendre, alors je peux te toucher.

Ce fut plus facile que ce que j'aurais pu croire. Je m'imaginai un corps, me visualisai assis à table, face à Bara. Deux mains reliées à des bras qui quittaient mes genoux pour rejoindre les paumes accueillantes que Bara tournait vers moi. Elle referma ses doigts sur du vide.

Si j'avais eu des yeux, j'aurais pleuré.

Je sentis la pulpe des doigts de Bara caresser ma peau qui pourtant n'existait plus. Le contact fut doux et intense. D'abord une décharge électrique qui devint petit à petit, dans ses mains, aussi soyeuse que l'effleurement d'une plume. Elle me fixait. Je crus percevoir une pointe d'amour dans ces faisceaux bleu neige. Nous réitérâmes l'expérience.

Nous passâmes la soirée à nous toucher.

Je fis courir mes mains fantomatiques sur son corps et elle, elle me rappela la chaleur du lien humain qui peut naître entre deux personnes. Nous jouions à ce jeu toutes les nuits.

Après l'un de ces moments, je me confiai à Bara. Je lui dis tout de mes tentatives de suicides. De ma roulette russe qui ne masquait que ma lâcheté de passer à l'action.

— C'est comme ça que tu es mort ? demanda-t-elle.

Quelques secondes d'hésitation.

— Oui.

Petit à petit, Bara me rendit quelque chose. Un organe amputé depuis longtemps dont la greffe me fit comprendre la souffrance née de son absence. Pour la première fois depuis longtemps, j'étais heureux.

Je faisais partie de la vie de Bara et elle, de ma mort. En la voyant interagir avec le monde qui l'entourait, avec ses amis, je réalisai à quel point elle était particulière. Bara n'aimait pas. Elle tolérait, elle appréciait et parfois, elle ressentait de la tendresse mais jamais elle n'aimait. J'aimais croire que j'étais l'une des exceptions qui confirmait cette règle.

La deuxième aurait été Alice.

J'étais là quand elle rendait visite à Bara, tous les dimanches pour déjeuner avec elle. Elle ne pouvait ni me voir, ni me parler mais je m'imaginais attablé avec les deux femmes, comme un vieil oncle timide. Alice racontait sa semaine à Bara qui l'écoutait, la joue posée sur le poing, un sourire aux lèvres. Je découvris une fille intelligente, pétillante, passionnée de sport et d'astronomie.

J'étais là quand elle vint célébrer sa médaille d'argent au championnat d'état d'athlétisme. J'étais là quand elle présenta son petit ami à sa tante de cœur. J'étais là quand Bara la consola après sa rupture. J'étais là quand Bara lui offrit une moto après l'obtention de son diplôme universitaire. Alice ne le sut jamais mais j'assistai à beaucoup de moments importants de sa vie.

Et aussi à chacune des disputes qui éclatait quand Alice questionnait Bara sur ses parents biologiques, et que celle-ci répondait qu'elle n'avait rien à lui dire sur le sujet.

Au fil du temps, je me surpris à attendre les visites d'Alice avec de plus en plus d'impatience. Car quand elle passa un examen, je voulus en connaître le résultat. Quand elle visita un appartement, je voulus savoir ce qu'elle en pensait. Quand elle partait en vacances, je voulais savoir où et quand. Je m'attachai à Alice, cette fille que j'appris à connaître après lui avoir explosé le crâne. Je ne laissai pas filer cette deuxième chance.

Je vécus ainsi une dizaine d'années.

Bara et moi formions une sorte de vieux couple à qui la fille, partie vivre sa vie hors du nid, rendait visite de temps en temps. Ce n'était pas la famille typique mais c'était la mienne. Et je l'aimais.

Je vis Bara vieillir. Sous mes yeux, elle devint chaque jour de plus en plus belle. Bara et moi partagions une routine, des habitudes de couples qui rythmaient notre quotidien ensemble. Tous les soirs, nous jouions au solitaire. Bara tournait les cartes et moi, je lui soufflais son prochain coup. Je l'accompagnais quand elle prenait soin de son jardin. Elle enfilait un chapeau de paille même quand il n'y avait pas de soleil et passait l'après-midi à quatre-pattes dans la terre, à arracher les mauvaises herbes ou à planter de nouvelles semences. Quand elle cuisinait — au gaz, jamais à l'électrique — je lui donnais quelques conseils. Bara était plus douée que moi mais elle m'écoutait même si parfois ça lui arrivait de râler sur ce fantôme qui pensait mieux connaître la cuisson du poulet qu'elle. Je lui expliquai la recette du pain de viande au lard que mon père me faisait quand j'étais petit. Je pus ainsi le faire goûter à Alice, qui en reprit deux fois.

Alice… Au fil des années, elle se referma sur elle-même. Son regard se fit plus dur. Elle regardait Bara de cet air affligé qui marque ceux à qui il manque quelque chose de vital. J'avais le même avant. Elle rendait toujours visite à Bara mais elle se faisait moins chaleureuse. Une frontière séparait désormais les deux femmes. Et le sujet des parents biologiques d'Alice revenait plus souvent. Toujours suivis des mêmes disputes. Bara en souffrait. Je n'osais pas aborder la question avec elle mais je voyais bien le mal que ça lui faisait.

Un dimanche, Bara commit l'irréparable. Elle nous lança sur une longue pente qui nous enverrait tous les trois dans le précipice, quelques années plus tard. Je ne pus rien faire pour l'en empêcher.

D'abord, elle sonda Alice. Son travail était épanouissant et, même si les compétitions sportives lui prenaient du temps, il lui en restait assez pour se consacrer à des choses importantes. Comme le bénévolat, par exemple. Qu'en pensait-elle ? Alice jaugea l'idée. Oui, ce serait bien de pouvoir aider les autres, se sentir utile.

Alors, Bara lui parla du « *Renouveau* ».

— Ne fais pas ça.

Bara fit comme si elle ne m'avait pas entendu. Elle poursuivit sur sa lancée malgré mes supplications. Alice ne fut pas dure à convaincre. Elle repartit ce jour-là avec le numéro de l'association que Bara lui avait griffonné sur un bout de papier. Après son départ, nous eûmes notre première dispute de couple. Je l'implorai d'essayer de convaincre Alice de changer d'avis. Mais ça ne prit pas ; mes arguments ne touchèrent aucune cible. Car je tus les vraies raisons de mon désaccord. Bara eut des mots durs.

— De quoi je me mêle, Scott ? Cette histoire ne te regarde pas. Alice doit rencontrer ses vrais parents et ce n'est pas un spectre sorti de nulle part qui l'en empêchera. Qu'est-ce que ça peut te faire ?

J'allais répondre quand elle appuya sur l'interrupteur du mur. La lumière éclaira le salon. L'instant d'après, j'étais de retour dans le néant.

Je laissai passer deux jours sur le ruban d'or. À mon retour, Bara fit comme si rien ne s'était passé.

Le processus s'enclencha et je ne pus pas l'arrêter. J'essayai bien de parler du sujet avec Bara mais à chaque fois, le ton montait et elle me conjurait dans le néant. Alors je gardais pour moi les évènements qui nous attendaient. Car je savais ce qu'il adviendrait un an plus tard. Bara, Alice, ma famille… Tout se briserait. Je savourais donc chacun des instants que je passais avec elles en refoulant l'imminence de la catastrophe qui s'annonçait.

Cela me fit mal de l'admettre mais, petit à petit au cours de cette année-là, Alice retrouva l'étincelle dans son regard. Pire, trois mois avant le meurtre, quand elle vint pour le repas dominical, elle m'apparut changée. Plus sûre d'elle, elle rayonnait comme une fleur qui aurait passé l'été au soleil. Bara le remarqua aussi. Elle fut contente de voir que son idée avait porté ses fruits. Si seulement elle avait su… Alice nous annonça que le « *Renouveau* » lui offrait un poste rémunéré qu'elle comptait bien accepter. Bara s'en réjouit, moi pas.

De temps en temps, la question de ses parents biologiques revenait sur le tapis. Mais la non-réponse de Bara ne déclenchait plus les habituelles disputes.

Puis vint le moment que je redoutais tant. Le soir de Thanksgiving, quand tout bascula.

Toute la journée, tandis que Bara s'agitait dans la cuisine pour préparer le repas, je restai dans le salon, pauvre spectre perdu, craignant ce qui allait se produire. Bara ferait sa révélation quelques heures plus tard. Impossible de faire machine arrière. Je ne tins pas.

Je repartis dans le néant et j'assistai à la scène en accéléré sur le ruban.

Bara, le visage grave, avouant tout à Alice. Le nom de ses parents, les raisons de son abandon. Le visage d'Alice se décomposant. Des larmes dans les yeux des deux femmes. De choc dans ceux de Bara, de dégoût dans ceux d'Alice. Alice poussant Bara contre un mur avant de partir en claquant la porte. Bara se laissant glisser contre le mur, secouée de sanglot. Triste rappel de ce que j'avais vécu — ou vivrai — avec elle dans la cuisine, quelques années plus tard.

Le ruban défila.

Deux heures plus tard, Alice revenant, aussi couverte de sang que la hache qu'elle tenait dans sa main. Je vis des lambeaux de chair entre ses dents.

Je franchis la lumière dorée.

Bara prit Alice dans ses bras. Elle essaya de calmer ses sanglots mais elle-même avait du mal à maîtriser les siens. Elle répétait à Alice que tout se passerait bien, qu'il ne fallait pas qu'elle s'inquiète. Je devinai dans sa bouche le laïus qu'elle ressortait à Mary dans son adolescence. Bara avait tort mais je ne dis rien.

Je tenais à Alice. Et moi aussi, je voulais la protéger comme autrefois je protégeais Charlie du moindre petit danger qui aurait pu la guetter. Je ne voulais pas qu'elle aille en prison. Hors de question. Je voulais qu'elle reste ici, avec Bara et moi dans ce semblant de famille pour l'éternité. Ce n'était pas possible, je le savais très bien. Alors, je m'achetai le plus de temps possible.

Je m'approchai de Bara.

— Bara, répète à Alice ce que je vais te dire : Théodore Monroe.

Bara s'exécuta.

Elle chuchota le nom à l'oreille d'Alice. Celle-ci se figea. Elle connaissait Théodore Monroe, sa maladie, son instabilité. L'altercation qu'il avait eue le midi même avec Howard. L'idée ne mit pas longtemps à faire son chemin. Je n'en fus pas fier. Je donnai à Bara l'adresse où Alice pourrait le trouver.

— Demain soir, il y sera. Cachez la hache dans ses affaires.

Nouveau chuchotement.

Alice enfouit son visage dans le cou de Bara.

Je venais de condamner Théodore Monroe à la prison à vie.

Le lendemain, sur le coup de dix heures, les deux femmes s'en allèrent. Bara portait un sac de voyage sur l'épaule. Elles revinrent deux heures plus tard. Alice s'effondra sur le canapé pendant que Bara allumait un feu dans sa cheminée. Quand le bois flamba, elle y jeta le sac de voyage.

Quelques heures après, j'assistai à la crise de nerfs de Bara qui réalisa toute l'horreur de l'acte d'Alice en lisant l'article dans le journal. Je ne parvins pas à la calmer. Impuissant, je retournai dans le néant.

J'aurais souhaité pouvoir communiquer avec Alice. La rassurer comme l'aurait fait un père. Je ne lui aurais rien dévoilé mais le but n'aurait pas été de lui dire la vérité, juste de l'apaiser. Une part de moi voulait aussi comprendre. Le meurtre, je pouvais l'admettre. Mais le cannibalisme ? Non. Quelque chose m'échappait. Peut-être y avait-il une faille chez elle que je n'avais pas vue depuis mon au-delà. Ou peut-être la frénésie du moment l'avait emportée là où plus rien n'avait d'importance, où les plus bas instincts chassaient la moindre bribe d'humanité… Là où ma haine pour Gordon Neary m'avait probablement déjà conduit. Cette question resterait pour moi un mystère. Un de plus.

Quelque chose s'était brisé. Comme je l'avais anticipé, plus rien ne fut comme avant. Bara devint une version sinistre d'elle-même. Je tentais de lui redonner le sourire mais mes possibilités étaient réduites. Je la regardais dépérir sans pouvoir agir.

Alice, elle, venait toujours le dimanche. Elle faisait comme si rien ne s'était produit. Et ça allait à Bara. À moi aussi. Nous retrouvions la fille pétillante, celle qui n'avait pas encore tué ni mangé de chair humaine, qui racontait sa semaine en riant devant un verre de vin rouge. Quand elle partait, Bara retombait dans sa morosité, comprenant les illusions dans lesquelles elle se drapait.

Elle devint obsédée par Théodore Monroe. Elle rassembla toutes les informations qu'elle put glaner sur lui, sur internet ou dans les journaux, dans un dossier en carton. Bientôt, ce dossier remplaça ses lectures ésotériques. Un soir, alors que nous étions dans le salon, à la lueur de la bougie, elle leva les yeux de sa documentation.

— Comment tu connaissais ce gars ?

Je me tus. Une fois de plus.

Bara commença ses visites à la prison de Corcoran tous les jeudis, en fin de matinée. Elle ne me parlait jamais de ces rencontres, j'en connaissais déjà la teneur de toute manière. Elles rendirent un semblant d'éclat à Bara. Elle ne retrouva pas tout à fait sa joie de vivre mais elle souriait plus souvent. Et j'adorais son sourire.

Je perdis le fil du temps. Les jours, les semaines défilèrent dans cette ambiance lourde, ponctués des visites d'Alice.

Deux ans s'écoulèrent.

Un matin comme les autres, Bara enfila une robe rose. Elle noua dans ses cheveux un foulard de la même couleur. Cet ensemble était neuf, je ne l'avais jamais vue le porter.

Et je sus.

— Quel jour sommes-nous ?

Bara attrapa ses clefs. Elle s'apprêtait à partir pour sa journée de travail.

— Lundi

— Oui, mais quelle date ?

— Le 13 septembre 2021, pourquoi ?

Dans quelques heures, je rencontrerai Bara pour la première fois. Cinq jours plus tard, je tuerai Alice.

— Bara, écoute-moi bien. Aujourd'hui, tu vas me voir. Je viendrai à ta boutique et je te poserai des questions sur Théodore Monroe. Il ne faut pas que tu me répondes. Tu dois m'empêcher de connaître la vérité. À tout prix.

Bara agita la tête.

— Je ne comprends pas.

Il fallait que je lui dise.

— Je vais tuer Alice, Bara. Dans cinq jours, je lui tirerai une balle dans la tête. Protège-la, je t'en supplie.

Bara me fixa ; elle déglutit. Je ne sus jamais ce qu'elle fut sur le point de me dire.

Car tout s'arrêta.

Le noir total.

Le retour du grand que dalle.

Chapitre 33

J'ouvris les yeux. Une fois, deux fois, trois fois. Je clignai jusqu'à ce que mes paupières acceptent d'obéir. La lumière qui entrait par l'unique fenêtre de la chambre me brûla les rétines.

À côté de moi, une machine bipait au rythme de mon cœur.

Des canules et sondes couraient un peu partout sur le lit et disparaissaient sous la couverture. Ils reliaient poches ou appareils à différents endroits de mon corps. Ma main, mon nez, le tréfonds ma gorge ou, merde, même ma bite. Un bandage épais enserrait mon cou. Je luttai pour me maintenir éveillé, en vain.

Je sombrai dans un coma sans rêve.

QUELQUE TEMPS PLUS TARD

Chapitre 34

Je me réveillai à nouveau, un temps indéterminé plus tard. Toujours la même difficulté à émerger. Mais cette fois, ma conscience ne m'échappa pas. Après une minute ou deux, mes yeux cessèrent de papilloter et ma vision se fit plus nette. Mon environnement m'apparut dans toute sa blancheur hospitalière.

Dans un coin de la chambre, quelqu'un dormait, recroquevillé dans un fauteuil. Faucon d'Amour. Toujours avec mes vêtements. J'essayai de lever la main dans sa direction mais mon bras n'obéit pas. Malgré le masque laryngé enfoncé dans ma gorge, je tentai de lui parler.

Je ne produisis qu'un râle étouffé.

— Je crois qu'il s'est enfermé hors de ton appartement et comme il n'a pas les clefs…

Je tournai les yeux. Lulu était assise sur une chaise, contre un mur. Elle feuilletait un magazine féminin en levant un sourcil. Je ne vibrai pas comme je le faisais d'ordinaire quand mon regard se posait sur ma meilleure amie. Peut-être les antidouleurs dans mon sang. Ou peut-être autre chose. Elle appuya sur le bouton d'appel.

— Ne t'agite pas.

Quelques secondes plus tard, une infirmière débarqua. Quand elle vit mes yeux ouverts, elle fit sortir Lulu et Faucon d'Amour. Son réveil fut plus difficile que le mien.

Ses yeux se posèrent sur moi, il oublia sa fatigue.

— Oh mon pote ! Tu es réveillé ! dit-il en se précipitant vers le lit.

L'infirmière lui attrapa l'épaule alors qu'il s'apprêtait à se vautrer sur moi pour me prendre dans ses bras. Elle alla chercher un médecin.

Il me désintuba.

Le long tuyau de plastique sorti de ma bouche, comme si je vomissais un extraterrestre dans un film d'horreur. Ma première respiration libre me brûla les voies respiratoires. Un bon bol d'air frais.

Ils m'auscultèrent. J'eus droit à la lampe stylo dans les yeux, aux piqûres sur les doigts et les orteils, au stéthoscope froid sur ma poitrine. Tout allait bien. Enfin… pour quelqu'un qui avait eu la gorge ouverte en deux… Le médecin me déconseilla de parler, pour épargner à mon larynx des efforts inutiles. Après cet examen, je pointai du doigt la bosse entre mes jambes.

— Ah non, Monsieur, répondit l'infirmière. La sonde urinaire, on vous la laisse.

Super…

Une heure plus tard, je me rendormais.

Lulu et Faucon d'Amour revinrent le lendemain. Mon colocataire improvisé passa bien une demi-heure à chanter sa joie de me retrouver. Il avait changé les paroles de sa chanson fétiche et « *Everything I do* » était devenue « *I'm happy to see you* ». Un enfer. Et je ne pouvais même pas lui dire d'arrêter.

Quand Lulu n'en put plus, elle lui tendit un billet en lui demandant d'aller chercher des chocolats à la boutique de l'hôpital. Faucon d'Amour fila comme un coup de vent.

— Il me gave, ton pote.

Haussement d'épaules. Lulu se tassa dans le fauteuil. Elle soupira.

— Tu as eu chaud. Tu es mort pendant quatre minutes et quarante-quatre secondes. Ça ne s'invente pas. Un peu plus, tu devenais un légume.

Faucon d'amour avait appelé une ambulance dès qu'il avait compris que mon cœur s'était arrêté. Il avait même essayé de me ranimer, en vain. Les quatre minutes et quarante-quatre secondes correspondaient au temps qu'il avait fallu aux secours pour arriver et aux médecins pour me ranimer à grand renfort d'épinéphrine, de défibrillations et de transfusion d'urgence.

J'avais été transféré en chirurgie où l'on avait stoppé l'hémorragie et rafistolé la gorge. Les médecins n'avaient pas été optimistes. Trop de sang perdu, trop de temps sans respirer ; les séquelles pouvaient être irrémédiables. Ils ne savaient même pas si je me réveillerais un jour. Pourtant, Lulu et Faucon d'Amour vinrent me rendre visite tous les jours, pendant les deux semaines de mon coma.

Et puis, un après-midi, j'ouvris les yeux dans cette chambre.

Lulu me rejoignit.

Elle grimpa sur le lit pour se blottir contre moi, sa tête sur mon épaule.

— Ne me refais plus jamais ça.

Je m'agitai. Lulu écrasait le cathéter qui contenait mes antidouleurs. Elle allait me l'arracher si elle restait dans cette position.

Elle comprit mon intention mais ne bougea pas.

— Arrête ça, je m'en tape de ton tuyau.

Puis vint la question à laquelle je m'attendais.

— Tu as une sonde urinaire ou tu es juste content de me voir ?

Sonde urinaire, Lulu… Sonde urinaire.

Faucon d'Amour revint. Il tenait une boîte de chocolats en forme de cœurs. Pour Lulu. Ou pour moi. Quand il nous vit sur le lit, il se figea. Il posa la boîte et grimpa lui aussi, sur le côté opposé. Dans cette position, les deux m'étouffaient.

L'embrassade de Faucon d'Amour inclut Lulu, laquelle repoussa son bras en râlant.

— Dégage Gollum, tu ne vois pas que tu vas lui arracher sa perfusion ?

Mais lui non plus ne bougea pas.

Nous restâmes ainsi jusqu'à ce que l'infirmière se pointe, un bac en inox à la main, et ne leur hurle de descendre du lit.

Malgré l'affection que semblaient me porter ces deux-là, leur étreinte ne me fit oublier ni Bara ni Alice. Elles ne me quittaient pas. Comme un nuage au-dessus de ma tête.

Le manque qui suit un rêve agréable.

Je restai à l'hôpital pendant trois mois. Deux mois alité, à subir les soins d'infirmières à la délicatesse aléatoire, et un mois à suivre des séances de rééducation pour retrouver la tonicité de mes muscles.

Je réappris aussi à parler.

Mes cordes vocales avaient été endommagées par la lame d'Alice et même quand mon larynx retrouva son intégrité, je ne pus produire aucun son intelligible. Ce fut ce qui me demanda le plus d'efforts. Je passais les après-midi en compagnie d'une charmante phoniatre, Docteur Lewis, qui m'invitait d'un geste de la main à répéter les sons qu'elle faisait. Ba, be, bi, bo, bu et ainsi de suite. Au début, la moindre syllabe me brûlait la gorge. Je suais à grosses gouttes rien qu'en essayant de transformer l'air en vibration sonore, ce que tout le monde parvenait à faire sans effort. Elle me confiait aussi des exercices pour me muscler le larynx. Me contracter la gorge pendant dix minutes, comme je l'aurais fait pour hurler, en gardant la tête baissée, ce genre de chose.

Petit à petit, je retrouvai la parole.

Mon timbre de voix devint plus rauque, deux pierres qui roulaient l'une contre l'autre. Le docteur Lewis m'appela le crooner. J'aimais beaucoup ce surnom : il était assorti à l'épaisse cicatrice qui me barrait la gorge.

À la fin de l'une de nos séances, je m'ouvris au docteur Lewis. Je lui expliquai ce que j'avais vécu pendant les quatre minutes et quarante-quatre secondes de ma mort. Ce n'était pas son domaine d'expertise mais elle m'écouta sans m'interrompre.

— C'est courant, ce genre de chose. Surtout avec le genre de blessure que vous avez subie. À cause de l'hémorragie, le sang n'irrigue plus le cerveau en dioxygène. Il étouffe. Pour empêcher vos neurones de mourir, il va sécréter ce qui s'appelle des inhibiteurs compétitifs qui vont protéger vos neurones mais aussi en réduire l'activité. Ça, ça va se produire partout dans votre cerveau. Y compris dans votre lobe temporal droit qui gère les fonctions sensorielles. C'est pour ça que vous avez ressenti des choses mais ce n'était que votre cerveau qui essayait de survivre.

— Ça avait l'air réel, pourtant.

— Vous savez, Monsieur Sirius, le monde n'est que ce que notre cerveau veut bien nous montrer. Je ne sais pas ce qui vous est arrivé, mais je parie que les deux femmes avec qui vous avez l'impression d'avoir vécu ont un lien avec cette blessure au cou. Je me trompe ?

Non, elle ne se trompait pas.

Réelle ou fantasmée, cette expérience me laissait avec un gouffre trop profond pour être comblé. J'étais de retour dans ce monde que j'avais tant voulu quitter. Douloureux. Comme un voyageur de retour dans une ville de merde, avec son bruit et sa crasse, après avoir passé dix ans sur une île paradisiaque entouré de gens qu'il aimait. Un havre de paix que mon inaction avait détruit. J'aurais pu changer les choses mais j'en avais été incapable. Et Théodore Monroe… Avec la mort d'Alice, plus rien ne prouverait son innocence… Il passerait le reste de sa vie en prison. À cause de moi. J'avais foiré, deux fois. Vrai ou pas, peu importe, j'avais le sentiment de lui avoir passé moi-même les menottes. Je l'avais poussé à la mer et deux ans plus tard, je lui maintenais encore la tête sous l'eau. Ou peut-être pas. Je n'en savais rien.

Un jour, après une séance de rééducation particulièrement intense, j'eus le plaisir incroyable de trouver Joe Dale et Tête-De-Pine dans ma chambre. Joe m'accueillit avec un sourire carnassier. Les deux débiles me passèrent à la question.

Qu'avais-je à leur dire sur Alice Porter et ce qu'il s'était passé dans son appartement ?

Je leur sortis l'explication que Faucon d'Amour et Lulu leur avaient déjà donnée. La vérité en somme. Une enquête banale qui se terminait dans la violence. Moi, la gorge tranchée, abattant mon agresseur. Légitime défense. Rien de bien original. Ils ne tiquèrent pas quand j'évoquai Théodore Monroe ni le rôle d'Alice dans le meurtre des Cane.

— Ta connasse d'avocate nous a parlé d'une médium, dit Joe. Qu'est-ce que tu as à nous dire sur elle ?

Ma gorge s'asséchа. Qu'allais-je dire sur Bara ? Édulcorer sa place dans cette histoire ou bien tout raconter, même les choses que je n'étais pas sûr d'avoir vécues ? J'aurais pu la faire tomber pour complicité de meurtre au deuxième degré : elle avait aidé Alice, dissimulé ce qu'elle savait et s'était même débarrassée de preuves incriminantes… Mais je choisis la première option. Je taillai aux deux cons un portrait sur mesure de la médium. Elle rendait visite à Monroe en prison pour comprendre pourquoi il avait sauvagement assassiné ses deux anciens camarades de lycée. Bien sûr, elle ignorait que l'une de ses proches était la véritable meurtrière. De fil en aiguille, j'avais remonté la piste d'Alice au grand désarroi de Bara qui refusait de croire la fille que les Cane avaient abandonnée capable d'une telle abomination. Mon histoire était grossière, cousue de fil blanc et contredisait peut-être les informations que mes visiteurs avaient obtenues de Lulu. Mais ils avaient l'air de s'en taper. Sans preuve matérielle pour relier Alice aux Cane, je ne pouvais rien faire, eux non plus. Un ou deux interrogatoires, peut-être une perquisition pour la forme et l'affaire en resterait là. Joe Dale se fit un plaisir de me le rappeler.

Avant de s'en aller, il se pencha sur moi.

— J'aurais bien aimé te coffrer pour la mort de cette fille, à défaut de pouvoir le faire pour la disparition de Gordon. Mais je te garantis que je finirai par te mettre la main dessus. Je te le promets. Tu n'auras pas toujours un témoin avec toi pour corroborer tes dires.

Tête-De-Pine garda les yeux rivés au sol.

Lulu me rendit visite tous les jours, d'abord accompagnée de Faucon d'Amour puis seule. Quand je la questionnai pour savoir où était passé mon squatteur, elle haussa les épaules.

— Aucune idée, quand je suis passée chez toi ce matin, il n'était plus là. Bon débarras.

— Si tu le dis.

Elle m'apprit que Bara avait récemment passé deux jours au poste de police. Elle ne connaissait pas la teneur de la discussion (ou de l'interrogatoire) que la médium avait eue avec la police, mais elle avait été relâchée sans être inquiétée outre mesure. La partie de moi qui fut soulagée de l'apprendre espéra aussitôt qu'elle ne serait jamais mise en cause dans cette histoire. Pourquoi ? Sûrement son magnétisme dont je ressentais encore les effets.

Lulu s'installa sur une chaise et tendit ses jambes pour poser ses pieds sur mon lit d'hôpital. Elle me lança un regard ironique.

— Je l'ai croisée quand elle quittait le poste de police. Plutôt jolie, si on aime le style diseuse de bonne aventure de fête foraine. Je ne savais pas que c'était ton style. Mais je comprends, elle dégage quelque chose de spécial… de sacrément spécial même pour que tu racontes des bobards à son sujet quand deux flics viennent t'interroger.

Elle sourit en voyant mon expression gênée.

— Tu te doutes bien que Dale et son laquais sont venus me voir quand ils ont compris que ton récit sur Bara et le mien ne collaient pas. Heureusement, je suis meilleure menteuse que toi et ils ont gobé mon explication sur tes antidouleurs qui te font perdre la tête. L'esprit embrumé, tout ça, tout ça… Pourquoi tu as fait ça ?

Je haussai les épaules.

— Mon esprit embrumé, tu viens de le dire.

— Tu sais que tu aurais pu leur dire la vérité, à ces deux cons ? Ça n'aurait rien changé. Après avoir croisé ta petite médium, je suis allée tailler le bout de gras avec le procureur. Il ne veut pas entendre parler de la réouverture de l'affaire Cane sans éléments solides. Donc, à moins d'avoir une photo d'Alice et elle posant fièrement devant le corps des Cane, la hache à la main, ta chérie n'a pas de mouron à se faire. Et pour être franche, je ne sais pas ce qui me fait le plus chier dans cette histoire : qu'on ne puisse pas la poursuivre ou que tu sois tombé en pâmoison devant elle… Quand je t'ai connu, tes standards en matière de femmes étaient plus élevés que ça… Comment on peut passer du caviar aux lasagnes surgelées micro-ondables ?

Je réprimai un petit rire.

— Toi, du caviar ? La première fois que je t'ai vue, tu étais déguisée en Kurt Cobain et tu sautais partout comme une folle. Bara a plus de classe.

— Déjà, j'étais en Beetlejuice, pas en Kurt Cobain et ensuite, ça ne t'a pas empêché de me demander en mariage une semaine plus tard.

— La pire erreur de ma vie.

Lulu attrapa un magazine sur la petite table à côté d'elle et me l'envoya en plein dans la face. Un prêté pour un rendu…

Le jour de ma sortie, Lulu m'invita dans un petit restaurant de centre-ville à la con, aux tables si rapprochées les unes des autres — parce qu'il fallait bien rentabiliser le foncier — que j'eus l'impression de discuter avec tous les clients présents. Putain, les propriétaires avaient même réussi à coller un sapin de noël dans un coin de la salle. Comme s'il y avait assez de place pour ça.

Lulu commanda une simple salade, moi, un bon vieux steak frites. Ras le cul de la cuisine d'hôpital !

— Bon, qu'est-ce qui ne va pas ?

Je secouai la tête.

— Rien du tout, tout va bien.

— Arrête ça, je te connais par cœur. Tu déjeunes avec la plus belle femme de l'univers mais tu tires une tête de chien battu. Quelque chose te tracasse. C'est le restaurant, c'est ça ? On peut aller ailleurs si tu veux, moi je m'en tape.

Je laissai passer quelques secondes. Je prononçai une simple phrase qui, pour moi, résumait mes échecs en tant que détective mais aussi en tant qu'être humain : le fait d'avoir tué Alice, le fait de vouloir protéger Bara et, plus troublant, cette sensation — ou souvenir ? — d'avoir murmuré son nom à l'oreille de Bara, deux ans plus tôt :

— Théodore Monroe passera sa vie en prison par ma faute.

Ce ne fut qu'un constat que Lulu prit pour une lamentation. Elle agita son index.

— Faux ! Théodore Monroe passera sa vie en prison à cause de la cinglée qui t'a égorgé. Tu voulais faire quoi ? Te vider de ton sang en la regardant faire la même chose avec Faucon d'Amour ? Alors non, on ne peut pas prouver l'innocence de Théodore Monroe, mais au moins, il y a une tarée de moins sur cette Terre. Tout n'est pas perdu. Et ne te bile pas : on trouvera bien une autre manière de se faire de la pub… Et peut-être de le sortir de prison, bien sûr, oui, oui, le sortir de prison.

Un mois plus tôt, une Lulu sans grande conviction avait déposé une requête au tribunal pour demander une analyse comparative de l'ADN d'Alice avec celui retrouvé sur la hache qui avait incriminé Théodore Monroe. Comme toutes les requêtes que Lulu avait déposées dans sa carrière, celle-ci avait été rejetée au motif que l'argument de la défense n'était pas suffisamment étayé. Quand ça ne veut pas…

— Alice n'était pas tarée, dis-je.

Lulu but une gorgée du cocktail que la serveuse venait de lui apporter.

— J'ai un rapport de police et toi, une facture d'hôpital qui prouvent le contraire. Qu'est-ce qui t'arrives ? D'abord tu mens pour ta médium, et maintenant tu prends la défense de cette dingo... Tu n'es quand même pas en train de nous faire une espèce de syndrome de Stockholm, où tu te prends d'affection pour ton agresseur ?

— Non, ce n'est pas ça…

— Alors dans ce cas-là, sujet clos ! Tu n'as pas à t'en vouloir. Ok, Sarah Basil n'est pas très contente — ça peut se comprendre — mais je lui ai promis qu'on ferait notre possible pour continuer à aider son frère. Gratos, en plus, tu te rends compte ? Et de toute manière, tu sais quoi ? On s'en tape de ce que pense Sarah Basil. Elle t'avait juste engagé pour vérifier les dires de cette médium. Ça s'arrête là. Tu l'as fait. Mission accomplie !

Le pragmatisme de Lulu ; elle ne comprendrait jamais…

Elle m'invita d'un geste de la main à lever mon verre.

— À l'amitié ! Et au travail bien fait ! annonça-t-elle en trinquant. Et à ton départ dans le Vermont.

À la fin du repas, elle me donna le dossier de Joe Dale conservé à son bureau.

— Tu es sûr de vouloir faire ça ?

— Sûr, non. Mais autant que ce dossier serve.

Je glissai le dossier dans une large enveloppe Kraft. Dessus, j'inscrivis « *À l'attention du Lieutenant Barker, division des homicides* ». J'eus envie d'écrire Tête-De-Pine mais je me ravisai.

Je postai le paquet en sortant du restaurant. La voici, ma promesse pour toi, Joe.

Deux jours plus tard, je trouvai Faucon d'Amour assis en tailleur entre sa poubelle et son distributeur de bonbon défraîchi. Comme attendu, il grattait son oud en chantant à tue-tête sa chanson fétiche. Il repoussait les passants. Si j'avais pu prendre une photo satellite de la promenade, j'y aurais vu le flot des badauds former un coude pour éviter l'espace de Faucon d'Amour. Quand il me vit, il se précipita vers moi pour me prendre dans ses bras.

— Oh mon pote, ça fait du bien de te revoir ! Comment ça va ?

— Ça va.

Je désignai sa coupelle en métal, posée au sol.

— Comment vont les affaires ?

— Ça va, ça vient, mon pote. Tu sais comment sont les gens : ils aiment la bonne musique mais pas payer pour l'écouter.

Je déposai un sac de voyage aux pieds de Faucon d'Amour, les affaires qu'il avait laissées chez moi et qu'il n'avait pas emportées au moment de son départ.

— Tu as oublié ça.

Il fit l'inventaire de ces possessions. Tout y était.

— Tu pouvais garder ces machins, mon pote. Je suis parti un peu vite, aucun intérêt de rester chez toi si tu n'y étais pas.

— En parlant de ça…

Je fouillai dans la poche de ma veste. Je lui tendis une clef passée dans un anneau en métal. Le regard de Faucon d'Amour s'illumina.

— Tiens, c'est pour toi.

Il attrapa la clef comme si j'allais le feinter au dernier moment pour la garder pour moi.

— Non ? C'est la clef de ton appart' ? Trop cool, mon pote.

J'étais redevable à Faucon d'Amour mais pas au point de partager ma vie avec lui. Même pour le peu de temps qu'il me restait.

— Non, non, ne t'emballe pas. C'est la clef de mon bureau. Je ne l'utiliserai plus… avant un bon moment. J'ai payé trois mois de loyers d'avance, ça te permettra de voir venir. C'est spartiate mais il y a un canapé pas trop mal et une petite salle de bains.

Faucon d'Amour me prit à nouveau dans ses bras.

— Merci, mon pote.

Il se précipita pour rassembler ses affaires. Quand il passa la bandoulière de son oud sur son épaule, je lui donnai l'adresse de mon bureau.

— Tu ne viens pas avec moi ?

— Non, j'ai un petit truc à faire dans le coin.

Il s'en alla, le pas léger. En sautillant, comme d'habitude.

La boutique de Bara était toujours la même petite échoppe surchargée de signes mystérieux et de décorations étouffantes. Quand la petite clochette au-dessus de la porte signala mon entrée, elle leva les yeux de ses cartes. Elle jouait au solitaire.

Comme lors des soirées que nous avions passées ensemble… Du moins le croyais-je.

Ce jour-là, l'ensemble de Bara était noir. Pas difficile d'en deviner la raison. La connaissant, elle devait porter cette couleur depuis le jour de la mort d'Alice. Dans l'obscurité de la boutique, cette teinte sombre faisait ressortir sa peau pâle qui semblait émettre sa propre lumière.

Elle darda ses yeux bleu neige sur moi. Je ne bougeai pas, comme un cerf pris dans des phares.

Nous restâmes ainsi une minute ou deux. Chacun attendait que l'autre fasse le premier pas.

Ce fut moi.

— Je suis désolé, Bara. Pour tout.

Aucune réponse. Seulement ce scanner pénétrant.

— Je ne sais pas si ce que j'ai vécu était vrai ou non, mais je vais faire comme si. Et tant pis si tu me prends pour un fou.

Toujours rien. Bara clignait à peine les yeux.

— Je n'ai pas été à la hauteur. J'aurais pu faire plus. Je t'ai menti ou pire, ne t'ai rien dit du tout. Tu... toi et Alice méritaient mieux... Tu n'imagines pas à quel point je m'en veux. Ça ne la ramènera pas, ça ne changera rien du tout mais je veux que tu saches que je partage ta peine.

Silence absolu.

— Je vous aimais... Je t'aime toujours... je crois. Ces années que j'ai passées avec vous étaient les meilleures de ma vie. Ou de ma mort... Peu importe.

Le bloc de marbre ne cilla pas. Je me tournai vers la sortie.

— Je vais m'en aller. C'est la dernière fois que tu me vois en vie, alors, s'il te plaît, laisse-moi espérer... Laisse-moi croire que je te retrouverai quand tout sera fini pour moi. Je sais que je ne suis pas en droit d'exiger quoi que ce soit mais si tu n'as pas compris un traître mot à ce que je viens de te dire... ne me le dis pas.

Mais ce ne fut pas ce qu'elle fit. Quand je passai la porte, j'entendis enfin le son de sa voix.

— Je te préférais mort, Scott.

Chapitre 35

Je posai la mallette sur ma table basse. Je l'ouvris. L'odeur du lubrifiant me caressa le nez. J'en sortis le pistolet que j'avais acheté cet après-midi-là. Un Glock 17 semi-automatique, calibre 9 millimètres. Parfait pour résister à la tentation de laisser l'Univers décider de mon sort.

J'insérai le chargeur. Dix-sept balles mais une seule me suffirait. Je tirai sur la culasse pour insérer dans la chambre l'heureuse élue.

Je me tassai dans mon canapé, penchai la tête en arrière. Je gobai le canon de l'arme. Je salivai au contact du métal. Mes yeux se fermèrent.

Toutes ces raisons d'en finir… trop nombreuses pour être comptées… Prima pour qui je n'avais rien pu faire. Alice que j'avais tuée puis aimée. Bara avec qui j'avais vécu dix ans et qui me détestait désormais. La famille qu'on m'avait donnée puis reprise. Neary, la saloperie que j'avais massacrée comme une bête sauvage. Joe Dale qui me tomberait dessus tôt ou tard.

Et moi-même, l'être humain que je haïssais le plus au monde.

Je voulais en finir, oublier tout ça. Pouvoir retrouver Bara. Me racheter et retourner auprès d'elle si elle voulait bien de moi.

Ma main ne trembla pas quand j'appuyai sur la détente.

La seconde d'après, j'ouvris les yeux.

Dans mon salon. La mallette ouverte devant moi. L'arme dans ma main. Sa culasse figée dans son mouvement. Bloquée. Enrayée.

Je secouai, poussai, tirai la pièce de plastique coincée. Impossible de la faire bouger.

Et je la vis.

D'abord, une tache en périphérie de mon champ de vision, qui devint plus nette quand j'y prêtai vraiment attention. Dans le reflet que me renvoyait la vitre de mon salon. Belle et blessée. Des lambeaux de chair sanglants déformaient son visage. Prima. Elle me fixait de son regard de lionne enragée prête à me sauter à la gorge.

L'illusion dans laquelle je m'étais bercé depuis la mort de Neary se dissipa. Je sus.

Je ne lui échapperai jamais. Ni à elle, ni à rien d'autre. Aucune rédemption, aucune échappatoire. Aucune éternité auprès de Bara.

Car j'étais déjà en enfer.

Épilogue

La fille rampe hors de la maison. Derrière elle, les flammes lèchent les murs qui, déjà, commencent à s'effondrer. Dans le jardin, elle tente de se redresser. Elle tient à peine quelques secondes sur ses jambes tremblantes. Comme un loup aux abois dans la nuit, elle hurle à la mort. Elle hurle sa rage contre le monstre qui l'a souillée. Elle hurle sa douleur infinie. Elle se griffe le visage. Sur la partie droite, ses ongles ne rencontrent qu'un magma de chair fondue et collante. La chaleur a transformé la déchirure de sa joue en bouillie chaude. L'orbite de son œil a subi le même sort. Sur son crâne, il ne reste de sa chevelure que quelques mèches roussies par les flammes.

Alors, elle hurle la perte de son humanité.

De l'autre côté de la palissade, à l'étage de la maison qui lui fait face, une lumière apparaît. La fille se tapit dans l'herbe. Elle est une proie dont le prédateur peut surgir à tout instant. Elle rampe. Le contact de la terre fraîche soulage un peu ses brûlures. Un coude après l'autre, elle avance, elle arrache des brins d'herbe, les plis, les casse. Elle se traîne au milieu de ce jardin qui sert de dépotoir.

Petit à petit, la terre semble vouloir l'accueillir. Plus elle avance, et plus ses mains pénètrent dans le sol. La nature lui offre ce baume qu'elle frotte sur son visage brûlé. Elle dépasse une armoire défoncée.

Et là, la nature l'appelle à elle.

Quand elle prend appui sur son coude pour poursuivre son chemin, elle s'enfonce dans le sol meuble. Tout son bras est englouti. Quand elle le tire de là, elle regarde cette matière sombre, fraîche, accueillante qui tache sa peau. Alors, elle se creuse un terrier. Ses mains écartent cette terre qui ne demande qu'à l'aider. Elle se casse les ongles sur des racines ou des pierres, mais cela n'a aucune importance. Comme lorsqu'elle plongeait dans le grand bassin de la piscine avec sa sœur, elle enfonce sa tête dans la petite cavité. Puis ses épaules. Puis le reste de son corps. Les contours de sa grotte épousent ses formes sans effort. Elle joue des épaules pour s'enfouir plus avant dans ce boyau de terre.

Elle s'enterre.

Ce n'est pas sa tombe. C'est son cocon. La chrysalide dont elle sortira bientôt. Elle le sait parce que son roi est avec elle, et il lui parle. Son roi. Son scolopendre. Il lui chuchote ce qu'elle doit faire.

Et Prima écoute.

FIN

Printed by Amazon Italia Logistica S.r.l.
Torrazza Piemonte (TO), Italy

52185527R00188